MEDO DE PALHAÇO

Marcelo Milici

Filipe Falcão | Gabriel Paixão | Matheus Ferraz | Rodrigo Ramos

MEDO DE PALHAÇO

A ENCICLOPÉDIA DEFINITIVA SOBRE **PALHAÇOS** ASSUSTADORES NA CULTURA POP

Publisher
Henrique José Branco Brazão Farinha
Editora
Cláudia Elissa Rondelli Ramos
Preparação
Gabriele Fernandes
Revisão
Vitória Doretto
Ariadne Martins
Projeto gráfico e diagramação
Daniele Gama
Capa
Casa de ideias
Imagem de capa
Shutterstock
Impressão
EGB

Copyright © 2017 *by* Marcelo Milici

Todos os direitos reservados à Editora Évora.

Todas as imagens que aparecem no livro são de propriedade única e exclusiva de seus (suas) respectivos (as) estúdios/ distribuidoras/ editoras/ autores, utilizadas aqui apenas como forma de ilustração.

Rua Sergipe, 401 – Cj. 1.310 – Consolação
São Paulo – SP – Cep 01243-906
Telefone: (11) 3562-7814/ 3562-7815
Site: www.evora.com.br
E-mail: contato@editoraevora.com.br

DADOS INTERNACIONAIS PARA CATALOGAÇÃO NA PUBLICAÇÃO (CIP)

M443

Medo de palhaço : a enciclopédia definitiva sobre palhaços assustadores na cultura pop / Marcelo Milici (org.) ; Filipe Falcão ... [et al.]. – São Paulo: Évora, 2016
288 p.: il. (algumas col.) ; 21x28cm.

ISBN 978-85-8461-072-3

1. Coulrofobia. 2. Fobias. 3. Palhaços. I. Milici, Marcelo. II. Falcão, Filipe.

CDD- 150.195

JOSÉ CARLOS DOS SANTOS MACEDO – BIBLIOTECÁRIO – CRB7 N. 3575

Nós todos flutuamos aqui!

(Pennywise, em *It: A Coisa*, de Stephen King)

Sobre os autores e agradecimentos

Miva Filho

Filipe Falcão

Jornalista, mestre em comunicação e pesquisador de cinema de horror. Estuda remakes de horror no doutorado na UFPE. É autor do livro *Fronteiras do medo.*

Agradecimentos:

Os agradecimentos vão para meus pais, Naércio e Maria Helena. Ambos nunca gostaram da minha paixão pelo cinema de horror, mas sempre pegavam os filmes que eu pedia nas locadoras e me levavam ao cinema para ver certas obras quando a censura exigia a presença de um adulto. Um agradecimento especial a Miva Filho e Gustavo Bettini. Miva pela minha foto para esta obra e Bettini pela foto do livro *Fronteiras do medo*. Vocês são os melhores fotógrafos e amigos do mundo. Agradeço também aos amigos Rodrigo Carreiro e Thiago Soares por sempre contribuírem para minhas pesquisas com o cinema de horror.

Maysa Paixão

Gabriel Paixão

Profissional de RH pós-graduado em gestão de pessoas, atua no site Boca do Inferno desde 2006. Adora filmes trash, rock clássico e games. Morre de medo de se afogar.

Agradecimentos:

Para Maysa, fonte inesgotável de encorajamento e carinho, que suporta minhas manias e defeitos. Para Thiago, André e Filipe, irmãos de sangue e espírito, com quem posso contar em todas as horas. Para Rizeuda, uma rocha que me ensinou a não abaixar a cabeça nas adversidades. Para Sérgio, que me mostrou a força da redenção, do trabalho duro e a importância das coisas simples. Para Irineu, cujos coração e sabedoria não poderão ser igualados por qualquer diploma. Para Janete e Ercília, Pedro, Maria, Val, Neide, Simone, Renata, Chico, Mozart e todos os amigos e colegas cuja mera presença já atenua todos meus temores. Aos companheiros colaboradores e leitores do Boca do Inferno e aos realizadores destas obras que me fizeram rir, arrepiar ou até ficar insone.

Orminia Menezes Milici

Marcelo Milici (Org.)

Professor, formado em letras com especialização em horror gótico, é idealizador do site Boca do Inferno e teme aquele que segura a bexiga colorida.

Agradecimentos:

Agradeço à melhor esposa do mundo, Mini, a fonte máxima de paciência e motivação, que ficou ao meu lado mesmo quando a palhaçada fugia do controle. Ao meu filho Leonardo, pela parceria nas brincadeiras e no resgate à infância. Ao meu irmão Luciano, pelo circo de ideias e oportunidades apresentadas. A minha mãe, à irmã Andrea e todos os que me cercaram nesse projeto e foram fundamentais para a sua concretização.

Lucas Ferraz

Matheus Ferraz

Mineiro, formado em jornalismo e mestrando em biografia pela University of Buckingham. É autor do livro independente *Teorema de Mabel*.

Agradecimentos:

Agradeço de coração à Alana, que viu grande parte desses filmes ao meu lado e que revisou a primeira versão deste livro por puro amor ao projeto, e a minha mãe, que conhece bem meu medo de palhaços e me deu de presente minha edição de *It*. Agradeço também ao meu pai, que nunca me proibiu de ver filmes de terror, e ao meu irmão Lucas, meu eterno melhor amigo.

Luciana Hamaguchi

Rodrigo Ramos

Designer formado pela Unesp. Fã de filmes de horror e quadrinhos de super-heróis, sempre achou estranho aquele sorriso constante no rosto do palhaço.

Agradecimentos:

Agradeço à Luciana Hamaguchi, pelo apoio e amor incondicionais. Aos meus pais, muito obrigado por sempre me incentivarem a ler e nunca me proibirem de ver um filme de terror, e aos meus irmãos, obrigado pelo companheirismo de sempre. E meus agradecimentos especiais ao grande mestre José Mojica Marins por sua espetacular obra e contribuição imensurável ao cinema de horror.

Sumário

ÍNDICE DE PRODUÇÕES ANALISADAS

Prefácio

Toda criança tem pesadelos, mas duvido que a maioria tenha tido *tantos* quanto eu. Até a metade da minha adolescência, a hora de dormir era como uma entrada num túnel do terror que parecia não ter saída. Mais ainda: minhas horas desperto não eram mais do que uma preparação para os horrores noturnos. Cada experiência, fosse ela boa ou má, servia de matéria-prima para sonhos cruéis, mesmo algo aparentemente inofensivo como o som da água do cano que passava pela parede do meu quarto – era *óbvio* que alguém fora emparedado ali e agora estava procurando vingança! Era *evidente* que o símbolo na caixa de aveia estava olhando para mim, com suas bochechas rosadas e sorriso sutilmente cruel!

Dentre todos os monstros, nenhum me assustava mais do que a Moreia: bruxa de pele azul-elétrica (e com uma enorme cabeça cilíndrica) que vinha à meia-noite buscar quem não havia dormido. Era meu bicho-papão particular, personagem que criei por volta dos quatro anos e que me assombrou por um longo tempo até o dia em que a matei "a pauladas" no começo da adolescência. O mais interessante dessa criação era a forma como ela havia se tornado um problema de segurança pública nos meus sonhos. Os jornais exibiam manchetes sobre quantas pessoas haviam sido mortas pela Moreia no dia anterior, e davam o aviso: "Daqui a meia hora, a Moreia vai atacar, então vão todos para suas camas!"

Sendo uma criança tão facilmente impressionável, é de se entender que eu tenha sido proibido de assistir a filmes de terror. Preferia passar direto pela sessão de filmes sangrentos da locadora e procurar fitas de comédia e ação. Imaginava que assim teria menos motivo para acordar gritando à noite. Mal sabia a encrenca em que estava me metendo.

A cena se passa num telejornal. A âncora, Becky, é uma mulher de cabelo curto vestida sobriamente, que começa o primeiro bloco falando a respeito de duas modelos mortas devido a reações alérgicas a produtos de beleza. As moças exibem sorrisos rasgados nas fotos em preto e branco retratadas ao fundo. Becky passa a palavra para seu colega, que dá notícias do aniversário da cidade. Então, para surpresa de todos, Becky começa a rir. E então a gargalhar. Ela desaba no chão em meio a gargalhadas, e a transmissão é interrompida por um palhaço sádico, que está assassinando pessoas por toda a cidade simplesmente porque acha isso hilariante.

Isso mesmo: o filme mais assustador da minha infância foi *Batman*, de Tim Burton! E não é brincadeira: eu passei mais de oito anos aterrorizado pelo Coringa, de Jack Nicholson, e acima de tudo pela cena descrita acima. Esse medo durou de 1995 até a metade dos anos 2000, quando Heath Ledger ainda estava estrelando comédias juvenis, e duvidava que sua interpretação do Coringa "sério e realista" fosse ter um efeito semelhante em mim. Ninguém jamais superaria o filme sombrio e estilizado de Tim Burton, nem sequer o mais perverso filme de horror. O VHS com o emblema do Homem-Morcego ficava na prateleira entre as outras fitas, mas parecia me olhar com uma provocação sádica. Uma eventual reprise do filme na TV era a deixa para me esconder embaixo da pia da cozinha, enquanto a família assistia ao que consideravam ser um simples filme de super-herói.

E é claro, vieram os pesadelos. Pessoas gargalhando enquanto corriam atrás de mim. Minha mãe usando os produtos de beleza contaminados e morrendo de rir. O próprio Coringa querendo fazer eu experimentar o gás do riso. Fique à vontade para fazer sua própria interpretação freudiana em cima disso. Para mim, só havia o medo, que evoluiu para algo maior: um caso grave de coulrofobia, a fobia de palhaços. Nada, *nada* era mais assustador do que uma figura de rosto branco e pés gigantes. O que poderia estar por trás daquela maquiagem e cabelo colorido? Um assassino? Um pedófilo? O diabo? Eu não sabia e nunca iria querer saber.

Há dois palhaços que vocês não verão em nenhum outro lugar neste livro, mas que merecem ser mencionados ao menos neste prefácio. O primeiro é o professor Unrat, interpretado por Emil Jannings em *O Anjo Azul* (1930). Um dos personagens mais patéticos da história do cinema, esse tirânico e puritano professor de escola se apaixona pela dançarina de cabaré Lola Lola, interpretada por Marlene Dietrich em início de carreira. Por conta dessa paixão, ele perde todo o respeito e amor-próprio, e tal decadência é coroada com a devastadora cena em que Unrat senta em frente a um espelho, aplica em si mesmo uma maquiagem de palhaço e sobe ao palco como assistente de um mágico de quinta categoria. É a coroação da sua queda, um grande homem reduzido a uma atração de circo. Um momento espetacular proporcionado pela magnífica interpretação desse grande ator.

O segundo que merece menção é Flunky, o palhaço da correspondência interpretado por Jeff Martin em diversas edições do *Late Night Show*, de David Letterman. Fumante, alcóolatra e completamente derrotado na vida, Flunky trabalha separando correspondências para Letterman. Quando é chamado ao palco, aparece com um cigarro na boca e, sem dar um sorriso, leva a plateia às gargalhadas com suas histórias deprimentes.

Há algo de inquietante em um palhaço desconfortável, aquele que não assume de forma alguma sua *persona* de *clown*. A alegria estampada (literalmente!) em seu rosto e roupas contrasta com a raiva e a frustração que ele sente por dentro, o que pode desembocar em atos de crueldade e autodestruição. Mas há outro tipo mais assustador. É aquele palhaço que não esconde outra personalidade por trás da maquiagem. Ele, aliás, nem usa maquiagem. Sua pele é branca. Seu nariz é vermelho e não há um nariz humano por baixo. Ele nunca é uma pessoa, e sim palhaço em tempo integral. Sempre tem um balão pronto para as crianças e uma flor que esguicha água na lapela. Vive numa dieta de sorvete, pipoca, algodão-doce e – muitas vezes – carne humana. E quando falamos nesse tipo de palhaço, não há exemplo melhor do que Pennywise, o palhaço bailarino.

A Coisa não foi meu primeiro livro do Stephen King. Aos 15 anos, já estava iniciado em sua obra e sabia mais ou menos o que esperar. Inclusive fui pego uma vez lendo *Quatro Estações* no fundo da sala de aula do colégio de freiras em que estudava. Mas *A Coisa* foi diferente. Lá estava eu, um perdedor de 15 anos sem muitos amigos enfrentando seu medo de palhaços. E lá estavam também Ben, Mike, Bev, Bill, Ed, Stan e Richie nas ruas e esgotos de Derry, lutando contra Pennywise, um dos maiores vilões já criados na literatura.

Esse livro foi uma catarse que me arrancou o medo de palhaços. Por ser da mesma idade dos personagens e por enfrentar, de certa forma, o mesmo medo que eles, eu me senti um personagem do livro, o oitavo membro do Clube dos Perdedores de Derry. E com o fim dessa fobia, começou a fascinação. Procurei todo tipo de filme que lidasse com meu antigo medo. Comprava qualquer gibi do Batman que prometesse um embate contra o Palhaço do Crime. E sim, mesmo aquele filme que me aterrorizava tanto se tornou um dos meus favoritos de todos os tempos.

Com o tempo, essa febre passou, e hoje não sou mais aquele garoto assustado nem aquele fanático por palhaços assustadores. Ainda assim, esse fascínio não foi embora, e creio que nunca irá, bem como o encanto por Jason, Freddy, Michael, Zé do Caixão e tantos outros monstros clássicos. O cinema de horror tem esse poder de criar obsessões, e foi por isso que quando Marcelo Milici, dono do site Boca do Inferno e meu patrão, sugeriu que a equipe do site montasse um livro sobre cinema fantástico, dei a sugestão de criarmos um almanaque com os palhaços cruéis que aterrorizaram as telas. Já havia pensado anteriormente em tocar esse projeto por conta própria, mas agora, vendo o resultado do fantástico trabalho de equipe do Boca do Inferno, vejo que jamais conseguiria fazer jus ao tema trabalhando sozinho. Nós todos temos muito orgulho do resultado final e certeza de que será um sucesso. Afinal de contas, o medo de palhaço é mais comum do que se imagina e, como esperamos mostrar neste livro, não é completamente infundado. Apenas lembre-se de não confiar em qualquer estranho que apareça oferecendo balões. Na dúvida, saia correndo.

Matheus Ferraz

O CIRCO
CHEGOU
À CIDADE

The only thing we have to fear is fear itself... and evil clowns.

(Autor desconhecido)

Calças folgadas, roupas coloridas, sapatos grandes, nariz vermelho, rosto branco e cabelo verde. Respeitável público, vamos dar boas vindas aos palhaços. Sejam em grupo ou solitários, esses personagens cômicos fazem parte da memória afetiva da maioria das pessoas. A verdade é que o palhaço está entre nós e parece que sempre esteve. Ao rever fotos antigas, o notamos em nossas festas infantis. Contratados por pais e escolas, faziam a alegria da garotada. Mas, entre os sorrisos, também havia algumas lágrimas.

Na ida ao circo, o número dos palhaços era o mais esperado – ou mais temido, dependendo do público. É impossível não associar a figura do picadeiro com a do palhaço. Do circo mais humilde em cidades do interior, onde as arquibancadas eram de madeira, até apresentações luxuosas do Cirque du Soleil, sempre foi possível encontrar grupos de palhaços.

Eles também eram figuras marcantes em programas infantis. Como não pensar no palhaço Bozo? O personagem foi criado nos Estados Unidos em 1946 e passou a ser exibido em vários países pelo mundo nas décadas seguintes. Sua versão brasileira foi produzida e exibida pelo SBT entre 1980 e 1991. Quem foi criança na época se lembra até hoje da música de abertura do programa: "Alô criançada, o Bozo chegou!".

E falando em televisão, como não pensar em filmes (praticamente de todos os gêneros) que foram estrelados por palhaços? Para os fãs de filmes de horror, um dos pôsteres mais conhecidos nas locadoras de VHS no começo dos anos 1990 era o da produção *It: Uma Obra-prima do Medo*. Muita gente nem chegou a assistir ao filme, mas até hoje se lembra do cartaz e das propagandas que eram exibidas na televisão.

Com tantos exemplos, não é de se estranhar que a figura do palhaço seja tão forte na memória da infância dos que cresceram cercados por eles e que hoje são adultos. Mas qual a origem desse personagem? Existiu um primeiro palhaço? A resposta é negativa. A verdade é que qualquer pesquisa sobre o tema vai apontar a origem dos palhaços nas civilizações antigas como a chinesa, a grega ou a romana. No entanto, é importante pensar na dificuldade de pontuar uma data ou lugar de origem. Também se costuma associar a figura desses seres cômicos sempre com o espaço físico do circo quando, na realidade, tais comediantes podiam, e ainda podem, se apresentar em outros espaços como palcos teatrais, ruas, templos religiosos ou até palácios, ou mesmo em programas de televisão e em sinais de trânsito, orientando motoristas e pedestres.

Apesar da impossibilidade de se apontar um marco zero específico a respeito de sua origem, a figura do palhaço possui algumas representações que ajudam na compreensão dos momentos históricos nos quais teve destaque diante de plateias de épocas passadas. Tais momentos reverberaram para outros povos chegando até a contemporaneidade.

O nome palhaço, por exemplo, costuma ser associado ao termo italiano *"di paglia"*, que pode ser traduzido como "homem de palha". Não se trata de um espantalho, mas sim de pessoas que se vestiam com um tecido grosseiro que costumava ser utilizado para revestir colchões ou carregar frutas. Ao se vestirem com esse pano, que naturalmente não era utilizado para fazer roupas comuns, esses artistas se diferenciavam do restante da população. A indumentária era simples, mas servia para anunciar que aqueles homens engraçados iriam fazer brincadeiras e palhaçadas, além de malabarismos e até cantorias, tudo seguindo uma veia cômica.

A palavra "*clown*" se liga, etimologicamente, em inglês, ao termo "camponês" (*clod*). Aqui, é possível pensar na tradução de "homem de palha" do italiano para o inglês, que pode ser compreendido como um "homem humilde do campo" que chega à cidade grande sem condições para se manter. Ele não consegue trabalho e passa o dia na rua tomando cerveja. A maquiagem branca é por causa da espuma que fica ao redor da boca. Já o nariz vermelho é de tanto tropeçar e cair com o rosto no chão, por conta da embriaguez. As roupas engraçadas e descombinadas são de outras pessoas, e por isso a calça pode ser folgada. Com o passar do tempo, no Brasil, o termo também teria uma relação errônea com a junção das palavras "palha" e "aço", como "palha de aço", numa concepção associada ao cabelo crespo dos palhaços. Outra explicação para o termo *"clown"* vem de origem escandinava, a partir da expressão *"clumsy boorish fellow"* (companheiro desajeitado e grosseiro).

É claro que não é possível afirmar que o palhaço surgiu na Itália ou mesmo na Europa. Ao aprofundar uma pesquisa sobre o tema, esses cômicos personagens costumam ser encontrados em outras civilizações e durante importantes períodos históricos.

Em textos e ilustrações antigas de países asiáticos, é relativamente comum encontrar dados sobre palhaços. Nas cortes dos imperadores chineses, por exemplo, os palhaços costumavam ser vistos nas festas e eventos da aristocracia. Assim como no teatro chinês, onde atores utilizavam longas vestes e máscaras, os palhaços também cobriam o rosto e usavam roupas especiais. Eram tão próximos dos imperadores que podiam participar de reuniões militares e até opinar por meio de performances na realização ou não de um ataque.

Mas nem tudo era alegria. Na Malásia, os palhaços, conhecidos por *"p'rang"*, usavam horrendas máscaras de bochechas e sobrancelhas enormes, cores carregadas e um grande turbante, criando uma figura pavorosa que assustava mais do que divertia.

De volta ao continente europeu, palhaços já eram bastante populares na Grécia antiga, há mais de dois mil anos. Por se tratar do local que teve grande importância para o teatro, foi no palco grego, e não no picadeiro, que grupos de palhaços faziam suas performances. Geralmente, as

apresentações aconteciam depois de peças trágicas. Encerrada a história séria, surgiam os palhaços para dar suas versões próprias e cômicas dos fatos. Também na Roma antiga existiam grupos de palhaços.

No final da Idade Média, os palhaços surgiram como profissionais cômicos que viajavam pelas cidades. O bobo da corte, ou bufão, teve origem nesse período. Eram chamados bobos porque se faziam de tolos para provocar o riso dos espectadores. Entretanto, eram os únicos que podiam caçoar dos reis e da aristocracia sem sofrer represálias.

Mas independente de suas origens, foi indiscutivelmente no picadeiro que os palhaços ganharam seu mais famoso espaço. Historicamente, muitas civilizações antigas, como a grega, a egípcia e a indiana praticavam algum tipo de arte circense há pelo menos quatro mil anos. Na China, vários contorcionistas e equilibristas se apresentavam para as autoridades monárquicas. O Império Romano, por exemplo, inaugurou no século VI a.C o Circus Maximus, cujas principais atrações incluíam corridas de carruagens, lutas de gladiadores, apresentações de animais selvagens e pessoas com habilidades incomuns, como engolidores de fogo. Logo, é possível entender a origem da palavra circo, que vem do latim "*circus*" e significa "o lugar em que as competições se desenrolam". Nesse primeiro "circo" romano não havia palhaços, mas a ideia de divertimento e entretenimento para o povo fazia parte desse espaço que podia receber até 150 mil pessoas por espetáculo.

Os séculos seguintes viram a formatação de espetáculos populares e grupos de artistas que viajavam de vila em vila com suas apresentações em troca de algumas moedas. Na Idade Média, grupos de malabaristas, artistas de teatro e palhaços peregrinavam pelas cidades da Europa com essa intenção.

Foi apenas em 1769 que o circo ganhou o formato atual, com um picadeiro e o público sentado em arquibancadas. Naquele ano, o inglês Philip Astley (1742–1814) organizou as apresentações circenses, destinando também uma tenda de lona para servir de telhado. A ideia original de Astley era de organizar apresentações equestres com exibições de saltimbancos que costumavam fazer suas performances em praças ou lugares públicos em troca de algum dinheiro como agradecimento. As apresentações eram itinerantes, e esse primeiro circo contemporâneo logo chegou a Paris.

No século XIX, o primeiro circo atravessou o oceano Atlântico e chegou aos Estados Unidos. O equilibrista britânico Thomas Taplin Cooke desembarcava então com seu conjunto de artistas na cidade de Nova York.

Philip Astley, Esqr.

Com o passar dos anos, sua companhia transformou-se em uma grande família circense que, ao longo de gerações, disseminou o circo por aquele país. Quem ganhou popularidade com o crescente número de circos foram grupos de palhaços.

A verdade é que o circo e, principalmente, os palhaços atravessaram séculos sempre se adaptando ao local e ao período histórico. E o mais importante, esses seres cômicos sempre tentaram (e conseguiram) se adequar ao local e ao período histórico para agradarem diferentes públicos. Seja no meio da rua em uma comunidade pobre ou em um espetáculo luxuoso em Las Vegas, a ideia de ter homens e mulheres com a pele branca, o nariz vermelho e a calça colorida folgada continua soando como diversão para a maioria do público.

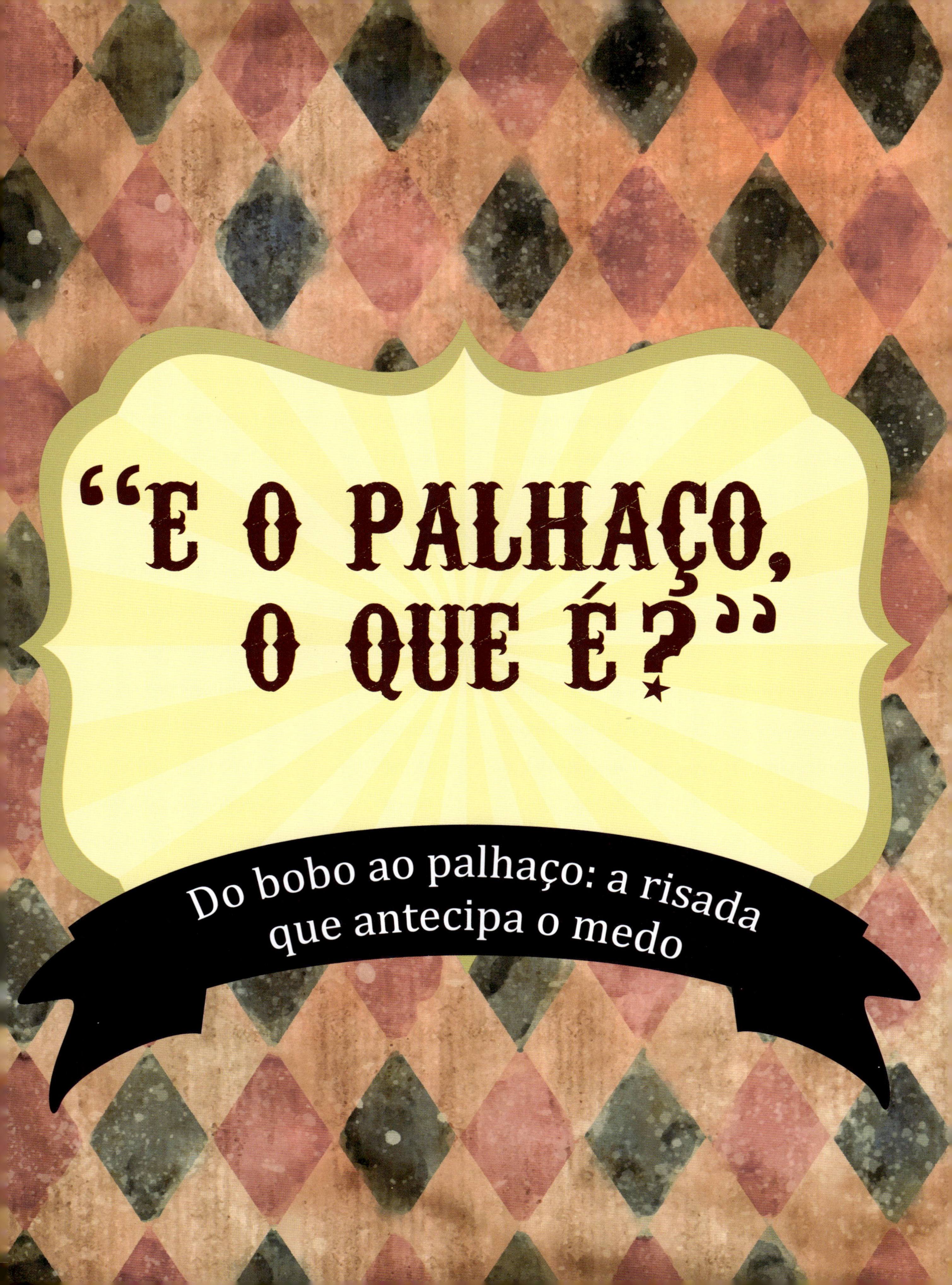
"E O PALHAÇO, O QUE É?"
Do bobo ao palhaço: a risada que antecipa o medo

Era para ser engraçado. A mistura de cores alegres somada à desproporção das roupas, o rosto artificialmente pálido e os cabelos desgrenhados constroem a figura do palhaço no imaginário coletivo. Além da imagem característica da personagem, há sempre uma expressão sorridente, muitas vezes acompanhada de uma explosão de risos e movimentos atravancados, com acessórios sonoros e atraentes para os pequenos, como uma buzina ou bexiga. Apesar de toda concepção divertida, o palhaço também é um dos grandes representantes do medo, ocupando uma importante posição entre as principais fobias específicas.

Por definição, o medo irracional de palhaços é chamado coulrofobia, sendo que o prefixo "*coulro*" é proveniente do grego e significa "aquele que anda em palafitas" (estas são as pernas de pau) – embora também seja popular na língua inglesa a forma *clownphobia*. Como um personagem infantil, brincalhão e atrapalhado pode também ser amedrontador a ponto de gerar inúmeros estudos e ser o principal antagonista de muitas histórias de terror? É provável que a resposta tenha algum vínculo com o passado, antes do surgimento dos circos.

Um dos primeiros "homens que faziam rir" foram os "bobos da corte" ou "bufões". Clássicos na Idade Média – ainda que haja vestígios no Egito antigo, no Japão do século XIII e até entre os Astecas –, eles eram pessoas autorizadas a representar o lado desviante da natureza, desafiando as normas para zombar dos deuses com o propósito de divertir o faraó ou o rei. Longe de serem graciosos, os bobos tradicionais vestiam cores variadas, estranhos chapéus com guizos e apontavam, de modo muitas vezes grosseiro, os vícios da sociedade. Muitos deles, principalmente os mais antigos, eram grotescos em seus aspectos físicos, tendo características peculiares ou defeitos que os consagrariam como aberrações na época.

Apesar de suas feições muitas vezes assustadoras, o convívio com os nobres e a simpatia não raro incitavam casos amorosos entre os bobos e as princesas, comprometendo o reinado e culminando em assassinatos e vinganças sangrentas.

Com a travessia dos séculos, o personagem perdeu força, principalmente com os conflitos bélicos, desfavoráveis as brincadeiras, como a Guerra Civil Inglesa. Alguns migraram para a Irlanda ou se mantiveram em espaços próprios, afastados da nobreza, o que configurariam os primeiros circos nos moldes modernos.

Apesar do desaparecimento dos bobos da corte, sua imagem continuava servindo de inspiração para que pessoas se vestissem de modo exagerado a fim de divertir a população. Viraram carta de baralho, a 13ª, o Coringa, no tarô, e apareceram em obras de arte e em clássicos da literatura como *Otelo* e *Rei Lear*, de William Shakespeare, e serviram de nome para a ópera *Rigoletto*, de Verdi. A popularidade, no entanto, não impediu sua extinção em algumas monarquias. A risada perdeu força, mas o constrangimento ainda encontrava espaço com outros humoristas.

Carta de tarô do bobo da corte

(Des)respeitável público, com vocês, o medo...

Não existe uma associação direta entre os bobos da corte e os palhaços. Apesar de ambos brincarem com os costumes da época e trazerem alegria, os palhaços tinham uma função mais social, com papéis psicológicos e até mesmo religiosos, tanto que, segundo Lucile Hoerr Charles em *The Clown's Function*, as mesmas pessoas que assumiam a vestimenta do brincalhão também o faziam com a de padre. Nas palavras de Peter Berger (*Redeeming Laughter: The Comic Dimension of Human Experience*. Nova York: Walter de Gruyter, 1997, p. 8): "Parece plausível que a loucura e a tolice, assim como a religião e a mágica, encontrem algumas raízes profundas nas necessidades da sociedade humana". Da mesma forma

Grimaldi

que a religião adquire uma importância fundamental na evolução, assim também é o riso e a busca pela graça.

Se a caracterização dos palhaços já era estranha nos primeiros exemplares datados do Egito antigo, ficou ainda mais em 1801 quando Joseph Grimaldi (1778-1837) pintou o rosto, o pescoço e o peito de branco e incluiu triângulos avermelhados nas bochechas, estabelecendo o que muitos consideram como a base da forma moderna de maquiagem e personificação, distinguindo os tristes brancos (sem identidade ou expressão e normalmente com o rosto totalmente pintado de branco, donos de uma comédia mais intimista e muito relacionada aos mímicos franceses) dos Auguste (de maquiagem colorida e perucas espalhafatosas, especializados na comédia pastelão, algo mais próximo do que estamos acostumados nos circos brasileiros).

Hoje em dia muitos desses artistas, especialmente os de circo, buscam inspiração na criação de Grimaldi, alterando o uso de cores e abandonando o aspecto depressivo. De todo modo, não é difícil imaginar como o medo nasceu dessa imagem, já que muitos cadáveres também eram exageradamente maquiados no passado. Na tentativa de deixar um defunto mais parecido com sua feição enquanto vivo, o excesso de produtos administrados na tarefa tornava-o ainda mais estranho – além do rosto pálido ser facilmente relacionável a assombrações.

Outra imagem perturbadora está associada à típica forma de caracterização dos Auguste, feita com maquiagem em um vermelho bem vivo para alongar suas feições, como os olhos e a boca. Na mente do coulrofóbico, o que deveria ter um efeito cômico forma uma imagem grotesca, de rosto assustador.

Também convém acrescentar que o ofício do palhaço envolve comunicação e exploração do espaço alheio, mas, quando a falta de tato de alguns artistas – que são agressivos demais na invasão da zona de conforto do espectador para arrancar risadas – se soma a uma predisposição ao medo do indivíduo, temos uma ruptura da zona de conforto, criando uma forte fonte de estresse que, dependendo da intensidade, pode causar consideráveis traumas de infância, podendo ser carregados inconscientemente para a vida inteira.

Uma simples pesquisa dos palhaços de antigamente pode revelar fotos realmente incômodas, principalmente pela falta de cores e o tom melancólico. O palhaço se estabelecia como um ser bizarro, sem vida, como se orquestrasse seres estranhos em seu circo de esquisitices. Não raro, eram eles que faziam muitas vezes a função de apresentadores de algum *freak show*, uma espécie de circo originado no século XVI na Inglaterra e de muita popularidade no século XIX nos Estados Unidos, onde o entretenimento não estava na perícia ou habilidade demonstrada em suas atrações, mas na exibição de pessoas deformadas ou animalescas.

Assim, com esse passado desafiando pelo deboche o *statu quo* da sociedade e a caracterização exagerada, aliada às tragédias, a coulrofobia encontrou uma forma de criar raízes profundas no mundo contemporâneo. Em 2004, em um artigo para a Trinity College, Joseph Durwin afirmou que existem duas escolas de pensamento sobre o assunto. Uma delas diz que o medo se baseia numa experiência pessoal negativa com um palhaço na infância, podendo ser um constrangimento em algum espetáculo ou, por incrível que pareça, até a negação a um passeio ao circo. A segunda nasce do que a própria mídia postula referente à figura do palhaço e do terror, através da televisão, do cinema, dos quadrinhos ou da literatura, fazendo com que as crianças que não são expostas a um contato direto com o personagem passem a não gostar ou a temê-los.

Com tantas evidências, não é de se admirar que em uma pesquisa realizada pelo Instituto YouGov com 2 mil pessoas na Inglaterra em 2014, seus moradores tenham considerado os palhaços a décima coisa que mais lhes dá medo, superando até a fobia de sangue e de escuro. No Reino Unido, alguns circos famosos, como o John Lawson's, oferecem uma espécie de "sessão de terapia" antes dos shows para seu público mais apavorado, conversando com os presentes enquanto se maquiam e se vestem lentamente, envolvendo-os e, se tudo correr bem, até os inserindo como parte do espetáculo.

Old Clown

Entre os famosos, o astro da cinessérie *Harry Potter*, Daniel Radcliffe, o crítico culinário e apresentador Anthony Bourdain, e o ator Johnny Depp são coulrofóbicos declarados. Este último, a despeito de já ter interpretado o bufão Chapeleiro Maluco em *Alice no País das Maravilhas*, em entrevista ao jornal *Australia's Courier Mail* declarou que "sempre me pareceu que havia uma escuridão espreitando sob a superfície [do palhaço], um potencial para o mal verdadeiro. Acho que tenho medo deles porque é impossível – graças aos seus sorrisos pintados – distinguir se estão de fato felizes ou prestes a arrancar seu rosto fora". E, cá entre nós, quem tem coragem de afirmar que ele está errado?

Jester

Coulrofobia pela ciência

De acordo com a psicóloga Caroline Leonor, nos manuais médicos, onde constam os critérios diagnósticos dos transtornos mentais, não há um item específico para a coulrofobia. No entanto, existe o diagnóstico de "fobia específica", no qual estão inclusos os medos de coisas específicas, tais como palhaços. As fobias, de um modo geral, são um dos tipos mais importantes e comuns dos transtornos de ansiedade. Para os transtornos mentais, há dois manuais: o DSM-5 (Manual Diagnóstico e Estatístico de Transtornos Mentais) e o CID 10 (Classificação Internacional de Doenças). No DSM, os transtornos de ansiedade estão agrupados como transtornos mentais ditos "menores", e no CID, as fobias estão classificadas no capítulo das neuroses.

Leonor resume os critérios desses dois manuais afirmando que a fobia específica (ou simples) é caracterizada por um medo intenso e irracional, persistente e desproporcional de um item específico, como animais, personagens e objetos. Diante daquilo que lhes causam medo, as pessoas sofrem sintomas geralmente denominados como angústia, ansiedade e até pânico (sudorese, taquicardia, sensação de sufocamento, de aperto no peito, inquietação etc). O adulto tem consciência de que aquele medo é irracional e desproporcional, mas, mesmo assim, faz o possível para esquivar-se daquilo que lhes causa tais sintomas, já que a fobia pode atrapalhar em alto grau as atividades diárias, trazer desconforto e, em um terço dos casos, estar associada à depressão e a outros transtornos de ansiedade. Evitando o contato, a vida segue normalmente, sem a necessidade de medicamento, caso não haja persistência das crises por mais de seis meses.

No âmbito do comportamento, área de especialização da psicóloga, qualquer fobia tem origem em três níveis: na cultura na qual a pessoa está inserida, na genética de sua espécie e na história de sua vida. Cada pessoa com fobia tem uma história única em relação ao estímulo que lhe causa o medo, conforme pode ser observado em seus testemunhos. Há quem tenha medo devido a um trauma de infância ou a uma experiência negativa com o objeto de temor. Com isso, quem sofre de coulrofobia tende a não repetir o ato ou visualizar o que causou os sintomas desagradáveis, evitando, assim, um contato direto.

Com o passar do tempo, o escapismo leva o indivíduo a se esquivar não somente do estímulo em si, mas de outros que tenham semelhança ou relação com ele. Desse modo, passa a não só fugir de palhaços, mas de circo, de festas à fantasia, de desenhos, de Papai Noel, enfim, de falar e pensar sobre o assunto. "E isso só tende a aumentar, até chegar ao ponto em que a pessoa nem sabe como o medo surgiu", alerta Leonor.

E essa palhaçada tem tratamento?

"Existem algumas técnicas para tratar a fobia", afirma Caroline Leonor, "e elas envolvem a exposição gradual aos estímulos que causam medo à pessoa e ao pareamento dessas exposições com pensamentos de relaxamento ou outros aspectos que possam ser agradáveis". Contudo, é importante tentar encontrar as origens dessa fobia e se autoquestionar:

- ★ O medo é mesmo de palhaço ou você teme a pessoa por trás da face risonha?
- ★ Todos os palhaços e itens relacionados ao assunto o incomodam? Um bobo da corte causaria as mesmas sensações?
- ★ Você teve alguma experiência ruim na infância, envolvendo um palhaço ou uma pessoa fantasiada?
- ★ Algum filme ou personagem específico está associado ao seu medo?

Buscar refletir sobre essas perguntas, verificar as causas e ter um contato gradual com o medo podem destruir a máscara feia do palhaço e mostrar que não existe nada a temer nem motivo que afaste a graça. Inclusive existem estudos que demonstram que palhaços têm um efeito benéfico na recuperação de crianças doentes.

Em janeiro de 2013, uma edição da *Journal of Health Psychology* publicou um estudo realizado na Itália mostrando que a presença de um palhaço treinado reduziu a ansiedade pré-operatória em crianças com agendamento para pequenas cirurgias. Outra pesquisa italiana, publicada na edição de dezembro de 2011 da *Natural Medicine Journal*, descobriu que crianças hospitalizadas por doenças respiratórias ficaram melhores após brincarem com palhaços terapêuticos. No final das contas, o pavor vem de apenas uma piada mal contada!

THE
BARNUM & BAILEY
GREATEST SHOW ON EARTH
WONDERFUL PERFORMING GEESE, ROOSTERS AND MUSICAL DONKEY.

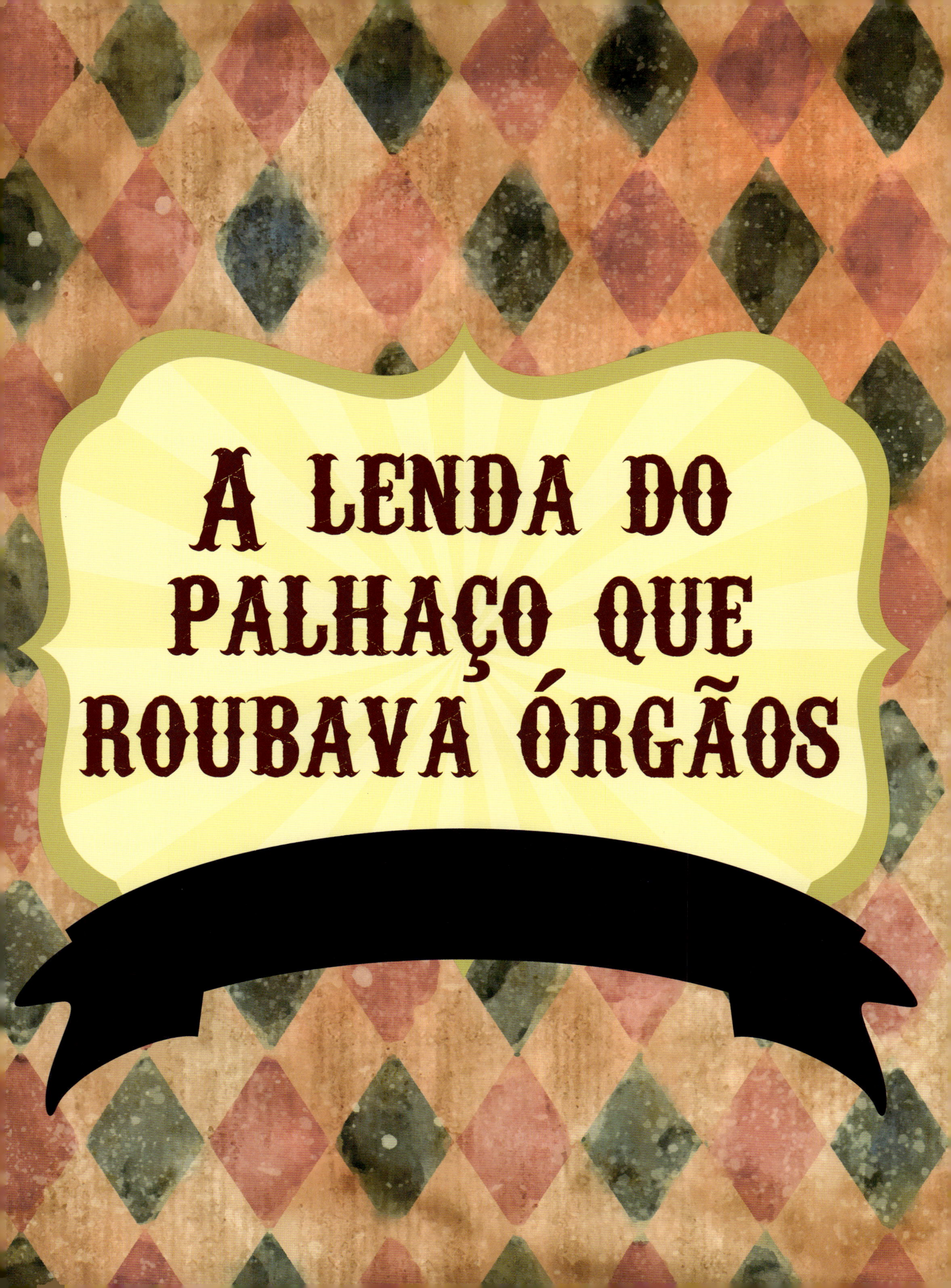
A LENDA DO
PALHAÇO QUE
ROUBAVA ÓRGÃOS

Era impossível não notar seus olhos, ou a ausência deles. Dois buracos negros devoradores de planetas sem órbitas, sem vida. O vermelho do nariz circular era viscoso, fundindo naturalmente na face pan-cake, entre cicatrizes e um semblante de ódio pleno. Saltavam poucos dentes, pontiaguados e escuros, elevados por um forte odor de carne morta. Mãos esqueléticas com dedos longos e frios, roupas incolores, alguns fios de cabelo desgrenhados caindo sobre uma corcunda, que devia ser engraçada, completavam aquele palco de horrores, observado por mais três exemplares que vibravam a cada órgão arrancado daquele pequeno corpo, entregue entre gritos de dor e, principalmente, um olhar triste, decepcionado. O chacoalhar da Kombi nem chegava a incomodar as hienas fantasiadas no preparo da nova refeição noturna. Para o jovem Duda, bastava esperar o fim daquele pesadelo, com a porta do quarto sendo aberta rapidamente e sua mamãe surgindo para cobri-lo com beijos e um cobertor quente.

(Trecho do conto "As sete faces do horror", de Marcelo Milici)

Essa história teria acontecido em Osasco, no estado de São Paulo, mas poderia ter sido em qualquer grande cidade brasileira. E talvez tenha realmente acontecido em outros lugares. A data exata ninguém sabe, mas pesquisas apontam que foi na década de 1990. A vítima, ou melhor, as vítimas, eram pobres. Dessa forma, as informações foram mal divulgadas e não chegaram até a mídia ou aos poderes públicos com a importância que deveriam. O fato de o Brasil ser um país de dimensões continentais também prejudicou a transmissão de notícias pelos quatro cantos do seu território.

Existem poucos fatos oficiais sobre os ocorridos, e cada relato torna o caso ainda mais bizarro. Diziam que se tratava de um palhaço que era visto perto de escolas públicas na região de Osasco. O sinistro ser costumava aparecer em ruas desertas ou terrenos baldios por onde as crianças poderiam passar geralmente depois das aulas. A vítima estava sempre sozinha e era abordada por esse palhaço que vestia uma calça colorida e uma peruca vermelha além do tradicional nariz redondo.

A conversa era rápida. O estranho surgia diante do garoto ou garota rindo e fazendo coisas divertidas. Não demorava muito para ele tirar um saco de pipoca ou de algodão-doce do bolso e dar para a criança. Ao aceitar, ela nunca mais era vista... com vida. O corpo era encontrado alguns dias depois, geralmente em algum terreno baldio distante da escola. Os cadáveres tinham como característica grandes incisões que iam da barriga ao tórax. Na autópsia, o corpo estava sem coração, rins, fígado e outros órgãos que serviam para transplante.

Quem seria esse palhaço? Por qual motivo suas vítimas eram crianças? O que ele fazia com os órgãos? As informações passaram de escola em escola. Não demorou muito para surgirem testemunhas que juravam ter visto o tal palhaço perto de colégios.

Ele a princípio agia sozinho. Posteriormente, teria um ou dois ajudantes. Diziam que ele era visto acompanhado de uma moça vestida de bailarina. Outros falavam até de uma gangue. Algumas dessas testemunhas afirmavam que havia uma Kombi estacionada perto de onde o palhaço era visto. O medo foi além das ruas de Osasco e ganhou cidades vizinhas. De repente, o tal palhaço parecia agir em diferentes regiões do Brasil. Mas sempre com o mesmo objetivo: sequestrar, matar e roubar os órgãos de crianças. Depois, como num passe de mágica, ele sumia sem deixar pistas. Ou melhor, deixando apenas o corpo da sua vítima.

Ninguém nunca soube o motivo verdadeiro da retirada dos órgãos, mas provavelmente eram comercializados por traficantes. Seria o palhaço o próprio traficante? Ou seria um médico, já que a retirada de órgãos para serem transplantados não é tarefa das mais fáceis, e um corte malfeito pode inutilizar um rim, por exemplo. Ao ganhar muito dinheiro com a venda dos órgãos, o palhaço poderia se dar ao luxo de passar alguns meses sem precisar "trabalhar". Assim, ele trocava de cidade, e quando a situação apertava, colocava a maquiagem e a roupa colorida e ia em busca de uma nova vítima.

Com tantas dúvidas, a única certeza que ficou é que crianças passaram a temer ruas escuras ao sair da escola. Pais, mães, professores, vizinhos, todos tinham medo do palhaço que roubava rins. A verdade é que da mesma forma que surgiram, os comentários diminuíram e desapareceram. Sem uma investigação policial, os casos teriam se tornado lendas para assustar crianças e evitar que andassem sozinhas ou aceitassem doces e presentes de estranhos. Não houve prisão ou mesmo dados oficiais. Hoje, a história do palhaço que roubava rins é apenas mais uma lenda urbana dentre as tantas que existem no Brasil.

Tais lendas, na maior parte das vezes, surgem quando um grupo de pessoas se apropria de algum acontecimento real. Geralmente, trata-se de episódios em que alguém morreu ou algo de trágico aconteceu em um passado distante ou de modo mais contemporâneo. Esses eventos acabam ganhando ressignificados, e é justamente nesse processo que a parte fantástica costuma ser acrescentada ou potencializada. Pensar nesse percurso é quase como acompanhar uma brincadeira de telefone sem fio em que cada vez que a história é contada, algum elemento vai sendo incluído para moldar a trama.

Quando a história se torna sólida dentro de um grupo, é a vez de as pessoas passarem o causo para amigos e familiares. Em alguns casos, até a imprensa torna o assunto mais conhecido.

Em Pernambuco, por exemplo, existe a lenda urbana da perna cabeluda. Diz respeito a uma história peculiar de um ser sobrenatural, ou melhor, parte de um ser, já que a assombração era apenas uma perna cabeluda. Ninguém sabe ao certo como o causo surgiu, mas coube ao radialista Jota Ferreira noticiar sobre a assombração no seu programa. Ele teria narrado a história de um vigilante que fora atacado por uma perna cabeluda enquanto fazia sua ronda. Hoje, a perna cabeluda é uma das lendas urbanas mais conhecidas de Pernambuco.

Outras lendas parecem surgir com o intuito de evitar que as pessoas façam algo que não se deve. Ou seja, como consequência do descumprimento, haverá punição. Um exemplo bastante genérico é o do Velho do Saco, que existe em praticamente todo o país. A história pareceu surgir claramente para evitar que crianças conversassem com estranhos. Mas será que em algum momento da história existiu um velho que carregava um saco nas costas e colocava crianças dentro para nunca mais serem vistas?

Assim são as lendas urbanas! Por mais que se investigue, dificilmente alguém vai conseguir provar a total autenticidade ou farsa de uma dessas histórias. Se o caso do palhaço que roubava órgãos de crianças for realmente uma lenda urbana, talvez isso nunca seja comprovado. Aliás, ao analisar o cenário e o período, faz até algum sentido a criação dela.

Em primeiro lugar, não é de hoje que pessoas, incluindo crianças, têm medo de palhaços. Na própria década de 1990, as notícias do palhaço assassino John Wayne Gacy já eram conhecidas e até exploradas pela mídia. Junte esses dois elementos com a alta criminalidade e violência em áreas humildes dos centros urbanos brasileiros. Inquieta e insegura, a população começa a escutar histórias e recontá-las de acordo com suas próprias interpretações. E assim as histórias começam a ser repetidas até se tornarem parte do folclore local.

No entanto, é sempre bom lembrar, como já mencionado, que parte das lendas urbanas pode surgir através de eventos reais para então serem adaptadas aos formatos que conhecemos. Se esse for o caso e existir ainda que uma vítima do palhaço assassino brasileiro, significa que ele pode não apenas ter existido, como estar vivo. Sendo assim, o homem que matava crianças para roubar seus órgãos pode estar lendo essas linhas agora. E rindo.

CLÓVIS
Os terríveis bate-bolas do Carnaval

Se para a maioria das pessoas o Carnaval é a festa da alegria, os bate-bolas são o contraponto. Enquanto escolas de samba organizavam o momento mágico da travessia da Sapucaí com fantasias coloridas e repletas de adornos, nos becos mais escuros se escondiam palhaços assustadores, esperando a oportunidade certa para arrepiar o público. É o momento em que o Carnaval se mistura com o *trick-or-treat* do Halloween!

Embora a organização dos bate-bolas seja uma tradição aparentemente brasileira, mais comum ainda no Rio de Janeiro, ela veio da Europa, trazida até nós pelos colonizadores portugueses. São pessoas fantasiadas de palhaço – mas com uma caracterização monstruosa – que usavam bolas feitas de bexiga de boi ou porco presas com corda a uma vara (como uma maça medieval), batendo-as no chão para assustar os incautos. Além da óbvia denominação de bate-bolas, eles também são conhecidos como clóvis, devido aos estrangeiros que, no início do século XX, referiam-se a eles como *clowns* (palhaços), confundindo a interpretação popular – o suposto "abrasileiramento" de algumas palavras teria acontecido no nordeste brasileiro com a permanência de soldados americanos durante a Segunda Guerra Mundial, em que o termo "*green go*" virou "gringo", e "*for all*" seria a origem da palavra "forró", por exemplo. Em tempo, etimologistas versam que se tratam apenas de lendas e ambos os termos (*clown* e clóvis) já estavam consolidados no Brasil antes da Segunda Guerra.

Escondidos nos subúrbios cariocas, onde existiam os matadouros que serviam como fonte para a produção das bolas, os bate-bolas passariam a habitar outros bairros, participariam de concursos de performance e de fantasia. Também existem variações quanto ao uso das bolas, trocadas recentemente por sombrinhas, para não assustar tanto, e a composição das roupas, que inicialmente eram macacões com a exibição de esqueletos e morcegos, sem deixar de trazer cores nos cabelos e máscaras que ocultavam o rosto completamente.

Essa tradição também era seguida pelas crianças, com chupetas ou apitos, muitas vezes confundidos com anões – há quem acredite que são. Com o tempo, os bate-bolas foram diminuindo em número e até considerados lendas urbanas, mas sem nunca deixar de existir, como no concurso realizado em 2015 na Cinelândia (Rio de Janeiro). Se por acaso encontrar um palhaço assustador durante o Carnaval, reze para que seja só mais um exemplar do folclore carioca querendo se divertir com o seu medo!

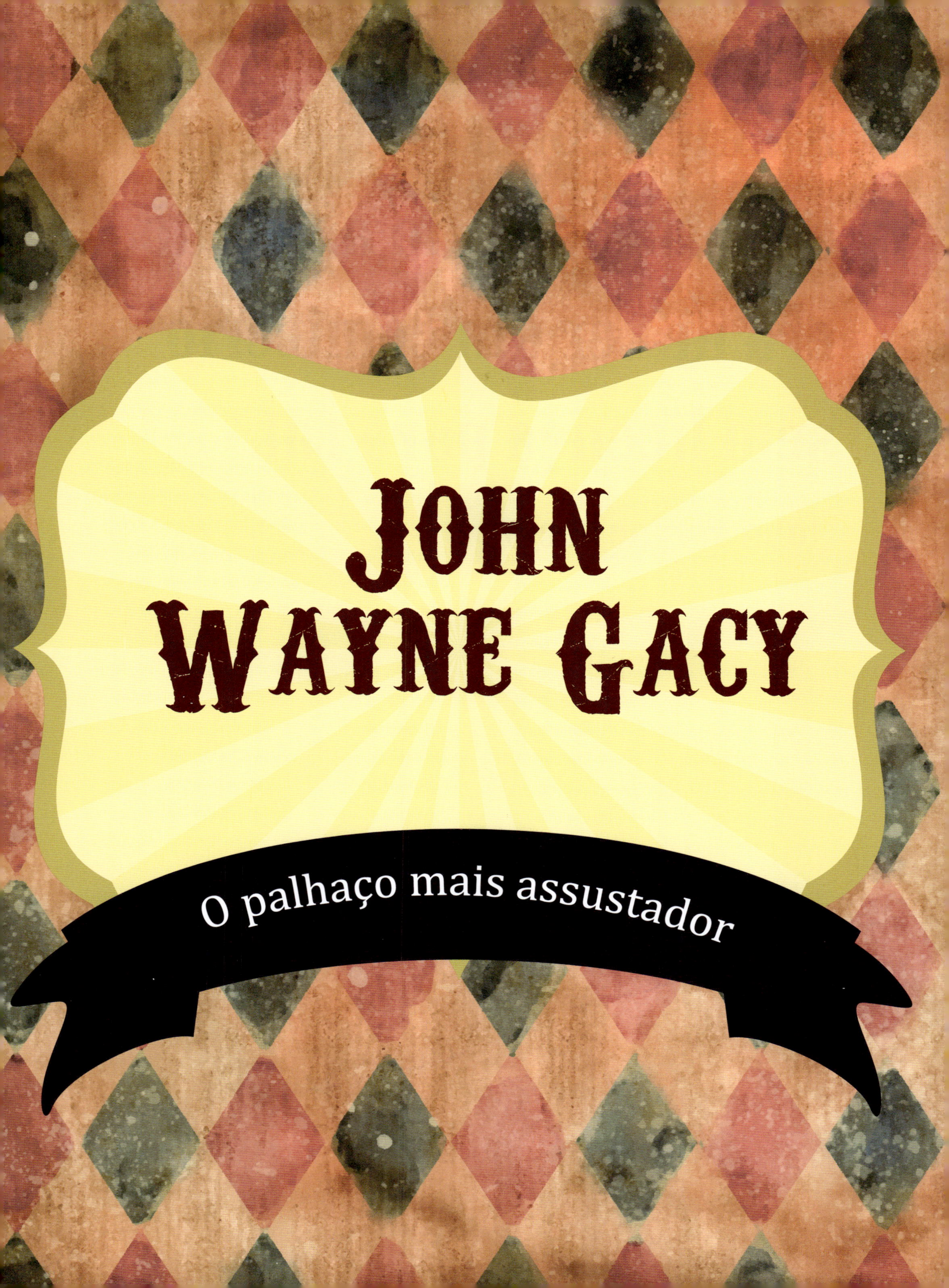
JOHN WAYNE GACY
O palhaço mais assustador

A única coisa da qual eu deveria ter sido acusado era de ter um cemitério sem licença para tal.

(John Wayne Gacy)

O medo de palhaço pode ser explicado de muitas formas, porém todas elas levam a crer que o monstro está no nosso subconsciente. A princípio não há um motivo real e palpável para a aflição causada pela coulrofobia, assim como também não há para as outras manifestações de fobia que sentimos.

Contudo, se no mundo do entretenimento todas as mídias já exploraram com êxito os diversos aspectos dessa forma de medo, no mundo real o primeiro caso notório de um crime associado a palhaços foi em 1836, quando um popular artista francês da época, Jean-Gaspard Deburau, vestido a caráter como um pierrô e tendo um problema sério de alcoolismo, acertou um garoto na cabeça com um golpe de sua pesada bengala, matando-o instantaneamente. Rezam os registros do período que esse garoto estaria o insultando no meio da rua, o que teria sido o motivo do crime. Jean-Gaspard foi condenado, cumpriu pena, foi libertado e continuou atuando até sua morte, em 1846.

Se o caso de Deburau ficou enterrado no passado, na memória coletiva recente, ao menos um deles foi assustador o suficiente para atiçar em todos nós uma parcela de coulrofobia real, o *serial killer* americano John Gacy, conhecido popularmente como o Palhaço Assassino, convicto pelo assassinato de dezenas de jovens e adultos.

Acima de qualquer suspeita, John Wayne Gacy Jr., na segunda metade dos anos 1970, era um cidadão exemplar para quem conhecia sua face pública na cidade de Chicago, onde vivia e trabalhava. Empreiteiro honesto, ajudava amigos e vizinhos a organizarem festas nas ruas do bairro, era voluntário em serviços para a comunidade e frequentemente se vestia de palhaço para entreter as crianças nos hospitais locais. Oculto pela maquiagem e por essa fachada impenetrável, a vizinhança e os amigos próximos ficaram atônitos quando, perto do Natal de 1978, a polícia começou a escavar e revelar a quantidade de corpos, que pareciam incontáveis, enterrados no porão de sua própria casa. O outro lado de Gacy que poucos viveram para testemunhar viria à tona após o palhaço se moldar muitos anos antes pelas mãos de seu pai, John Stanley Gacy.

O picadeiro é armado: os primeiros passos de Gacy

O dia 17 de março é muito celebrado pela colônia irlandesa nos Estados Unidos por ser o dia de São Patrício, e em 1942 a família Gacy tinha um motivo a mais para comemorar. Com ascendência polonesa, Marion Elaine Robinson Gacy acabava de dar à luz o seu primeiro e único filho homem, o segundo de um total de três crianças: das irmãs, Joanne nasceu dois anos antes, e Karen dois anos depois.

A infância na comunidade de classe média no norte da cidade de Chicago era a princípio como outra qualquer. Todos os filhos foram criados na religião católica, participando das escolas dominicais e até em atividades com os escoteiros. Gacy Jr. era bem-visto pelos professores e por poucos colegas, sofrendo *bullying* ocasional na escola, como todo garoto tímido um pouco acima do peso. Dentro de casa a realidade era diferente, o pai frequentemente surrava os filhos e a esposa, sendo que em boa parte das vezes, bêbado, a violência dos espancamentos se agravava.

Uma das memórias mais intensas na família é a do pai se isolando para tomar várias doses de conhaque no porão de casa antes de subir as escadas para o jantar, enquanto os demais aguardavam em absoluto silêncio. Caso as crianças se comportassem mal à mesa, Gacy pai mantinha por perto uma tira grossa de couro, usada para afiar lâminas, pronta para servir de instrumento de disciplina. Em depoimentos, Karen se lembra de que, com as constantes agressões, Gacy Jr. aprendeu a não chorar, o que deixava o pai ainda mais furioso, mas, apesar de tudo, o pequeno jovem o amava e buscava desesperadamente a atenção e a aceitação da figura paterna, arrependendo-se pelo resto da vida por nunca ter conseguido ser próximo do pai antes de ele morrer acometido de uma cirrose no dia de Natal em 1969.

A saúde do pequeno Gacy Jr. se demonstrou frágil e o impedia de ter um contato maior com outras crianças: aos 11 anos, foi atingido na cabeça por um balanço de parquinho, o que causou um coágulo de sangue em seu cérebro só detectado aos 16 anos, provocando frequentes desmaios nesse período. Foi internado aos 15 anos por conta de uma apendicite e, com apenas 17 anos, Gacy foi diagnosticado com uma doença não específicada no coração que causou diversas hospitalizações e o acompanhou pelo resto da vida. Essas complicações médicas nunca foram levadas a sério por seu pai, que achava se tratarem de "frescura".

Na adolescência, chegou a estudar em quatro escolas de ensino médio diferentes, sem conseguir terminar o último ano, antes de sair e partir para Las Vegas e trabalhar como zelador de uma casa funerária. Lá observava o trabalho de embalsamamento de cadáveres, confessando posteriormente que, em uma noite sozinho no estabelecimento, abraçou e acariciou o corpo de um jovem rapaz falecido dentro do caixão.

As condições de trabalho e o salário não o agradavam,e ele não conseguia nada melhor para juntar dinheiro, pois as vagas disponíveis requeriam o diploma que não tinha. O transtorno mental causado pelo acontecimento na funerária foi a gota d'água para que retornasse para casa. Todavia, somente após três meses de trabalho conseguiu financiar sua passagem de volta para Chicago, onde concluiu os estudos em 1963, descobrindo sua vocação como vendedor ao trabalhar como gerente *trainee* da fábrica de calçados Excelled Nunn Bush Shoe Company.

Um ano depois a Nunn Bush reconhece seu dedicado desempenho e o transfere para um *outlet* de roupas masculinas em Springfield, Illinois, rapidamente promovendo-o para o cargo de gerente de departamento. É através deste emprego que John Gacy conhece Marlynn Myers, com quem se casou nove meses depois, em setembro de 1964, mudando-se pouco tempo depois para Waterloo, no estado de Iowa, para trabalhar como gerente em uma das três lojas da franquia da rede de restaurantes Kentucky Fried Chicken graças a seu sogro, Fred W. Myers.

Mesmo na nova cidade, Gacy manteve-se firme no propósito de conciliar trabalho duro e servir à comunidade. Relatos da época atestam que não raramente ele chegava a trabalhar catorze horas por dia e era um reconhecido voluntário na influente organização da sociedade civil conhecida como Jaycees. A família também parecia feliz, e o casal celebraria o nascimento de um filho, Michael, em março de 1967 e, posteriormente, de uma filha, Christine, em outubro de 1968. Tudo parecia convergir para o sucesso, pois finalmente Gacy obteve o almejado reconhecimento de seu pai, ainda que distante fisicamente. Os que estivessem olhando para dentro do quintal dos Gacy, prósperos e felizes, jamais conseguiriam vislumbrar em seus sonhos mais doentios a virada que estaria prestes a acontecer, regada a brutalidade, desespero e sangue.

O palhaço sorri: os crimes

Robert Jerome Piest era um pacato adolescente de Des Plaines, Illinois, que trabalhava meio expediente em uma farmácia local. Devotado à família e um bom estudante, não tinha qualquer problema com drogas ou inimigos. Em 11 de dezembro de 1978, ele estava animado porque havia recebido uma oportunidade de entrevista na empresa de um empreiteiro das cercanias. Disse à mãe e ao dono da farmácia que iria até lá apreciar a proposta para aumentar sua receita e voltaria logo... Robert partiu para nunca mais ser visto vivo.

Após um dia inteiro de espera e movidos pela angústia, os pais procuraram auxílio na polícia local para encontrar o filho caçula, e o investigador Joseph Kozenczak, conhecendo o histórico do rapaz, não acreditou que ele pudesse ter fugido de casa, organizando imediatamente um time de busca. John Gacy, dono da empreiteira em questão, foi o primeiro procurado e negou veementemente sequer ter se encontrado com Piest.

Estranhando muito sua atitude no novo interrogatório realizado horas depois, por entrar em contradições repetidas, o instinto dos investigadores foi mais forte, e decidiram seguir seus passos, se informar sobre o passado daquele que, até então, se comportava como um cidadão exemplar. Ao puxar a ponta do novelo que encontraram, aos poucos foi revelada uma trilha interminável e complexa, que culminaria na descoberta da verdadeira natureza daquele que ficaria conhecido como o Palhaço Assassino.

Ao verificar seus antecedentes, descobriram que, em agosto de 1967, ele cometera seu primeiro ataque sexual contra um adolescente. Mark Miller, de apenas 15 anos e filho de um dos membros do Jaycee de Waterloo, foi atraído à casa de Gacy com a promessa de uma sessão de filmes pornográficos. Mark foi embriagado e persuadido a fazer sexo oral nele, comportamento que se repetiu com outros jovens nos meses subsequentes e aumentou os rumores nos círculos de amizade de Gacy sobre suas preferências sexuais: a fofoca era sobre sua potencial homossexualidade, e que iniciava os jovens garotos que queriam trabalhar nas lojas da KFC que gerenciava. Apenas no ano seguinte essas suspeitas foram confirmadas, quando Miller contou sua história aos pais, que, consequentemente, denunciaram Gacy à polícia.

Seguido de sua prisão preventiva, outro caso de tentativa de abuso sexual veio à tona e foi registrada pelos pais de um jovem de 16 anos chamado Edward Lynch. Negando veementemente os crimes, Gacy se ofereceu para passar pelo polígrafo, e o equipamento registrou que estava mentindo quando negou ter abusado dos dois garotos. Ignorando o resultado, afirmou que foi Miller quem fez repetidas investidas sexuais contra ele (não concretizadas) com o objetivo de ganhar algum dinheiro extra. Também argumentou que as acusações eram motivadas por uma disputa política, insistindo que os membros do Jaycee da oposição tinham medo de que ele se tornasse o presidente da organização e estavam arquitetando uma arapuca para tirá-lo da concorrência. A polícia não acreditou na história e o indiciou em 10 de maio de 1968 pelo crime de sodomia, a ser julgado no tribunal do grande júri do condado de Black Hawk.

Não seria a última vez que Miller o enfrentaria na corte. Cerca de quatro meses depois, Gacy foi acusado de pagar aproximadamente 300 dólares para um empregado chamado Dwight Andersson espancá-lo. Na ocasião do ataque, Miller conseguiu revidar, quebrar o nariz de Dwight e fugir para um lugar seguro. Após a polícia ser comunicada do ocorrido, Andersson foi detido no dia seguinte e delatou seu patrão como mandante da tentativa de espancamento. O juiz encarregado de avaliar o caso pediu uma análise psiquiátrica de Gacy em setembro de 1968, que concluiu que ele era mentalmente apto para enfrentar o julgamento. O laudo demonstrava que sua característica mais impressionante era a total negação de responsabilidade por seus atos, apresentando álibis para tudo e se considerando vítima das circunstâncias, culpando os outros por todas as desfortunas que aconteciam à sua volta.

Concluíram que sua personalidade antissocial não poderia ser tratada por nenhum tipo de tratamento conhecido. O laudo foi submetido às autoridades, e no julgamento a defesa fez um acordo com a promotoria onde Gacy se declararia culpado pelo caso de Miller e negaria todas as acusações dos outros jovens.

Mesmo mantendo as alegações de que o relacionamento foi consensual, em 3 de dezembro o desacreditado Gacy foi condenado a dez anos de prisão por sodomia (pena máxima para este crime nos Estados Unidos) a serem cumpridos no reformatório do Estado de Iowa. Assim que a cela de Gacy foi trancada, sua esposa Marlynn entrou com pedido de divórcio, incluindo pensão alimentícia e a guarda completa dos filhos, sendo tudo concedido pelo juiz responsável. Furioso, ele nunca mais quis ver os filhos novamente.

John Gacy tinha apenas 26 anos quando foi encarcerado pela primeira vez e se tornou um prisioneiro modelo, mantendo-se longe de problemas e ciente de que teria alta probabilidade de conseguir liberdade condicional se ficasse comportado – o que aconteceria mais cedo do que se poderia imaginar, pois depois de se enturmar com os detentos, se tornar *chef* na cozinha da prisão, continuar seus estudos e ativamente trabalhar para a melhoria das condições de seus colegas presidiários, em 18 de junho de 1970, apenas dezoito meses depois da prisão, ele deixa o confinamento para retornar para a cidade onde nasceu, Chicago, e ficar mais perto da mãe.

Ainda que transtornado pela morte recente do pai e por ser impedido de se despedir dele enquanto estava preso, imediatamente seu lado bom voltava a aparecer. Considerando que tinha ganhado uma nova chance, arrumou um emprego como cozinheiro em um restaurante das cercanias e, quatro meses depois de dividir o mesmo teto com sua mãe Marion, que estava impressionada pelo modo como seu filho se reajustou após seu retorno, Gacy comprou metade de sua nova casa, localizada no número 8213 da avenida West Summerdale, endereço que ficaria conhecido no mundo todo em dezembro de 1978. A outra metade da casa foi dividida entre sua mãe e suas irmãs.

A vizinhança era tranquila, as ruas limpas, como um bairro de subúrbio deve ser. Logo a família Gacy reunida fez amizade com os moradores do entorno, especialmente com Edward e Lillie Grexa, vizinhos de porta, o que faria que logo comemorassem o Natal de 1970 juntos, sem ideia do passado criminoso de John Gacy e de seu futuro problema com a lei: em 12 de fevereiro de 1971, Gacy foi novamente intimado por agredir sexualmente um adolescente. Nessa ocasião, Gacy supostamente teria oferecido uma carona ao jovem que estava aguardando seu ônibus no terminal e, dentro de seu carro, o teria forçado a fazer sexo com ele. Como seu acusador não compareceu ao tribunal no dia do julgamento e a corte de Iowa não ficou sabendo desse incidente, o que seria suficiente para caracterizar quebra da liberdade condicional, Gacy foi liberado. Em outubro de 1971, após o vencimento do prazo da condicional definido pelo tribunal, ele estava novamente sem qualquer pendência com a justiça americana.

John Gacy no Natal

Carole Hoff era uma mulher recém-divorciada com duas filhas na segunda metade de 1971. Seu estado emocional vulnerável foi suficiente para ser envolvida pelo estilo generoso e provedor de Gacy, mesmo sabendo de seu tempo de prisão. A consequência foi que, no primeiro dia de junho de 1972, eles se casaram e, ao se mudarem para a casa da avenida West Summerdale, Marion e as filhas passaram a viver em outra residência para dar mais espaço à nova família. O casal mantinha um relacionamento amigável com os vizinhos, e várias vezes os Grexas eram convidados à casa dos Gacy para festas e churrascos – a única reclamação era um odor horrível que emanava do chão. Eles tinham certeza de que havia um rato morto no espaço entre as tábuas do assoalho e as fundações da casa, chegando a alertar Gacy do problema, no que obtiveram a resposta de que se tratava de um problema de umidade; a mesma resposta que dava para muitos amigos e familiares em festas animadas que chegaram ao pico de trezentas pessoas... A verdade só seria revelada anos depois.

Acontece que Gacy havia contratado os serviços de operários pouco tempo antes para construírem trincheiras no solo abaixo das tábuas do porão de sua casa. Cada uma delas seria usada como cova para os corpos dos jovens que atrairia e posteriormente mataria. Quando os Grexas reclamavam do mau cheiro com Gacy, ainda não faziam ideia de que sob seus pés estava se decompondo o jovem Timothy McCoy de 15 anos, primeiro assassinato confirmado do Palhaço Assassino. Timothy foi abordado em 2 de janeiro de 1972 no terminal de ônibus de Chicago enquanto viajava de Michigan para Omaha com a promessa de que podia descansar na casa de Gacy antes de seguir viagem. Na manhã seguinte, Gacy esfaqueou repetidamente McCoy no tórax, enterrando-o posteriormente. Durante o julgamento, o assassino alegaria legítima defesa, contudo confidenciava que teve um orgasmo ao matar o rapaz e percebeu que seduzir garotos não era suficiente. Gacy experimentava opções mais extremas e começava a sentir necessidade de matar para se satisfazer sexualmente.

A face externa de Gacy continuava imaculada e, em 1974, ele decidiu trabalhar por conta própria e abriu a empresa PDM Contractors, empreiteira especializada em pintura, decoração e manutenção (de onde vem a sigla). Para funcionários, Gacy optava por contratar jovens adolescentes. A desculpa era que os custos com salário eram mais baixos, contudo essa não era a razão mais proeminente: ele tinha a intenção de seduzi-los e, com isso, estava cada vez mais difícil de esconder dos seus círculos mais íntimos o crescente desejo por rapazes novos, especialmente de sua esposa.

Ainda que Carole não tivesse provas de sua homossexualidade e não soubesse o que ele fazia após contratar os garotos, as suspeitas foram fortes o bastante. A vida sexual do casal foi interrompida, e o humor de Gacy tornava-se cada vez mais imprevisível – um momento sorridente poderia rapidamente se tornar uma fúria incontrolável com diversos móveis quebrados. Sua insônia e a frequente ausência de casa não ajudavam na situação. Após penar durante o ano de 1975, o episódio derradeiro ocorreu quando ela encontrou diversas revistas de homens nus no meio das coisas de Gacy na garagem. O divórcio foi pedido e consolidado em março de 1976, época em que se mudou com as filhas para um apartamento próprio.

Mesmo com o casamento em ruínas, os ataques a jovens continuavam acontecendo sem qualquer investigação. Em julho de 1975, por exemplo, um empregado da PDM de 16 anos chamado Anthony Antonucci foi seduzido no trabalho e posteriormente atacado pelo patrão. Só não morreu por uma folga na algema que permitiu que escapasse. A fachada de Gacy continuava imaculada: suas aspirações políticas atingiam um novo patamar quando ele entrou para o partido democrata e ofereceu os serviços da PDM para limpar gratuitamente o centro de operações na cidade. Foi por esta época que Gacy começou a se vestir como um palhaço (chamado Pogo) para entreter crianças em festas e hospitais, que seria a origem de sua infame alcunha futura.

Essas ações de caridade impressionaram o membro do comitê do partido democrata regional, Robert F. Matwick, que o nomeou para a comissão de iluminação pública e tesouraria. Nesta época chegou a tirar uma foto junto com a primeira-dama dos Estados Unidos, Rosalynn Carter, esposa do presidente Jimmy Carter. A escalada de Gacy na política foi interrompida devido aos crescentes comentários sobre sua sexualidade e sua preferência por jovens garotos, como em Waterloo anos antes.

Johnny Butkovich era um jovem de 17 anos em 1976, outro dos empregados da

PDM, que precisava de dinheiro para sustentar seu hobby de comprar peças a fim de melhorar seu Dodge 1968 para competições amadoras de corrida. Quando Johnny ficou duas semanas sem pagamento, foi com dois amigos confrontar seu chefe em sua casa e gerou uma grande discussão, mas sem chegar a um acordo. Após deixar seus amigos em casa, Johnny nunca mais foi visto e o Dodge foi encontrado abandonado em um estacionamento com a carteira do rapaz intacta e as chaves ainda na ignição.

Michael Bonnin, também de 17 anos, era um rapaz ocupado com diversos projetos de carpintaria por dinheiro e por diversão. Em junho de 1976, estava a caminho para pegar um trem para visitar o irmão de seu padrasto quando desapareceu. Assim como os dois, diversos outros rapazes desapareceram nas imediações no período, todos tinham apenas um fator comum e que só foi descoberto muito tempo depois: John Wayne Gacy.

A máscara começou a ruir quando em 12 de dezembro de 1976, Gregory Godzik de 17 anos voltava ao lar após deixar a namorada em casa, e sumiu sem deixar vestígios. Seu Pontiac 1966 foi encontrado no dia seguinte. Em sequência, em 20 de janeiro de 1977, John Szyc de 19 anos também nunca mais voltou para casa depois de sair com seu Plymouth Satellite 1971. Pouco tempo após o desaparecimento de Szyc, o Plymouth é apreendido pela polícia pilotado por um adolescente chamado Michael Rossi, após sair de um posto de gasolina sem pagar. O jovem disse que o homem com quem ele vivia podia explicar a situação. Este homem era Gacy, que explicou para a polícia que Szyc vendeu o carro a ele mais cedo para ter dinheiro para deixar a cidade. As autoridades jamais checaram a discrepância de que o recibo do carro estava datado 18 dias depois do sumiço de

Vítimas de John Gacy

A casa de John Gacy

seu dono e registrado com uma assinatura falsa, bem como jamais fez qualquer conexão entre os desaparecidos Szyc, Godzik e Butkovich, que se conheciam e tiveram ligações com a PDM Contractors.

Foi somente um ano depois, com o relato do desaparecimento de Robert Piest, que a polícia passou a dar a devida atenção ao caso, juntamente com a análise do passado criminal de John e da desconfiança da veracidade dos depoimentos colhidos. O tenente Kozenczak solicitou e obteve um mandado de busca para procurar por pistas do paradeiro de Piest na casa de John Gacy, mandado este que foi cumprido em 13 de dezembro de 1978, enquanto Gacy estava no trabalho. As evidências encontradas reforçaram ainda mais as suspeitas do tenente: algemas, cordas de nylon, livros sobre homossexualidade e pederastia, uma pistola, uma jaqueta com um recibo da farmácia onde Robert Piest trabalhava no bolso e um anel com as iniciais J.A.S. (que rapidamente foi descoberto que pertencia a John A. Szyc). Todavia, o mais impactante no local era o odor, o mesmo cheiro de morte que o casal Grexa que vivia ao lado sentia e que pela experiência dos policiais não era meramente de esgoto.

Apesar de tudo o que foi encontrado e de suas ligações com diversos jovens desaparecidos na região, as provas eram circunstanciais e não justificariam sua prisão preventiva. Foram necessários alguns dias de vigilância para que Gacy, então assustado e bebendo como nunca, cometesse um deslize e fosse preso por posse de maconha e calmantes controlados sem receita médica.

Recluso pela segunda vez na vida, mas dessa vez para jamais ser libertado novamente, Gacy finalmente confessou ter matado alguém, alegando legítima defesa, e que enterrou os restos mortais debaixo de sua garagem. A quatro dias do Natal de 1978, um novo mandado de busca para o subsolo da casa de Gacy foi expedido, e os

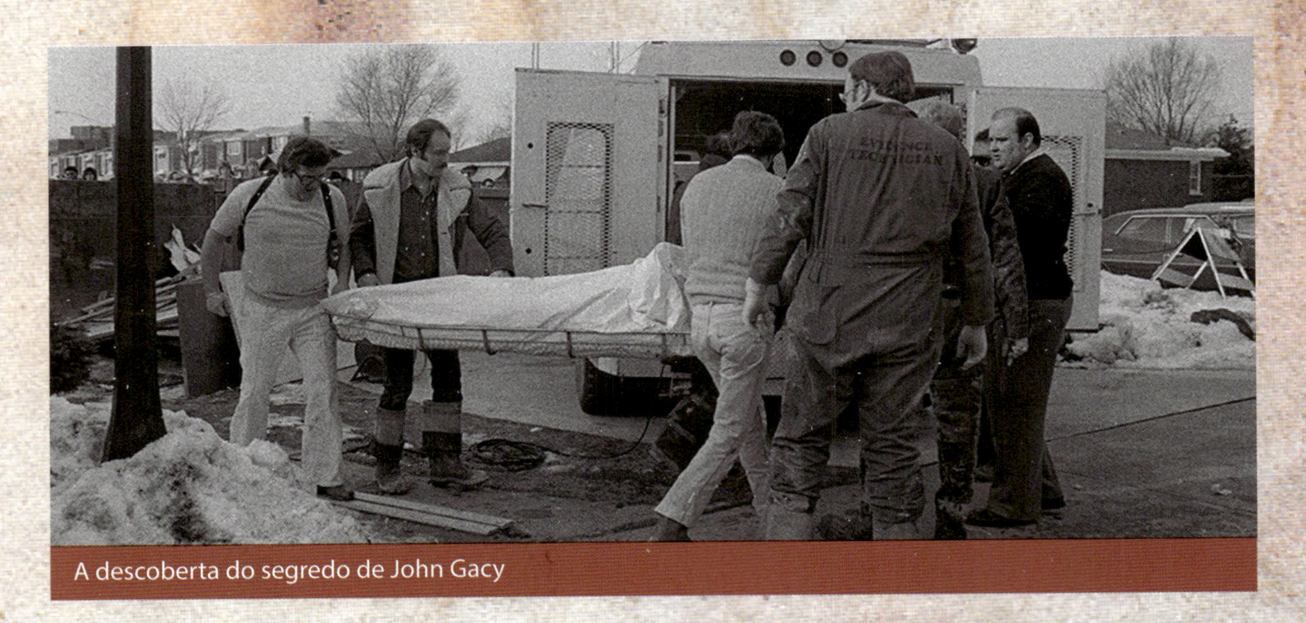
A descoberta do segredo de John Gacy

investigadores decidiram olhar primeiro no espaço entre a fundação e o porão da casa, onde havia um suspeito amontoado de terra. Minutos depois encontraram ossos humanos.

Naquela noite o legista do condado de Cook, doutor Robert Stein, foi chamado para ajudar nas investigações. Imediatamente ao adentrar a casa, o odor de decomposição que tomava conta do ambiente já prenunciava o pior. Stein organizou uma verdadeira busca arqueológica no solo da residência, que prosseguiu nos dias posteriores, com a ajuda de cães farejadores e um mapa esboçado por Gacy com a localização aproximada dos corpos. O circo da imprensa já estava armado, e os crimes do Palhaço Assassino eram notícia nacional. Televisionado para todo o mundo da casa número 8213 da avenida West Summerdale, os corpos dos jovens violados por Gacy não paravam de sair em sacos mortuários, a grande maioria estrangulados, alguns asfixiados com as roupas de baixo enfiadas goela abaixo.

O *modus operandi* de Gacy, como foi revelado posteriormente, consistia em, usando a figura de patrão ou fingindo ser policial, persuadir os jovens a voluntariamente se algemarem com as mãos nas costas (ele dizia que havia um truque para abri-la) e em seguida usava clorofórmio para fazê-los desfalecer e os sodomizar. Depois colocava uma corda de nylon em volta do pescoço e, fazendo um torniquete com um pedaço de madeira, girava até que a vítima morresse – a justificativa era que esfaquear, como fez com sua primeira vítima, fazia muita bagunça. Diz a lenda que Gacy citava passagens da Bíblia enquanto realizava seus homicídios.

Em 28 de dezembro, após a polícia derrubar a casa para facilitar as buscas, foram localizados um total de 27 corpos sob o solo úmido e empoçado do porão, mais dois nas imediações do rio Illinois, onde Gacy despejou os cadáveres quando não havia mais espaço para enterrar. Nas semanas seguintes e até o final do mês de fevereiro, outros três corpos foram encontrados, dois sob a garagem concretada da casa e outro no rio. O último corpo a ser encontrado foi justamente o de Robert Piest, em 9 de abril de 1979, no rio Illinois. A autópsia revelou que ele morreu sufocado com toalhas de papel alojadas em sua garganta.

Dos 33 corpos encontrados, 24 foram identificados, incluindo Szyc, Godzik e Butkovich, entre outros funcionários desaparecidos da empreiteira de Gacy ou adolescentes de passagem pela cidade. Ao final, ninguém mais estava rindo em Chicago.

A piada infame: a revolta das famílias e o julgamento

Com tantos desaparecimentos, é de se espantar que apenas após tantas vítimas confirmadas a polícia tenha dado um basta nos sucessivos crimes de Gacy, esse fato escancarou a incompetência do sistema e gerou inúmeras reclamações após a prisão do Palhaço Assassino. A verdade é que, com poucas exceções, todos os desaparecimentos foram relatados pelas famílias à força policial, que tratou os casos com invariável indiferença, pois, por se tratarem de adolescentes com os hormônios em ebulição, eram considerados como casos de rebeldia e fuga. O desleixo apresentado no caso Gacy gerou uma enxurrada de processos civis contra a comissão de condicional de Iowa e o departamento de polícia de Chicago, sendo o mais notório o processo movido pela família de Robert Piest pedindo 85 milhões de dólares em danos morais por negligência.

Em 6 de fevereiro de 1980, tem início o julgamento de John Wayne Gacy no prédio da Corte Criminal do Condado de Cook, em Chicago, pelo assassinato de 33 pessoas. O destino de Gacy seria traçado por um júri composto de cinco mulheres e sete homens – novamente a imprensa acompanhava cada passo em polvorosa. William Kunkle foi o promotor-chefe designado, apoiado pelos advogados Robert Egan, James Varga e Terry Sullivan e, do outro lado, Sam Almirante e Robert Motta, como advogados de defesa. Ao longo das seis semanas de julgamento, a estratégia de defesa consistia essencialmente em alegar insanidade, enquanto a promotoria buscava desconstruir essa versão e afirmar que as mortes não eram causadas em acessos de fúria, mas com premeditação, racionalidade e ódio, justificando que um homem insano que agia por impulso jamais cavaria trincheiras com antecedência em sua casa, possuiria objetos meticulosamente posicionados para cometer seus crimes e seria incapaz de manter uma fachada perfeita na vida pública, com amigos, empresas e responsabilidade social.

O conselho de defesa de Gacy o fez passar por mais de 300 horas de testes psicológicos e por avaliação de uma equipe de psiquiatras para determinar exatamente a condição mental do réu, porém, conforme se provou durante o julgamento, insanidade é algo difícil de provar no tribunal.

Com a abertura dos trabalhos, a promotoria chamou sua primeira testemunha, Marko Butkovich, pai de John Butkovich. Ele foi o primeiro dos vários parentes e amigos das vítimas que acabaram chorando copiosamente no banco das testemunhas, ao passo que outros recontaram seus últimos momentos com elas. Logo após, vieram os testemunhos dos empregados de Gacy que sobreviveram aos encontros violentos com seu chefe, além de amigos e vizinhos, seguidos pelos policiais responsáveis pela investigação e psicólogos que teorizavam sobre a sanidade do palhaço assassino, num total de dezesseis testemunhas.

Em 24 de fevereiro, foi a vez da defesa tomar parte e, para a surpresa de muitos, a primeira testemunha chamada foi Jeffrey Rignall, atacado em março de 1978. Rignall na época tinha 26 anos e foi atraído por Gacy próximo a um bar gay nas redondezas de Chicago com a promessa de uma carona e um cigarro de maconha. No meio do caminho, o Palhaço Assassino forçou um pano com clorofórmio no rosto do rapaz até ele desmaiar, ação que foi repetida algumas vezes até eles chegarem na casa da avenida West Summerdale.

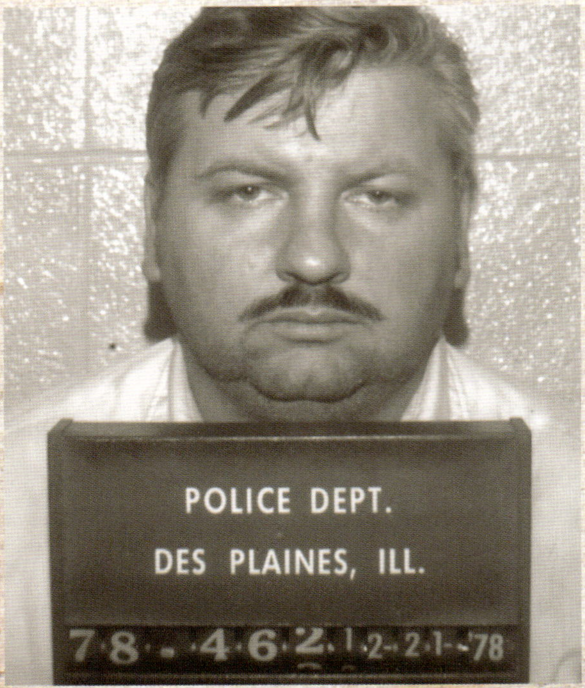

Quando Rignall acordou, já estava amarrado e foi torturado, estuprado, drogado e chicoteado por Gacy até ficar inconsciente novamente. Por algum motivo ignorado, não foi morto, e na vez seguinte que acordou estava caído no Parque Lincoln em Chicago. Conseguiu retornar para a casa da namorada, que o levou ao hospital, onde permaneceu internado por seis dias. Desacreditado pela polícia da história contada, após a prisão de Gacy escreveu um livro com o autor Ron Wilder chamado *29 Below* lançado em 1979. Wilder só não foi chamado pela acusação no julgamento porque o livro poderia atrapalhar a estratégia da promotoria.

Rignall testemunhou que não acreditava que Gacy tivesse controle sobre seus atos, dada a selvageria do ataque que sofreu. Ao descrever em detalhes os eventos daquele dia, a vítima ficou com uma carga de estresse tão alta que começou a vomitar e chorar histericamente e foi removido da corte sem que o réu exibisse sinais de emoção. A mãe e uma das irmãs de Gacy também foram chamadas num esforço de provar sua insanidade, relatando como o pai abusava delas física e verbalmente repetidas vezes durante a infância.

Outros amigos também testemunharam sobre a generosidade daquele que se vestia de palhaço para alegrar crianças doentes, porém sua vizinha, Lillie Grexa, abriu um buraco na estratégia da defesa ao declarar que achava que Gacy era um homem brilhante, conflitando com a versão de que ele não era apto de controlar suas ações. Vários psiquiatras que examinaram Gacy também declararam no banco que, embora inteligente, ele sofria de esquizofrenia, múltiplas personalidades ou comportamento antissocial, afirmando também que essa condição mental debilitava seu entendimento da magnitude de seus atos criminais. Outro rombo na remota possibilidade de a tese da defesa convencer o júri aconteceu quando um dos profissionais depoentes declarou que, ao ser considerado mentalmente incapaz, recursos posteriores poderiam permitir que ele continuasse nas ruas, pois não poderia ser internado contra sua vontade, o que, evidentemente, era uma possibilidade ameaçadora o suficiente. Ao término, o próprio Gacy não foi chamado ao banco para depor e nunca confessou ter cometido os homicídios sob juramento.

Após mais de cem testemunhos e as considerações finais emocionadas da defesa, lembrando os principais pontos de sua teoria, e da acusação falando em frente de um painel com fotos das 22 vítimas identificadas até aquela data, em 11 de março os doze cidadãos entraram na sala reservada para deliberação. As semanas cansativas terminaram apenas duas horas depois, resumidas em um veredito unânime lido pelo juiz Louis B. Garippo: John Gacy foi considerado mentalmente são e culpado pelo assassinato de Robert Piest e dos outros 32 jovens, por abuso sexual e por exposição indecente de menores.

A sentença é expedida dois dias depois constando que, por seus crimes, Gacy receberia prisão perpétua por onze homicídios e doze penas de morte por eletrocussão, marcando a data de 2 de junho de 1990 para sua execução, devendo aguardar no Menard Correctional Center localizado em Chester, Illinois. Até hoje, na história da justiça dos Estados Unidos, John Gacy é o *serial killer* condenado pelo maior número de mortes numa mesma sentença.

As cortinas se fecham: o trágico fim de uma trágica história

Após o julgamento, a vida na prisão era tranquila como foi da primeira vez em que esteve encarcerado. A conclusão de quem o observava mais de perto era que, ao seguir regras rigorosas e rotinas estritas, a compulsão de Gacy se mantinha contida. Novamente um detento exemplar, o Palhaço Assassino manteve durante mais de doze anos na Menard Correctional Center um livro no qual relatava todas as suas atividades, diariamente. O único incidente ocorreu em 15 de fevereiro de 1983 quando foi esfaqueado no braço com um fio afiado por Henry Brisbon, enquanto estava fora de sua cela participando de um programa de trabalho voluntário. Ainda assim, ele continuava comunicativo e sociável, escreveu mais de dez mil cartas da prisão e, no Natal de 1983, mandou diversos cartões coloridos para seus contatos com uma foto dele vestido como o palhaço Pogo.

A sentença permitia recursos às instâncias superiores na justiça, e foram solicitados em grande número pelos novos advogados de defesa – Greg Adamski e Karen Conti – e pelo próprio Gacy, que passou boa parte de seu tempo na prisão lendo numerosos livros sobre legislação criminal, ampliando seu conhecimento jurídico. Clamando inocência até o fim da vida – para desespero de seus advogados de defesa, que poderiam usar a confissão para convencer a Suprema Corte, uma vez que ao manifestar arrependimento pelos seus atos seria possível tentar reduzir e comutar a sentença –, as apelações variavam desde questionamentos quanto à legalidade dos mandados de busca e apreensão emitidos em dezembro de 1978 até a desqualificação das provas encontradas ao insinuar a existência de outros suspeitos para os crimes.

Os recursos mais relevantes foram os que buscavam comutar a pena de morte aplicada em prisão perpétua. Em meados de 1984, a Suprema Corte de Illinois manteve a pena de morte apenas trocando a forma da execução para injeção letal, e a data para 14 de novembro. Um novo recurso foi feito e negado pela Suprema Corte dos Estados Unidos em 4 de março de 1985. No ano seguinte, um pedido de novo julgamento foi feito e negado em 11 de setembro de 1986. A Suprema Corte de Illinois deu uma nova data para a execução: 11 de janeiro de 1989. A derradeira tentativa de livrar Gacy do corredor da morte foi negada pela Suprema Corte dos Estados Unidos em outubro de 1993, fixando, por fim, a data de 10 de maio de 1994.

Em entrevistas na época, Gacy se sentia absolutamente tranquilo com relação à possibilidade de receber clemência, convencido de que não era culpado por tamanha barbaridade – em uma entrevista, declarava que "a única coisa de que sou culpado era por administrar um cemitério sem licença" (referindo-se aos corpos enterrados em casa). Em sua última manhã, Gacy foi transferido de helicóptero para a câmara de morte na unidade correcional em Crest Hill, também em Illinois. Durante a tarde, foi permitido que ele tivesse um almoço privado com membros de sua família no pátio da prisão e às 7 horas da noite o Supremo Tribunal negou o último pedido de suspensão da execução.

Muito falante, após agradecer separadamente aos advogados de defesa, nas horas finais uma multidão de mais de mil pessoas fazia vigília do lado de fora com velas e cartazes. As pessoas dividiam-se entre familiares e amigos das vítimas a favor da execução e alguns membros de grupos antipena de morte. Em sua refeição final, Gacy jantou frango assado, batata frita, refrigerante e bolo de morango.

Conduzido pelo corredor da morte próximo à meia-noite do dia 10, os parentes das vítimas credenciados para assistir pelo circuito interno do presídio podiam ver pela última vez o rosto daquele que, por trás de uma face feliz e alegre, levou seus entes próximos de forma tão brutal. Eles puderam ver Gacy sendo amarrado a uma maca na sala de execução, pronunciar suas últimas palavras (um singelo "*kiss my ass*") e receber três injeções: um anestésico (tiopentato de sódio), um relaxante muscular (brometo de pancurônio) e a dose letal de cloreto de potássio.

Gacy disse aos detetives na época de sua prisão que existiam quatro "Johns": o empreiteiro, o político, o palhaço e o assassino... Os quatro se foram quando ele foi declarado morto às 00:58 do dia 10. No pronunciamento público do promotor William Kunkle feito na manhã seguinte: "Ele teve uma morte mais fácil do que qualquer uma de suas vítimas. Na minha opinião, teve uma morte mais leve do que merecia, mas o mais importante foi que ele pagou por seus crimes com a vida".

Durante a madrugada, a psiquiatra forense e autora Helen Morrison, que participou do julgamento depondo pela defesa e que acompanhou Gacy por catorze anos, teve autorização da justiça para participar da autópsia, na esperança de que sua compulsão violenta pudesse ser explicada por um cérebro anormal. Para sua consternação, nenhuma anomalia foi encontrada pelo legista e seu cérebro até hoje continua sob a guarda de Morrison.

Um dos hobbys favoritos de John Gacy era a pintura, e fez centenas delas nos catorze anos encarcerado – algumas contas chegam ao número de duas mil. As obras variavam em tamanho, técnica e tema (retratando de Jesus Cristo aos assassinos seriais Charles Manson e Andrei Chikatilo, passando por Fred Flintstone e os Sete Anões), porém boa parte deles envolviam temas infantis e palhaços. As obras foram vendidas em leilões com valores que chegavam a até 20 mil dólares, e parte do dinheiro foi revertido para o Centro Nacional das Vítimas do Crime, organização de advogados nos Estados Unidos que trabalham em prol de vítimas de atos violentos. Alguns meses depois, uma cerimônia foi organizada por parentes e amigos dos garotos assassinados, em que queimaram diversas destas pinturas numa grande pira; o restante ainda circula entre colecionadores. Devido à evidente polêmica em torno de seu nome, suas obras jamais foram exibidas em galerias.

Uma das grandes ironias era que Gacy não era um pária da sociedade como Henry Lee Lucas; era casado, com filhos, politicamente ativo e vivia muito bem com seu emprego. Não tinha retardo mental como Ed Gein; na juventude fez um teste de Q.I. que apontou o valor de 118. E, principalmente, nunca houve confirmação judicial de que ele usou a imagem de seu *alter ego* de palhaço para perseguir e matar suas vítimas. Todavia, a imagem do homem obeso usando maquiagem carregada, grandes lábios vermelhos e um olhar penetrante causa um impacto tão grande ao evocar o terror da chocante história dos crimes cometidos por Gacy, que explica, pelo menos em parte, por que a coulrofobia apenas foi explorada com mais frequência em filmes e livros após sua prisão ao final de 1978 e seu julgamento em 1980.

O circo muda de cidade: Gacy é retratado na ficção

Após o escândalo causado pela tragédia real dos crimes do Palhaço Assassino, nada mais natural que o cinema e a televisão explorassem o filão da icônica figura de John Wayne Gacy. Essa notoriedade trazida pelo aproveitamento da história rendeu diversas obras que oscilam entre a biografia e a bagaceira absoluta em aparições que só usaram o seu nome como subterfúgio para chamar a atenção. Nesta parte conferimos algumas dessas produções.

To Catch a Killer

(Creative Entertainment Group, 1992, Dir.: Eric Till, 182 min.)

O filme: Primeira obra biográfica sobre os crimes de John Gacy a ser lançada – e a mais extensa: três horas de duração! Esse filme, produzido para a televisão e apresentado em duas partes, tem uma apresentação menos voltada ao terror e mais ligada ao gênero policial. Começa no desaparecimento de Chris Gant (no lugar do nome real de Robert Piest) e coloca o envolvimento quase obsessivo do detetive Joe Kozenczak (Michael Riley, de *Cubo Zero*, usando um bigode horroroso) na investigação e captura de John Gacy (Brian Dennehy). Neste jogo de gato e rato, Joe vê a dificuldade de desconstruir a imagem do homem de negócios respeitado e trazê-lo à justiça, sendo que na prática nem foi tão difícil assim.

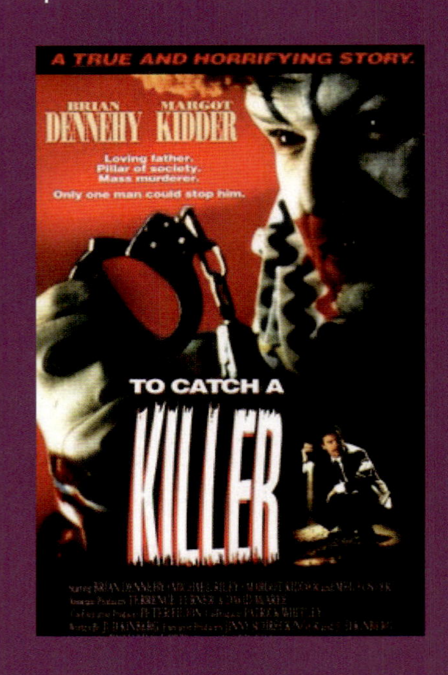

Com valores de produção bem limitados de uma época onde telefilmes tinham aspecto e orçamento de novelas (nítido nas más interpretações dos jovens atores, na dificuldade de caracterização de época e na trilha sonora feita com sintetizador), a longa duração deixa o filme moroso, com poucos conflitos interessantes e cenas de impacto. Também tem o problema de a trama já começar com todos os crimes cometidos – nenhuma morte é mostrada, apenas descrita – e a ênfase desproporcional nos problemas do detetive em detrimento dos hábitos do assassino atrapalha a experiência. Embora, dos filmes analisados, este tenha o elo mais coerente com o que aconteceu na realidade, contando detalhes do processo de investigação, na prática é o mais difícil de assistir.

O elenco ainda conta com uma pequena participação da eterna Lois Lane da franquia clássica do Superman, Margot Kidder, no papel de uma médium (inexistente na história verdadeira) que ajuda a polícia incorporando espíritos dos desaparecidos, servindo na narrativa como um flashback para recontar o *modus operandi* de Gacy e para colocar uma carga dramática desnecessária no roteiro.

Por trás do nariz vermelho: O carismático e veterano Brian Dennehy *(Rambo: Programado para Matar)* consegue trazer para sua interpretação todo o aspecto manipulador e petulante de Gacy e não deixa a peteca cair. Certamente é o principal motivo para o espectador ficar as longas horas em frente à televisão. Fazendo um paralelo, é como se Jack Nicholson tivesse engordado e fosse interpretar Hannibal Lecter. Contudo, é uma pena que sua participação tenha sido pequena. Pelo papel, Dennehy foi merecidamente indicado ao Emmy de melhor ator em Minissérie ou Especial para a TV em 1992.

Nota: [1]

Gacy

(DEJ Productions, 2003.

Dir.: Clive Saunders, 88 min.)

O filme: Outra abordagem da biografia da época dos crimes de Gacy usa o mito do Palhaço Assassino com mais frequência. O filme começa com um breve flashback sobre a forma como seu pai (Adam Baldwin em rápida participação) o tratava e pula diretamente para 1967, a fim de contar seus crimes contra jovens rapazes e seu relacionamento problemático com a segunda esposa, sua mãe e seus empregados.

O roteiro é sensacionalista e exagera usando de muitas liberdades enquanto biográfico para tornar a trama mais atraente, porém os recursos soam forçados e não funcionam devidamente. Por exemplo, mostrando que Gacy tinha dezenas de pinturas de palhaços espalhadas pela casa – chega a atacar um jovem vestido a caráter – e que tinha tantos problemas com larvas e chorume gerados pelos corpos decompostos no porão que subiam pelo encanamento do banheiro e chegavam a invadir o gramado dos vizinhos. Especialmente, renega a respeitabilidade de Gacy com os vizinhos ao retratá-lo

[1] As análises dos filmes serão classificadas obedecendo a escala de balões, na qual um balão quer dizer que o filme é muito ruim, e dois balões indicam que o filme é fraco, porém assistível. A marcação de três balões significa que o filme é bom ou mediano. O total de quatro balões indica que a obra é muito boa ou até ótima, enquanto cinco balões categorizam a película como imperdível. Ainda é possível ter variações desta escala como dois balões e meio, quatro balões e meio, meio balão e até um balão murcho.

como uma pessoa com um retardo mental qualquer e graves problemas afetivos.

A produção também mostra a mãe de Gacy morando com ele na época de seus crimes, o que não só é um erro factual, como não faz nenhum sentido, pois a idosa sempre

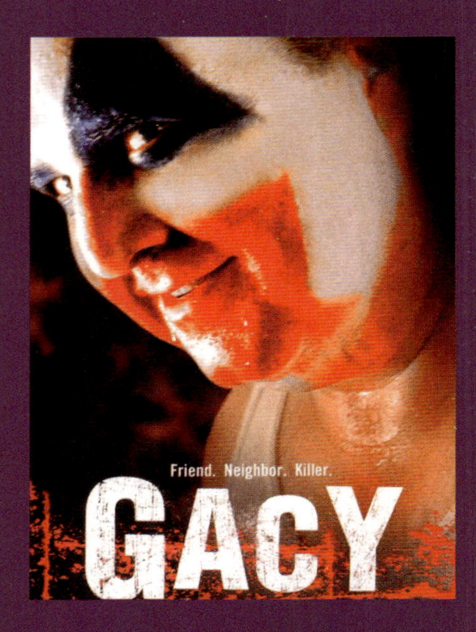

está dormindo quando ele mata os rapazes. No final, o roteiro se aferra a tantos aspectos mundanos do cotidiano de Gacy e a teorias psicológicas simplistas que não acrescentam nada na tentativa de explicar como o assassino se formou. Apesar de ser um filme de 2003, lembra muito os suspenses feitos nos anos 1990, tanto pelas deficiências orçamentárias quanto pela qualidade do elenco. Foi o primeiro e único filme do diretor Clive Saunders.

Por trás do nariz vermelho: Conhecido como o vilão do filme *As Grandes Aventuras de Pee-Wee* (1985), os amantes de filmes B com boa memória podem se lembrar do gorducho Mark Holton como o bobão Ozzie de *O Duende* (1993), que sempre participou de filmes com qualidade duvidosa – entre seus créditos estão participações em *Distorcido no Inferno* (1995) e *A Casa Assassina* (2004). Sua interpretação de Gacy é bem inconstante, justamente por causa do roteiro que não se decide se ele é um assassino manipulador ou um pervertido problemático, tornando-o pouco ameaçador na prática.

Nota: 🎈🎈

Dear Mr. Gacy

(Reel One Enternainment, 2010.
Dir.: Svetozar Ristovski, 103 min.)

O filme: A história retratada é menos sobre Gacy e mais sobre outra pessoa verdadeira, um jovem de 18 anos chamado Jason Moss. No filme, enquanto termina os estudos em criminologia, Jason (interpretado por Jesse Moss, de *Premonição 3*) decide iniciar um relacionamento com o *serial killer* John Wayne Gacy (William Forsythe) para realizar um trabalho de conclusão do curso de criminologia. Seu interesse é explicado especialmente pela proximidade de execução do Palhaço Assassino. Sabendo do histórico do gosto de Gacy por jovens garotos, ele começa a trocar cartas com o detento, que evoluem para telefonemas e culminam num encontro face a face. Pensando que está manipulando o famoso assassino, ele começa a ter sua vida particular influenciada pelas mensagens de Gacy, finalmente levantando a questão de o quanto você está disposto a se aproximar do monstro sem ser afetado por ele.

Um thriller de primeira linha, o jogo entre os dois protagonistas é muito bem retratado, lembrando *O Aprendiz* (baseado no livro de Stephen King), contudo fica mais assustador ao saber que se trata de uma história verdadeira, principalmente quando o diretor usa algum material de arquivo jornalístico real. Não espere sangue, mortes ou ritmo acelerado, presentes apenas nos poucos e intensos flashbacks, e compensados pela boa série de conflitos psicológicos internos e externos.

Na vida real, Jason Moss também entrou em contato com outros *serial killers* encarcerados, como Richard Ramirez, Henry Lee Lucas, Jeffrey Dahmer e Charles Manson, mas foi com Gacy que teve contato mais profundo. Suas experiências foram retratadas no livro *The Last Victim*, lançado em 1999, do qual este filme faz adaptação. Após se formar em Direito, trabalhou como advogado de defesa até cometer suicídio em 6 de junho de 2006, aos 31 anos. Se a data teve algum significado maior para Jason, jamais saberemos.

Por trás do nariz vermelho: Embora a ênfase esteja nos demônios internos de Moss, William Forsythe caracteriza fisicamente Gacy quase à perfeição, e sua intensidade carrega o filme nas costas (a lembrança de Hannibal Lecter novamente é inevitável), mas é um pouco ofuscada pela afetação homossexual com a qual interpreta e que não corresponde às entrevistas e vídeos da época de Gacy. Forsythe é extremamente atuante no ramo: foi o Al Capone no seriado *Os Intocáveis* (1993-1994) e participou de filmes famosos como *Assassino Virtual* (1995), *A Rocha* (1996) e *Halloween: O Início* (2007).

Nota:

Dahmer vs. Gacy

(Angry Baby Motion Pictures, 2010.
Dir.: Ford Austin, 90 min.)

O filme: Um pastelão *splatter* em que um experimento duvidoso do governo fabrica clones de John Gacy (Randal Malone) e Jefrey Dahmer (Ford Austin, também o diretor) como armas de destruição em massa. As coisas complicam quando um acidente no laboratório acontece e os clones fogem da contenção, forçando o Governo e o Exército a tentar procurá-los antes que a população entre em pânico, contratando ninjas mascarados para resolver o problema. Neste ínterim, um caipira (Ford Austin, novamente) que ouve a voz de Deus (Harland Williams, de *Pirado no Espaço*) descobre que sua missão divina é matar os dois clones.

Sem qualquer compromisso com a realidade e calçado firmemente no humor negro, há alguma coisa de errado quando você tenta fazer comédia usando o nome de dois *serial killers* que causaram tanta dor e so-

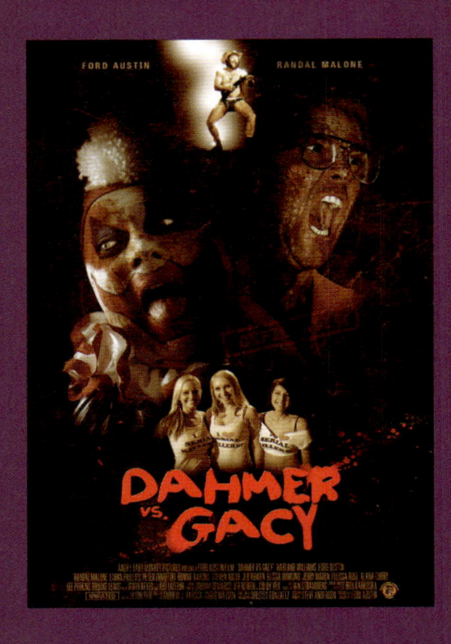

frimento verdadeiro. Colocando o moralismo à parte – até porque o desenho *South Park* também tem incursões similares –, não haveria problema algum se fosse minimamente engraçado... Mas não é. O tipo de humor aplicado é cheio de trocadilhos, piadas de boteco extremamente escatológicas ou que simplesmente não têm o menor motivo para se prolongarem por tanto tempo – como quando os assassinos se ofendem verbalmente ao desmerecerem suas vítimas do passado (o único evento meramente biográfico do filme).

O sangue jorra em baldes, porém a maioria das mortes é *off screen* e o que escorre parece um xarope ralo de groselha. Aparentemente, esses defeitos não ocorreram por falta de orçamento, já que o filme possui bons valores de produção. Definitivamente não é para ser levado a sério, e nem poderia, e qualquer potencial que a boa ideia poderia ter no papel é quebrado pela falta de continuidade narrativa (as cenas parecem uma série de esquetes desconexos), de motivação dos personagens, de um bom trabalho de câmera e de um final que seja remotamente satisfatório.

O melhor da produção certamente são as participações especiais notórias de Art LaFleur (*Stallone Cobra*), Felissa Rose (*Sleepaway Camp*) e Irwin Keyes (*A Casa dos 1000 Corpos*).

Por trás do nariz vermelho: Randal Malone aparece bem menos que sua contraparte Jefrey Dahmer no filme, entretanto seu jeito afetado e excessivamente caricato (está sempre com a pesada maquiagem de Pogo, o palhaço) é tosco de assistir, principalmente quando toca uma música de circo sempre que o personagem aparece em cena. O ator é veterano em obras de qualidade duvidosa filmadas diretamente para o vídeo e com títulos chamativos como *Orgy of the Damned* (2014), *Rat Scratch Fever* (2011), *House of Flesh Mannequins* (2009) e *The Curse of Lizzie Borden* (2006).

Nota: 

8213: Gacy House

(The Asylum, 2010.

Dir.: Anthony Fankhauser, 91 min.)

O filme: Esqueça sua coulrofobia! Neste filme horrendo da produtora Asylum, não vemos nada sobre qualquer vestígio de Gacy ou de sua fantasia de palhaço. Para ser justo, há um vulto malvisto bem no final da produção, que nem pode ser considerado uma "aparição". Esta é a continuação não declarada de outro filme (tão ruim quanto) chamado *Paranormal Entity* e que, como podem perceber, é uma tentativa descarada da produtora de surfar no sucesso da franquia *Atividade Paranormal*. O filme conta a história de um grupo de "caçadores de fantasmas" entrando na casa reconstruída de Gacy (que estava abandonada há quatro anos, mas é toda mobiliada e ainda tem luz elétrica) para tentar invocar o espírito do Palhaço Assassino e confirmar que a residência é assombrada.

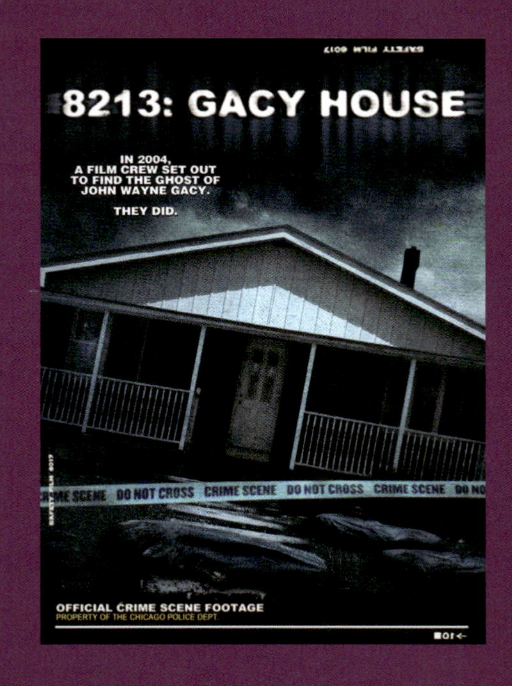

O filme é pífio e tenta desesperadamente convencer o espectador de que o *found footage* é genuíno, tanto pela falta de créditos e trilha sonora, quanto pela capa do DVD. Mas enfim, basicamente vemos mais de 50 minutos de nada acontecendo e de filmagem tosca pela equipe, um ou outro barulho, e a primeira vítima se vai com quase dois terços da duração passados. O fato de ser a casa de Gacy (mas não é, porque ela foi demolida, lembram?) não faz a menor diferença, pois este podia ser um filme rodado na casa de qualquer outro *serial killer*.

A quantidade de cenas absurdas e sem o menor nexo contribui para a falta de interesse do público. Pode-se citar algumas: dois protagonistas chegam a fazer sexo em um dos quartos (sem qualquer motivo aparente); um dos responsáveis pela expedição acha ectoplasma em um dos quartos (parece ranho, e tal evento nunca é citado novamente); a quantidade infinita de vezes que os personagens andam a esmo pela casa e pelo porão perguntando ao espírito "John Wayne Gacy, você está aqui? Você matou alguém aqui? Você molestou garotos aqui?"; as desculpas para deixar a médium peituda nua e, para coroar, a ridícula cena em que um dos jovens câmeras é levantado em pleno ar, tem suas calças arriadas pelo "espírito" e é arrastado para o porão para ser (presumidamente) estuprado até a morte... Não é à toa que o fantasma de Gacy tenha ficado tão furioso.

Por trás do nariz vermelho: Como Gacy aparece apenas em dois ou três frames neste filme, ele nem consta nos créditos oficiais. O restante do elenco e da equipe é desconhecido ou já participou de filmes da própria Asylum, ou seja, totalmente irrelevantes.

Nota:

O MAIOR
ESPETÁCULO
DA TERRA
Os palhaços vão ao cinema

Qualquer pesquisa no Google sobre as palavras "palhaço" e "cinema" ou "palhaços" e "filmes" vai automaticamente apresentar uma série de links para sites e portais que terão uma terceira palavra como destaque. Na verdade algumas. E em alguns casos são sinônimos. São elas "horror", "terror" e "medo". Assim, os resultados encontrados na pesquisa trarão opções como "os principais filmes de horror com palhaços", ou "os palhaços que mais provocam medo no cinema". E se a pesquisa for feita em inglês, o resultado não será muito diferente.

A pesquisa pode levar quem está fazendo o estudo em questão a se questionar se não existem filmes com palhaços que não sejam de terror. Claro que existem. Uma das produções mais importantes da época de ouro de Hollywood, por exemplo, se chama *O Maior Espetáculo da Terra*, lançada em 1952 e com direção de ninguém menos que Cecil B. DeMille, que quatro anos depois faria o clássico *Os 10 Mandamentos*. *O Maior Espetáculo da Terra* acompanha o drama de Brad (Charlton Heston), que é dono de circo e precisa lidar com vários problemas que vão desde animais doentes até dificuldades financeiras e brigas entre seus funcionários. O local é o lar do bondoso palhaço Buttons (James Stewart), que nunca tira a maquiagem por esconder um segredo do passado.

Famosos diretores já rodaram filmes com personagens de palhaços. Woody Allen, por exemplo, dirigiu *Neblinas e Sombras* em 1991, no qual John Malkovich interpretou o palhaço. Também de 1991, *Delicatessen*, de Jean-Pierre Jeunet e Marc Caro, trouxe Dominique Pinon como um palhaço que arruma emprego de zelador em um prédio onde coisas estranhas acontecem durante a noite.

No Brasil, por exemplo, há a produção *O Palhaço*, de 2011, dirigida e estrelada por Selton Mello. O longa conta a história de Benjamin (Selton Mello) e seu pai Valdemar (Paulo José) num circo mambembe durante a década de 1970. Benjamin, então, decide viver como um funcionário comum, e isso afeta todos ao seu redor. Não demora muito para o personagem de Mello perceber que ser palhaço é a única coisa que pode fazer na vida para ser feliz.

Então, qual seria o motivo de existir essa associação quase automática de palhaços com filmes de terror? A presença de palhaços na sétima arte é quase tão antiga quanto o próprio cinema. Por exemplo, é comum ler de críticos e até pesquisadores da área que o Carlitos interpretado por Charles Chaplin, ainda no cinema mudo, teria sido o primeiro palhaço famoso da tela grande. Aqui começa a primeira grande dúvida sobre Carlitos ser um palhaço ou um comediante, já que ele não utilizava cabelo colorido ou nariz vermelho ou roupas coloridas. O figurino de Carlitos era puramente da cor preta, e essa formatação pode ter surgido até pelo fato de que seus filmes eram em preto e branco.

A verdade é que Chaplin fazia o público rir com palhaçadas vividas por seus personagens. A figura do homem vestindo calça extremamente larga, paletó apertado, chapéu-coco e sapatos enormes entrou para a história do cinema e até hoje é sinônimo de diversão. Um dos muitos segredos por trás do sucesso dos personagens criados por Chaplin, principalmente na época do cinema mudo, era a união entre a figura do palhaço com a pantomima, a leveza acrobática e a eloquência facial.

O final da década de 1910 foi de grande importância para o cinema, já que foi o período em que algumas grandes mudanças começaram a surgir. Este foi o momento em que o pioneiro da produção de

Charles Chaplin em *Vida de Cachorro*

desenhos animados Max Fleischer criou um aparelho chamado rotoscópio, que permitia que a animação ganhasse movimentos mais realistas. Um dos personagens que, nasceu desta nova tecnologia foi o palhaço Koko, que fez sua estreia oficial no ano de 1919 em um curta que flertava com o terror intitulado *Out of the Inkwell: The Ouija Board*.

O curta possui pouco mais de cinco minutos de duração e acompanha o palhaço Koko, que acabou de ser criado pelo seu desenhista. Koko logo sai do papel e se esconde em um tabuleiro ouija, fazendo com que os personagens humanos do local fiquem de cabelo em pé ao verem o que o palhaço consegue fazer escondido no ta-

O palhaço Koko

buleiro. Alguns fantasmas completam essa história que serve muito mais para divertir do que assustar.

Um dos filmes mais importantes da história do cinema que trouxe destaque não apenas para a figura do palhaço, mas de todo o circo foi lançado em 1932 nos Estados Unidos. A obra em questão recebeu o título de *Monstros* e teve direção de Tod Browning, que um ano antes havia dirigido a famosa versão de *Drácula*, da Universal.

O título original de *Monstros* é a palavra inglesa "*freaks*", que significa pessoas estranhas, diferentes do que pode ser considerado normal em padrões sociais. Ao assistir ao filme, fica bastante claro o porquê do título original. Na película, Browning apresenta um circo repleto de aberrações humanas – como pessoas sem membros ou que nasceram com deformações físicas ou que simplesmente fogem de padrões considerados socialmente comuns, como anões

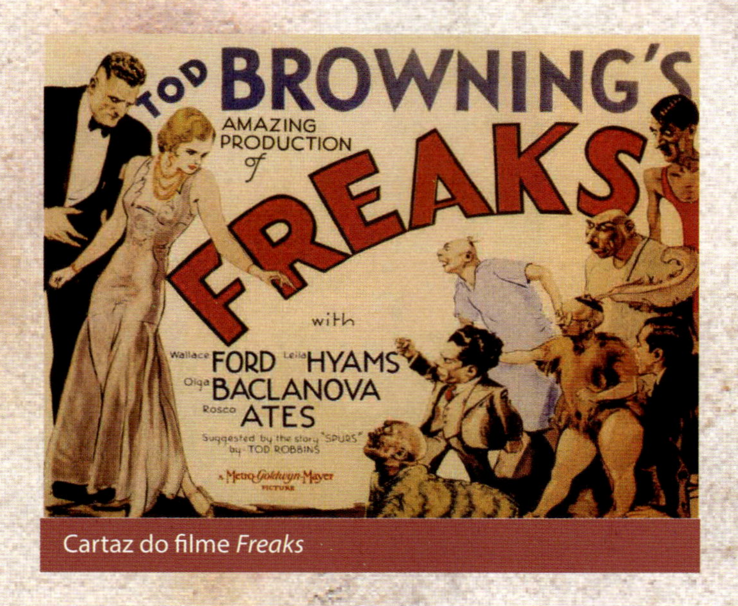

Cartaz do filme *Freaks*

e até pessoas com gagueira. No entanto, entre estes "freaks", existem "pessoas normais", e todos parecem viver em harmonia. O palhaço Phroso, interpretado por Wallace Ford, é um dos personagens mais humanos do local. Sempre com um sorriso no rosto e pronto para ajudar os amigos, Phroso em nada lembra um palhaço macabro de filmes de terror. E *Monstros* não é terror desse tipo. Ou pelo menos não apenas terror.

A obra acabou chocando plateias internacionais pelo fato de mostrar pessoas reais que não possuíam membros ou nasceram com deformações. Na trama, os "monstros" se unem para a vingança contra a trapezista Cleópatra (Olga Baclanova), que, sendo uma pessoa "normal", humilha os demais moradores do circo. Com *Monstros*, é possível imaginar que parte do público tenha inconscientemente passado a associar circo com estranheza.

Cartaz do filme *Palhaços Assassinos do Espaço Sideral*

Associação esta que parece ter seguido pelas décadas seguintes. No entanto, demoraria bastante até termos uma produção de qualidade e que conseguisse colocar a figura do palhaço no hall dos monstros de filmes de terror. É possível citar algumas produções de baixo orçamento lançadas nas décadas de 1970 e 1980, como *O Circo dos Vampiros*, de 1972, ou os homônimos *Palhaço Assassino*, de 1976 e 1989, que mesmo com os títulos iguais em português, são dois filmes diferentes. Apesar de não ter uma figura de palhaço como conhecemos, outro filme que colaborou com esse tipo de leitura de medo para temáticas que deveriam ser de diversão foi o filme, *Pague para Entrar, Reze para Sair*, de 1981.

Indiscutivelmente um dos filmes com palhaços mais lembrados por fãs de terror responde pelo sugestivo título de *Palhaços Assassinos do Espaço Sideral*. A produção de 1988 mistura ficção científica com comédia de terror. Com direção de Stephen Chiodo, o filme acompanha um episódio, no mínimo inusitado, em uma pacata cidade do interior norte-americano. Em uma noite qualquer, um imenso circo voador vindo do espaço aterrissa. A nave transportava alguns palhaços assassinos que, com suas armas que atiram pipoca, vão fazer algumas vítimas no planeta. Diversão garantida.

Eis que tudo mudou para os palhaços no cinema de terror quando a série para TV baseada no livro *It* de Stephen King foi lançada em 1990. Com direção de Tommy Lee Wallace, de *Halloween 3* e *A Hora do Espanto 2*, a série de dois capítulos foi logo lançada em VHS. Como a maioria das histórias de King, *It* se passa no estado norte-americano do Maine, onde as crianças da pacata cidade de Derry são perseguidas por um ser conhecido como "a Coisa". Essa entidade se apresentava na maioria das vezes como um palhaço que atende pelo nome de Pennywise. Coube ao excelente ator britânico Tim Curry, que deu vida ao cientista travesti Frank-N-Furter em *Rocky Horror Picture Show*, interpretar o tenebroso palhaço.

Mesmo quem nunca viu *It*, que no Brasil ganhou o título de *It: Uma Obra-prima do Medo*, costuma saber da existência do filme, visto que, na época de lançamento, a maioria das locadoras possuía pôsteres dele, e a divulgação incluía *teasers* exibidos na televisão. A verdade é que o sucesso do longa se deu através da qualidade da própria obra de King, da direção de Wallace, da interpretação de Curry e de uma boa campanha de marketing. É correto e justo dizer que os palhaços dos filmes de terror se dividem entre antes e depois de Pennywise.

Infelizmente, a grande maioria das obras que vieram depois de Pennywise carece de qualidade, o que é uma pena, já que houve uma verdadeira proliferação de filmes de terror com palhaços nos últimos anos. Os principais problemas dessas novas produções são roteiros pobres, orçamentos quase inexistentes e elenco de dar pena. Curiosamente, esse aumento de filmes dificilmente consegue espaço em salas multiplex de exibição, e a maioria desses títulos são lançados direto no mercado de vídeo/DVD ou chegam até seus fãs por meio de downloads e até mesmo do YouTube, onde é possível encontrar alguns desses títulos.

A verdade é que, com algumas poucas exceções, filmes de terror com palhaços ainda são considerados subprodutos. O que falta para que um filme terror desse tipo possa ser sucesso de bilheteria e ganhar uma divulgação massiva em salas multiplex? Talvez a combinação responsável pelo sucesso de *It* seja um possível caminho para indicar uma produção séria, de qualidade, e que agradaria tanto aos fiéis fãs de produções de gosto duvidoso do terror como também um público mais abrangente e exigente. Até lá, continuaremos a ter filmes de baixo orçamento, visto que os palhaços, assim como tantos subgêneros do cinema de terror, não fazem parte apenas de circos, mas sim do próprio cinema.

A FACE BRANCA
DO MEDO

Você exibe sua vergonha como um distintivo porque não tem colhões para conseguir um de verdade. É, olhe para você! Desesperado para ser temido... quer ser visto como um monstro vestido de preto. Porém, deixa essa janelinha... um vislumbre da perfeição óbvia por baixo. A beleza bem delineada... não é o queixo, a boca de um monstro. Por que deixa que vejam? Me conte por quê.

AZZARELLO, Brian. *Coringa*. São Paulo: Panini Comics, 2009.

Próximo do final da *graphic novel Coringa*, de Brian Azzarello e Lee Bermejo, lançada em 2009, o Príncipe Palhaço do Crime utiliza essas palavras para tirar sarro da fantasia e da máscara de Batman, que, apesar de esconder a identidade de Bruce Wayne, não consegue disfarçar a beleza do herói. Por que, então, usar esses acessórios estilosos se, por trás da vestimenta, não há uma pessoa deformada, grotesca ou assustadora, principalmente se levar em conta que o personagem já nem possui familiares com quem se preocupar?

Se os heróis usam as máscaras para esconder suas identidades, os vilões, ao contrário, fazem-no para criar uma. Descontentes com o que veem no espelho, não necessariamente por serem deformados ou esquisitos, eles assumem uma nova personalidade e também escondem a vergonha dos seus atos, a recordação de seu lado humano. Talvez os pais o fizessem encarar o reflexo durante uma bronca, ou até as imagens exibidas possam refletir a sua trajetória familiar, sua semelhança com os entes. De todo modo, a máscara pode ser muito mais expressiva do que o rosto verdadeiro – é o que diria o Dr. Sam Loomis, da franquia *Halloween* (1978), que já se referiu a Michael Myers como uma "criança de seis anos, com uma face branca, pálida e sem emoção", o que justificaria o uso da fantasia de palhaço e, posteriormente, a máscara tradicional, confeccionada por Tommy Lee Wallace e inspirada no rosto de William Shatner.

Com toda essa função transformadora, é possível entender por que muitos assassinos a utilizam sobre o rosto. Ed Gein, o famoso assassino de Plainfield, fonte de inspiração para os clássicos *Psicose* (1960), *O Massacre da Serra Elétrica* (1974) e *O Silêncio dos Inocentes* (1991), retalhava suas vítimas – incluindo os corpos roubados do cemitério – e fazia máscaras que representavam seu estado de humor. Já John Wayne Gacy pintava seu rosto de palhaço para criar um perfil falso, como bom-moço, para poder agir nas horas vagas sem preocupação com a polícia ou com o dedo apontado da sociedade.

Passando para o tema desta obra, e partindo para o lado da ficção, o cinema teve inúmeros exemplos de pessoas disfarçadas de palhaço para cometer seus crimes, como aquele que se esconde numa trupe numa brincadeira de Halloween em *Palhaço Assassino*, de 1976, ou participa de um *reality show* insano como o de *Slashers*, de 2001. Com exceção dos longas envolvendo criaturas sobrenaturais, o assassino conseguia evitar uma identificação, seja roubando a vestimenta de palhaços (*Palhaço Assassino*, 1989) ou simplesmente se escondendo numa casa de ópera (*O Palhaço Assassino*, 1999), mas não evita que seja notada a frieza do olhar, a ausência de piadas e a pintura malfeita (*Slasher House*, 2012).

Neste capítulo, você encontrará análises de produções envolvendo pessoas cruéis, frias e violentas, vestidas de palhaços e que escondem por trás da face com *pancake* um rosto humano, mesmo que tenha abandonado a humanidade por meio de atos monstruosos. Abram as cortinas para ampliar sua coulrofobia!

"Por que você está vestindo essa fantasia ridícula de homem?"
(Frank em *Donnie Darko*, 2001)

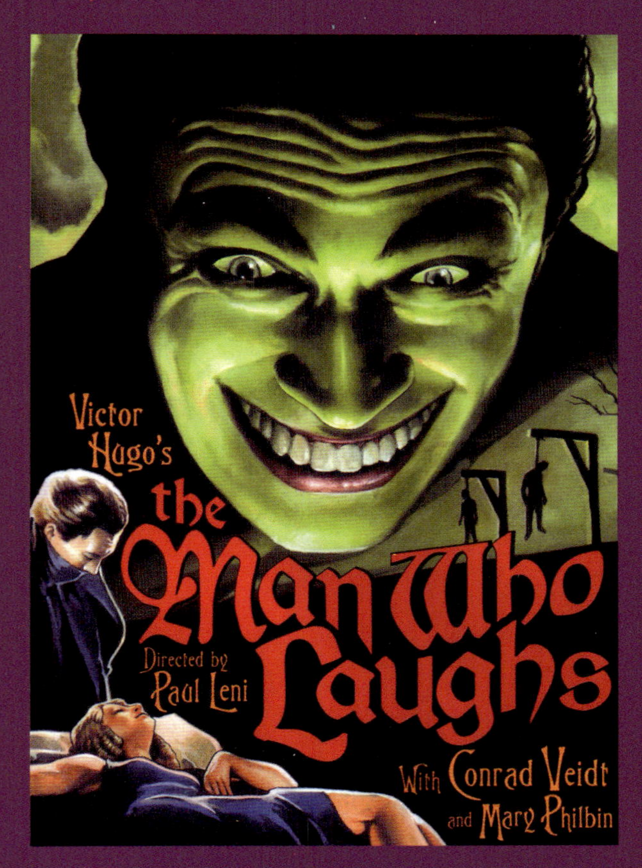

O Homem que Ri Também conhecido como o Homem Sorriso, Gwynplaine ou Lorde Clancharlie

Aparição: *O Homem que Ri* (Universal Pictures, 1928. Dir.: Paul Leni, 110 min.)

Truques na manga: Gwynplaine era filho de um nobre inglês que teria traído o rei da Inglaterra. Como castigo, o pai do garoto foi morto na Dama de Ferro, um instrumento de tortura e execução da Idade Média. Gwynplaine teve então o rosto desfigurado por um cirurgião e ficou para sempre com um sinistro sorriso na face. Considerado uma aberração, o jovem foi recolhido por um homem chamado Ursus, que já criava uma garota cega chamada Dea. Ursus passa a utilizar a deformidade do Homem Sorriso para ganhar a vida em apresentações em vilas. Gwynplaine se apaixona por Dea, mas não se acha digno dela.

O filme: *O Homem que Ri* é baseado no romance homônimo de Victor Hugo. A caracterização do personagem principal com seu sorriso sinistro ajudou a categorizar o filme como uma produção de horror, quando, na verdade, a mesma possui mais elementos de um melodrama gótico semelhante ao *O Corcunda de Notre-Dame*, de 1923, e *O Fantasma da Ópera*, de 1925. A direção de Paul Leni, também responsável por títulos como *Figuras de Cera*, de 1924, e *O Gato e o Canário*, de 1927, trabalha com uma bela iluminação expressionista. A expressão de sorriso de Gwynplaine foi conseguida graças a um par de próteses dentárias feitas de metal que eram colocadas na boca do ator Conrad Veidt. Enquanto utilizava essa "dentadura", ele não conseguia falar. O *Homem que Ri* serviria de inspiração para que Bob Kane e Jerry Robinson criassem um dos mais importantes vilões de Batman, o Coringa.

Por trás do nariz vermelho: Conrad Veidt nasceu em 22 de janeiro de 1893, na Alemanha. Apesar de seu importante papel em *O Homem que Ri*, a grande contribuição para o gênero fantástico aconteceu em 1920, quando interpretou o sonâmbulo Cesare no clássico do expressionismo *O Gabinete do Doutor Caligari*. Veidt participou de outros importantes filmes mudos da Alemanha nos anos seguintes. Passou a fazer alguns filmes nos Estados Unidos e na Inglaterra na década de 1930 e quase ficou com o papel de Drácula que foi lançado pela Universal em 1931. O último papel dele na Alemanha foi em *F.P.1*, de 1932. Veidt deixou a Alemanha permanentemente após a ascensão de Hitler em 1933 e passou a viver na Inglaterra. Teve um pequeno papel no clássico *Casablanca*, de 1942.

Nota: 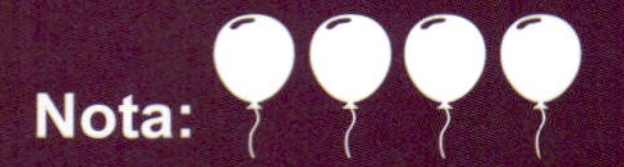

Líder Nazista

(Também conhecido como Médico Louco)

Aparição: *Enigma de Muerte* (Filmica Vergara S.A, 1968. Dir.: Federico Curiel, 80 min.)

Truques na manga: Disfarçado de palhaço em uma quermesse mexicana, este diabólico médico nazista está atrás de uma fórmula explosiva secreta capaz de explodir não apenas o mundo, mas todo o universo! Mal sabia ele que no mesmo local estava o *luchador* mexicano Mil Máscaras, que frustra seus planos diabólicos.

O filme: Filmes de *luchadores* mascarados sempre foram típicos do cinema mexicano. Mesmo não tendo alcançado a fama de colegas como El Santo, Mil Máscaras teve uma filmografia respeitável, enfrentando múmias e vampiros em cerca de vinte filmes. Apesar de trazer um médico nazista (interpretado pelo lendário John Carradine), *Enigma de Muerte* é um filme ingênuo que lembra bastante um episódio de *Chapolin Colorado*. O plano do vilão é deliciosamente absurdo (nada menos que destruir o universo inteiro), e é difícil entender como o disfarce de palhaço ajudaria. Dito isso, *Enigma de Muerte* ainda é bobo e colorido o suficiente para agradar o público que sabe o que esperar.

Por trás do nariz vermelho: Um dos maiores atores da história do cinema, John Carradine (1906-1988) teve uma vasta carreira que inclui mais de trezentos filmes. Entre os fãs de horror, é conhecido por ter interpretado Drácula em diversos filmes, o mais famoso deles sendo *A Mansão de Frankenstein* (1944), além de incontáveis papéis marcantes no gênero. Participou também de clássicos como *As Vinhas da Ira* (1940) e *O Homem que Matou o Facínora* (1962). Seus filhos Keith, Robert e David Carradine também se tornaram atores de sucesso. Sua participação em *Enigma de Muerte* é pequena, e parece estar lá só para aumentar a vendagem do filme.

Nota:

Charlie, Peter e Rosie

Aparição: *Palhaço Assassino* (Magnum Pictures, 1976. Dir.: Martyn Burke, 95 min.)

Truques na manga: Charlie, Peter e Rosie são três amigos que têm motivos para sentir inveja de seu chefe Philip (Lawrence Dane, de *Scanners*), incluindo aí sua esposa gata chamada Alison. Os três, junto com Ollie, resolvem então, numa festa na noite de Halloween, vestirem-se de palhaços e "sequestrar" Alison em uma remota fazenda. Uma brincadeira inocente para fazer Philip perder o voo marcado para aquela noite e não assinar o documento que destruiria a fazenda que se tornaria um conjunto de prédios de luxo. O terror começa quando o grupo percebe que há um palhaço mascarado entre eles, matando de verdade.

O filme: *Palhaço Assassino* é um suspense canadense de baixo orçamento que só é lembrado por ser um dos primeiros trabalhos no cinema do comediante John Candy (que, acredite, tem até uma breve cena de sexo neste filme), anos antes do estrelato em Hollywood. Candy interpreta Ollie, que apesar de não se vestir de palhaço como os outros três, também participa do esquema de sequestro. Todas as interpretações são boas, superiores ao que se espera de uma pequena produção como essa, porém incomoda ver que Ollie sempre aparece comendo ou bebendo alguma coisa em cena – sendo retratado como o típico gordinho estereótipo do cinema norte-americano.

A trama em si é simples, e o filme começa bem lento, com uma ou outra cena de impacto, destacando-se uma envolvendo galinhas com cabeças cortadas. Contudo, próximo ao final, melhora bastante com a introdução do palhaço misterioso (ainda que não faça muita coisa) e com os quatro brigando por causa de Alison, garantindo um pouco de tensão e algumas situações sangrentas – pena que demora tanto para engrenar. *Palhaço Assassino* também é notório por ser o primeiro filme dirigido e roteirizado por Martyn Burke, de fama futura pelo roteiro de *Top Secret! Superconfidencial* (1984) e pela direção do telefilme *Piratas do Vale do Silício* em 1999, pelo qual concorreu a um Emmy.

Por trás do nariz vermelho: O ator Gary Reineke, que faz o calvo Rosie, está em um de seus primeiros trabalhos e posteriormente apareceria em *Millennium: Guardiões do Futuro* (1989) e *Spider: Desafie sua Mente* (2002) de David Cronenberg. John Bayliss, que aparece como o azarado e deprimido Peter, também trabalhou com David Cronenberg numa pequena participação em *Gêmeos: Mórbida Semelhança* (1988) e seguiu fazendo pontas em filmes como *Risco Máximo* (1996), *Garganta do Diabo* (2003) e *Devorador de Almas* (2006). Stephen Young, que interpreta Charlie, era o mais experiente dos três na época, tendo participado de *Patton: Rebelde ou Herói?* (1970) e *No Mundo de 2020* (1973) antes de *Palhaço Assassino*. Depois continuou atuando especialmente em séries e filmes para a TV canadense.

Nota:

Michael Myers aos 6 anos

Quando adulto, Michael também ficou conhecido como Boogie Man e Evil

Aparição: *Halloween: A Noite do Terror* (Warner Bros., 1978. Dir.: John Carpenter, 91 min.)

Truques na manga: Antes de ser um dos assassinos mais famosos do cinema de horror contemporâneo, Michael Myers era mais uma criança inocente que estava se divertindo durante o Dia das Bruxas em 1963 na cidade norte-americana de Haddonfield. Fantasiado de palhaço, ele resolveu comemorar a data indo além de bater de porta em porta pedindo doces. Ao ver que a irmã Judith estava sozinha, o pequeno Michael colocou sua máscara de palhaço, pegou uma faca e matou a jovem. Aquela foi a primeira vez que ele matou. Após o crime, ele foi para a rua. Logo os pais do garoto chegaram e removeram a máscara do pequeno Michael para encontrar um olhar vazio e sem emoção. Como diria o seu futuro psiquiatra, Dr. Loomis (Donald Pleasence), "olhos negros, olhos demoníacos".

O filme: A obra-prima de John Carpenter transformou o assassino Michael Myers em sinônimo de medo e gerou uma infinidade de obras parecidas, além de sete sequências e um remake. Algumas dessas continuações resultaram em bons filmes, como a parte 2, de 1981; a parte 4, de 1988; e a parte 7, de 1998. *Halloween* não era apenas um filme que mostrava adolescentes sendo mortos, mas lidava também com a ideia de um mal invencível em um roteiro marcado por um suspense bem construído.

O elenco era encabeçado pelo carismático Donald Pleasence como o Dr. Loomis. O personagem foi tão marcante que Pleasence voltou ao papel nos filmes 2, 4, 5 e 6. É certo que ele não apareceu nos demais filmes porque faleceu logo após as filmagens do sexto filme. Ao lado dele, a estreante Jamie Lee Curtis carimbou o passaporte para fama com a babá Laurie Strode, papel que repetiu nos filmes 2, 7 e 8. O final pessimista também marcou este clássico do gênero.

Por trás do nariz vermelho: Cada filme da série *Halloween* teve um ator diferente interpretando Michael Myers. Coube a Will Sandin, que na época tinha 9 anos, dar vida à versão infantil do assassino no prólogo de *Halloween*. Ele fez apenas este filme.

Nota: 🎈🎈🎈🎈🎈

Eric Slater

Aparição: *The House on Sorority Row* (VAE Productions, 1983. Dir.: Mark Rosman, 91 min.)

Truques na manga: Eric nasceu em 1961 como resultado de um experimento ilegal de gravidez artificial conduzido por um médico chamado Nelson Beck. Por causa disso, possui deformidades físicas e mentais, forçando sua mãe a criá-lo no sótão da grande mansão onde mora – que futuramente se tornaria uma fraternidade de estudantes mulheres. Seu cantinho no sótão tem decorações variadas relacionadas a palhaços e inclusive uma fantasia de bufão que usa em ocasiões especiais. Após o final de cada ciclo, depois que as garotas saem para curtir suas férias, Eric desce para comemorar seu aniver-

sário acompanhado de sua mãe na grande residência deserta.

O filme: Se tratando de um filme onde a identidade do assassino permanece oculta o tempo todo, o leitor pode ter a impressão de que deixamos aqui um spoiler bem grande sobre esta produção, contudo não há grandes mistérios quando se trata de um *slasher* dos anos 1980 como *The House on Sorority Row*, especialmente quando já na abertura vemos uma cena em flashback onde um parto complicado acontece e aparentemente algo dá errado no momento da concepção; é obvio que a criança vai voltar no futuro.

Vinte e poucos anos depois, a mãe que vemos no começo agora é uma senhora conhecida por Sra. Slater (Lois Kelso Hunt), que conduz à mão de ferro uma república exclusiva para alunas. Naquele ano, algumas delas resolvem ficar além do último dia de aula para promover uma festa celebrando sua graduação. Evidentemente, ela não gosta e tenta expulsar as garotas, que então resolvem armar uma "pegadinha" envolvendo a bengala de Slater em formato de corvo, um revólver e uma piscina imunda.

Pegadinhas em filmes de terror raramente dão certo – está aí *A Noite das Brincadeiras Mortais* que não nos deixam mentir – e, previsivelmente, a velha acaba morta com um tiro acidental dentro da piscina. Claro que com aquele papo de "temos um futuro pela frente, não podemos contar para ninguém", a polícia não é acionada, o corpo é escondido, e a festa começa como se nada tivesse acontecido. Tão rápido quanto você consegue dizer: "Alguém vai morrer por isso", um misterioso assassino aparece em meio a sombras para despachar as garotas e alguns figurantes aleatórios, preferencialmente usando a afiada bengala da Sra. Slater.

Hoje pode parecer um amontoado de clichês com música datada e suspense moderado, mas é preciso levar em consideração que foi feito em 1983, ou seja, quase tudo era meio que novidade na época. Dessa forma, é interessante como a história é conduzida e o sólido clima de suspense construído, mantendo um charme e um profissionalismo incompatível com a enxurrada de *exploitations* baratos criados sobre as costas de seus congêneres *Halloween* e *Sexta-Feira 13*. As alucinações induzidas por drogas da *final girl*, próximo da conclusão do filme, fazem parte de uma de suas cenas mais lembradas, assim como as mortes sangrentas na maior parte do tempo. Frequentemente brincando com sombras e escondendo a identidade do assassino ao máximo, em alguns momentos *The House on Sorority Row* chega a lembrar os bons *gialli* italianos, confirmando o competente trabalho do diretor Mark Rosman (*A Nova Cinderela*).

Talvez os principais deméritos da produção estejam na excessiva lentidão que existe depois da pegadinha e antes das mortes começarem, além da bandinha xexelenta que embala a festa (4 Out of 5 Doctors, que encerrou a carreira após apenas dois discos lançados). Nada que estrague a diversão como um todo, felizmente. Só é uma pena que, ao esconder demais a identidade do assassino (uma grande besteira que não mudaria em nada a experiência), só possamos ver a interessante fantasia do palhaço maníaco nas últimas cenas do longa.

Por trás do nariz vermelho: Apesar de mal aparecer durante toda a película, Carlos Sério é o homem que interpreta Eric Slater. Esse é o seu primeiro e único crédito de destaque. Nove anos depois de *The Hou-*

se on Sorority Row, fez uma ponta no thriller português *Vertigem* e sumiu do mapa. De destaque no elenco somente despontaram duas das garotas da fraternidade, Harley Jane Kozak de *Aracnofobia* e Eileen Davidson, conhecida atriz de novelas americanas que por mais de 20 anos esteve aproximadamente em 1 200 capítulos de *The Young and the Restless*... E ainda continua!

Nota: 🎈🎈🎈

Marty

Aparição: *Slaughter High* (Spectacular Trading International, 1986. Dir.: George Dugdale, Mark Ezra e Peter Mackenzie Litten, 90 min.)

Truques na manga: O nerd Marty não teve uma vida fácil no *high school*. Nem um pouco popular, ele acabou sendo vítima de uma brincadeira da turma descolada do colégio. Uma das garotas fingiu que iria transar com ele, que acabou peladão na frente dos outros alunos. Para piorar, ainda colocaram a cabeça do coitado dentro do vaso sanitário. E para completar o dia, explodiram o laboratório de química com ele dentro. Marty sobreviveu, mas ficou deformado. Dez anos depois, ele decidiu se vingar e, utilizando uma máscara de bobo da corte, convidou o grupo que o humilhou no passado para a antiga escola.

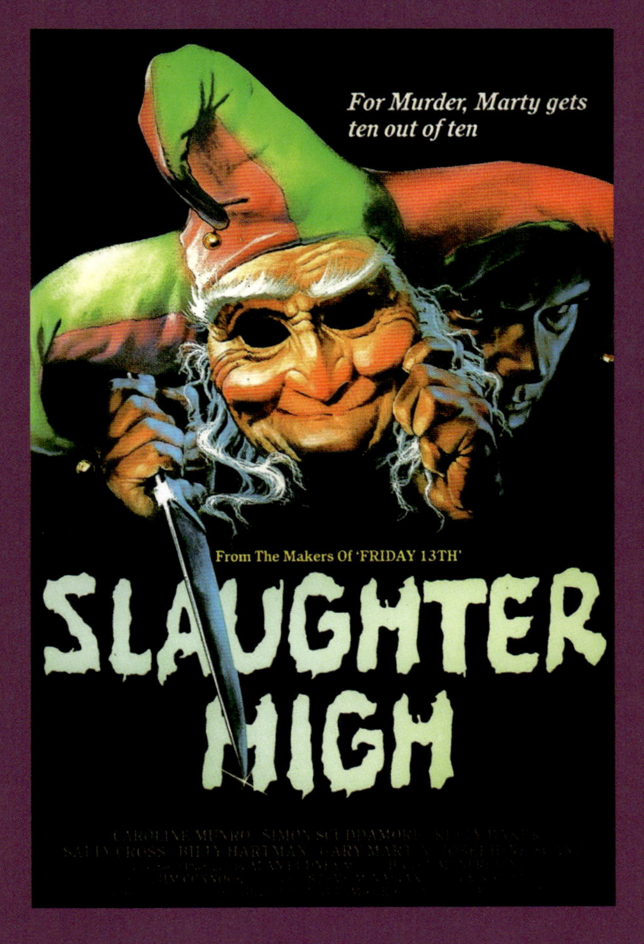

O filme: *Slaughter High* é um fraco exemplar dos *slashers* que dominaram a década de 1980. Aqui temos a figura de um assassino, nesse caso o Marty dez anos depois da humilhação, e todos os personagens estereotipados desse tipo de filme, como os atletas e as viciadas em sexo. Mas diferente de produções como *Sexta-feira 13*, em que o maior interesse acaba sendo acompanhar Jason matando o maior número possível de pessoas, *Slaughter High* se mostra lento e sem ritmo. As mortes demoram a acontecer, e Marty não convence como assassino psicopata ou em busca de vingança. Além disso, o trio de diretores não consegue fazer o filme andar. Resta a quem estiver assistindo a opção de adiantar algumas cenas para diminuir o sofrimento. A trilha sonora fica por conta de

Harry Manfredini, que assinou a trilha de quase todos os filmes da franquia *Sexta-feira 13*.

Por trás do nariz vermelho: Assim como Marty, o ator inglês Simon Scudamore também teve um destino trágico e precoce. Após participar de *Slaughter High*, o ator cometeu suicídio aos 28 anos. A morte dele atrasou o lançamento do filme, que foi gravado em 1984. Ele se matou por overdose intencional de drogas e *Slaughter High* foi seu único filme.

Nota:

Marvelous Mervo/Marvin

Aparição: *Blood Harvest* (Shooting Ranch, 1987. Dir.: Bill Rebane, 88 min.)

Truques na manga: Marvin ganha a vida como palhaço do circo de uma cidadezinha, e ele leva muito a sério seu ofício. Carregando a alcunha de Mervo, ele até se considera um artista completo, porém é rotulado como esquisito por quem cruza seu caminho. Quando pessoas passam a ser assassinadas no celeiro de uma fazenda próxima, a pergunta que não quer calar é: será que uma alma atormentada, mas aparentemente inofensiva como Mervo, seria capaz de cometer tamanhas atrocidades?

O filme: Típico *slasher* de baixo orçamento dos anos 1980, no roteiro acompanhamos Jill Robertson (Itonia Salchek), uma patricinha que volta da faculdade para uma pequena comunidade agrária do interior dos Estados Unidos. Acontece que ela é filha de um banqueiro que está tomando posse de diversas propriedades locais por falta de pagamento de suas dívidas, portanto podemos dizer que os Robertson não são muito populares nas redondezas.

Ela é recebida pelo namorado (Peter Krause de *Six Feet Under* e *Parenthood*, começando sua carreira), pelo amigo Gary (Dean West) e seu irmão, o palhaço Mervo. Porém todos os que se aproximam de Jill acabam pendurados pelos pés e degolados como porcos por um misterioso assassino, sendo que Mervo torna-se o principal suspeito.

Apesar do roteiro simples e sem surpresas, *Blood Harvest* tem efeitos convincentes e passagens bem assustadoras, especialmente quando o assassino droga Jill para tirar fotos dela nua ou tentar estuprá-la, contudo o fato de ele usar uma meia na cabeça como máscara, a baixa contagem de corpos para um *slasher* (apenas 6 ao todo) e a excessiva duração do filme deixam bastante a desejar.

Se como *slasher* não é lá grandes coisas, Mervo é medonho para quem tem medo de palhaços. Sua voz fina, seus estranhos trejeitos (ele chega a cantar ajoelhado enquanto reza em uma igreja e faz rimas enquanto está sozinho que não têm qualquer sentido), o fato de quase nunca tirar sua maquiagem de palhaço e sua habilidade de aparecer repentinamente vindo de lugar algum são ouro puro. Não sei se é atuação ou do próprio ator, mas se ele fosse mais bem aproveitado em cena, seria excelente.

Por trás do nariz vermelho: Tão peculiar quanto Mervo, é a história de seu intérprete. Nascido Herbert Khaury, atendendo pela alcunha de Tiny Tim, foi um popular cantor e músico, cuja carreira estourou logo em seu primeiro disco, *God Bless Tiny Tim* de 1968. Seu *ukelele* e sua característica voz em falsete fizeram a música "Tiptoe Through the Tulips" (sua versão de uma música tradicional americana dos anos 1920) chegar ao Top 20 da parada de *singles*. Posteriormente, "Tiptoe" foi utilizada com êxito assustador em *Sobrenatural* (2010) do diretor James Wan. Com experiência quase nula em atuação, Tim estava em Lincoln County, Wisconsin, para um show em 1985 quando foi abordado pelo diretor Bill Rebane, que estava na plateia. Ele tinha uma ideia para um filme de terror e resolveu perguntar ao músico se toparia aparecer nele. O resultado foi *Blood Harvest*. Com popularidade decrescente nos anos 1980 e 1990, mas ainda fazendo apresentações na TV e concertos pelos Estados Unidos, Tiny Tim faleceu em novembro de 1996 por um ataque cardíaco.

Nota: 🎈🎈◖

The Clowns

Aparição: *Terror on Tour* (Four Features Partners, 1988. Dir.: Don Edmonds, 82 min.)

Truques na manga: Usando maquiagem facial de palhaço num estilo que lembra o KISS, a banda The Clowns está emergindo no cenário do *hard rock*, o que inclui muita droga e sexo livre. Para atrair o público, o grupo simula assassinatos no palco usando manequins. Mas, durante as apresentações, alguém começa a assassinar as *groupies*, utilizando como disfarce a mesma maquiagem que os integrantes da banda, o que atrai uma investigação policial e desconfiança entre os membros do grupo.

O filme: Don Edmonds nunca foi nenhum Federico Fellini, mas já havia se provado capaz de dirigir bons *exploitations* ao dirigir os dois primeiros filmes oficiais da série *Ilsa*. *Terror on Tour*, por sua vez, é um dos filmes mais mal dirigidos da história, com trama mais frouxa do que calça de palhaço, atores sem carisma interpretando personagens mal escritos e valor de produção próximo à miséria. O fato de a banda The Clowns ser interpretada por integrantes de uma banda de verdade, os belgas do The Names, poderia ser interessante se o filme tirasse proveito das suas habilidades musicais, o que nunca é feito. Só o que se salva é o belíssimo pôster que promete uma ópera rock no estilo de *O Fantasma do Paraíso* (1974) ou *The Rocky Horror Picture Show* (1975). A promessa nunca é concretizada e o pouco de potencial que o filme possui vai para o ralo por conta do roteiro preguiçoso de um tal de Dell Lekus, que felizmente tem em *Terror on Tour* o seu único crédito.

Por trás do nariz vermelho: O grupo The Names foi reunido em 1980 para gravar a trilha sonora de *Terror on Tour*. Durante as gravações, surgiu a ideia de que os músicos, que não tinham nenhuma experiência dramática, interpretassem os integrantes da banda The Clowns, protagonistas do filme, e até hoje agradecem pelo fato de o filme ser tão obscuro.

Nota:

Bobo

Aparição: *Out of the Dark* (Cinetel0 Films, Zeta Entertainment, 1988. Dir.: Michael Schroeder, 89 min.)

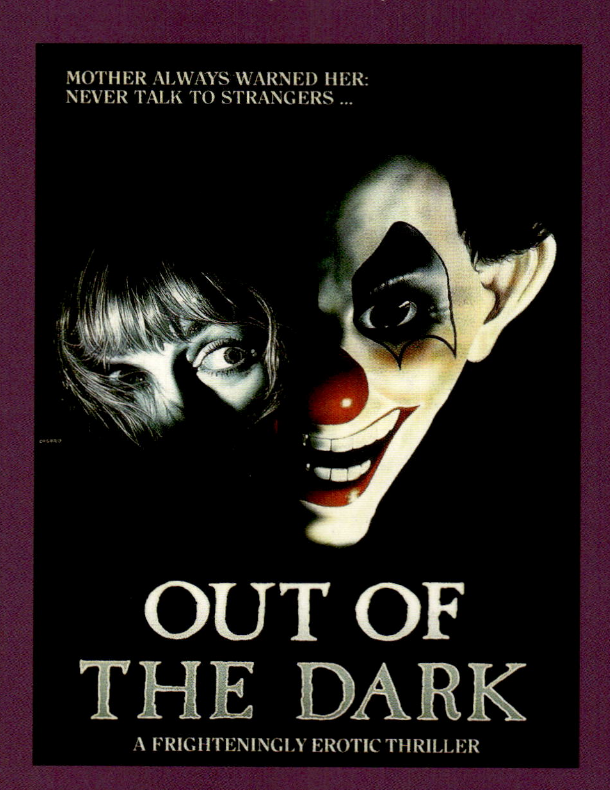

Truques na manga: Bobo não é apenas um assassino que veste roupas de palhaço, mas que atua como um durante seus assassinatos, brincando com suas vítimas e soltando frases brincalhonas como: "Não ligue para mim, eu ligo para você". Ele mata as pessoas usando ferramentas diversas, como um taco de beisebol, uma pá, cordas, ou simplesmente estrangulando-as, sempre com sua risada histérica.

O filme: É o segundo trabalho do cineasta Michael Schroeder, que depois atuaria com mais destaque nos anos 1990 na franquia *Cyborg*. Belas atendentes de disque-sexo passam a ser vítimas de um louco que usa uma máscara imóvel de palhaço. A polícia, sob o comando do Tenente Frank Meyers (o veterano Tracey Walter, de *Batman*, 1989, e *O Silêncio dos Inocentes*, 1991), desconfia do fotógrafo Kevin (Cameron Dye, de *Aprisionados no Planeta Terra*, 1987) pelas fotografias que praticamente são o atestado de óbito das garotas. Cabe a ele e à namorada, uma das telefonistas da agência, encontrar o verdadeiro assassino, para que este seja preso antes que ela se torne a próxima vítima.

Out of the Dark antecipa a febre das produções envolvendo assassinos mascarados, com um enredo a cargo de Zane W. Levitt e J. Greg De Felice, simples e bastante óbvio, dando ênfase no mistério e no erotismo. Violência off-screen e clichês quase comprometem o resultado, mas o conteúdo e as belas atrizes certamente cativarão o público masculino que fará uma avaliação positiva.

Por trás do nariz vermelho: Qualquer detalhe sobre a pessoa por trás da máscara estragará a surpresa de tentar descobrir a identidade do assassino, uma das poucas qualidades da produção.

Nota:

Jamie Lloyd

Também conhecida como a sobrinha de Michael Myers

Aparição: *Halloween 4: O Retorno de Michael Myers* (Warner Bros, 1988. Dir.: Dwight H. Little, 91 min.)

Truques na manga: Jamie (Danielle Harris) não teve uma infância fácil. Sua mãe, Laurie, morreu em um acidente de carro (isso até assistirmos ao sétimo filme da série). A garota também sofreu *bullying* dos amiguinhos da escola e vive tendo estranhos pesadelos com Michael Myers. Para a noite de Halloween, Jamie escolheu uma fantasia de palhaça. Não demora muito para o titio Michael encontrar a sobrinha. Ao final do filme, quando todos achavam que teríamos um final feliz, Jamie, ainda usando a fantasia de palhaça, surpreende ao pegar uma tesoura grande a afiada e caminhar em direção à madrasta. Na sala, todos escutam o grito, e o primeiro a correr para ver o que está acontecendo é o Dr. Loomis (Donald Pleasence). A expressão do personagem traduz o desespero da cena. Parada na escada, Jamie está coberta de sangue, com um olhar perdido, respiração ofegante e a tesoura na mão.

O filme: Depois do fracasso de *Halloween 3*, de 1982, que não é um filme ruim, mas não agradou por não ter o personagem Michael Myers, os produtores decidiram dar destaque ao vilão no filme número 4, que foi lançado no aniversário de 10 anos da obra original. *Halloween 4* começa na véspera do Halloween e Michael Myers, que sobreviveu à explosão do hospital no final de *Halloween 2,* será transferido para um outro sanatório. Sem o consentimento do Dr. Loomis, a ambulância segue com o assassino, que acaba escutando que tem uma sobrinha. Ele logo acorda para matar todos na ambulância e partir em direção à garota.

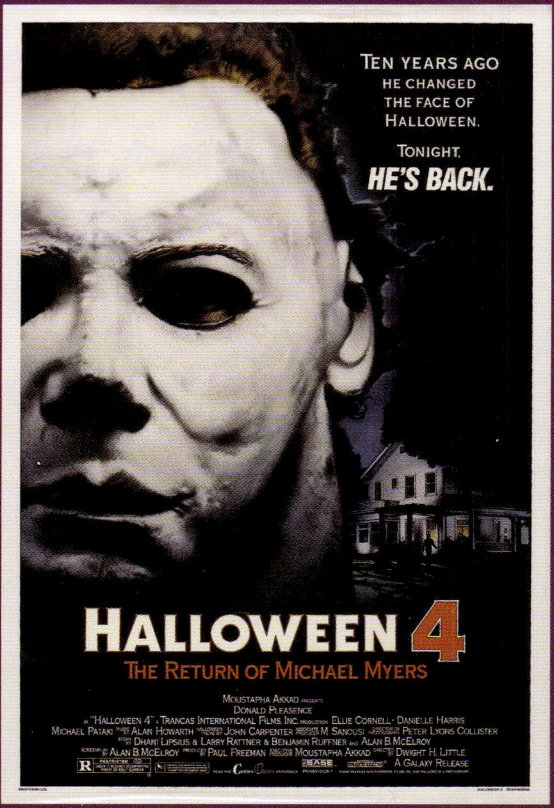

Apesar de alguns furos no roteiro, a direção de Dwight H. Little potencializa algumas situações vistas no original. Por exemplo, pela primeira vez os moradores de Haddonfield decidem caçar Michael Myers ao invés de deixar o serviço para a polícia. Além de Loomis e Jamie, outro destaque da trama é a irmã adotiva Rachel, interpretada por Ellie Cornell.

Por trás do nariz vermelho: Danielle Harris tinha 11 anos quando fez sua estreia no cinema em *Halloween 4*. O resultado foi tão positivo que um ano depois ela voltaria em *Halloween 5*. Harris quase retornou à série no sexto filme da franquia, lançado em 1996, mas a proposta não foi para a frente em função do baixo cachê oferecido. No entanto, Harris voltaria para a série no remake dirigido por Rob Zombie em 2007 e na sua continuação, mas interpretando outra personagem. A atriz é reconhecida como uma *scream queen* devido às inúmeras participações em filmes do gênero, como *Lenda Urbana* (1998), na franquia *Terror no Pântano* (2006), *Left for Dead* (2007), *Stake Land* (2010), *Laid to Rest 2* (2011), *Hallows' Eve* (2013), entre muitos outros.

Nota:

Bippo, Dippo e Cheezo

Aparição: *Palhaço Assassino* (Comercial Pictures, 1989. Dir.: Victor Salva, 81 min.)

Truques na manga: Os três palhaços são, na verdade, loucos que conseguem fugir do sanatório de uma pequena cidade norte-americana. As habilidades dos três incluem não apenas matar palhaços do circo local como reproduzir com exatidão as maquiagens deles. O trio também vai perseguir três irmãos (dos quais o mais novo tem pânico de palhaços) que estão sozinhos em casa. Tudo isso no meio da noite em uma casa grande, sem energia e com um irmão mais velho chato.

O filme: Primeiro longa do diretor e roteirista Victor Salva, de futura fama por *Olhos Famintos* (2001), *Palhaço Assassino* é uma daquelas produções que seria muito boa se fosse um curta-metragem. Simplesmente não existe história para se trabalhar em 81 minutos que se arrastam sem que nada de importante aconteça. Além do mais, existe ênfase demais na relação entre os três irmãos, o que deixa o filme muito mais com perfil para um público infantil. Os palhaços pouco ou nada fazem além de ficar perseguindo o irmão mais novo. É claro que ninguém vai acreditar no guri quando ele tenta alertar os demais sobre os palhaços do mal. O filme acabou ganhando repercussão quando o ator Nathan Forrest Winters, que interpreta o irmão mais novo, acusou o diretor de tê-lo molestado durante as filmagens. Salva confessou o crime e passou um ano preso.

Por trás do nariz vermelho: Muitos dos atores do elenco começaram e terminaram suas carreiras após o longa – a notória exceção do próprio diretor/roteirista e do garoto Sam Rockwell, que muitos anos depois estaria em filmes como *Homem de Ferro 2* (2010) e *O Guia do Mochileiro das Galáxias* (2005). Os intérpretes de Dippo e Bippo (David C. Reinecker e Byron Weible, respectivamente) têm neste filme seu único crédito, já Michael Jerome West (creditado como "Tree") atuava como comediante *stand-up* na época e depois participou de alguns filmes menores em papéis idem.

Nota:

Louis Seagram

Aparição: *Parque Macabro* (Trimark Pictures, 1998. Dir.: Adam Grossman, 90 min.)

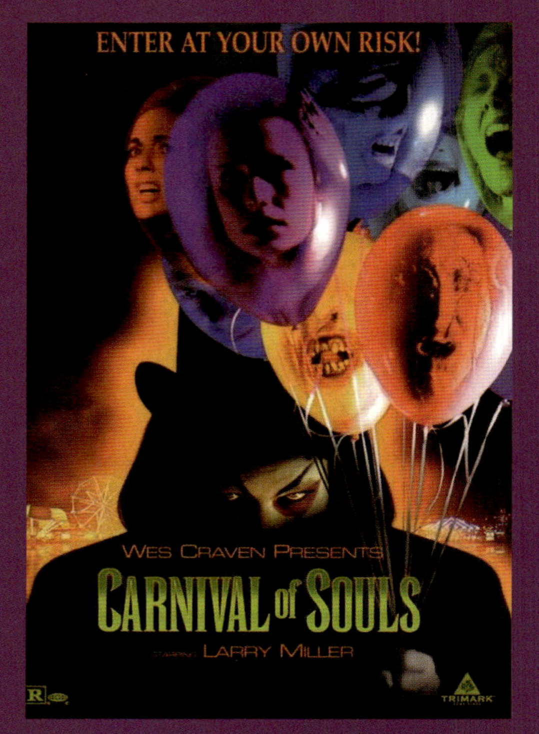

Truques na manga: Louis trabalha em um parque de diversões como palhaço. Com seus balões, ele parece pronto para divertir e também para ajudar as pessoas, como a jovem Alex que se perdeu da mãe. Mas por trás do sorriso amistoso, existe um louco pervertido pronto para estuprar e matar. Após assassinar a mãe de Alex, Louis é preso e condenado. Os anos se passam, Alex cresce e, de repente, começa a achar que Louis está solto e em sua busca. Alex passa a ter estranhas visões envolvendo o palhaço, que parece estar deixando pistas para ela por onde passa como balões vermelhos e envelopes com fotos antigas.

O filme: *Parque Macabro* possui o mesmo título original do longa de 1962 (*Carnival of Souls*). No entanto, é difícil creditar a obra assinada por Grossman como um remake da trama da década de 1960, já que os roteiros são bastante diferentes. O filme original acompanha o drama de uma mulher que passa a ter estranhas visões depois de se envolver em um acidente de carro. Já a trama dirigida por Grossman, e que teve produção de Wes Craven, acompanha Alex (Bobbie Phillips), que começa a ver em todo canto o palhaço que matou a mãe dela vinte anos antes.

Com um suspense pouco eficiente dentro de um enredo confuso, resta ao público esperar pelo final da trama. E se na obra original a conclusão causava impacto, a tentativa frustrada de releitura acaba soando como picaretagem. No mais, a direção de Grossman é preguiçosa sem conseguir criar um único momento de tensão ou medo.

Detalhe para a participação de Shawnee Smith como a irmã de Alex, anos antes de viver Amanda na popular franquia *Jogos Mortais*. Se você esbarrar neste filme, fuja e assista ao original.

Por trás do nariz vermelho: Larry Miller é um daqueles atores que possui mais de 100 filmes no currículo incluindo até alguns sucessos de bilheteria como *O Professor Aloprado* (1996), *O Diário da Princesa* (2001) e *10 Coisas que Eu Odeio em Você* (1999). É verdade que a maioria dos seus papéis é de coadjuvante, deixando o público sempre com a sensação de já ter visto o seu rosto em outros filmes, embora não se lembre de quais foram as produções em que ele participou. Em *Parque Macabro*, Miller tem uma participação irregular, ainda que boa parte da culpa seja do roteiro e da direção que não se esforçaram em nada para que o resultado fosse positivo.

Nota:

Pagliacci

Também conhecido como Mr. Caruthers

Aparição: *O Palhaço Assassino* (GFT Paquin Entertainment, 1998. Dir.: Jean Pellerin, 84 min.)

Truques na manga: Pagliacci inspirou seu visual no protagonista da ópera homônima de Ruggero Leoncavallo. É um assassino ágil e criativo que, anos depois de cometer um crime passional, volta à ativa para atacar um grupo de adolescentes que trabalham na reforma do teatro onde perpetrou seu crime original.

O filme: Sem querer ser nada além de um *slasher* banal, *O Palhaço Assassino* diverte exatamente por não se levar a sério. Todos os seus personagens são paródias de clichês do gênero interpretados por jovens e talentosos atores que parecem estar se divertindo à beça. O uso do cenário do teatro faz lembrar bastante o superior *O Pássaro Sangrento* (1987). Christopher Plummer e Margot Kidder emprestam certa dignidade à produção em seus pequenos papéis, o suficiente para garantir uma boa sessão.

Por trás do nariz vermelho: Um dos maiores atores da história do cinema, Christopher Plummer se consagrou com uma carreira versátil e prolífica. Sempre trazendo classe para os seus papéis, Plummer já interpretou personagens como o detetive Sherlock Holmes em *Assassinato por Decreto* (1979) e o escritor Leon Tolstói em *A Última Estação* (2009), além de seus papéis marcantes em *A Noviça Rebelde* (1965), *Lobo* (1994) e *Toda Forma de Amor* (2010), que lhe rendeu um Oscar de ator coadjuvante.

Nota:

Stanley Cunningham

Aparições: *Camp Blood* (SNJ Productions, 2000. Dir.: Brad Sykes, 73 min.), *Camp Blood 2* (Sterling Entertainment, 2000. Dir.: Brad Sykes, 71 min.), *Within the Woods* (Nightfall

Pictures, 2005. Dir.: Brad Sykes, 85 min.), *Camp Blood First Slaughter* (Sterling Entertainment, 2014. Dir.: Mark Polonia, 85 min.)

Truques na manga: Pouco se sabe sobre seu passado, mas Stanley era uma pessoa comum até voltar para casa mais cedo e ver a esposa transando com seu melhor amigo. Ele não teve dúvidas, pegou sua máscara de palhaço (oi?), subjugou os dois, colocou-os no porta-malas do carro e levou-os ao acampamento Blackwood matando-os a sangue frio. Daí em diante o lugar ficou conhecido como Camp Blood, e ainda guarda a lenda de que Stanley circula pelas matas atrás de sangue novo.

Os filmes: Não é apenas no sobrenome do algoz e no nome do acampamento em que *Camp Blood* se inspira em *Sexta-feira 13* (Sean Cunningham foi o diretor do primeiro filme e o acampamento Crystal Lake também é conhecido como Camp Blood); na verdade é uma cópia pobre, cuspida e escarrada dos filmes da franquia desde o roteiro, até mesmo em suas incoerências. Novamente, o fato de os assassinos usarem máscaras de palhaço não faz qualquer diferença, pois poderiam estar com um saco de batata que o filme seria igual. Engraçado que, apesar da lenda de Cunningham ser citada como a origem, nos dois primeiros filmes (os analisados aqui), ele não é, de fato, o assassino e em ambos até se tenta fazer algum suspense, mas o público precisa ter nascido ontem para não sacar quem é que está por trás da máscara.

Em *Camp Blood*, dois casais de jovens vão inadvertidamente passar uma noite acampados no referido lugar, contratando um guia para levá-los até a área de acampamento. Como todo bom *slasher*, há o velho Crazy Ralph, louco da estrada que os adverte para não irem para lá. A partir daí o que se segue são perseguições à luz do dia (o orçamento não permitiu muitas tomadas noturnas), mortes sangrentas e pouco criativas e um final *à la O Massacre da Serra Elétrica* (1974).

Na continuação, a *final girl* do primeiro filme está internada em um hospital psiquiátrico quando é acionada por um diretor que tem interesse em fazer um filme sobre os assassinatos verdadeiros em Camp Blood (*Pânico 2* manda lembranças) e, claro, o palhaço assassino (agora com uma máscara nova, bem melhor) resolve aparecer para fazer a festa. Com uma pegada mais bem--humorada e precisando copiar menos de *Sexta Feira 13*, o resultado da continuação é razoavelmente melhor.

Em comum, ambas as produções dificilmente lembram filmes, mesmo independentes, dos anos 2000 pela precariedade das filmagens (parece feito em câmeras de VHS), personagens irritantes e alguma nudez bem-vinda. Apesar dos pesares, a lenda de Stanley Cunningham ainda teve fôlego para mais duas produções posteriores, *Within the Woods* (2005) e *Camp Blood First Slaughter* (2014).

Por trás do nariz vermelho: É curioso que os atores que fazem o palhaço nos dois primeiros filmes não são os mesmos assassinos revelados no final das produções. Em *Camp Blood* o crédito para o palhaço assassino é para Shemp Moseley, que só fez este filme, e em sua continuação o ator é Danny Rayfield, que também não tem créditos relevantes após o longa.

Nota: (*Camp Blood*)

(*Camp Blood 2*)

Reality Clown

Também conhecido popularmente como Slasho

Aparição: *Slashers* (Black Watch Entertainment, 2001. Dir.: Maurice Devereaux, 99 min.)

Truques na manga: Num ambiente colorido, coberto por bexigas, diversos jovens cruzam um pequeno corredor, fugindo de algo assustador. Eis que surge um palhaço laranja, com cabeleira em cores diversas, e um rosto acinzentado e cadavérico, que rapidamente pega uma oriental e a esfaqueia no estômago, com sangue jorrando pelo umbigo. E o público vibra pelas ações do palhaço Slasho!

O filme: Na febre dos *reality shows* ao estilo *Big Brother*, o cineasta Maurice Deveraux teve uma ideia interessante: e se os participantes fossem realmente eliminados numa competição que envolve a sobrevivência num ambiente com assassinos cruéis? Na verdade, a atração principal não seria a conquista do prêmio milionário, mas a atuação dos três assassinos – Chainsaw Charlie, Preacherman (ambos interpretados por Neil Napier) e Dr. Ripper (Christopher Piggins) – e a forma como eles dizimarão suas seis potenciais vítimas! Com referências à indústria da propaganda, seja nos comerciais seja na divulgação dos produtos, o diretor brinca em primeira pessoa com o estilo de forma bem-humorada e sangrenta até restar um único sobrevivente. Mas, será que numa competição real há algum vencedor que não sejam os patrocinadores?

Por trás do nariz vermelho: O homem por trás da fantasia de Slasho é Martin Quimet, o assistente de produção do filme. Ele só possui esse crédito na sua carreira.

Nota:

S.I.C.K.

Aparição: *S.I.C.K.: Serial Insane Clown Killer* (Boke Entertainment, Grim Weekend, 2003. Dir.: Bob Willems, 97 min.)

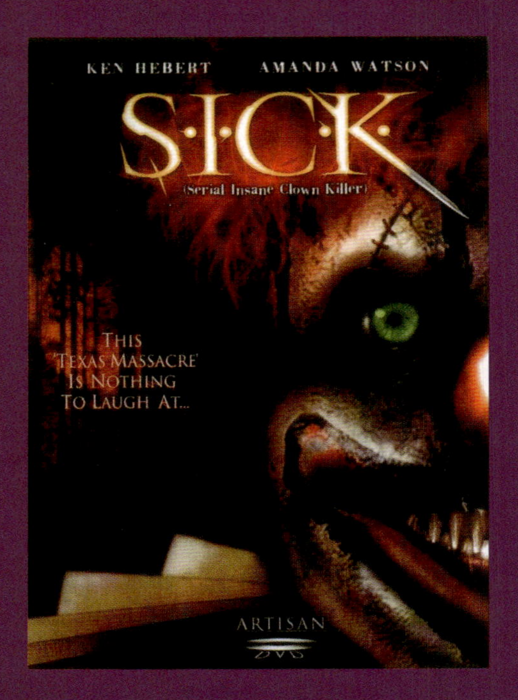

Truques na manga: Apesar de título e pôster chamativos, há pouco ou nada a ser dito sobre este palhaço. Sabe-se que ele vive na floresta e que gosta de matar suas vítimas com um machado. Fora a fantasia e risada, não carrega muitas características de palhaço, e é, no final das contas, apenas mais um assassino mascarado.

O filme: Mesmo sendo claramente feito com boas intenções, *S.I.C.K.: Serial Insane Clown Killer* é um filme abismal e entediante. Em vez de fazer uso da figura do palhaço assassino para criar atmosfera e mortes criativas, o filme cambaleia no decorrer dos longos 97 minutos de metragem, com muita andança e diálogos insossos balbuciados por personagens idem. Mesmo com muita boa vontade é impossível se manter interessado, e mesmo o final relativamente surpreendente não acrescenta molho. Mais curiosa do que o filme em si, é a carreira pregressa do diretor Bob Willems, que dirigiu diversos vídeos de instruções, nos anos 1990, sobre aparelhos eletrônicos e primeiros socorros, se aventurando vez ou outra no gênero fantástico em obras como *Twisted Fear* (1994) e *Dreams in the Attic* (2000).

Por trás do nariz vermelho: Não há informações sobre o figurante assassino que atua na produção.

Nota: 

Gilbert Gill

Aparição: *Maniacal* (Stearling Entertainment, 2003. Dir.: Joe Castro, 82 min.)

Truques na manga: Um rapaz com problemas psicológicos graças, entre outras motivações patológicas, aos estranhos carinhos da mãe, foge de uma instituição mental, rouba uma máscara de palhaço de uma loja e decide sair em busca da irmã para uma noite de mortes sangrentas. Não... não se passa no Halloween!

O filme: Completamente inspirado no clássico *Halloween*, de John Carpenter, esta produção de baixíssimo orçamento justifica suas limitações em cada posicionamento incorreto da câmera, na trilha sonora e incidental

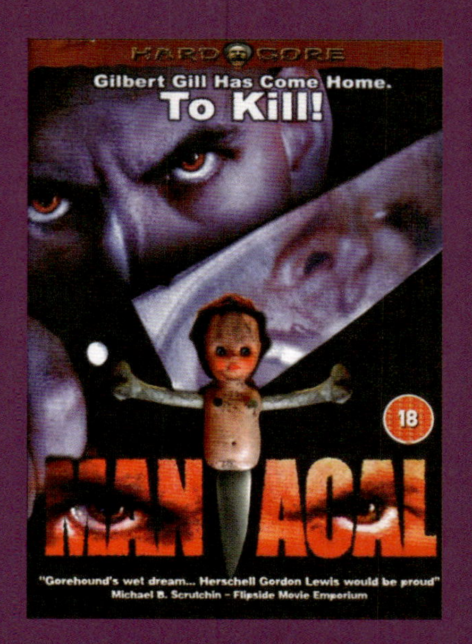

e, principalmente, nas atuações. Trata-se do *slasher Maniacal*, dirigido por Joe Castro, com mais de 15 trabalhos, todos no mesmo nível – incluindo a bagaceira *Legend of the Chupacabra*, de 2000, produzido pela Troma. Durante uma noite de tortura psicológica, Gilbert (Lee Webb, de *Evil Unleashed*, também de Castro), munido de um martelo, resolve atacar seu pai bêbado e esmagar a cabeça da mãe. Preso num manicômio (lê-se uma casa com poucos cômodos e muitos figurantes), ele aguarda a oportunidade de roubar um garfo para iniciar um massacre no local, no dia em que iria se encontrar com o pai. Ele leva o veículo do seu progenitor (sabe-se lá como conseguiu aprender a dirigir e também a fazer ligação direta), e sai em busca da irmã Janet (a fraquinha Perrine Moore) e de seus amigos, mas sem deixar de passar numa loja especializada em terror – mesmo local em que todos os personagens irão aparecer em algum momento – e levar uma máscara de palhaço sorridente.

Com uma fotografia ruim e mal iluminada, *Maniacal* desfere no espectador inúmeras situações absurdas, mal explicadas (por que usar máscara de palhaço?), convenientes para o roteiro e típicas de um longa feito sem o menor cuidado necessário. Por outro lado, vale ressaltar a ousadia de Joe Castro, experiente em efeitos especiais toscos, em apresentar várias cenas sangrentas e violentas, com muitas cabeças (ou melancias) esmagadas ou explodidas até a sequência final. Muito pouco para valer uma recomendação!

Por trás do nariz vermelho: O perturbado assassino Gilbert Gill, que até possui uma canção infantil sobre o seu possível retorno mesmo tendo ficado apenas três anos preso, é interpretado por Lee Webb, com expressões vazias que facilitam a composição de seu insano personagem. Além de *Maniacal* e *Evil Unleashed*, ambos de 2003, ele tem em seu currículo apenas mais um filme, *Assignment* (2013), de Paul T. T. Easter, e participações como âncora da série cristã *The 700 Club*.

Nota: 

Capitão Spaulding

Também conhecido como Cutter

Aparições: *A Casa dos 1000 Corpos* (Lions Gate Films, 2003. Dir.: Rob Zombie, 89 min.) e *Rejeitados pelo Diabo* (Lions Gate Films, 2005. Dir.: Rob Zombie, 107 min.)

Truques na manga: O Capitão Spaulding (Sid Haig) é dono do Museu de Monstros e Loucos, onde oferece um passeio interativo pelas carreiras dos maiores *serial killers* da história – acompanhado por um balde do melhor frango frito do mundo. É também o pai de Baby Firefly (Sheri Moon), outra adorável psicopata, e irmão do cafetão Charlie Altamont (Ken Foree). Capitão Spaulding era também o nome do personagem de Groucho Marx em *Os Galhofeiros* (1930).

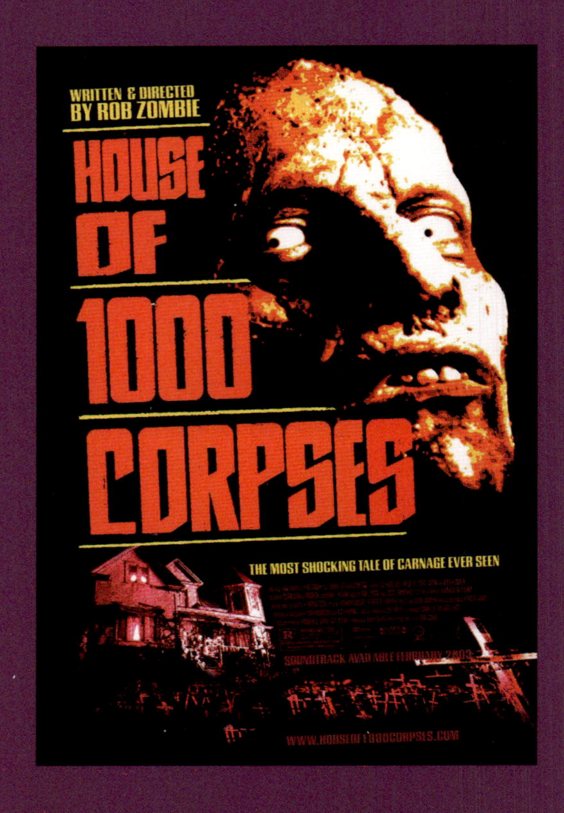

Os filmes: Em 2003 as expectativas eram altas para o lançamento de *A Casa dos 1000 Corpos*, estreia na direção do roqueiro Rob Zombie. Talvez por isso grande parte do público não soube o que pensar do resultado final, um estranho e lisérgico pesadelo ao qual faltava foco e maturidade. Se há algo que todo mundo pareceu gostar foi do Capitão Spaulding, palhaço de boca suja interpretado por Sid Haig, que carregava o filme nas costas. Quando Zombie voltou à

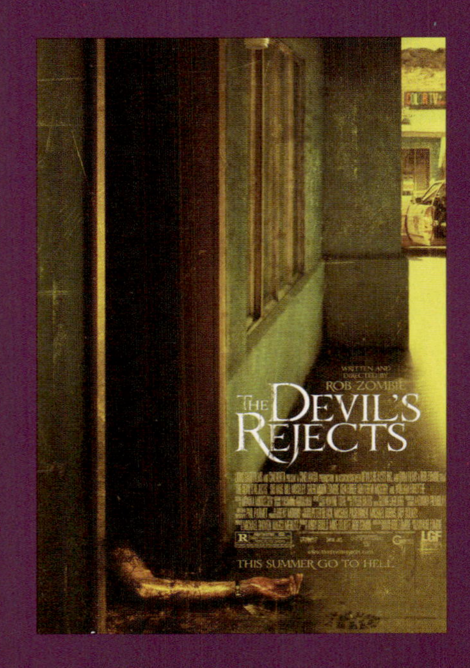

direção com o imensamente superior *Rejeitados pelo Diabo* (2005) Spaulding novamente roubou a cena. Embora passe grande parte do filme sem maquiagem, o seu estilo escroto e desbocado se encaixa perfeitamente no universo sujo e violento desta continuação.

Por trás do nariz vermelho: Sid Haig foi presença marcante em inúmeros filmes *exploitation* dos anos 1970 e 1980. Ator carismático e prolífico, Haig ficou conhecido por sua associação com a atriz Pam Grier em filmes como *Coffy* (1973), *Foxy Brown* (1974) e *Black Mama White Mama* (1973). Teve uma pequena, mas marcante ponta em *Jackie Brown* (1997), onde Quentin Tarantino o colocou mais uma vez em oposição a Grier. Hoje Sid Haig continua participando de diversos filmes de terror de baixo orçamento.

Nota: (*A Casa dos 1000 Corpos*)

(*Rejeitados pelo Diabo*)

Shivers, Giggles e Ogre

Aparições: *Fear of Clowns* (Marauder Productions, 2004. Dir.: Kevin Kangas, 106 min.) e *Fear of Clowns 2* (Marauder Productions, 2007. Dir.: Kevin Kangas, 107 min.)

Truques na manga: Doug Richton, psicopata nato, é manipulado por seu psiquiatra a se vestir de palhaço, perseguir e matar sua esposa por conta da guarda do filho. Assumindo a *persona* de Shivers, ele é capturado pelo detetive Dan Peters e encarcerado. No filme seguinte, com a ajuda de um zelador da nova instituição, ele foge para voltar a cumprir seu objetivo, mas agora conta com a ajuda de Fred Decker, estuprador e canibal, que se veste como o palhaço Giggles e Tom Hold, gigante assassino esquizofrênico, que incorpora a figura do palhaço Ogre.

O filme: *Slasher* por convicção, *Fear of Clowns* não tem muito a contar, além do que foi dito acima. Já *Fear of Clowns 2* começa com Lynn (Jacqueline Reres), a heroína coulrofóbica, lançando um livro com suas melhores pinturas (ela é uma artista que retrata palhaços). Ao descobrir que seu algoz escapuliu, imediatamente é procurada por Peters (Frank Lama) para sua proteção, mas o detetive torna as coisas mais pessoais quando os dois se aproximam e resolve passar por cima das leis, contratando mercenários para acabar com a ameaça de uma vez por todas.

A história não é lá grande coisa, e boas reviravoltas são trucidadas por buracos frequentes de roteiro e alguns personagens que só aparecem para morrer (a contagem de corpos é alta, chegando a dezoito vítimas), porém é um filme direto para o vídeo que deve despertar o interesse pelo bom trabalho do diretor e sua abordagem sangrenta e violenta, repleta de decapitações.

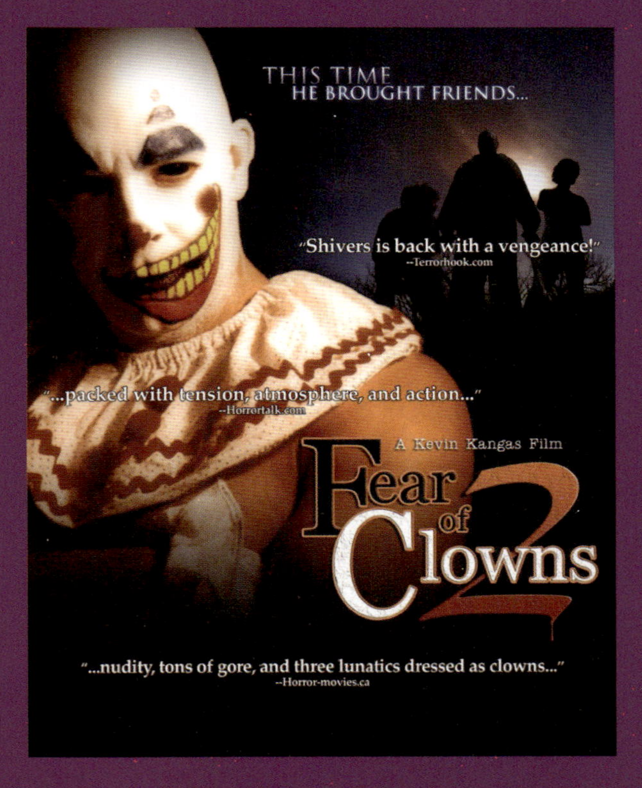

Se existe um motivo para ver esta produção, este é a própria caracterização de Shivers, com olhos negros (lembram os demônios da série de televisão Supernatural), sem camisa e uma pintura icônica no rosto, inspirada nos "palhaços brancos", a voz rouca de "Batman de Nolan" força um pouco a barra, mas é para dar medo em qualquer coulrofóbico. Giggles, parecendo um boneco de pano, e Ogre, com um enorme olho pintado na testa, não chegam nem perto.

Por trás do nariz vermelho: Os desconhecidos Phillip Levine e o ex-wrestler Clarence McNatt interpretam Giggles e Ogre, respectivamente. Já quem dá vida à Shivers é Mark Lassise de *A Marca do Medo* (2010), sem grandes créditos na sétima arte, assim como o restante do elenco e a equipe técnica.

Nota:

Bobo/Kestor Reinquist

Aparição: *The Fun Park* (Blade Walker Films, 2007. Dir.: Rick Walker, 86 min.)

Truques na manga: Kestor Reinquist foi uma criança com problemas mentais que sofreu abusos durante a infância. Era obrigado a se vestir de palhaço e dançar para a mãe – que também tinha problemas mentais – para que a fizesse rir. Denunciada pelo conselho tutelar, a mulher foi presa e a criança transferida para um internato, mas as coisas não melhoraram. Após idas e vindas de lares adotivos, Kestor acabou trabalhando para um pequeno parque de diversões como o palhaço Bobo, onde sofria diversas humilhações pelos jovens que lá frequentavam, mas era o melhor no que fazia. Vinte anos depois, assassinou um juiz arrancando a pele de seu rosto dentro de uma roda gigante e foi internado. Sempre calado, foi-lhe permitido usar maquiagem de palhaço depois de estar usando as próprias fezes para se maquiar, até que conseguiu fugir matando um guarda e disfarçando-o como um palhaço. Dado como morto, agora é apenas uma história que assombra o parque abandonado. Será?

O filme: Um grupo de seis jovens invade um parque de diversões abandonado para se divertir, porém eles não sabem que naquele local vive Kestor Reinquist, o homem por trás da lenda urbana do palhaço assassino, que perseguirá e capturará um a um. A trama se passa em flashbacks, com a sobrevivente do massacre Megan (Jillian Murray, de *Cabin Fever: Patient Zero*) contando sua história para a polícia, e a psicóloga Marissa (Jennifer Ferguson) investigando mais a fundo os eventos ocorridos no parque.

The Fun Park em si não é impressionante e é trabalhado como um *torture porn* sem muita personalidade e surpresas (como o roteiro é em flashback, você já sabe quem vive e quem morre nas primeiras tomadas). Lento até dizer chega, o longa não permite um pingo de empatia pelos protagonistas, tanto pelas atuações quanto pelas suas atitudes. O trabalho de câmera balançando e com alguns zooms estranhos também não é agradável de assistir. O que chama a atenção é a atmosfera e uma das melhores histórias de origem de palhaços maníacos já apresentada. Bobo é um personagem que tem um rico potencial psicológico para ser ameaçador e o filme demonstra pequenos toques que fazem toda a diferença: por exemplo, o fato de ele maquiar todas as suas vítimas por cima das mordaças que usam é um detalhe apavorante em cena.

Inspirando-se bastante em diversas produções, de *O Massacre da Serra Elétrica* (o assassino arranca a pele de suas vítimas para usar no próprio rosto) a *Pague para Entrar, Reze para Sair* (o roteiro em geral), a mescla funciona razoavelmente bem, mas seria melhor se limassem o excesso de diálogos e a falta de ação envolvendo o palhaço assassino.

Por trás do nariz vermelho: Com apenas um crédito no cinema, o ator Mike Liepart interpreta o palhaço Bobo. Também merece nota o ator mirim Warren Hoover, que faz Kestor criança em breves cenas de flashback.

Nota:

Palhaço Louco

Aparição: *Frayed* (LionGates, 2007. Dir.: Norbert Caoili, Rob Portmann, 111 min.)

Truques na manga: Ele fugiu de uma instituição psiquiátrica, onde ficara desde a infância, para deixar uma trilha de corpos, enquanto caça a irmã numa noite sangrenta. Para esconder o seu rosto, ele utiliza uma máscara de palhaço, mas sem brincar com suas vítimas – no caso, qualquer pessoa que cruzar o seu caminho. Forte, agressivo e extremamente competente em matar, sem o mínimo remorso.

O filme: Durante boa parte do filme *Frayed*, o espectador expressará todos os tipos de ofensas contra os diretores, acusando-os de plagiadores de John Carpenter e do clássico absoluto dos *slashers*, *Halloween*, de 1978. Ora, o que pensar de uma premissa que traz um menino assassinando a mãe, durante uma festa de aniversário, e indo para um sanatório, local que o abrigará por mais de uma década, sem pronunciar uma única palavra, até conseguir escapar para perseguir a irmã? No entanto, o longa é muito mais do que isso, com inúmeras reviravoltas – uma, inclusive, bem surpreendente – e bastante suspense para manter o público arrepiado por toda a sua longa duração. Poderia ser o remake que Rob Zombie tentou em 2007, partindo para um caminho mais ousado e eficiente do que o traçado pelo músico.

O que mais surpreende é saber que a dupla de diretores, Norbert Caoili e Rob Portmann, não teve tanta oportunidade no cinema, sem comandar ou roteirizar nada além desse filme. Com boas atuações, principalmente de Aaron Blakely, *Frayed* poderia ocupar tranquilamente as melhores posições em qualquer classificação desse subgênero.

Por trás do nariz vermelho: Embora o espectador já saiba quem é o palhaço desde os primeiros minutos da produção, é melhor evitar qualquer comentário sobre a carreira do ator por trás da máscara, para evitar estragar as inúmeras surpresas!

Nota: 🎈🎈🎈🎈

Gurdy/The Teardrop Killer

Aparição: *100 Tears* (Manic Entertainment, 2007. Dir.: Marcus Koch, 90 min.)

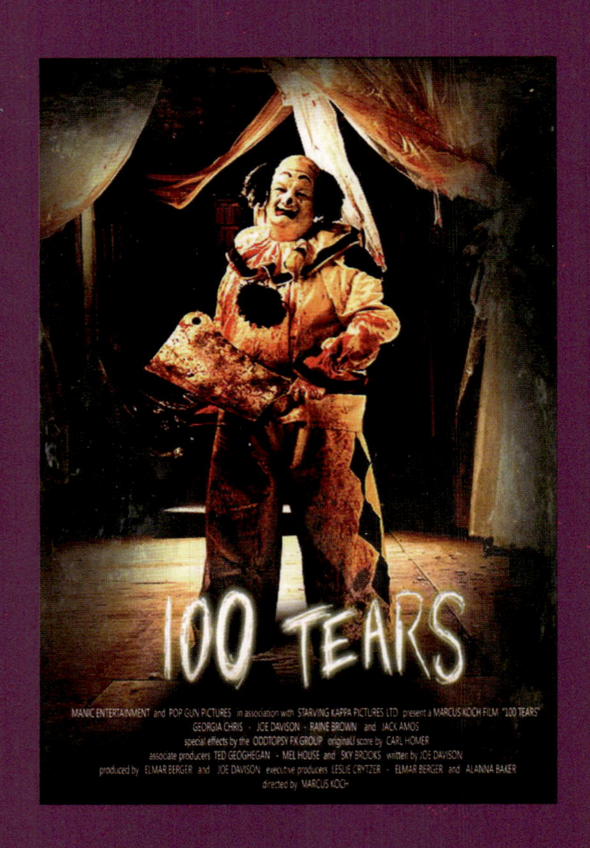

Truques na manga: Gurdy era um típico palhaço em um circo itinerante, até que se envolveu numa intriga com a mulher do homem forte do circo, quando foi acusado de estuprá-la. Após matar brutalmente a mulher e o homem forte, Gurdy fugiu e tornou-se o notório *serial killer* conhecido como "Teardrop Killer", denominado assim por sempre deixar uma figura que lembra uma lágrima feita de sangue nas cenas dos crimes (lembrando o Red John do seriado de televisão *O Mentalista*). Com seu porte físico avantajado e sem dizer uma palavra, Gurdy já está na ativa há mais de vinte anos e matou centenas de pessoas.

O filme: Já dizia a velha letra do AC/DC: "If you wanna blood, you got it" ("Se você quer sangue, você terá"). E *100 Tears* não faz feio quando o assunto é violência. Do começo ao fim, sem pudor e sem repressão, tripas e baldes de líquido vermelho são atirados nas lentes das câmeras, em seus 27 assassinatos, com uma fotografia suja e nojenta. O filme deveria se chamar, na verdade, *100 galões de sangue*.

Ah, sim, ainda tem uma trama no meio: dois jornalistas de um tabloide (Georgia Chris e Joe Davison) topam com um massacre em um prédio residencial das redondezas e a suspeita recai sobre o infame e lendário "Teardrop Killer", um troféu para qualquer profissional do ramo. À medida que as investigações avançam (sempre à frente dos incompetentes policiais), eles fatalmente cruzarão o caminho de Gurdy, sofrendo perigo de uma morte iminente.

Com uma elevadíssima contagem de corpos, fica nítido que o filme não tenta impressionar pelo esmero de roteiro ou pelo desenvolvimento de personagens, já que 90% dos figurantes só aparecem para morrer 10 segundos depois. O grande atrativo é efetivamente Gurdy e seu enorme cutelo com o qual despacha suas vítimas. O único problema é que a produção torna as mortes tão banais – e Gurdy não tem tanto carisma para ser efetivamente ameaçador, que fica muito repetitivo. Acontece que lá pelas tantas o diretor Marcus Koch (também responsável pelos eficientes efeitos especiais) perde a mão, tornando incoerente a facilidade que o antagonista tem para matar tanta gente e depois sofrer tanto perseguindo os personagens finais. Outro ponto negativo é o som: em algumas cenas é tão abafado que nem dá para ouvir direito os diálogos. No geral, é um impressionante filme independente, com boas atuações e ritmo acelerado, que vai te fazer querer tomar um banho depois para tentar tirar as manchas de sangue.

Por trás do nariz vermelho: O ator Jack Amos, que dá vida a Gurdy, tem poucos créditos em longas e curtas independentes, mas seu trabalho mais notório foi uma participação em *The Uh-oh Show* (2009), dirigido e roteirizado por Herschell Gordon Lewis, outro diretor que adora espirrar sangue em seu público.

Nota: 🎈🎈🎈🎈

Michael Myers criança

Aparição: *Halloween: O Início* (Dimension Films, 2007. Dir.: Rob Zombie, 109 min.)

Truques na manga: A criança Michael não é das mais felizes. A mãe dele trabalha como stripper e namora um bêbado idiota que pratica *bullying* contra o garoto. E a irmã, Judith, está mais preocupada em transar com o namorado. Já na escola, Michael é alvo de brincadeiras maldosas dos colegas. Por se achar feio e esquisito, o guri vive perambulando pela casa de máscara,

em especial com uma de palhaço. Na noite de Halloween, enquanto a mãe está trabalhando, Michael coloca a máscara e mata o "padrasto", a irmã e o namorado dela. Poucas horas antes, ele havia matado um dos colegas que praticava *bullying* contra ele.

O filme: Os remakes de filmes de horror podem ser classificados, quando comparado com os originais, nas seguintes categorias: melhores, iguais, fracos, péssimos, lixo total e este *Halloween: O Início*. Nada, absolutamente nada se salva nesta bomba cinematográfica comandada pelo pseudocineasta Rob Zombie. O festival de baboseiras acontece logo no começo do filme. No original, dirigido pelo mestre John Carpenter, a ação do garoto Michael acontece em poucos minutos e ele é mostrado como uma criança normal com uma família ajustada em uma bela vizinhança. O medo vinha justamente através da normalidade para dar lugar ao mais puro mal, o que tornava o personagem adulto muito assustador. No remake, Zombie inventou de mostrar o motivo de o jovem Michael ter se revoltado na noite de Halloween e matado quatro pessoas. E, para piorar, essa introdução dura cerca de 40 minutos. O pseudodiretor apenas esqueceu que filmes de horror podem ser assustadores muito mais por sugerir do que por mostrar e explicar.

Por trás do nariz vermelho: Daeg Faerch já tinha participado de mais de 10 curtas quando ganhou o papel do jovem Michael Myers. Mais uma vez, vamos para as comparações já que é impossível não as fazer. Se Will Sandin fez um jovem Michael Myers de olhar vazio no filme original, Faerch exagera nas caras e bocas como se quisesse justificar a loucura do personagem através de uma infância traumática. Mas esta culpa é muito mais do diretor do que do ator.

Nota:

The Laugh

Aparição: *Diversão Macabra* (New Line Cinema, 2008. Dir.: John Simpson, 85 min.)

Truques na manga: A sua fantasia não é das mais bonitas, e este mais parece um palhaço de um trem fantasma. Em um quarto repleto de palhaços, ele pode ficar

imóvel e com a respiração fraca para assim qualquer pessoa pensar que se trata de uma macabra peça de decoração em tamanho natural. Mas não demora muito para ele se mexer e começar a perseguir suas vítimas. Em especial, ele vai atacar jovens que estudaram com ele durante a infância e que não aprovavam o modo como ele tratava pequenos animais, como esquilos. Mas ele cresceu e hoje não tem mais interesse em fazer experimentos em animaizinhos, mas sim em pessoas, principalmente em velhas amigas de infância.

O filme: *Diversão Macabra* é um filme irregular que narra três histórias de terror que aparentemente não possuem ligação. Com o desenrolar das tramas, percebe-se que as três protagonistas, Tabitha (Katheryn Winnick, de *Hellraiser 8: O Mundo do Inferno*, 2005), Shelby (Laura Breckenridge, de *Não Adianta Fugir*, 2009) e Lisa (Jessica Lucas, de *Cloverfield: Monstro*, 2008), se conheceram na infância assim como o jovem que vai se vestir de palhaço em uma das histórias. No entanto, o roteiro de Jake Wade Wall, responsável pelo remake de *A Morte Pede Carona*, é confuso e acaba gerando um resultado forçado, embora a direção de John Simpson não atrapalhe.

Das três histórias, a do palhaço é justamente a mais interessante pela sua linearidade, enquanto as outras duas são mais fracas e confusas. Destaque para a caracterização do palhaço, que é capaz de meter medo em muitos adultos. Ao assistir ao filme, a pergunta que se pode fazer é: como dormir em um quarto com um palhaço como aquele sentado em uma cadeira ao lado da cama?

Por trás do nariz vermelho: O australiano Keir O'Donnell interpreta o jovem que cresceu e arquitetou um plano de vingança contra três amigas do colégio. Mas no episódio do palhaço, quem assumiu boa parte das cenas foi David Steven Waine, que tem apenas este filme no seu currículo.

Nota:

Dissector

Aparição: *Torment* (This is Not a Dream Productions, 2008. Dir.: Steve Sessions, 88 min.)

Truques na manga: Este palhaço costuma sequestrar suas vítimas e torturá-las

em uma cadeira antes de matá-las. O palhaço liga uma antiga vitrola para tocar um vinil com músicas infantis, enquanto decepa as mãos e arranca as línguas dos incautos. Além disso, o palhaço costuma andar de forma silenciosa sendo capaz de atacar suas vítimas pelas costas sem ser notado. A casa do palhaço não é das mais limpas, e geralmente é possível encontrar baratas caminhando pelo lugar.

O filme: *Torment* acompanha Lauren (Suzi Lorraine, de *When Death Calls*, 2012), uma mulher com problemas psicológicos, que segue com o marido Ray (Tom Stedham, de *Platoon of the Dead*, 2009) para uma casa isolada no campo. Próximo ao local, um homem fantasiado de palhaço está torturando e matando alguns mórmons. Não demora muito para a mulher ver o tal palhaço, e é claro que quando ela contar, ninguém vai acreditar.

A produção inglesa *Torment* é de provocar sofrimentos sem fim em quem assiste. Não pelas qualidades positivas da película, mas pelos problemas com a falta de ritmo, péssimo elenco e total ausência de cenas de suspense. Além disso, o diretor e roteirista Steve Sessions tenta criar algumas cenas de tortura, mas não consegue impressionar.

Por trás do nariz vermelho: Lucien Eisenach já fez mais de 20 curtas, sendo a maioria de baixo orçamento. Em longas, ele atuou em obras como *Dead Clowns* (2004), *Southern Gothic* (2005), *Wolfika* (2006) e *Witch Graveyard* (2013).

Nota:

Snuffles

Aparição: *Clownstrophobia* (DGW Films, 2009. Dir.: Geraldine Winters, 78 min.)

Truques na manga: Tendo assassinado seus pais na adolescência, Snuffles passou anos trancafiado num sanatório. Durante uma festa à fantasia organizada pelos enfermeiros do local, ele consegue escapar roubando uma fantasia de palhaço e se dirige a um casarão onde um grupo de adolescentes está reunido num experimento para curar medo de palhaço.

O filme: Extremamente confuso e sem foco, *Clownstrophobia* reúne diversos clichês do cinema de horror (maníaco escapando de um sanatório, experimento psicológico conduzido num casarão, jovens

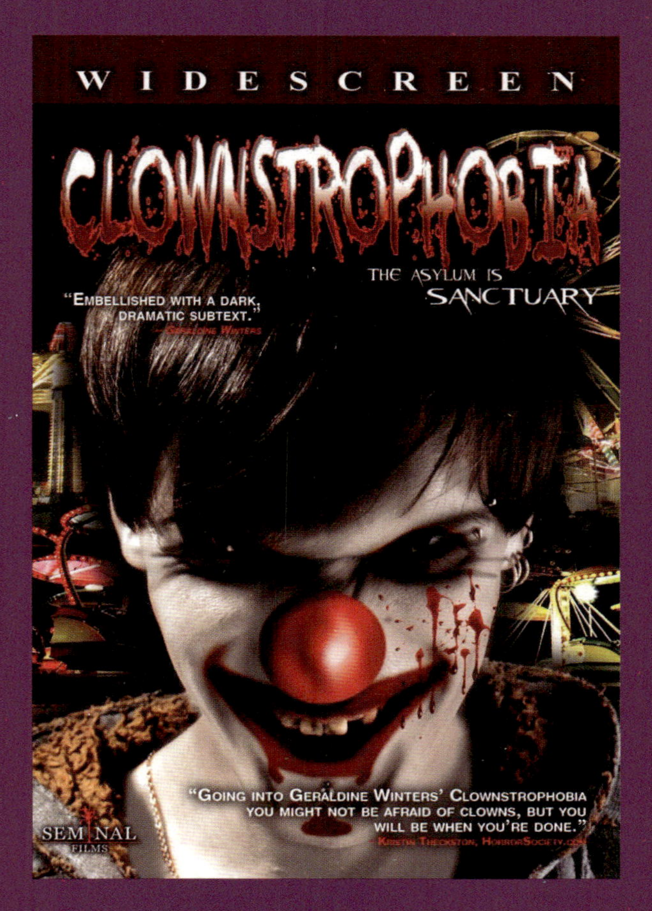

desbocados loucos por sexo e drogas) e não sabe o que fazer com nenhum deles. A trama é confusa, os personagens são ridículos, a edição é grotesca e o filme nunca tira vantagem do fato de seu assassino ser um palhaço ou do fato de as vítimas sofrerem de coulrofobia – chamada aqui de clownstrophobia.

Por trás do nariz vermelho: Chris Dimoulas já fez de tudo um pouco no mundo do cinema, trabalhando como assistente de atores, produtor assistente, supervisor de roteiro e operador de microfone. Em 2012 dirigiu e escreveu o longa *Ever Last*, que obteve críticas favoráveis.

Nota do filme: 🎈

Michael Myers criança como alucinação

Aparição: *Halloween 2* (Dimension Films, 2009. Dir.: Rob Zombie, 105 min.)

Truques na manga: O jovem Michael Myers volta como uma alucinação na sequência do remake que acaba sendo uma espécie de refilmagem do *Halloween 2* original, de 1981. Como não é uma pessoa de verdade, Michael fica acompanhando o fantasma da mãe, que aparece algumas vezes durante o filme. Curiosamente, mesmo sendo uma alucinação, o jovem Michael, que aqui aparece em uma das cenas com a sua máscara de palhaço, consegue agir no mundo real, chegando inclusive a imobilizar Laurie Strode.

O filme: *Halloween: O Início* é, sem sombra de dúvidas, um dos piores filmes da história. O que falar da sequência? Na verdade, este *Halloween 2* até começa de forma interessante. A *final girl* do anterior, Laurie Strode, é encontrada vagando desorientada pelas ruas de Haddonfield e coberta de sangue. Histérica, ela é levada para o hospital da cidade, onde Michael Myers logo vai aparecer para matar todo mundo e a ela também. Eis que Laurie acorda gritando na segurança do seu quarto para o público entender que aquele bom começo nada mais foi do que um pesadelo. *Halloween 2* perde então o rumo, mostrando uma história que beira o ridículo com o invencível Myers mais uma vez perseguindo e matando quem encontra pela frente. Para piorar, o pseudodiretor Zombie ainda inclui o fantasma da mãe de Michael para dar um tom sobrenatural.

Dizem que Zombie declarou que só aceitou dirigir esse segundo filme para que nenhum outro diretor estragasse a sua visão de *Halloween: O Início*. Dá para imaginar que a única forma de piorar o que ele fez seria colocar Michael Myers matando Teletubbies.

Por trás do nariz vermelho: Chase Wright Vanek pegou a vaga de Michael criança porque Daeg Faerch, do filme anterior, cresceu demais. Mas não é possível perceber maiores mudanças já que ele também segue a linha da criança esquisita fazendo caretas mesmo sendo uma alucinação.

Nota: 🎈

Edwin

Aparição: *Klown Kamp Massacre* (Troma Entertainment, 2010. Dir.: Philip Gunn, David Valdez, 83 min.)

Truques na manga: Deveria ser um acampamento típico de verão, já que Edwin, apesar de ser um palhaço recluso e deslocado, queria apenas aprender e se divertir junto com outros palhaços como ele. Mas ele foi pressionado para além de seus limites e simplesmente matou todos os que estavam no acampamento, desapareceu, e a história virou lenda. Fechado por quinze anos, o dono, um palhaço das antigas chamado Bonzo, resolve tentar reabrir o acampamento, e Edwin está furioso com isto.

O filme: Se você já teve oportunidade de assistir a qualquer produção distribuída pela produtora Troma, tem uma boa ideia do que vem pela frente: muito sangue, violência, nudez, efeitos toscos, ritmo acelerado, risadas involuntárias. A história acompanha Philbert (Ross Kelly, de *Army of the Dead*, 2008), um palhaço típico, com peruca arrepiada e sapatos gigantes, animado com a ideia de passar uma temporada na famosa e reaberta Klown Kamp, que fornece certificados de conclusão para alavancar a carreira. Ele e seus compatriotas começam bem, até que Edwin resolve voltar quinze anos depois para terminar o que começou.

Não há muita história (não que em um *slasher* como esse ela seja necessária), e o filme não tenta esconder suas referências de *Sexta-Feira 13* e *Halloween* – até os temas são plagiados na cara dura! Algumas ideias são bem criativas, para desespero dos coulrofóbicos, como o fato de que no universo do filme todos os habitantes são palhaços, dos políticos e *rappers* aos apresentadores de programas policiais.

As mortes são criativas e exageradas, lembrando os desenhos antigos dos *Looney Tunes*, com bombas, tortas e ácido. A quantidade de peitos e cenas de sexo é absurda, e o ofensivo e politicamente incorreto termina de preencher a tela.

Classificar um filme da Troma como bom é uma questão de expectativa, mas mesmo que você não possa assistir a essa produção com sua avó do lado, *Klown Kamp Massacre* é diversão na certa, e nem precisa de Edwin para isto.

Por trás do nariz vermelho: Edwin é interpretado por Jared Herholtz, um ator desconhecido que fez somente esse longa-metragem e outros dois curtas, *Eddy Ray* (2006) e *Bloody Birthday* (2013). Contudo, se estiver de olho em alguém mais conhecido, você pode encontrar uma ponta especial do diretor e dono da Troma, Lloyd Kaufman.

Nota:

Javier e Sergio

Aparição: *Balada do Amor e do Ódio* (Tornasol Films, 2010. Dir.: Álex de la Iglesia, 107 min.)

Truques na manga: Na segunda metade da década de 1930, Javier, ainda menino, sofreu a perda do pai quando este foi recrutado pelo famoso miliciano Enrique Líster para lutar em sua tropa durante a Guerra Civil Espanhola. Capturado pelas tropas nacionalistas e sentenciado a trabalho escravo numa mina, Javier tentou salvar o pai, porém a fuga foi frustrada, e ele acabou sendo pisoteado pelo cavalo de um coronel do exército espanhol.

Mais de trinta anos depois, Javier pede e consegue emprego num circo no mesmo ofício do pai, palhaço. Porém, seguindo seu próprio conselho, ele é um palhaço triste. Lá conhece seu companheiro de trabalho, Sergio, o palhaço alegre, fazendo sucesso. Contudo, as coisas fora do picadeiro

não possuem qualquer graça: Sergio é arrogante, violento e tem uma tórrida relação com a trapezista Natalia, pela qual o doce e tímido Javier acaba se apaixonando inevitavelmente. Natalia se torna o pivô de uma crescente entrada de Javier na loucura, que será capaz do inconcebível para ficar com ela.

O filme: O celebrado diretor Álex de la Iglesia (*O Dia da Besta*) entrega em *Balada do Amor e do Ódio* uma tragédia grega das grandes, um drama sobre personagens complexos e exagerados acima de qualquer convenção. Portanto, não passa perto de ser um filme de horror, apesar da violência contra si e contra os outros que a produção mostra. Rodado com fotografia e trabalho de câmera excepcionais, o roteiro possui grande intensidade quando intercala esta trama de amor e ódio com eventos históricos de um tempo conturbado e repressivo da Espanha, usando, inclusive, personagens reais e diversas cenas da época em que o país era dominado pelo ditador Francisco Franco.

Embora todos os coadjuvantes tenham sua importância e seu espaço, é sobre a tênue dualidade dos protagonistas que a produção se sustenta, como uma gangorra entre o palhaço feliz (Sergio) e o palhaço triste (Javier) com Natalia no meio – não à toa, ela é a equilibrista do circo. Nenhum deles é exatamente vilão ou mocinho, apenas vítimas de suas escolhas, e nestas, graças à sua caracterização meticulosa, a correspondência é estabelecida com grande êxito. Só não é perfeito porque a força com que o filme começa não se sustenta no meio com diversas situações absurdas – que remetem de *Um Dia de Fúria* (1993) e *Brazil* (1985) até *Cão de Briga* (2005) – e sem muito sentido de existirem, recuperam o fôlego no desfecho, claramente inspirado em *Intriga Internacional* de Alfred Hitchcock. Embora triste, essa bela história tão bem contada foi indicada para 15 prêmios Goya (principal premiação do cinema espanhol), vencendo dois deles: Efeitos Especiais e Maquiagem. O diretor Álex de la Iglesia também ganhou o Leão De Prata no Festival de Veneza em 2010 por *Balada do Amor e do Ódio*.

Por trás do nariz vermelho: Carlos Areces, que dá vida a Javier, tem diversas participações na televisão espanhola e fez pontas nos filmes *Lobos de Arga* (do diretor Juan Martínez Moreno, de *O ABC da Mor-*

te 2) e *Perseguição Virtual* (do diretor Nacho Vigalondo, de *V/H/S Viral*). Já Sergio é interpretado por Antonio de la Torre, mais experiente no ofício, tendo trabalhado com Pedro Almodóvar em *Volver* (2006) e com o próprio Iglesia em *O Dia da Besta* (1995).

Nota:

Palhaço Indiano

Aparição: *A Final* (Agora Entertainment, 2010. Dir.: Joey Stewart, 93 min.)

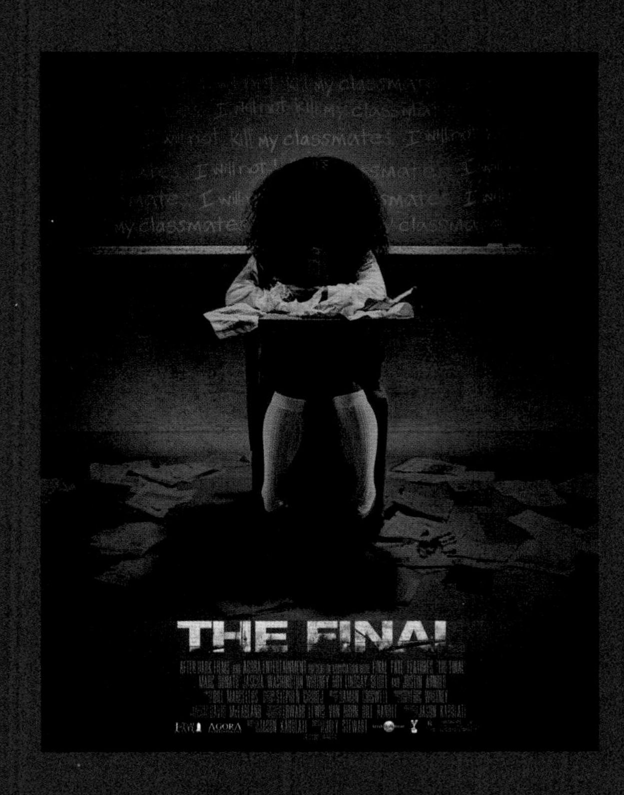

Truques na manga: A festa à fantasia parece animada. Fumaças e bebidas preenchem um ambiente repleto de jovens com os hormônios à flor da pele. Mas parece que alguns mascarados estão numa sintonia diferente. Entre o Espantalho e a Fadinha, um palhaço bocó, com a boca estática em "o", está prestes a iniciar um plano de vingança em parceria. Quando a festa termina, o cenário ganha uma atmosfera de julgamento, enquanto a máscara alegre é trocada por uma versão monstruosa, de acordo com as intenções cruéis dos torturadores.

O filme: Parte do festival After Dark Horrorfest 4 (também chamado 8 Films to Die For), que abre a possibilidade de projetos nascerem de orçamentos irrisórios, *A Final* dividiu a atenção com outras produções como *The Graves*, *Lentes do Mal*, *Hidden*, *Kill Theory*, *Lake Mungo*, *The Reeds* e *ZMD: Zombies of Mass Destruction*. Mesmo com essas boas surpresas, o longa fez diferença pelo conteúdo que vai além de um *torture porn* ou filme de vingança, trazendo uma mensagem importante sobre o *bullying* e a violência psicológica bastante em evidência nas escolas modernas.

Depois de herdar uma casa de seu tio, Dane (Marc Donato, de *A Corrente do Bem*, 2000) e seus amigos Jack (Eric Isenhower), Ravi (Vincent Silochan), Emily (Lindsay Seidel, *The Infliction*, 2012) e Andy (Travis Tedford, de *A Casa Amaldiçoada*, 1999) organizam uma falsa festa à fantasia para drogar um grupo de valentões, Bradley (Justin Arnold, de *The Zombie Christ*, 2012) e Bernard (Daniel Ross), além do trio de garotas, Kelli (Laura Ashley Samuels, *O Preço do Amanhã*, 2011), Bridget (Whitney Hoy) e Heather (Julin, de *Cherry Bomb*, 2011), e iniciar um tribunal, onde suas ações serão julgadas e penalizadas com torturas físicas e psicológicas.

Apesar dos clichês e exageros, principalmente envolvendo a perseguição na floresta e o envolvimento de um ex-soldado das proximidades, *A Final*, dirigido por Joey Stewart, em seu único longa, a partir de um roteiro de Jason Kabolati, incomoda o espectador por remeter os atos dos vingadores à tragédias reais, retratadas em produções como *Tiros em Columbine* (2002), de Michael Moore, e *Elefante* (2003), de Gus Van Sant, num espelho levemente distorcido do que aconteceu em 1999 e ocasionou a morte de dez estudantes. Peneirando os excessos, o filme é curioso e interessante, com um tom frio e pessimista, como a cena inicial, filmada em preto e branco, permitindo a reflexão sobre os limites entre a brincadeira e a agressão psicológica.

Por trás do nariz vermelho: "Todos esses anos vendo filmes de terror... O que poderia ser melhor do que colocá-los em uso?" Com essa frase, Ravi, interpretado por Vincent Silochan, deixa evidente o que o público irá ver em *A Final*: uma tragédia com base real, mas inspirada no gênero. Sem muito destaque no filme, apenas pelas máscaras de palhaço que utilizou, Silochan não fez mais nenhum papel no cinema.

Nota:

Zane Auguste

Aparição: *Clown Around* (From the Same Hole Productions, 2011. Dir.: David Peters, 90 min.)

Truques na manga: Zane Auguste é um paciente catatônico de uma instituição de saúde mental que consegue uma violenta fuga durante uma transferência feita de van para outro local. Após encontrar uma feiosa máscara de palhaço, começa a criar uma trilha de sangue enquanto a polícia tenta entender sua motivação e fica em seu encalço.

O filme: Realizado com recurso zero, e tão desconhecido que nem tem ficha no site IMDb, este filme independente britânico aparentemente é um típico *slasher* de baixo orçamento, porém apresenta alguma personalidade. A bem da verdade, o palhaço é um mero enfeite, as bizarrices são todas com foco na tal "equipe de investigação", constituída por um homem que se veste e se comporta como o Justiceiro dos quadrinhos, dois oficiais que têm um romance fora do serviço e capitaneada por um policial obeso, truculento, e que vai para casa no meio do expediente para receber sexo oral de sua esposa (sério!) e que entra numa briga estranha de boxe com o assassino no final.

O filme é bem sangrento apesar do custo, e as atuações são amadoras como se espera, contudo o que mais incomoda, de fato, é a equalização da trilha sonora: quando a música (ruim) toca, os diálogos ficam impossíveis de se ouvir. Fora uma ou outra cena divertida, não há tensão ou dinamismo, a ação se arrasta em cenas dispensáveis e em uma trama de vingança muito rasa e personagens secundários sem qualquer relevância.

Por trás do nariz vermelho: É muito difícil encontrar qualquer coisa sobre o palhaço pela *web* afora; os créditos do filme aparecem como "Zane Auguste como ele mesmo" e uma série de pseudônimos dos realizadores. Pelo amadorismo da produção (aparentemente um projeto entre amigos), não me admira que esse seja o único crédito de todos os participantes.

Nota:

Cleaver

Aparição: *Slasher House* (Mycho Entertainment Group., 2012. Dir.: Mj Dixon, 85 min.)

Truques na manga: Cleaver faz jus ao nome, pois anda caracterizado com seu cutelo de açougueiro (*cleaver*, em inglês). Ele assedia crianças usando um carro de sorvetes e, durante a noite, as sequestra e as mata. Com suas roupas esfarrapadas, sua maquiagem feita com sangue (provavelmente humano) e sua risada estridente e escandalosa, é um *serial killer* convicto, e sua única motivação é matar.

O filme: Apesar de ser uma grande ameaça, Cleaver é um mero fantoche do plano maior mostrado no filme *Slasher House*. Nossa protagonista é uma garota de cabelos bem vermelhos chamada Felissa. Ela acorda nua em uma cela de uma instituição abandonada sem a menor ideia de como chegou

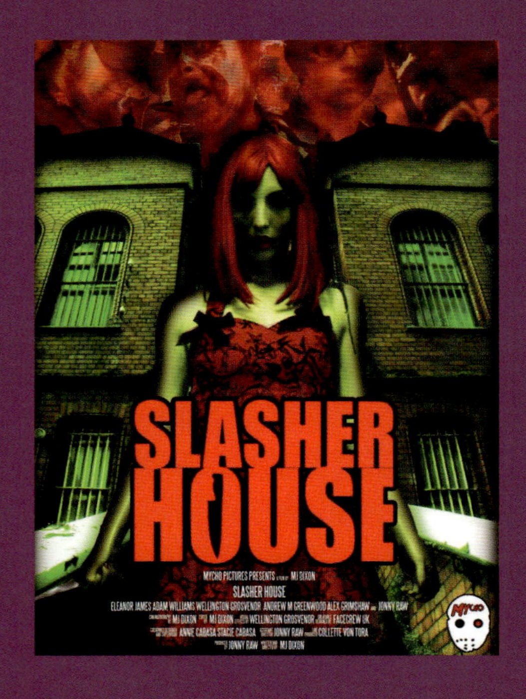

lá e nem sequer de quem ela é e, antes que você consiga terminar de falar que é igual a *Jogos Mortais*, ela encontra pistas misteriosas e descobre que não está sozinha no lugar. Não apenas encontra outras pessoas em outras celas, mas que calham de serem um bando de maníacos homicidas! Cleaver é apenas o primeiro a dar as caras...

A montagem de *Slasher House* é um dos destaques, assim como a atmosfera bem colorida com cores vivas num visual surreal, em comunhão com os personagens bem definidos e um trabalho de câmera executado com criatividade, que fazem lembrar uma história em quadrinhos bem sangrenta. O conceito não é 100% original, mas ganha pontos pelo potencial e pela energia empregada nas constantes perseguições e no perigo corrido pela protagonista e pelos outros em cena.

Outra coisa interessante está nos "entrecortes", com a introdução de cada um dos personagens do filme, revelando alguns segredos e pontos de viradas de roteiro (algumas previsíveis, outras nem tanto) e colocando a trama para rodar. A única decepção é com as motivações da própria protagonista e com algumas atuações abaixo de um nível aceitável. Levando em consideração que é um filme de baixo orçamento, o esforço e a vontade dos realizadores suprem as necessidades e torna-se uma grande diversão, rápida e rasteira.

O sucesso já capacitou a realização de dois filmes derivados: dois *prequels*, focando em dois assassinos de *Slasher House*, um chamado *Legacy of Thorn*, lançado em 2014, e um específico sobre o palhaço maníaco em *Cleaver: Rise of the Killer Clown*, lançado em 2015.

Por trás do nariz vermelho: Andrew M. Greenwood, que interpreta Cleaver, só tinha um crédito antes de *Slasher House*, no filme *Creepsville* (2010) do mesmo diretor. Ele também está no papel título do prelúdio *Cleaver: Rise of the Killer Clown*. O outro destaque do elenco é a participação especial do primeiro vocalista do Iron Maiden, Blaze Bayley, fazendo a voz do assassino "The Demon".

Nota: 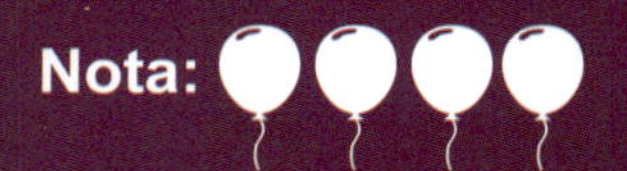

Sloppy

Aparição: *Sloppy the Psychotic* (Maniac Films, 2012. Dir.: Mike O'Mahony, 75 min.)

Truques na manga: Mike é um sujeito bacana que só quer ganhar a vida como animador de festas, encarnando a *persona* do

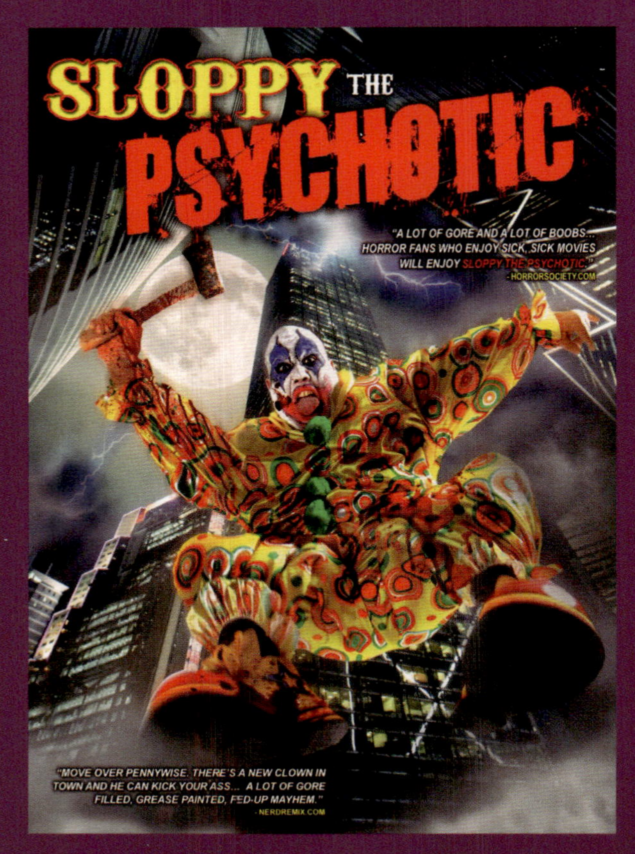

palhaço Sloppy. Apesar de não ser respeitado pelos pais por conta da profissão, é após um desentendimento com uma criança que tudo vai para o inferno. Ele perde o emprego e é humilhado por um grupo de *bullies*. Bebendo como um gambá, ele tem o seu "dia de fúria" e se torna Sloppy, o palhaço psicótico.

O filme: Para um filme curto e de baixo orçamento, o início é bem lento, o suficiente para o espectador acreditar que daquele mato não iria sair nenhum coelho. Ledo engano. Conforme a trama simples avança, a produção ganha uma intensidade e uma fúria que só pode ser representada pela impressionante contagem de corpos (31).

Alternando momentos bobos de puro humor negro e genuíno terror para causar frio na espinha, o diretor não poupa ninguém: pessoas com deficiência mental, mendigos, prostitutas e inocentes crianças, todos estão em perigo perto da ameaça de Sloppy. Se as cenas de morte são sujas (vão de envenenamento a castrações), sangrentas e inspiradas, o mesmo não se pode dizer do restante: as atuações são toscas, a captação de som é péssima e Sloppy só demonstra estar no clima do filme lá pelo final. Porém, isso não tira o brilho e os pesadelos dos coulrofóbicos, que têm, nesta singela produção, uma pequena gema vermelha-sangue a ser assistida.

Por trás do nariz vermelho: Mike O'Mahony não apenas é o rosto por trás da maquiagem do palhaço psicótico em frente às câmeras, mas também é o diretor, roteirista, produtor e sabe lá o que mais. Sua carreira é mais notória em *indies* de baixo orçamento como Sloppy, tendo dirigido filmes como *Deadly Detour*, *I.B.S.* e *A Dark Place Inside*.

Nota: 

Joey

Aparição: *Laughter* (AMD Productions, 2012. Dir.: Adam Dunning, 87 min.)

Truques na manga: Joey é um deslocado garoto nerd que só quer se enturmar. Numa noite em um acampamento com seus amigos (e alguns não tão amigos assim), ele conta uma terrível história à beira da fogueira sobre um lunático vestido de palhaço, amedrontando a todos. Porém, ao dar um susto no

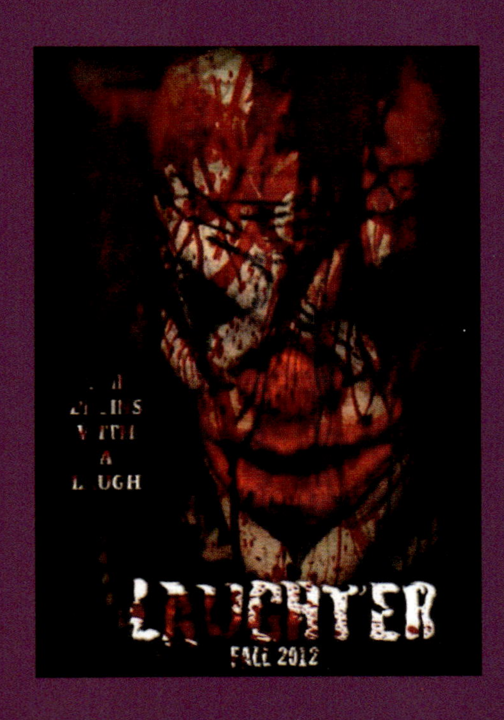

grupo caracterizado como tal, é espancado até a morte antes que possa sequer dizer que era uma brincadeira. Os amigos resolvem manter o assunto entre eles e desaparecem com o corpo. Seis meses depois, um palhaço maníaco passa a perseguir os perpetradores. Será que Joey voltou dos mortos para buscar vingança?

O filme: Não há como ocultar que a clara inspiração do diretor, produtor e roteirista Adam Dunning para *Laughter* está em *A Noite das Brincadeiras Mortais* (1986) e *Eu Sei o Que Vocês Fizeram no Verão Passado* (1997). Assim, o problema desse *slasher* típico está na comparação. Um roteiro simples, mas repleto de rombos de lógica, faz o trabalho do palhaço Joey muito mais fácil, pois ele ataca em plena luz do dia, em lugares razoavelmente movimentados, sempre vestido com sua grande e ameaçadora máscara de borracha e até sujo de sangue, mesmo com a polícia em seu encalço – representada por um investigador e seu chefe que sempre estão atrasados nas ocorrências, a personificação da incompetência. Também não fica claro por que o assassino esperou exatamente seis meses para atacar e como, na resolução final, conseguiu enganar tanta gente por tanto tempo.

A parte boa é tratar-se de um filme bem violento, dinâmico e que compensa com energia a falta de orçamento, nítida nas atuações, nos *zooms* frequentes e, especialmente, na péssima captação de som – o assassino fala vestido com a máscara e mal dá para ouvi-lo, quando ele não é dublado na pós-produção com uma voz mais alta e nitidamente feita em estúdio.

Se não fosse pela máscara de palhaço, o longa poderia passar como um *slasher* qualquer, já que a história e as mortes não têm qualquer relação com o ofício de palhaço. Entre mortos e feridos, até que esse filme independente não faz feio.

Por trás do nariz vermelho: Rocky Petroziello interpreta o perturbado Joey, mas esse é o seu único crédito no cinema. Como um pequeno projeto independente, *Laughter* não tem nomes conhecidos nos dois lados da câmera, e todos os envolvidos permanecem na obscuridade.

Nota: 

Palhaço Viciado

Aparição: *The Addicted* (Recoil Films, 2013. Dir.: Sean J. Vincent, 90 min.)

Truques na manga: A máscara preta de palhaço, também em destaque no pôster, é um chamariz para o espectador tentar saber mais a respeito do vilão de *The Addicted*. Escondido numa clínica de reabilitação assombrada, ele tortura suas vítimas com drogas injetáveis e faz uso de uma pistola de pregos. Os incautos que ousam invadir o local, por curiosidade ou trabalho, precisam evitar um encontro com o mascarado ou com um espírito vingativo que ronda o local.

O filme: Está é uma produção caseira do diretor Sean J. Vincent, que também assina o roteiro, a produção e ainda participa como ator. Um longa tão particular que devia ter ficado apenas entre suas fitas de coleção e não fazer parte do circuito comercial. No enredo, depois que quatro jovens desaparecem numa clínica de reabilitação para dependentes químicos, considerada assombrada devido à má reputação do diretor e um suicídio, uma equipe em apoio à jornalista Nicole Hunter (Jenny Gayner) também vai ao local investigar os mistérios por trás das lendas e desaparecimentos. Instalam câmeras nos corredores e tentam evitar o contato com uma assombração que só diz "Ninguém vai sair" e um palhaço assassino, ambos com envolvimento no passado da instituição.

São tantos os problemas que se torna praticamente impossível encontrar qualquer vestígio de qualidade nesse filme, que não se define como *slasher* ou produção fantasmagórica. Péssimas atuações, com direção e edição amadoras, além de um enredo repleto de clichês e extremamente arrastado. Nem o mistério por trás do palhaço viciado é suficiente para garantir uma recomendação.

Por trás do nariz vermelho: A identidade do assassino é o único atrativo de *The Addicted*, embora a revelação seja extremamente óbvia e desagradável. Para evitar que você não perca seu tempo conferindo esse filme ruim, já adiantamos que se trata do próprio egocêntrico diretor, Sean J. Vincent. Com dois curtas anteriores, ele fez deste trabalho sua estreia no comando de longas, e, em 2014, lançou o drama *7 Cases*, felizmente sem contar com sua atuação, o que já se pode considerar uma evolução na carreira.

Nota:

Otário

Aparição: *É Campeão* (Plower Filmes, 2014. Dir.: Lud Lower, 5 min.)

Truques na manga: Otário é um terrorista maquiado de palhaço que, cansado

da corrupção e da falta de ética do governo brasileiro, sequestra a filha do presidente e a mantém com uma corda no pescoço enquanto faz exigências ao governo.

O filme: Claramente inspirado nos protestos contra a Copa do Mundo que levaram milhares de pessoas às ruas em 2013 e 2014, *É Campeão* tenta ao máximo ser um curta rebelde e contestador. Infelizmente, sua crítica social é rasa como um pires e sofre do mesmo mal dos protestos que o inspiraram: excesso de fúria e falta de concretude. Afinal de contas, as exigências de Otário se limitam a "educação, segurança e transporte de qualidade", e jamais entram em detalhes sobre quais aspectos disso devem ser melhorados ou como melhorá-los. Tudo isso torna o curta esquecível e francamente infantil.

Por trás do nariz vermelho: Músico, radialista, cineasta e ator de renome, Rubens

Mello já foi inclusive eleito o sucessor de Zé do Caixão em um concurso promovido pela revista *Trip* e o jornal *Notícias Populares* em 1999. Suas contribuições para o horror nacional incluem o média *Lâmia, Vampiro!* (2005) e os curtas *A História de Lia* (2010) e *Vermibus* (2012). Como ator, seus papéis de mais destaque foram nos curtas *Ivan* (2011), *A Carne* (2008) e *Horário Nobre ou Banquete para Urubus* (2012).

Nota:

Risadinha

Aparição: *The Houses October Built* (Room 101, Foreboding Films, 2014. Dir.: Bobby Roe, 91 min.)

Truques na manga: Dentre as pessoas que se fantasiam de monstros para assustar o público em casas de terror, há vários palhaços terríveis, mas nenhum se equipara ao Risadinha, que acompanha sorrateiramente o grupo que faz um documentário sobre o tema durante o Halloween. Parado na frente do veículo ou escondido na mata, ele é um dos loucos que não gostam de ver a sua atração ser denegrida.

O filme: Mikey (Mikey Roe), Bobby (o diretor Bobby Roe), Zack (Zack Andrews), entre outros, compõem um grupo de amigos que decide realizar um documentário em busca de uma atração realmente assustadora nos dias que antecedem o Halloween. Eles cruzam o país e testam o medo nas "casas de terror", sem saber que a brincadeira nem sempre é bem-vinda. Depois que tiram sarro da primeira que visitam, ao subir no telhado e desdenhar da atração, eles passam a ser acompanhados pelas "pessoas fantasiadas", incluindo um palhaço e uma pavorosa boneca viva. É claro que, como a própria legenda inicial anuncia, eles terão problemas reais, principalmente nos minutos derradeiros quando o vídeo acelera as ações para concluir de maneira pessimista e satisfatória.

Trata-se de mais um *found footage* com todas as características já conhecidas: filmagens sem fim, mesmo em situação de perigo, brincadeiras bobas, atos incoerentes com o que está acontecendo... Pode servir de entretenimento para o público conhecer esse tipo de diversão bastante popular lá fora, principalmente a que envolve *paintball* com zumbis! De resto, um filme sem surpresas ou motivações para uma conferida!

Por trás do nariz vermelho: Há vários palhaços no filme, incluindo alguns verdadeiros, de atrações de casas de terror. O principal, aquele que persegue o grupo, é interpretado por Bart Butler, de *Spoils* (2009), *Devotion* (2013) e está no curta *Deadly Awakening*. Ele também trabalha com efeitos especiais e é diretor de arte, mesmo com um carreira curta e trabalhos inexpressivos.

Nota: 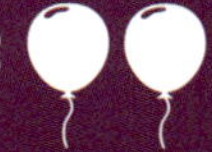

Klarence

Aparição: *Entre os Vivos* (Metaluna Productions, 2014. Dir.: Alexandre Bustillo e Julien Maury, 90 min.)

Truques na manga: Aos quatro anos de idade, Klarence quase foi assassinado por sua mãe grávida. Devido aos gases venenosos a que seu pai foi exposto durante a guerra, ele nasceu diferente. Sua mãe, grávida, não aguentava os abusos de seu pai nem a aparência grotesca do jovem filho e, após tentar matar os dois, se suicidou. Seu pai então fugiu levando Klarence e seu irmão prematuro em busca de uma nova vida. Anos depois, pai e filho se tornam assassinos que vivem escondidos em um estúdio de cinema abandonado, o Blackwood, e Klarence anda por lá atrás de suas vítimas usando uma máscara de palhaço.

O filme: *Entre os Vivos* começa com uma angustiante e gráfica sequência de flashback, deixando clara a assinatura de Alexandre Bustillo e Julien Maury, os mesmos responsáveis pelos celebrados *A Invasora* (2007) e *Livide* (2011). A partir daí, o longa assume contornos de uma pequena obra de Stephen King, com três jovens garotos que matam aula para fumar e acabam indo parar nas ruínas de um antigo estúdio de cinema. Mas as semelhanças acabam por aí. O que se segue é uma sucessão de cenas absurdas e sem sentido, que só estão ali para fazer com o que o roteiro, cheio de furos, avance até o final do filme.

Não há nada na história que justifique algumas situações que beiram o absurdo. Nem a tentativa de se criar um vilão de horror nos moldes de *Sexta-Feira 13* ou *Halloween* é bem-sucedida, e a máscara de palhaço usada por Klarence em apenas algumas curtas cenas não é interessante o suficiente para tanto. Quem quiser conferir baseando-se no histórico da dupla de cineastas, com certeza irá se decepcionar com um filme que tenta ser mais leve e agradar um público maior de fãs do horror ficando com o básico em vez da ousadia e qualidade pelas quais ficaram conhecidos.

Por trás do nariz vermelho: Klarence é interpretado pelo ator francês Fabien Jegoudez, mais conhecido pelos papéis que interpretou em *Os Infiéis* e *A Espuma dos Dias*. De fisionomia marcante, Fabien é muito fácil de reconhecer nos filmes em que atua, mas *Entre os Vivos* é o único filme de horror de sua carreira até o momento.

Nota: 

Mr. Bootles

Aparição: *Poker Night* (Wingman Productions, 2014. Dir.: Greg Francis, 104 min.)

Truques na manga: Na vida nada se faz sozinho, e até um assassino cruel anônimo precisa de amigos. Após a morte de seu mentor em crimes, esse misterioso homem em questão entrou em depressão, perdendo a fé na vida e nos objetivos que traçou: fazer sexo com o máximo de menininhas possível e matar qualquer um que se coloque no caminho. Mr. Bootles, um ameaçador palhaço espalhafatoso no estilo do Bozo e responsável por diversos desaparecimentos de crianças na região, resolve intervir e tentar animar o colega, oferecendo pequenas infantes de bandeja para que ele tente reagir. Acompanhado de uma pessoa vestida como um coelho gigante, ambos acabam falhando e o assassino percebe que sua única chance de redenção é perseguir o algoz de seu mentor.

O filme: Típico thriller de fim de noite, boa parte da história se passa numa noite de pôquer entre o novato policial Stan Jeter (Beau Mirchoff, *Eu Sou o Número Quatro*) e seus colegas experientes na corporação, onde, entre cada rodada, um deles conta uma história baseada em sua experiência, com objetivo de o novato aprender com os acertos (e erros) da velha guarda da força policial. O que Stan não esperava é que essas lições seriam postas à prova quando ele é feito refém de um misterioso algoz (Michael Eklund, *Chamada de Emergência*) e encarcerado com Amy (*Halston Sage*), a filha de um dos veteranos. Seus motivos são escusos. Conforme a trama avança, fica claro que, se Stan quiser viver para jogar outra rodada de pôquer e salvar Amy, ele precisa ser mais esperto do que jamais foi até agora.

Poker Night usa exaustivamente o recurso de flashback para fazer a história avançar, tanto por parte do policial quanto por parte do criminoso, quando o palhaço amigo aparece em cena para ilustrar suas desventuras. O erro está nestas quebras de suspense, alternando histórias sem ligação (os casos contados pelos veteranos em flashbacks dentro de flashbacks), momentos dignos de *Jogos Mortais* com piadas sem graça e besteiras que tentam dar um tom irônico na produção, mas acabam somente deixando um gosto amargo no fim.

O maior atrativo certamente é um dos elencos de suporte mais reconhecíveis que um filme *indie* pode ter: Ron Perlman (*Hellboy*, *Filhos da Anarquia*), Giancarlo Esposito (o Gus do seriado *Breaking Bad*), Titus Welliver (*Argo*, *Atração Perigosa*), Ron Eldard (*Impacto Profundo*, *Navio Fantasma*) e Lochlyn Munro (*Os Imperdoáveis*, *Freddy vs. Jason*).

Por trás do nariz vermelho: Chad Krowchuk é o intérprete por trás da pesada máscara de Mr. Bootles. Com poucos créditos de destaque, teve participações em ponta no filme *O Homem de Aço* e *Stan Helsing*. Na televisão participou de um episódio de *Supernatural* em 2008 e, mais recentemente, da minissérie *Gracepoint* (2014).

Nota:

FREAK SHOW
Os palhaços sobrenaturais do cinema

Cleópatra: Por que eles deveriam rir de você?
Hans: É o que a maioria das pessoas fazem. Eles não percebem que eu sou um homem que tem os mesmos sentimentos que eles têm.

(*Freaks*, 1932)

Depois que as cortinas se abrem, não há mais volta! Os corredores sujos conduzem por um labirinto de descrições sensacionalistas e criaturas bizarras, mas que não assustam pelas deformidades, e sim pelas características humanas. Você sente medo ao saber que por trás daquele monstro há uma pessoa que cresceu e conviveu com o seu defeito físico, sempre à margem da sociedade, sofrendo todas as formas inimagináveis de preconceito. O cinema, principalmente o fantástico, muitas vezes maniqueísta, tende a transformar o estranho, o sobrenatural, o feio no vilão, enquanto os protagonistas, os heróis, são sempre bons exemplos: dificilmente usam drogas ou se entregam à luxúria, além de representarem igualmente a razão e a emoção diante do desconhecido.

Para piorar ainda mais a construção do monstro, há uma tendência na apresentação de uma infância problemática, sem o carinho dos pais, vítima de abusos. Menosprezado por todos, sentindo-se abandonado e injustiçado, ele faz suas maldades até o confronto com o personagem que irá destruí-lo. Sua origem pode ser natural, como um pai de família ou o jardineiro de um colégio afetado por um produto químico, contaminado pela radiação, sobrevivente de um incêndio criminoso... sendo que as consequências de brincadeiras, *bullying* e vingança acabam contribuindo para sua formação monstruosa. Quando as ocorrências de um acidente no laboratório ou a ambição de um cientista louco não são suficientes para conceber a criatura, ela pode vir de uma invocação, ritual e até de outro planeta.

Monstros podem surgir e aparentar diversas formas. Gigantes como os que destruíam cidades japonesas aos pequenos oriundos de um buraco no quintal; dos humanoides aos pré-históricos; dos indestrutíveis aos abundantes. Podem também se classificar na galeria dos já conhecidos: vampiros, lobisomens, bruxas, aliens, elfos e duendes, demônios, múmias, criatura de Frankenstein... e palhaços! Depois que a coulrofobia se estabeleceu como um medo

"Ei, garoto! Você quer um balão?"

real, eles se multiplicaram em filmes, livros e HQs, sendo que sua natureza humana passou a não ser suficiente para causar arrepios no público.

Entre os palhaços-monstros, é possível que você, fã de horror, já tenha se esbarrado em algum *freak show* com os dois principais:

Pennywise: Venham ver, senhoras e senhores! Metade palhaço, metade monstro, sua origem é desconhecida, sua fome é incontrolável. Ele atrai suas presas com sua aparência agradável, e as conduz ao esgoto para se alimentar delas. Não fiquem muito próximos de sua jaula... ele é muito rápido e esperto. E estará eternamente em seus pesadelos!

Palhaços Assassinos do Espaço Sideral: Depois de destruir planetas, eles chegaram à Terra em seu circo espacial. São criaturas assassinas, armadas com laser, pipocas e balões. Eles transformarão vocês em algodão-doce para sugar seu sangue com canudos. Temam os palhaços assassinos do espaço!

Há palhaços-zumbis, demônios, vampiros, alienígenas... Nesse circo fantástico não há limites para a criatividade, a diversão e o medo! É o que o leitor verá neste capítulo, exemplares sobrenaturais e pavorosos, escondidos em rostos pálidos, detalhes em vermelho e preto e um sapato 50!

Bem-vindo ao espetáculo mais horroroso da face da Terra! Bem-vindo ao *freak show*!

Pennywise, o palhaço bailarino (também conhecido como It, Parcimonioso e Bob Gray)

Em seu melhor livro, Stephen King coloca um ponto final na forma agradável e inocente de se ver um palhaço, e põe nas mãos de Pennywise o poder de incorporar (literalmente) todos os medos das crianças. Mas mesmo podendo se transformar em lobisomem, vampiro, múmia e aranha gigante, não há nada mais apavorante do que a roupa colorida e a maquiagem circense desse monstro imortal.

É difícil não associar um ar de pedofilia nas suas aparições pela cidade de Derry, entregando balões a crianças para em seguida devorá-las. Uma de suas vítimas é o pequeno Georgie Denbrough, que é morto enquanto brinca com seu barquinho de papel numa enxurrada. Esse é o ponto de partida para que sete crianças se juntem, durante o inesquecível verão de 1958, para derrotar o palhaço.

O irmão de Georgie, Bill "Gaguinho", tenta lidar com o luto enquanto faz novos amigos. Entre eles estão Eddie, um garoto asmático que vive sob o jugo de uma mãe hipocondríaca e dominadora; Stan, que sofre preconceito por ser judeu; Ben, um menino inteligente e sensível, alvo de constantes chacotas por estar acima do peso; Richie, que esconde uma personalidade gentil atrás de sua irritante mania de criar vozes para diferentes personagens cômicos; Beverly, a única menina do grupo, que resiste à pobreza e a um pai violento que não quer vê-la andando sozinha com outros meninos; e Mike, última peça do quebra-cabeça, um menino negro que decide investigar o que está por trás da figura circense que ameaça Derry há várias décadas.

Anos depois, já adultos e bem-sucedidos, cada um dos membros do Clube dos Perdedores recebe uma ligação de Mike, alertando que Pennywise está de volta, e que eles devem voltar a Derry e pôr fim a essa ameaça de uma vez por todas. Descobrem, entretanto, que, ter perdido a inocência infantil, sua maior arma, pode ser decisivo para essa batalha.

Cada um desses personagens é trabalhado com esmero e paciência, criando personalidades únicas e fascinantes. A luta dos personagens adultos contra a Coisa é contada em paralelo com suas contrapartes infantis, de modo que ambas as linhas do tempo se complementam e evoluem juntas. Além de Pennywise, os garotos do Clube dos Perdedores têm de enfrentar Henry Bowers e sua gangue, que podem ser tão ou mais perigosos que qualquer criatura sobrenatural. Nessa guerra, horror e morte se misturam às descobertas da adolescência, criando uma das histórias mais comoventes já escritas sobre autodescobrimento e chegada da adolescência.

Em 1990 Tommy Lee Wallace trouxe Pennywise e o Clube dos Perdedores para a TV, na longa minissérie *It: Uma Obra-prima do Medo*, mais tarde lançada em VHS. Embora tenha muitos defensores, a produção peca pela falta de carisma do elenco adulto e pelo roteiro cambaleante, que nunca chega a empolgar. O núcleo infantil é ótimo, e toda a linha narrativa dos anos 1950 é feita de maneira primorosa, mas Lee Wallace e o roteirista Lawrence D. Cohen dão um tiro no pé ao não desenvolver as duas linhas do tempo de forma paralela, o que acaba gerando uma segunda metade enfadonha e sem substância.

O que realmente faz o filme memorável é Tim Curry no papel do palhaço Pennywise. Grande ator, Curry incorpora a essência do personagem de maneira impecável e é uma pena que sua participação acabe ficando pequena diante das mais de três horas de metragem. Sua performance é tão adorada que até hoje, 25 anos depois, ainda há fãs que se recusam a aceitar que outro ator seja escalado para a já anunciada nova adaptação do livro de King.

O Clube dos Perdedores

Clube dos perdedores

Primeiro grande livro de Stephen King, com mais de mil páginas, numa provável referência (ou feliz coincidência, dependendo da edição) à obra *THX 1138*, de

1971, dirigido por George Lucas, *It* simplesmente consolidou o nome do autor como mestre do horror contemporâneo, conquistando o segundo British Fantasy Award de sua carreira. Apesar da espessura assustadora, o enredo, contado em dois períodos narrativos sobre o Clube dos Perdedores e o duplo confronto com uma criatura sobrenatural, foi suficiente para atrair novos leitores que consideraram o romance como sua primeira obra-prima, a despeito de seus consagrados livros anteriores: *Carrie*, *O Iluminado*, *Christine* e *O Cemitério*.

Embora o livro seja lembrado como um pesadelo aos coulrofóbicos devido ao semblante assustador de Tim Curry no papel do palhaço bailarino Pennywise na minissérie de 1990, na verdade, a Coisa é uma manifestação do medo genuíno, aparecendo também em outras formas físicas ao longo da narrativa como a Criatura de Frankenstein e o Lobisomem. Mais violenta e com mais toques sobrenaturais do que um drama infantil ou a simples perda da inocência, a obra é também mais voraz do que a minissérie, trazendo detalhes arrepiantes, como a morte do garoto de 6 anos, Georgie, encontrado sem um braço, numa poça de sangue misturada à água da chuva de uma sinistra e silenciosa Derry, do final da década de 1950.

Em meio a esse pesadelo sangrento, o Clube dos Perdedores se destaca pelos defeitos e problemas familiares, pela humanidade e união. Conheça a seguir os integrantes desse grupo e saiba o que aconteceu com os atores que encarnaram os papéis na minissérie de Tommy Lee Wallace:

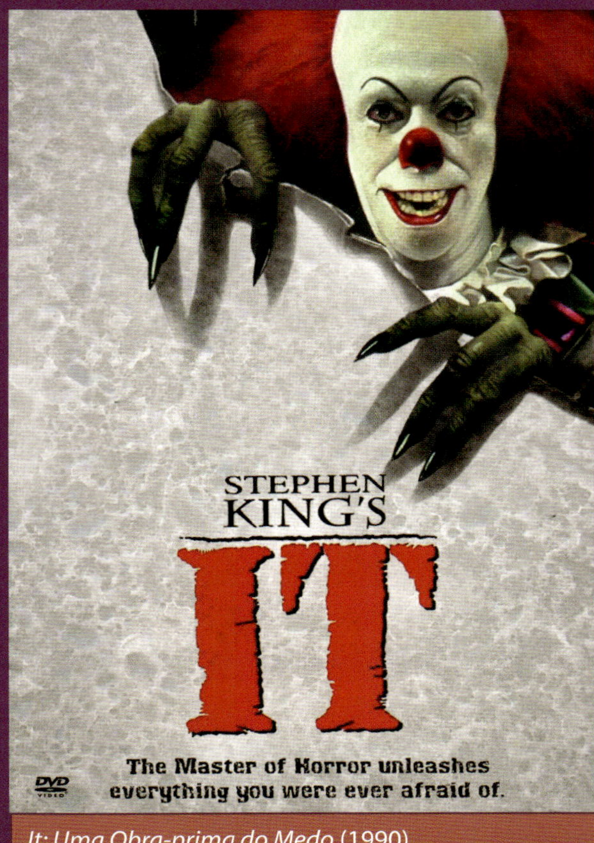

It: Uma Obra-prima do Medo (1990)

William "Bill" Denbrough: O gaguinho do Clube, ele assumiu a liderança principalmente pela vontade de buscar explicações para a morte violenta de seu irmão caçula, Georgie. Interesse amoroso de Beverly, ele carrega a emoção da perda recente com o bloqueio psicólogico de um trauma ocorrido durante um acidente de carro aos três anos de idade. Em 1985, ele se torna um escritor de sucesso e está casado com Audra Phillips, descrita no livro como semelhante em aparência física a Beverly.

Na fase criança da minissérie, o ator que interpreta Bill é Jonathan Brandis, que tem no currículo longas como *A Volta do*

Padrasto (1989) e *História Sem Fim 2* (1990). Em 2003, após participar da festa de aniversário do ator Leonardo DiCaprio, Jonathan foi para casa e se enforcou.

Já a versão adulta, interpretada por Richard Thomas, continua atuando em séries e filmes como *Garotos Incríveis* (2000), *Pesadelos & Paisagens Noturnas* (2006), que também adapta uma obra de Stephen King, no episódio *Autopsy Room Four* e *The Americans* (2013-2015).

Benjamin "Ben" Hanscom: O gordinho Ben fugia das torturas de Henry Bowers, quando conheceu Bill e entrou para o Clube. Inteligente, ele costuma passar seu tempo livre na biblioteca pública e escreve poemas para Beverly, por quem nutre uma paixão platônica. Na luta contra a Coisa, ele faz balas de prata, imaginando se tratar realmente de um lobisomem. Em 1985, ele conseguiu perder peso e se tornou um famoso arquiteto, mas não pensou duas vezes quando percebeu que precisava retornar a Derry para cumprir sua promessa.

O gordinho Brandon Crane iniciou a carreira em comerciais de TV, passando para episódios de séries e produções modestas a partir daí. Depois de *It*, ele fez *Anos Incríveis* e mais algumas pequenas participações em produções, incluindo dois curtas (2000 e 2004), mas largou a carreira para se tornar um reconhecido *web designer*. Adulto, Ben teve o privilégio de ter a aparência do grande ator John Ritter, lembrado pelos filmes da franquia *Pestinha* (1990 e 1991), além de participações em *A Noiva de Chucky* (1998) e *A Casa do Terror Tract* (2000). Numa coincidência estranha, como Jonathan Brandis, Ritter também faleceu em 2003, mas vítima de uma desnecessária cirurgia cardíaca.

Beverly "Bev" Marsh: A única garota do Clube, Bev vive em Derry sob a influência pesada de seu pai, mas encontra no grupo os seus verdadeiros amigos. Interessada em Bill, ela recebe em casa um poema de Ben, sem saber da paixão secreta do amigo. Ela se arma com um estilingue e tem papel fundamental no confronto com a Coisa nas duas épocas. Provavelmente, por influência do passado terrível com o pai, ela se casa com o violento Tom Rogan, alguém que a criatura manipula para sequestrar Audra e atingir Bill.

A ótima Emily Perkins (da trilogia *A Possuída*, de *Juno* e da série *Supernatural*) faz a versão criança, enquanto Annette O'Toole (de *48 Horas*, *Superman 3*, *Smallville*, entre outros) faz o papel de Bev Rogan. Ambas estão na ativa.

Richard "Richie" Tozier: O gozador do grupo, com piadas e vozes que se tornam importantes na batalha contra o monstro. Ele é o único que enfrenta a gangue de Henry Bowers na escola e encoraja o clube a fazê-lo embaixo da ponte. Cresce como um famoso comediante, mas quer evitar a qualquer custo uma nova batalha contra a Coisa, tentando trazer "consciência" aos adultos.

Sua primeira versão tem a pele de Seth Green, com mais de 150 trabalhos, incluindo *Buffy: A Caça-Vampiros* (em que interpretou um lobisomem, a criatura que o assombrou em *It*) e *Family Guy*, fazendo a voz de Chris Griffin desde 1999. Também esteve

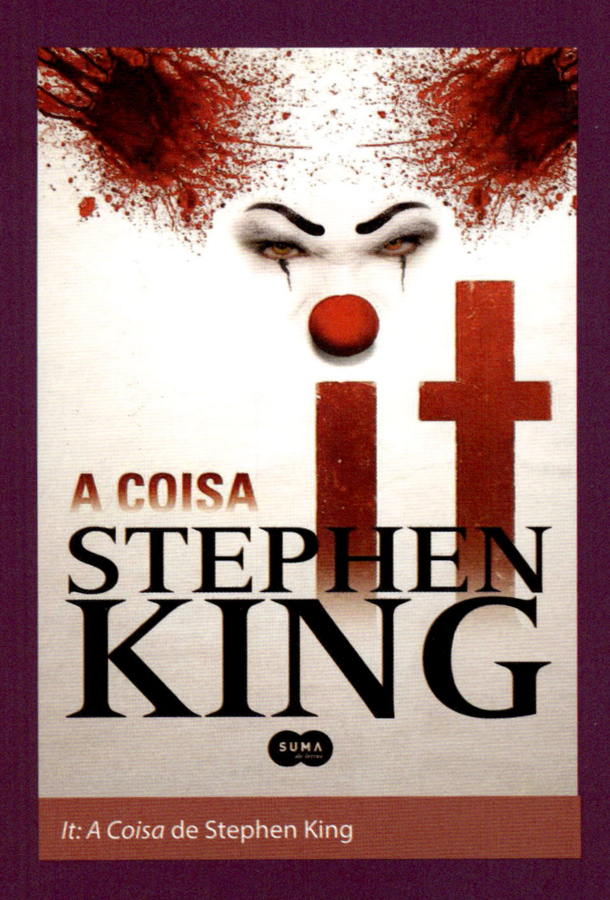

It: A Coisa de Stephen King

em *Uma Saída de Mestre* (2003) e na franquia *Austin Powers*. Já o quarentão Richie, com lentes de contato, foi interpretado por Harry Anderson, com poucos papéis, sendo a maioria em séries de TV como *Dave's World* (1993-1997).

Edward "Eddie" Kaspbrak: Asmático e hipocondríaco, Eddie tem em sua bombinha a melhor amiga. Depois de perder o pai e viver com a mãe dominadora, ele não conseguiu se relacionar com ninguém, apontado pela Coisa como "afeminado". Ele usa sua bombinha, sem função médica, com "ácido de bateria" para derreter o vilão na infância, embora o resultado não seja o mesmo na fase adulta. Trabalhando com limusines, seu destino não é dos melhores no segundo encontro com o monstro, tendo uma morte violenta no livro de Stephen King.

O jovem Adam Faraizl não teve muita sorte no cinema, atuando em *Robocop 2* (1990), *A Força de uma Amizade* (1991) e *Marcada pelo Passado* (1992). Atualmente, comanda um restaurante em Austin. Já o Eddie mais velho, de Dennis Christopher, depois de *It*, fez *Necronomicon: O Livro Proibido dos Mortos* (1994), *Angel: O Caça-Vampiros* (2004), *Django Livre* (2012) e *Os Suspeitos* (2013), entre muitos outros trabalhos.

Stanley "Stan" Uris: Discreto na minissérie de Tommy Lee Wallace, Stan surge como metódico e lógico, não acreditando que, por trás dos desaparecimentos, possa haver um monstro. Ele teve um encontro com a criatura na forma da Múmia, numa casa deserta, além de problemas com o grupo de Henry. Apesar da promessa feita na infância, quando recebe o telefonema de Mike em 1985, o contador, casado com a professora Patty Blum, suicida-se no banheiro, deixando apenas a palavra "It", escrita com sangue na parede, como comprovação de sua fraqueza diante da possibilidade de um novo encontro com o monstro. Com 12 anos, Stan é interpretado por Ben Heller, que não fez mais nada no cinema. Já adulto o papel ficou a cargo de Richard Masur, em duas cenas na minissérie, incluindo sua cabeça decepada. Tem uma boa carreira, com longas como *O Enigma de Outro Mundo* (1982), *Negócio Arriscado* (1983), *Pesadelos Diabólicos* (1983), *Meu Primeiro Amor* (1991) e *Ameaça Subterrânea* (1997).

Michael "Mike" Hanlon: Foi o último a entrar no grupo, também graças à ameaça de Henry Bowers. Possui uma foto com imagens históricas de Derry, que incluem o palhaço Pennywise. Diferente dos demais, ele nunca saiu da cidade, trabalhando como bibliotecário. Ele notou o retorno da Coisa e entrou em contato com o restante do Clube na fase adulta. Em 1985, após um encontro com um enlouquecido Henry, ele é gravemente ferido e não pode acompanhar o novo confronto com a criatura. Seu personagem reaparece em outro livro de Stephen King intitulado *Insônia*.

Tim Curry

O papel de 1985 foi assumido por Marlon Taylor, com poucas atuações no cinema como o musical *Know Thy Enemy* (2009). Na segunda versão de Mike, o papel pertenceu a Tim Reid, com mais de cinquenta trabalhos, como *Irmã ao Quadrado* (1994) e *Trade* (2007).

Dr. Frank-N-Furter encontra Pennywise

Tim Curry como Dr. Frank-N-Furter

Há atores que se tornam tão populares por suas atuações marcantes que acabam se fundindo com os personagens. O saudoso Christopher Reeve, por exemplo, é eternamente associado ao herói Superman, a partir do longa de 1978, mesmo que sua carreira tenha tido mais de quarenta trabalhos; o mesmo pode-se dizer de Robert Englund como o único rosto aceitável para Freddy Krueger, sem desmerecer Jackie Earle Haley no remake de 2010; e, é claro, Tim Curry, a própria materialização do assustador palhaço Pennywise de *It: Uma Obra-prima do Medo*. O sucesso foi tão grande que o seu rosto passou

Tim Curry como Escuridão

a estampar os cartazes, VHS e DVDs da minissérie, e até mesmo as novas edições do livro, embora o monstro tenha realmente a forma ilusória de diversas criaturas.

E pensar que o ator relutou para participar da minissérie de Tommy Lee Wallace. Depois de seu monstro de *A Lenda* (1985), de Ridley Scott, Curry não queria mais passar horas na maquiagem protética para criar um novo personagem, mas acabou aceitando quando soube que se tratava de um trabalho baseado na obra de Stephen King. Ele era o primeiro a chegar aos sets para se transformar no vilão, e sua performance era tão crível que ninguém mais no elenco queria contato com o ator enquanto ele estivesse com a aparência de Pennywise.

Nascido na Inglaterra em 19 de abril de 1946, Timothy James Curry estudou artes cênicas na Universidade de Birmingham, com grande destaque por sua condição completa que o tornava apto a compor, atuar e cantar. Seu primeiro grande trabalho foi no musical *Hair*, seguindo a Royal Shakespeare Company, a Glasgow Civic Repertory Company e a Royal Court Theatre, onde criou seu maior personagem, Dr. Frank-N-Furter de *The Rocky Horror Picture Show*. O sucesso logo saltaria do teatro para as telas na produção de 1975 de Jim Sharman. A partir daí, seu rosto se tornaria conhecido tanto no teatro, onde ele trabalharia em *Travesties*, *Amadeus*, *The Pirates of Penzance*, *The Rivals*, *Love for Love*, *Dalliance*, *The Threepenny Opera*, *The Art of Success* e *My Favorite Year*, quanto no cinema com *O Estranho Poder de Matar* (1978), *Times Square* (1980), *Oliver Twist* (1982), *Annie* (1982), *Os 7 Suspeitos* (1985), e em séries de TV com *O Homem da Máfia* (1989).

Os papéis musicais o incentivaram a seguir carreira como cantor. Com influências de cantores de jazz como Billie Holiday e Louis Armstrong, e do gosto por The Beatles e The Rolling Stones, ele lançou em 1978 seu primeiro disco solo, *Read My Lips*, pela A&M Records, com músicas covers e versões, como um reggae baseado em "I Will", dos Beatles. Com o sucesso, viria no ano seguinte *Fearless* e depois *Simplicity*, de 1981. Durante o período, Curry chegou a fazer shows em turnês pelos Estados Unidos até a metade da década de 1980. Em 1990, seu talento o levou a um convite para atuar como o promotor no histórico show do disco *The Wall*, de Roger Waters, em Berlin.

Sem nunca ter se casado ou tido filhos, Tim Curry perdeu a irmã, Judy Curry, vítima de um tumor, e sofreu um AVC em julho de 2012, em Los Angeles, condições que o levaram a um acompanhamento fisioterápico, mas sem nunca deixar de lado o bom humor, mesmo com as limitações. Sua agente Marcia Hurwitz contou ao *Daily Mail* que "ele absolutamente consegue falar e está se recuperando com muito bom humor[1]". Mesmo com a carreira repleta de vilões, os portais da internet sempre reportaram sua simpatia com o público, e sua alegria em poder trabalhar, tanto que ele continua emprestando sua voz para animações como o personagem Darth Sidious, de *Star Wars: The Clone Wars* (2012-2014).

Com o anúncio do remake de *It*, muitos se perguntam se algum outro ator conseguirá repetir sua performance como Pennywise, e até mesmo se o vilão deveria aparecer. Dificilmente alguém conseguirá estar como ele "em cada pesadelo que você tiver, e na concretização dos seus piores sonhos. Em tudo que você sempre temeu", numa fala da própria personagem.

[1] Disponível em: <http://www.dailymail.co.uk/tvshowbiz/article-2330294/Tim-Curry-67-recovering-LA-home-suffering-major-stroke.html>. Acesso em: 20 out. 2016.

Palhaços Assassinos do Espaço Sideral

Para qualquer amante do cinema, existem aquelas produções que transcendem o tempo em que foram realizadas e que acabam gerando uma memória afetiva para além dos defeitos aparentes que notadamente têm. Para muitos, a simples menção traz memórias particulares de risadas, arrepios e diversão, e esta é a mais perfeita definição de *guilty pleasure*.

Peça para um fã de horror listar seus *guilty pleasures* favoritos e você terá uma lista tão variada quanto são as atrações de um circo, mas fazendo uma interseção entre as escolhas desse público e dos coulrofóbicos (e não somos todos?), um título será citado com bastante frequência. Mais especificamente uma pequena comédia de terror e ficção científica lançada em 1988 denominada *Killer Klowns From Outer Space*, que é um dos títulos mais legais e autodescritivos da sétima arte, junto com *O Incrível Homem que Encolheu* (1957) ou *O Ataque dos Tomates Assassinos* (1978). Por aqui o título acabou se perdendo na tradução para o português, sendo distribuído em VHS e exibido na TV Aberta com o simplório nome de *Palhaços Assassinos* (removendo o "Espaço Sideral" do original). Apenas décadas depois, quando do lançamento em DVD, que finalmente no Brasil o filme passou a ser chamado de *Palhaços Assassinos do Espaço Sideral*.

E não é preciso ir muito longe para entender o porquê de estas criaturas serem tão adoradas quanto temidas: É a perfeita junção entre um roteiro simples e tipicamente oitentista, monstros carismáticos e uma direção carregada de amor pelo projeto desde o marco zero. Não tinha como dar errado, não é? Apesar de ter custado míseros dois milhões de dólares de orçamento, *Palhaços Assassinos do Espaço Sideral* poderia estar lado a lado com *Gremlins* (1984), *Goonies* (1985) e outros clássicos da época, mas pouca gente entendeu a piada, e a película não foi tão bem em bilheteria. O culto aos palhaços alienígenas foi ressurgindo aos poucos com o *home video* e criou uma sólida base de fãs que tem este como filme de estimação até hoje.

Abrindo após os créditos iniciais, estamos numa típica cidadezinha interiorana dos Estados Unidos chamada Crescent Cove. A noite é sempre tomada pelos adolescentes que saem à procura de diversão barata e sexo, para desespero do quadrado e rabugento policial Mooney (John Vernon).

Nesse cenário um grande meteoro risca o céu e cai nas proximidades do "topo do mundo", que nada mais é do que um local onde esses jovens, sem dinheiro para um motel, vão com suas namoradas dar uma esticadinha durante a madrugada. No terreno de uma fazenda próxima, um velho fazendeiro (Royal Dano) e seu cão fiel saem para investigar a misteriosa aparição, pensando que se trata do Cometa Halley pousando em sua propriedade, e grande é a surpresa deles ao se depararem com uma enorme tenda de circo armada, repleta de luzes, instalada no meio do mato! O fazendeiro não se deixa intimidar e se aproxima para, quem sabe, conseguir ingressos grátis para o circo, quando uma sombra sinistra aparece repentinamente e captura seu sabujo e logo depois o próprio velho.

No próximo corte, já conhecemos os protagonistas, os amantes Mike Tobacco

(Grant Cramer) e Debbie Stone (Suzanne Snyder), que como tantos outros da mesma idade estão no "topo do mundo" naquele momento, tentando dar uns amassos e bebendo champanhe em cima de um bote inflável dentro do carro... Deve ser difícil.

Mas são os únicos interessados em procurar o local da queda. Assim, movidos pelo impulso, contrariando qualquer recomendação trazida por filmes de ficção científica envolvendo quedas de meteoros e sem saber do destino do fazendeiro, ao adentrar a tenda gigante, eles se deparam com uma coleção bizarra de maquinários, junto com casulos feitos de algodão-doce, que constatam estarem recheados com restos humanos em decomposição (e o velho fazendeiro é o primeiro que avistam).

Durante o previsível processo de fuga, o casal desperta a atenção dos habitantes da tenda e percebe que não está num circo europeu pós-moderno (como sugerido por Mike), mas em uma nave espacial pertencente aos Palhaços Assassinos, uma gangue alienígena que veio ao nosso planeta para coletar corpos que depois serviriam de alimento.

Prontos para tomarem de assalto a pacata Crescent Cove e completarem sua despensa particular, os palhaços saem para a cidade armados com uma malícia sem limite e um inventário de armas e truques usados para facilmente subjugarem os humanos. Em uma tentativa desesperada de evitar a calamidade na comunidade, o casal tenta buscar a ajuda de Dave Hanson (John Allen Nelson), cético xerife de plantão (que, coincidentemente, é ex-namorado de Debbie) acompanhado do incrédulo Mooney e, posteriormente, dos irmãos Terenzi, dois trapalhões que tiraram a noite para vender sorvete em um caminhão com uma, acredite, escultura de palhaço gigante no teto do veículo!

Os realizadores dessa pérola são três irmãos: Charles, Edward e Stephen, os irmãos Chiodo, e como produtores, roteiristas, coordenadores de efeitos especiais e/ou diretores conseguiram trazer uma explosão de cores, humor e referências aos filmes de ficção científica dos anos 1950 poucas vezes vista.

É fácil pensar que, com um conceito batido há mais de trinta anos e um bando de palhaços matando ou capturando pessoas como rotina, poderia ser enfadonho. De fato, na parte do curioso conceito mitológico de que o circo foi incorporado à humanidade por alienígenas sádicos, não há reviravoltas significantes, e a história é simples, até boba se olhar em retrospecto, contudo os Chiodo superam esta tendência negativa na execução perfeita aliada a fatores primordiais: vigor, criatividade e nostalgia.

Começando pelo *design* dos antagonistas. É verdade que são todos palhaços da mesma espécie, porém como são feitos com cores vivas e marcantes, cada um deles possui características que os tornam únicos, não havendo remota possibilidade de não se simpatizar com eles. O mesmo se aplica à nave e à decoração interna, uma mescla de contemporaneidade, pelo fato de estarmos falando de uma nave espacial, porém trazendo detalhes que remetem imediatamente a um circo clássico, com todos seus equipamentos e aparatos luminosos. Dessa forma, a produção supera brilhantemente o orçamento minúsculo usando para isso todos os recursos conhecidos na sétima arte até então para contar sua história, de *animatronics* a *stop motion*.

Os efeitos são muito práticos, o que é bem diferente de ter sido fácil para colocar na tela, especialmente com o dinheiro curto que tinham. Até o "cão balão", por exemplo, deu muito trabalho, pois como a cena em que aparece fica no meio de uma floresta cheia de pinheiros pontudos e pedregulhos, era só a bexiga tocar no chão que estourava, tendo que começar toda a cena do começo. Essa dificuldade foi sanada com a aplicação de látex ao redor do balão para dar mais resistência.

Em outra passagem, relacionada a um acidente de carro, foi preciso fazê-la rezando para dar certo de primeira, pois não havia outro veículo disponível para elaborar a cena se fosse necessário (na verdade, deu errado e parece que o carro "desliza" pelo penhasco em vez de cair). Com pouca grana, várias cenas secundárias precisaram ser cortadas da edição final por falhas da iluminação e efeitos que não puderam ser refeitos. Outras tiveram que se adaptar às regras da pequena cidade de Watsonville, nos arredores de Santa Cruz, Califórnia: como uma cena escrita que envolvia uma perseguição, mas não foi autorizada para a filmagem que carros passassem em alta velocidade pelas ruas. A solução foi filmar na velocidade permitida e acelerar a cena na edição... Criatividade pura em funcionamento!

A nostalgia vem das inúmeras referências, da queda do meteoro na abertura que já evoca *A Bolha* (curiosamente seu remake, *A Bolha Assassina*, também foi lançado em 1988), passando pelo código da porta da nave que lembra o tema de *Contatos Imediatos do Terceiro Grau* (1977) logo no começo, e os casulos de *Invasores de Corpos* (1978). Cada cena tem uma referência oculta ou características que remetem a um determinado clichê ou subgênero, o que não somente torna o filme gostoso de assistir pela primeira vez, mas provoca a vontade de voltar ao ataque a Crescent Grove repetidas vezes para procurar algo que passou despercebido.

Com tanta cor e animação, é óbvio que jamais seria levado a sério se fosse conduzido como um horror ou *sci-fi* convencional e, pensando nisto, além dos cenários e fantasias, os Chiodo (especialmente o diretor Stephen) imprimiram na película um ar de comédia que faz toda a diferença. Embora existam cenas que tentem evocar algum medo e tensão genuínos – como uma em que um palhaço tenta atrair uma criancinha com uma marreta gigante escondida nas costas – este sentimento opressor logo é desfeito em favor de uma piada, de uma situação absurda ou de um trocadilho intraduzível no diálogo, mantendo o tom descompromissado e irreverente do restante da produção. Afinal, em qual outro clima uma decapitação poderia se tornar engraçada se não fosse elaborada como num desenho dos Looney Tunes? Tudo seguindo na batida também de um desenho animado, pois não há uma única cena sobrando ou monotonia na tela, com novidades mostradas a todo momento, ou seja, são 88 minutos dinâmicos.

E o elenco corresponde à altura. Evidentemente é estranho ver que todos os tais "adolescentes em idade colegial" retratados no filme são interpretados por atores na casa dos trinta anos, todavia estão todos bem entrosados dentro de seus estereótipos e fazem bem o seu trabalho, sem comprometer o andamento. Talvez com exceção dos irmãos Torenzi, cujas intervenções são estúpidas demais para serem engraçadas, apesar de os Chiodo afirmarem que se basearam em figuras reais de sua própria adolescência. O mais experiente, John Vernon, incorpora seu papel em *O Clube dos Cafajestes* (1978) e é o principal destaque, roubando todas as cenas com seu carrancudo e truculento oficial Mooney, que tem a certeza de que a cidade está em um complô para sacaneá-lo com essa história de ataque de "palhaços do espaço sideral", mesmo após centenas de ligações telefônicas e relatos de Dave – simplesmente hilário.

Ainda que no final das contas o filme tenha envelhecido bastante, o que foi fundamental para torná-lo perene e um *guilty pleasure* por excelência até os dias de hoje, todo esse ambiente bizarro desenvolvido pelos Chiodo – que são declaradamente coulrofóbicos – foi criado com um amor ao projeto que é escancarado em todas as entrevistas que já deram sobre *Palhaços Assassinos do Espaço Sideral*. Esta verdade e espírito passados com capricho para o espectador são o que o fazem desvencilhar-se do rótulo pejorativo de *trash*, o que demonstra um crime quando se pensa que os irmãos não produziram nenhum outro filme desde então.

Em sua terra de origem, *Palhaços Assassinos do Espaço Sideral* foi lançado no dia 27 de maio de 1988 em apenas 893 cinemas, mas rendeu o suficiente para cobrir seu orçamento já no primeiro fim de semana. Exibido também em sessão dupla com outras produções da época em Drive In's e cinemas menores, fechou as contas com modestos 15,6 milhões de dólares de arrecadação local, mais 28 milhões de dólares no restante do mundo. Foi só depois, nas locadoras e na televisão, que o boca a boca fez as pessoas passarem a conhecer melhor este trabalho dos irmãos Chiodo. Ainda hoje são lançados bonecos articulados com a representação dos icônicos palhaços criados pelos irmãos que sempre vendem bem em diversos *fan sites* e homenagens espalhadas pela internet, consolidando a admiração causada por esta pequena obra.

No Brasil o filme nunca foi lançado nos cinemas, caindo direto em um VHS, relativamente fácil de encontrar, lançado pela finada Alvorada Vídeo, mas provavelmente quem viu deve se lembrar muito mais das inúmeras reprises na TV aberta durante as tardes dos anos 1990. Em tempos mais recentes foi disponibilizado em DVD com opção de dublagem, lançada pela obscura distribuidora Signature Pictures, um braço da igualmente obscura Continental Vídeo, em um disco caro e sem extras relevantes.

Aos colecionadores que buscam um pouco mais de qualidade, nos Estados

Unidos é possível encontrar o filme em DVD pela MGM através da coleção Midnite Movies e em Blu-ray pela Fox, ambos com fartos e excelentes materiais suplementares. A melhor versão disponível até o momento é a edição especial britânica que contém o DVD e o Blu-ray em uma capa em Steelbook remetendo ao pôster original do filme.

A música-tema que toca nos créditos finais foi gravada pela banda de punk rock The Dickies e lançada como EP em 1988 (em fita cassete, Vinil e CD) com outras quatro músicas pela Enigma Records e reimpressa em CD no ano de 2005 pela Restless Records. Já a interessante trilha incidental composta por John Massari (de *Comando Cobra*), que foi composta com supervisão dos irmãos Chiodo, foi lançada somente em 2006 em CD, incluindo a música dos The Dickies, com quatro faixas bônus contendo versões alternativas ou remixadas.

Sobre uma esperada continuação, houve muita especulação e poucas notícias concretas, até que, nos comentários em áudio do DVD americano, gravado pelos Chiodo em 2001, eles divulgaram estar planejando esta sequência com o retorno de Grant Cramer no papel principal. O projeto estava em maturação desde 1998 e, sem conseguir um acordo de distribuição que permitisse o lançamento em 2012 (próximo do aniversário de 25 anos do original), a produção ficou em compasso de espera. Agora com um roteiro pronto, a nova previsão é que a sequência aconteça em 2016 e em 3D. Aos que estão olhando para o céu e aguardando a visita dos Palhaços Assassinos mais uma vez, não há nada de errado em voltar aos anos 1980 e se divertir novamente (ou pela primeira vez) com os absurdos desses seres desengonçados, mas perigosos, vindos do espaço sideral.

Conheçam os palhaços

Jumbo: O primeiro palhaço que aparece em cena é o que sequestra o cachorro do fazendeiro com uma rede e que consegue fugir das algemas do policial Mooney, fazendo desaparecer suas mãos. Jumbo é o mais paciente do grupo, não tem pressa em fazer seus ataques, e também é aparentemente o mais cruel (tentando matar uma menininha e usando um cadáver como marionete para provocar Dave).

Rudy: O segundo palhaço a aparecer no filme é o primeiro a ser visto pelos protagonistas Mike e Debbie, enquanto xeretam dentro da nave-circo. Com seu cabelo vermelho e sobrancelhas azuis, passa o tempo todo carregando uma sacola, presumidamente contendo pipoca mutante. É o único que demonstra que os palhaços possuem uma forma de comunicação linguística própria, balbuciando palavras para seu congênere Spikey.

Fatso: Morbidamente obeso e de cabelo laranja, ele tem em seu arsenal a arma de algodão-doce incorporada a um fantoche de mão. Com sua boca roxa bem grande, é o palhaço que melhor consegue mudar sua expressão facial, sorrindo e esgarçando o rosto quando acha conveniente. Levou um tiro de Dave bem no meio do nariz (o ponto fraco dos palhaços assassinos) durante a perseguição na nave dos palhaços.

Shorty: Um dos primeiros a tocar o terror no filme. Não se deixe enganar por sua baixa estatura e sua roupa amarela berrante, ele possui uma poderosa luva de boxe que pode decapitar instantaneamente com um *jab* ou lançar uma torta recheada com ácido... isso não é nada engraçado.

Spikey: Se o cantor Supla pintasse seu cabelo de rosa, estaria a um passo de se tornar um sósia de Spikey. Olhos pequenos e rosto alongado, este palhaço engana um incauto cidadão com um show de marionetes antes de enclausurá-lo em algodão-doce. Ele também é o que fabrica um cachorro feito de bexigas para rastrear nossos protagonistas logo no começo do filme.

Slim: O chefe dos palhaços, logo abaixo de Jojo na cadeia de comando, não veio para brincadeiras e frequentemente usa figuras feitas de sombras com as mãos para matar suas vítimas e, por isso, consegue absorver vários humanos de uma só vez, como quando fez um tiranossauro com as mãos que comeu todos os passageiros em um ponto de ônibus. Ah, detalhe, ele também fala inglês.

Bibbo: Ele pode estar acima do peso (não tanto quanto Fatso, claro), mas nem por isso é menos ameaçador. Detentor de um estiloso moicano laranja, usa uma roupa que parece feita do mesmo material que a lona do circo espacial. É ele quem se joga em cima do carro do casal protagonista em fuga logo no começo do filme e entrega a caixa de pizza com Shorty dentro, surpreendendo e matando uma adolescente gatinha que esperava algo mais comestível.

Chubby: Irmão de Fatso (diferenciado pela cor do cabelo e da maquiagem labial), tem a gola da camisa tão grande que parece genuinamente um babador. Possui graves problemas de locomoção por conta da gordura e é o único palhaço mostrado sugando sangue de um casulo de algodão-doce como se degustasse um delicioso *milk-shake*.

Rosebud e Daisy: As duas representantes do gênero feminino (ou pode se tratar de palhaços masculinos disfarçados, nunca se sabe) parecem não ter interesse em machucar humanos como os outros e só aparecem em uma cena onde dão uns pegas nos irmãos Rich e Paul Torenzi. Há uma teoria não confirmada no filme de que elas são mulheres humanas capturadas e transformadas, baseada na cena em que Debbie é presa por um balão e levada para a nave, onde existem outros balões também.

Jojo, The Klownzilla: O principal antagonista do filme é um monstro com mais de 5 metros de altura interpretado por Charles Chiodo e é o grande líder dos alienígenas. Inteligente e poderoso, é respeitado por todos os seus súditos e não se deixa enganar pela escultura no teto do caminhão dos Torenzi que despistou os outros palhaços. [alerta de spoiler!] Sua importância é tão grande que sua morte ocasionou a explosão da nave inteira, matando todos os demais palhaços assassinos.

Conheçam suas armas

Pistola de algodão-doce: A principal ferramenta usada para subjugar os moradores de Crescent Cove cria instantaneamente um casulo de um material cor-de-rosa similar a algodão-doce em torno do seu alvo. O algodão rapidamente corrói os tecidos epiteliais tornando o capturado uma massa amórfica de sangue, utilizada para alimentar os alienígenas.

Espingarda de pipoca: A primeira arma utilizada contra os protagonistas atira o que aparenta serem pipocas inofensivas, mas que, após algum tempo, se transformam em pequenos monstros em formato de serpente com rosto de palhaço. As pipocas são armazenadas em um recipiente no depósito onde são guardados os casulos de algodão-doce.

Aspirador de algodão-doce: Ferramenta auxiliar à pistola de algodão-doce, é um veículo utilizado para transportar grandes quantidades de casulos para a nave. De funcionamento similar a um aspirador de pó, suga os casulos criados pelos alienígenas e os armazena para posteriormente serem posicionados no depósito dentro da nave.

Arma de bexiga: Apresentada no formato de uma pistola, o objetivo é possibilitar capturas à distância sem causar danos físicos. Após ser disparada, cria um invólucro ao redor de seu alvo, de um material emborrachado altamente resistente, com pouco espaço para movimentação de quem está dentro e é provavelmente poroso para permitir a entrada de oxigênio. Possivelmente é utilizado para prender humanas do sexo feminino e garantir a perpetuação da espécie alienígena.

Torta de ácido: Estes pequenos projéteis de cor branca e textura macia podem ser arremessados e acertar o alvo localizado a cerca de cinco metros de distância. Letais ao contato com a pele humana, imediatamente inicia um processo de corrosão de pele, ossos e demais órgãos, causando a morte pouco tempo depois. Pode ser acompanhada de uma cereja gigante para efeitos decorativos.

Luvas de boxe atômicas: Não, não temos evidências de que as luvas de boxe são, de fato, movidas por algum combustível nuclear, porém são capazes de multiplicar a força de seu usuário exponencialmente criando uma arma letal de curto alcance. Pode causar decapitação de um ser humano com um único golpe.

Rede de captura: O item de menor complexidade tecnológica é uma rede prolongada por um cabo para capturar pequenos animais terrestres. Utilizada apenas uma vez para subtrair o velho sabujo (seu destino é indeterminado) pertencente ao fazendeiro que primeiro avistou a nave extraterrestre.

Cão de caça de balão: Criado pelos alienígenas através de uma estrutura cilíndrica flexível que pode ser moldada para se assimilar a um animal vertebrado da espécie *Canis Lupus Familiaris* (Cachorro). Sua complexa estrutura biológica possui preceitos básicos de inteligência ao ser capaz de distinguir aromas de maneira a localizar o alvo desejado, mesmo a longa distância. Ao conseguir se deslocar em solo terrestre com rápida velocidade, é um instrumento bem utilizado pelos alienígenas para interceptar humanos específicos.

Sombras refletidas famintas: Artifício que usa a ausência de luz projetada nas paredes, e pelas mãos dos alienígenas é capaz de transportar seres humanos para uma dimensão paralela de destino ignorado, possivelmente para um universo de bolso, de onde são posteriormente levados para o depósito na nave ou são simplesmente mortos. Para nossa sorte, aparentemente apenas um dos alienígenas é capaz de criar tal portal negativo.

O elenco hoje

Grant Cramer (Charlie Tobacco): Filho da veterana atriz de Hollywood Terry Moore, que fez vários filmes nos anos 1940 e 1950, estreou no cinema no filme *Reveillon Maldito* (1980) e fez carreira na novela americana *The Young and the Restless* entre 1984 e 1986. Depois de *Palhaços Assassinos do Espaço Sideral,* esteve associado com o produtor John A. Russo (de *A Noite dos Mortos-Vivos*) participando de *Santa Claws* (1996) e das cenas extras filmadas por Russo para o lançamento do novo corte de 30º aniversário de *A Noite dos Mortos-Vivos* em 1999. Em 2001 participou de *Raptor*, do diretor Jim Wynorski e produção de Roger Corman com Eric Roberts e Corbin Bernsen no elenco. Por enquanto, é o único nome do elenco original a estar envolvido na esperada continuação de *Palhaços Assassinos do Espaço Sideral.*

Suzanne Snyder (Debbie Stone): Nascida em outubro de 1962, Suzanne trabalhava como modelo quando foi convidada para uma participação no seriado *Chips* em 1983, em seguida foi figurante ou esteve em papéis pequenos em seriados e filmes como *O Último Guerreiro das Estrelas* (1984) e *Mulher Nota 1000* (1985). No gênero terror, foi mais ativa na segunda metade dos anos 1980, participando de *A Noite dos Arrepios* (1986), *Querida Assassina* (1987), *Retribution* (1987) e *A Volta dos Mortos-Vivos 2* (1988).

John Allen Nelson (Dave Hanson): Nascido em 1959, o ator começou sua carreira na TV com a novela *Santa Barbara* entre 1984 e 1987, e depois protagonizou a aventura *Deathstalker 3: Os Guerreiros do Inferno* (1988), porém sempre foi mais ligado aos seriados de televisão, participando de *Baywatch* (1990-1995), *Sheena: A Rainha das Selvas* (2000-2002), *24 Horas* (5ª temporada, 2005-2006), *Vanished* (2006), *Privileged: As Patricinhas de Palm Beach* (2008-2009) e, mais recentemente, *Crisis* (2014). Também participou da produção direta para o vídeo *Feast III: The Happy Finish* (2009), terceira parte da franquia *Banquete no Inferno*.

John Vernon (Curtis Mooney): O prolífico ator nascido em 1932 teve seu primeiro trabalho em uma participação não creditada na adaptação do livro de George Orwell, *1984*, dirigido por Michael Anderson (*Fuga do Século 23*) em 1956. Conhecido muito mais pelo seu papel em *O Clube dos Cafajestes* (1978), o público pouco se lembra de que já interpretou Tony Stark no antigo seriado do *Homem de Ferro* em 1966. Também foi dirigido por Alfred Hitchcock em *Topázio* (1969) e foi o prefeito em *Perseguidor Implacável* (1971), voltando a trabalhar com Clint Eastwood em *Josey Wales: O Fora da Lei* (1976). Outros papéis marcantes estão nos filmes *Trama Sinistra* (1977), *Apertem os Cintos o Piloto Sumiu 2* (1982) e *Correntes do Inferno* (1983). Também foi a voz original do cavalo título do desenho *Cavalo de Fogo* (1986) e do General Ross no desenho do *Hulk* (1996-1997). Faleceu em fevereiro de 2005 por complicações após uma cirurgia cardíaca.

Royal Dano (Gene Green): O nome do personagem não é citado em *Palhaços Assassinos do Espaço Sideral*, mas Gene é o fazendeiro no começo do filme. Seu intérprete, com quase 200 créditos no cinema e na televisão, começou na sétima arte em uma participação não creditada em *A Sombra da Guilhotina* (1949) do diretor Anthony Mann (*El Cid*). Também trabalhou com Hitchcock em *O Terceiro Tiro* (1955), mas é mais lembrado pelos inúmeros *Westerns* que fez nos anos 1950, 1960 e 1970, como *Região do Ódio* (1954) e *Marcados Pela Violência* (1956). No cinema fantástico, esteve em *Moon of the Wolf* (1972), *Zumbis do Mal* (1973), *A Casa do Espanto II* (1987) e *Ghoulies II* (1988). Seu último filme foi a adaptação do livro de Stephen King pelo diretor George A. Romero, *A Metade Negra* (1993). Royal faleceu de ataque cardíaco após um acidente de carro em maio de 1994, aos 71 anos de idade.

Os irmãos Chiodo

Charles Chiodo e seus irmãos sempre gostaram de arte na infância no bairro do Bronx (Nova York), usando a câmera super-8 da família para criar curtas caseiros com efeitos em *stop motion* e coisas do gênero, mas foi o mais velho quem primeiro levou a sério a profissão, ao perseguir esta carreira e se graduar como ilustrador em 1974. Após graduado, arrumou emprego em Nova York na rede de televisão ABC e depois de quatro anos saiu de lá e se mudou para o estado de Virgínia para trabalhar na animação *I Go Pogo* (lançada em 1980).

Enquanto isso, o irmão do meio, Stephen, começava sua carreira atrás das câmeras enquanto estudava cinema no Instituto Rochester de Tecnologia em Nova York. O ano era 1976, e ele ganhou um prêmio no festival de Cannes daquele ano como melhor diretor jovem. Em seguida, acompanhou Charles para também trabalhar em *I Go Pogo*.

Já o caçula, Edward, entrou depois, em 1982, quando o trio fundou a Chiodo Bros Inc., sediada em Burbank, Califórnia, especializada em efeitos especiais, animação

em *stop motion*, fantoches e *animatronics*. Seu primeiro filme como empresa foi a aventura *A Espada e os Bárbaros* do mesmo ano, primeiro filme dirigido por Albert Pyun. Depois, trabalharam em outro clássico oitentista do cinema B, *Criaturas*, em 1986.

Nesta época, sempre havia o desejo de transformar um medo comum aos três em filme. E utilizando recursos próprios criaram sua única produção própria, *Palhaços Assassinos do Espaço Sideral*, lançado em 1988. A partir daí, o trio se envolveu no setor de efeitos especiais em películas tão diversas quanto a continuação de *Criaturas* (*Criaturas 2*, também de 1988), *King Cobra* (1999) e um filme de Ernest, *O Bobo e a Fera* de 1991.

Mais recentemente, Matt Stone e Tray Parker, os criadores do seriado animado *South Park*, trouxeram um trabalho para os irmãos que seria seu segundo principal reconhecimento na indústria, sendo os responsáveis por todas as marionetes de *Team America: Detonando o Mundo* (2004). Também participaram em segmentos de *stop motion* e marionetes em alguns episódios de *Os Simpsons* entre 2010 e 2012 e para o seriado *The Thundermans* do canal Nickelodeon entre 2013 e 2015. No gênero horror, um dos mais recentes filmes em que trabalharam é *Alien Abduction* de 2014, no design das criaturas.

Outros palhaços sobrenaturais

O Homem

Aparição: *O Parque Macabro* (Harcourt Productions, 1962. Dir.: Herk Harvey, 78 min.)

Truques na manga: Ninguém sabe quem ele é ou mesmo qual o seu nome. Por essa razão, o estranho ser que vive em um parque de diversões abandonado em Great Salt Lake, no estado norte-americano de Utah, é conhecido apenas como "o homem". Seria ele o dono do local? Um palhaço? Ele não usa nariz vermelho nem roupa colorida, mas tem um rosto pálido. Quem sabe ele seria um domador? Ninguém sabe. Ele costuma aparecer para pessoas que passaram por experiências traumáticas de quase morte. O problema é que ele não é visto apenas no parque abandonado, mas também através de janelas, ruas desertas e no meio de estradas.

O filme: *O Parque Macabro* é uma daquelas produções independentes que não fizeram sucesso quando foram lançadas, mas que algum tempo depois ganharam o status de *cult,* sendo inclusive exibida até hoje em festivais de cinemas de terror de Halloween. O filme conta a história de Mary Henry (interpretada por Candace Hilligoss), que misteriosamente sobrevive a um acidente de carro. O veículo no qual ela estava com duas outras amigas cai de uma ponte, e o carro afunda nas águas turvas do rio. Após o acidente, Mary segue então para Utah, onde ela havia conseguido um emprego para tocar órgão em uma igreja. Ao chegar ao local, a jovem começa a ver um estranho homem que aparece e desaparece quando menos se espera. O diretor e produtor Herk Harvey teve a ideia de fazer o longa quando estava dirigindo pelas estradas de Utah e viu um antigo e abandonado parque de diversões. As filmagens duraram três semanas. *O Parque Macabro* foi citado tanto por David Lynch como George Romero como de grande influência para ambos.

Por trás do nariz vermelho: Herk Harvey não apenas dirigiu e produziu *O Parque Macabro*, como também deu vida ao "homem" que aterroriza a personagem Mary. Com uma longa filmografia de curtas e filmes educativos, *O Parque Macabro* foi o único longa que ele dirigiu, e curiosamente sua participação como ator não foi creditada. Harvey nasceu em 3 de junho de 1924, no Colorado, e morreu de câncer no pâncreas de 3 de abril de 1996.

Nota: 🎈🎈🎈

Gunther Staker

Também conhecido como Frankenstein ou O Monstro

Aparição: *Pague para Entrar, Reze para Sair* (Universal Pictures, 1981. Dir.: Tobe Hooper, 96 min.)

Truques na manga: Guther é filho do dono do parque de diversões Funhouse. De temperamento aparentemente tranquilo, ele utiliza uma máscara de Frankenstein e fica responsável pelo trem fantasma do lugar. Mas Guther se mostra extremamente violento ao

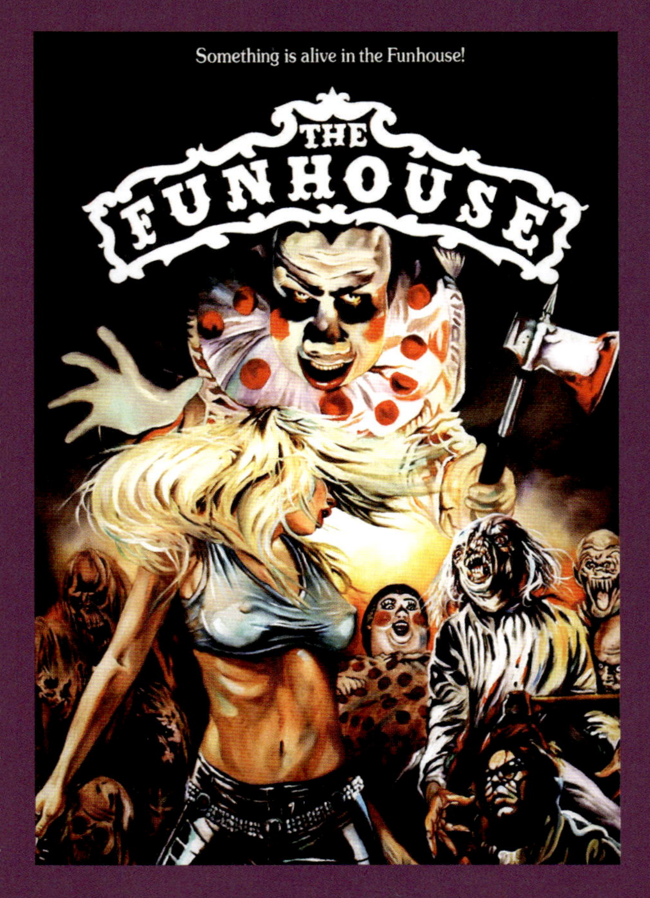

agredir e matar a vidente do parque quando ela se nega a devolver o dinheiro após o programa de sexo entre eles não ter sido como o esperado. Logo depois, Guther se envolve em uma briga com o pai, e ele tira a máscara para revelar que é um ser monstruoso, com retardo mental e extremamente agressivo. É claro que um grupo de jovens que foi passar a noite no parque vai testemunhar o ocorrido e logo vão ser perseguidos por Guther.

O filme: *Pague para Entrar, Reze para Sair* se encaixa no exemplo de produção cultuada pelos fãs e odiada pela crítica. Com direção de Tobe Hooper, que já tinha feito *O Massacre da Serra Elétrica* em 1974, o filme tem um roteiro repleto de clichês, incluindo seus personagens. O grande acerto do longa para o gênero horror foi o de utilizar um parque de diversões vazio e escuro no meio da noite como cenário. Aqui existe esta ressignificação de um espaço que remete a momentos de alegria e diversão. Ao retirar o colorido e as risadas, Hooper substitui estes elementos pela escuridão e pelo silêncio, tornando ameaçador caminhar por corredores escuros. A verdade é que quem assistiu a *Pague para Entrar* muito provavelmente se lembra do filme se tiver a oportunidade de ir a um parque de diversões fechado. A sensação será de incômodo, como se algo ou alguém estivesse à espreita.

Por trás do nariz vermelho: O norte-americano Wayne Doba nasceu em 14 de setembro de 1950. Sua carreira cinematográfica é limitada, com apenas cinco títulos. Seu primeiro filme foi *Pague para Entrar*. Dois anos depois, fez uma rápida participação em *Scarface*, estrelado por Al Pacino e Michelle Pfeiffer. Outro filme de sucesso em que Doba se envolveu foi *Quase Famosos*, de 2000, mas a participação dele foi cortada da versão final lançada nos cinemas.

Nota: 

Palhaço zumbi de Romero

Aparição: *Dia dos Mortos* (United Film Distribution Company, 1985. Dir.: George A. Romero, 96 min.)

Truques na manga: Em um mundo já dominado por mortos-vivos, os poucos sobreviventes estão escondidos em bases do exército subterrâneas. A quantidade de zumbis é gigantesca, e a variedade igualmente grande com cadáveres de homens e mulheres. Dentre a gama de mortos que caminham existem policiais, noivas, jogadores de futebol americano, entre tantos outros. No meio de tanto morto-vivo, é claro que um palhaço zumbi não poderia ficar de fora. Sem intenção de brincar, ele está com fome de carne humana e vai comer alguns soldados.

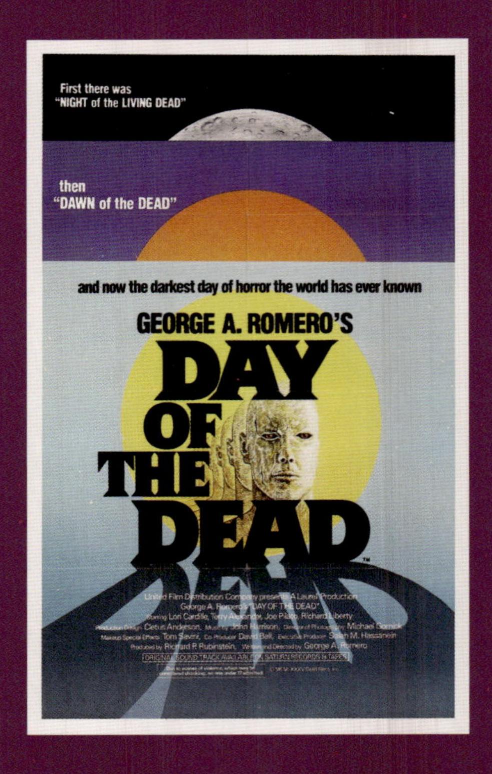

O filme: Em *A Noite dos Mortos-vivos*, de 1968, George Romero apresentou um filme de horror repleto de críticas sociais, com um grupo de sete pessoas fugindo de zumbis se escondendo em uma casa em uma área rural. Na sequência *Zombie: O Despertar dos Mortos*, de 1978, Romero trabalhou com a crítica ao consumismo ao alocar os sobreviventes e zumbis em um *shopping center*.

Em *Dia dos Mortos*, Romero traz uma história em que o apocalipse zumbi já dominou o mundo, e os poucos militares e cientistas ainda vivos brigam entre si na tentativa de sobreviver. Destaque para o clima de falta de esperança apresentado pelo roteiro, que traz personagens exaustos com a situação e sem acreditar em um final feliz. O filme traz mais um excelente trabalho de maquiagem de Tom Savini e ainda apresenta Bud, o primeiro zumbi que não é vilão e ainda consegue a atenção positiva do público.

Por trás do nariz vermelho: Como os demais filmes de George A. Romero, o elenco de zumbi é composto por moradores de Pittsburgh que se voluntariaram para participar do filme em troca de bonés e camisetas.

Nota:

Lamont

Aparição: *You Can't Kill Stephen King* (Loco Down Films, 2012. Dir.: Ronnie Khalil, Monroe Mann, Jorge Valdés-Iga, 86 min.)

Truques na manga: Assim como todos os outros personagens/vítimas de *You Can't Kill Stephen King*, Lamont representa um estereótipo cinematográfico, no caso o rapper negro falastrão. É o primeiro a ser morto pelo assassino do filme, mas volta em uma cena de pesadelo usando a maquiagem e roupa de Pennywise, palhaço criado por Stephen King e que é o vilão principal de *It: Uma Obra-prima do Medo*.

O filme: A ideia era fazer uma carta de amor aos filmes de Stephen King, apresentando um grupo de jovens descerebrados (um deles fã do autor) que, durante uma viagem ao Maine, começam a ser mortos um a um por um *serial killer*. As mortes teoricamente deveriam fazer referências aos livros de King, mas a conexão acaba sendo vaga demais para que a homenagem funcione, e os personagens, por mais exagerados que sejam, nunca conquistam o espectador.

Por trás do nariz vermelho: Justin Brown é um comediante nova-iorquino que já participou de diversos esquetes de sites cômicas como *CollegeHumor* e *Barely Political*. Em *You Can't Kill Stephen King*, teve seu primeiro papel no cinema.

Nota do filme: 

Jack Attack

Aparições: *Brinquedos Diabólicos* (Full Moon Entertainment, 1992. Dir.: Peter Manoogian, 86 min.), *Dollman Contra os Brinquedos Diabólicos* (Full Moon Entertainment, 1993. Dir.: Charles Band, 64 min.), *Brinquedos Diabólicos* (Jeff Franklin Productions, 2004. Dir.: Ted Nicolaou, 88 min.), *Demonic Toys 2* (Full Moon Features, 2010. Dir.: William Butler, 80 min.)

Brinquedos Diabólicos (1992)

Truques na manga: A princípio, uma inocente caixa surpresa com um palhaço dentro. Mas Jack é diferente. Ele foi criado pela empresa Arcadia Toys numa fábrica construída sobre o lugar de repouso do feto morto do filho do Diabo. O feto ressurge como um espírito maligno de uma criança e dá feições demoníacas a Jack, que não para de rir um só minuto. Seus dentes são afiados e ferozes, capazes facilmente de arrancar pedaços de suas vítimas, enquanto ele carrega um chocalho de bebê na cauda, lembrando uma cascavel. Posteriormente, provou ser capaz de sair da caixa e rastejar como uma cobra. Em *Brinquedos Diabólicos* (2004), um novo poder foi incorporado, o de gargalhar em altíssima frequência, matando qualquer pessoa à distância. Após sua destruição nos eventos de *Brinquedos Diabólicos* (1992), na continuação oficial foi costurado para ficar ainda mais assustador.

Dollman Contra os Brinquedos Diabólicos (1993)

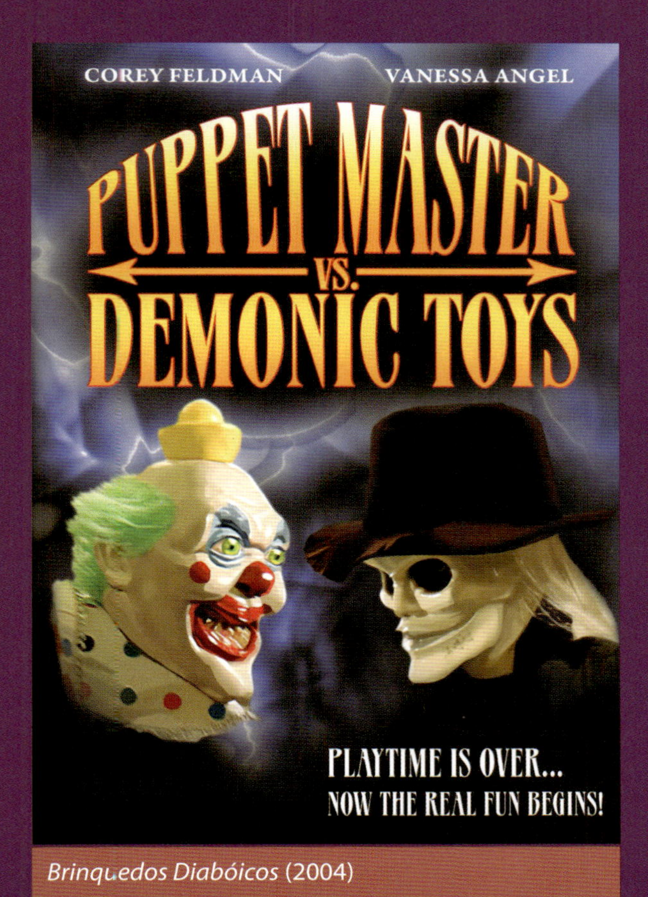

Brinquedos Diabóicos (2004)

Os filmes: A Full Moon Entertainment do diretor/produtor Charles Band é bastante conhecida por seus filmes simples e franquias numerosas. Em uma tentativa de capitalizar um pouco mais com a popular série *Puppet Master: O Mestre dos Brinquedos* (1989), fez-se uma nova franquia, iniciada com *Brinquedos Diabólicos*. Na história do original, Judith Gray (Tracy Scoggins) é uma policial à paisana que, junto com seu parceiro Matt Cable (Jeff Weston), tenta prender em flagrante dois traficantes de armas. Na hora da prisão, o parceiro de Judith é ferido mortalmente; a policial consegue acertar um dos bandidos e persegue o baleado e o outro dentro do depósito de uma indústria de brinquedos. O bandido ferido sangra em uma área do piso e liberta o filho do Diabo (na forma de uma criança) que cria como asseclas um robozinho, uma boneca boca suja (Chucky manda lembranças), o palhaço e um urso. O objetivo do demônio é encarnar no feto de Judith, que acabou de descobrir que está grávida de Matt. O outro mocinho é Mark (Bentley Mitchum), entregador que está na fábrica para deixar comida para o vigia de plantão.

O original é um filme sem grandes surpresas que, assim como *Puppet Master*, apoia-se firmemente no carisma dos personagens vilões para funcionar. O problema é que a trama enrola muito na história do filho do demônio e, assim, os brinquedos aparecem menos do que deveriam e, quando aparecem, o *modus operandi* é sempre o mesmo: mordem ou atiram nos outros. Apesar de tudo, o filme é bem sangrento, especialmente nas curtas participações de Jack Attack, que não se encolhe ao encher os personagens humanos de dentadas.

Após ser explodido a tiros de espingarda por Mark (e ainda esmagado com os pés), a Full Moon deu um jeito de trazê-lo de volta no *crossover* com outro personagem popular da produtora em *Dollman Contra os Brinquedos Diabólicos* (1993). Na história, Judith se alia a Brick Bardo (nome original de Dollman) para destruir os brinquedos de uma vez por todas. Mais marketing que qualidade, os 60 minutos de filme com infindáveis cenas de flashback parecem apenas uma desculpa descartável para ganhar uns trocos dos fãs dos dois filmes.

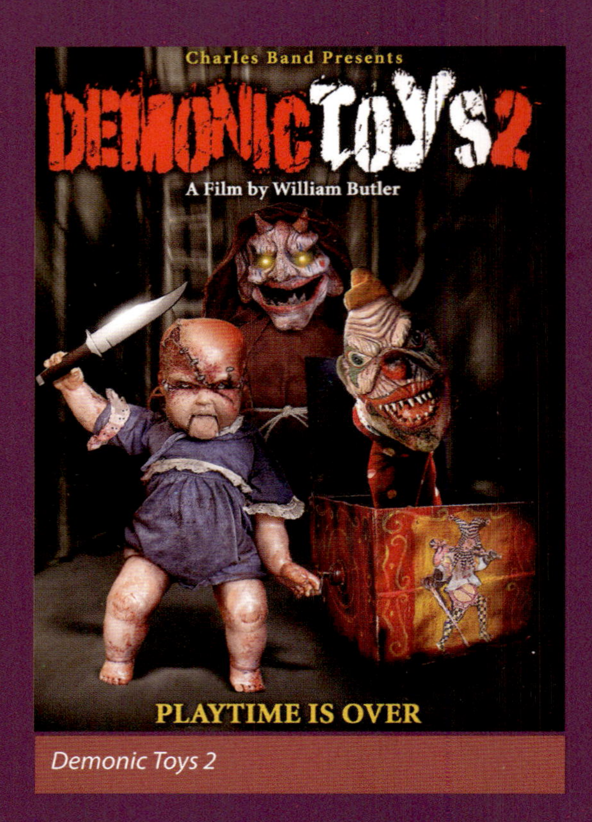

Demonic Toys 2

Mais de dez anos se passaram antes que Jack retornasse com seus amigos no filme feito direto para o canal SyFy chamado também de *Brinquedos Diabólicos* por aqui (para confundir o público brasileiro), que é outro *crossover*, agora finalmente com os bonecos da franquia *Puppet Master*. Com participação do ex-astro mirim Corey Feldman, o filme é fraco e esquecível. Jack perdeu muito da sua ameaça por ter sido totalmente remodelado e, neste filme, parece muito mais com um palhaço normal. Como se este *crossover* jamais tivesse sido realizado, em 2010, foi lançado *Demonic Toys 2*, que começa onde o original de 1992 terminou, e Jack foi recosturado. Com um *design* melhor e mais assustador, mas uma história ainda mais fraca, perde pontos pelo uso abusivo de computação gráfica.

Por trás do nariz vermelho: Como se trata de um boneco, quem está por trás no primeiro filme era a sempre competente equipe de efeitos da produtora Full Moon, capitaneada no original por Dennis Gordon, Harvey Mayo e Mark Rappaport. Os grunhidos de Jack Attack são feitos por Tim Dornberg, de *Puppet Master*.

Notas: (*Brinquedos Diabólicos*, **1992)**
(*Dollman Contra os Brinquedos Diabólicos*, **1993)**
(*Brinquedos Diabólicos*, **2004)**
(*Demonic Toys 2*, **2010)**

Funny Man

Aparição: *Funny Man: O Príncipe da Maldade e da Travessura* (Nomad Productions, 1994. Dir.: Simon Sprackling, 89 min.)

Truques na manga: Habitante de uma dimensão paralela localizada sob os porões de uma mansão antiga no Reino Unido, este bufão demoníaco conhecido por Funny Man aguarda pacientemente em seu lugar de descanso até que novos moradores cheguem à mansão, onde usará seu homicida e sarcástico senso de humor para pregar peças mortais em suas vítimas. Ele consegue mudar de roupas e forma (menos seu rosto assustador) e criar cenários e situações ilusórias para atingir seu objetivo.

O filme: A primeira metade dos anos 1990 foi uma época muito estranha para o cinema de horror. Os *slashers* estavam cada vez menos inventivos com sucessivas continuações das franquias de sempre, tranqueiras lançadas em VHS a torto e a direito, deixando o gênero perdido. Funny Man ilustra bem esse cenário. O protagonista é Max Taylor (Benny Young), que ganha a referida mansão ancestral num jogo de pôquer contra Callum Chance (Christopher Lee, aparecendo por menos de cinco minutos só para ganhar seu cheque). Ele e a família se mudam para a residência, mas mal sabem eles que acabariam libertando acidentalmente Funny Man. Para engrossar a contagem de corpos, o irmão de Max, Johnny Taylor (Matthew Devitt), chega também ao lugar com um bando de caronistas para passar a noite.

O filme em si é uma sucessão incoerente de situações bizarras promovidas por Funny Man para matar um a um de formas "engraçadas", bizarrices estas que alternam entre o psicodélico, o convencional e o puro mau gosto. Os personagens são péssimos, estereótipos escritos com escárnio, dos mimados filhos de Max a uma caronista negra com um péssimo sotaque jamaicano que lê cartas de tarô e é a única que sabe como deter Funny Man (sabe-se lá como ela desenvolveu tanto conhecimento). Até reservaram uma personagem que se chama Velma e é idêntica à personagem do desenho *Scooby Doo*!

As cenas longas e intermináveis das "pegadinhas" do antagonista e o desespero do filme em parecer irônico e engraçado não justificam sua duração. Só um punhado de boas cenas com um bom trabalho de maquiagem e o pouco que Christopher Lee aparece são os únicos motivos para assistir. A maquiagem de Funny Man também é interessante, apesar de parecer uma mistura de *O Mestre dos Desejos* (1997) com *O Duende* (1993) e Ronald Golias.

Por trás do nariz vermelho: O carregadíssimo sotaque britânico de Funny Man vem do ator Tim James, irreconhecível pela pesada maquiagem. Infelizmente, ele não conseguiu se estabelecer no cinema sendo este seu único crédito como ator em um longa-metragem. Trabalhou somente como assistente do diretor no terror *The Reeds* em 2010.

Nota: 🎈

Killjoy

Aparições: *Killjoy* (Big City Pictures, 2000. Dir.: Craig Ross Jr., 72 min.), *Killjoy 2: Deliverance from Evil* (Full Moon Pictures, 2002. Dir.: Tammi Sutton, 77 min.), *Killjoy 3* (Full Moon Pictures, 2010. Dir.: John Lechago, 76 min.), *Killjoy Goes to Hell* (Full Moon Pictures, 2012. Dir.: John Lechago, 93 min.)

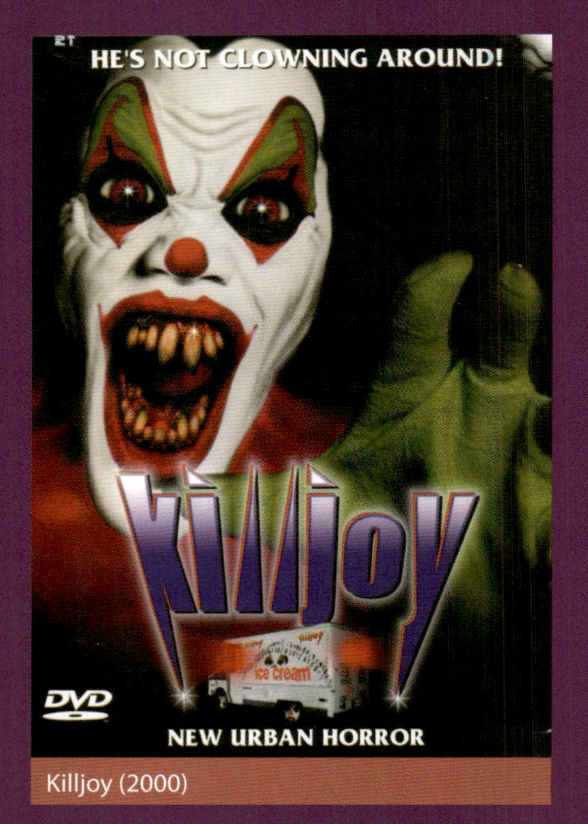

Killjoy (2000)

Truques na manga: Killjoy vive no inferno e é conhecido como o demônio da vingança. De maquiagem carregada, dentes afiados e cabelo espalhafatoso, pode ser invocado por magia negra para eliminar desafetos e tem a capacidade também de incorporar um pedaço de si para "ressuscitar" pessoas mortalmente feridas. O problema é que, traiçoeiro, ao ser invocado normalmente ele não se limita a ceifar as almas designadas, mas também a de todos que consegue colocar as mãos. Tem a capacidade de criar dimensões paralelas para capturar suas vítimas, adora fazer pequenos jogos e usar seu senso de humor durante sua violenta atuação, contudo fica vulnerável quando é chamado por seu nome verdadeiro e não é bem-visto no Inferno, onde já foi julgado pelo próprio Diabo pela incompetência em colher almas e por seu nível de maldade questionável.

Os filmes: No primeiro *Killjoy*, acompanhamos Michael (Jamal Grimes), um adolescente que tem sentimentos por uma bela garota chamada Jada (Vera Yell), que está envolvida com o gãngster Lorenzo (William L. Johnson). Ao apanhar de Lorenzo, Michael tenta ir à forra invocando o demônio Killjoy através de um boneco, todavia o rapaz é surpreendido antes que o ritual desse certo e acaba morto com um tiro disparado acidentalmente em uma brincadeira promovida por Lorenzo. Um ano depois, a vida segue sem Michael: Jada agora está com Jamal (Lee Marks) e Lorenzo com Kahara (Napiera Groves), mas as coisas ficam estranhas quando os parceiros de Lorenzo são atraídos para um caminhão de sorvetes que, na realidade, esconde um portal para um lugar onde o demônio Killjoy captura e assassina suas vítimas.

Realizado em 2000, o primeiro *Killjoy* foi vendido como um *slasher* urbano, só que, na prática, é uma bagunça e uma ode à inaptidão. O roteiro faz pouco sentido e tem situações e personagens inexplicáveis que só existem por estarem lá – como um mendigo com poderes sobrenaturais que ajuda os protagonistas por algum motivo ignorado. O próprio Killjoy é pouco ameaçador, com suas roupas espalhafatosas e sua atitude que lembra uma versão maligna do Etevaldo do *Castelo Rá-Tim-Bum*, mas nada supera os ridículos efeitos especiais, totalmente feitos com a pior computação gráfica disponível na época. Uma cena, totalmente chupada de *O Máscara* (o antagonista absorve as balas atiradas por um personagem e as devolve cuspindo), é particularmente ridícula em comparação.

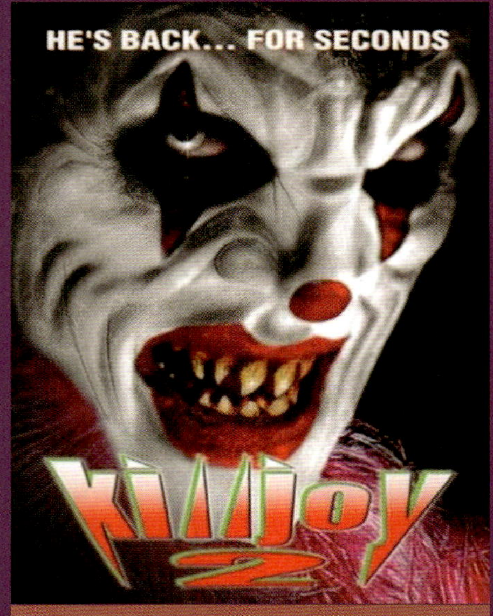

Killjoy 2 Deliverance from Evil (2002)

Dois anos depois, é lançada a continuação, quase tão ruim quanto a primeira parte. Agora um grupo de detentos é transferido para uma nova instalação para criminosos por dois carcereiros. No caminho, o motor da van explode (sim, eles estão de van) no meio do nada, onde não tem sinal de celular ou posto de gasolina. Então eles procuram uma cabana em busca de um telefone fixo ou transporte, mas a abordagem não dá certo e um dos detentos é alvejado mortalmente com um tiro de espingarda. Outra cabana é encontrada, e o grupo pede ajuda a uma mulher, que calha de ser especializada em vodu, para tentar um tratamento para o rapaz baleado. Neste ínterim, uma das detentas conta que invocar Killjoy pode poupar a vida dele (relembrando os eventos do filme anterior). Convenhamos que invocar um palhaço demoníaco para salvar a vida de alguém é um atentado ao mínimo de bom senso. Mas ela faz o ritual, e Killjoy está de volta para mais um show de horrores.

Ao dispensar as "realidades paralelas" em favor do *slasher* convencional, *Killjoy 2* ganha alguns pontos, mas não se engane: o filme é ruim demais pelos mesmos motivos do anterior. História fraca, protagonistas sem carisma e uma série de conveniências de roteiro que não fazem o menor sentido. Só se sobressai porque trocaram o CGI e, desta vez, foram usados efeitos práticos, infinitamente melhores.

Em 2010 a produtora Full Moon resolveu ressuscitar a franquia e se aprimorou bastante em *Killjoy 3*. A trama começa, como sempre, com um ritual para trazer o palhaço demoníaco para a Terra, mas dessa vez ele não está sozinho, e Killjoy traz para seu auxílio Punchy (forte e burro, inspirado no modelo de palhaço vagabundo), Freak show (um mímico assustador que tem um irmão siamês na altura da cintura) e Batty Boop (uma *succubus* que é a amante oficial de Killjoy). Sem que seu invocador tenha citado um nome para a vítima, o palhaço e seus asseclas voltam aos seus domínios, numa dimensão dentro de um espelho mágico.

Algum tempo depois, esse espelho é entregue na casa do invocador, um professor de faculdade. Porém, ele é recebido por um grupo de estudantes que está usando a casa para promover uma festa enquanto o professor está fora e, se Killjoy não consegue sair por estar fraco, pelo menos pode atrair as vítimas uma a uma para ceifar suas almas e se libertar.

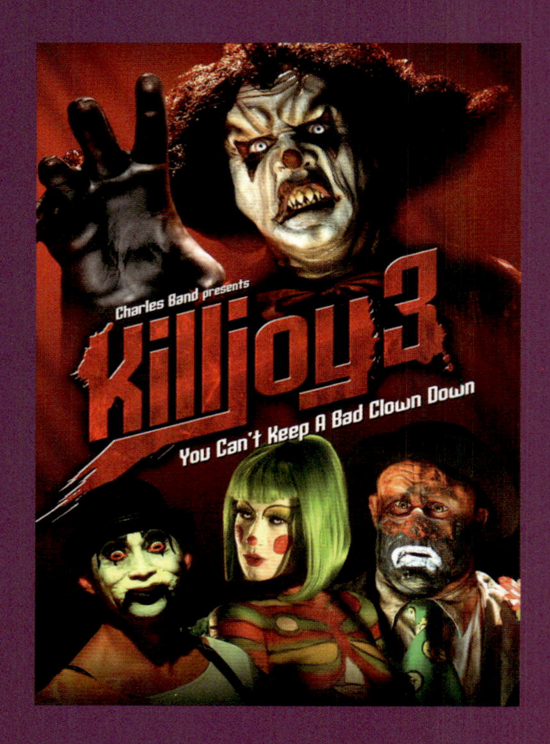

Em *Killjoy 3* é notável a evolução em todos os aspectos, do roteiro mais redondo aos efeitos e as interpretações. A melhoria primordial está na atitude, na presença dos *minions* de Killjoy, que possuem características próprias – Freak show é medonho! – e a evolução do próprio personagem, com roupas mais bem fabricadas (não parece mais uma fantasia de Carnaval), uma peruca menor, chifres e marcas profundas no rosto. Este avanço na atitude também é visto no tom que o filme passa, muito mais violento, descontraído e irônico, como Killjoy deveria ter desde o primeiro filme.

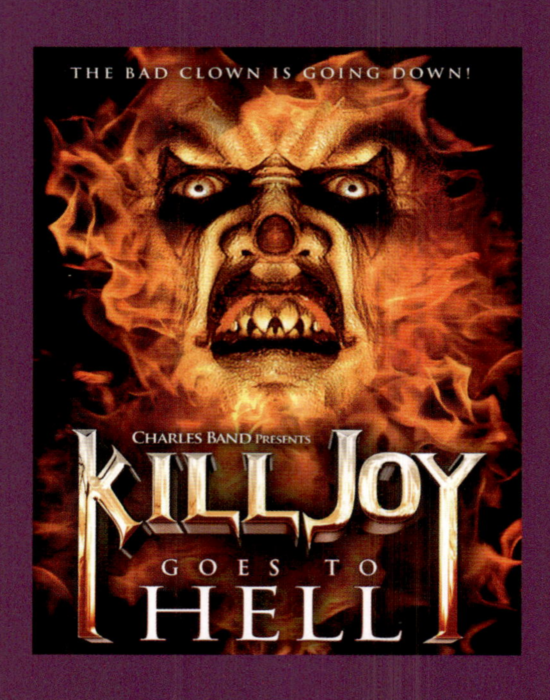

Killjoy Goes to Hell continua a trama alguns anos após a conclusão de *Killjoy 3*. E, como sempre, com uma invocação... Só que Killjoy foi invocado pelo próprio Belzebu para ser julgado no tribunal do Inferno. A acusação? Ter se amolecido pelos humanos, deixando de ser malígno. Neste processo a *final girl* do anterior, Sandie (Jessica Whitaker), está em uma instituição para criminosos mentais, pois foi internada como suspeita de matar todas as vítimas do filme passado.

Em *Goes to Hell*, o ritmo é totalmente diferente de *Killjoy 3*. O roteiro trabalha separadamente os círculos do inferno, onde uma rebelião para salvar Killjoy está sendo organizada, e da Terra, para somente no ato final interseccionar as duas. O produto disso não é um filme de horror, mas uma comédia de humor negro que tenta transformar o antagonista da franquia em uma espécie de anti-herói. Algumas situações são ridículas e engraçadas, mantendo o bom humor peculiar de *Killjoy 3*, porém acaba pecando pelos excessos e forçando a barra demais para ter alguma violência com o propósito de assustar o público. Pelo menos os padrões de produção continuam muito bons.

Por trás do nariz vermelho: No primeiro filme, Killjoy é personificado pelo ator latino Ángel Vargas, que participou numa ponta em *Não Tenho Troco* (1990) e da minissérie *Os Jacksons: Um Sonho Americano* (1992). Após *Killjoy*, suas participações foram limitadas a alguns episódios de séries de TV para o público mexicano. Nos demais filmes, o palhaço é interpretado por Trent Haaga, que fez sua carreira na Troma Films em produções como *Terror Firmer* (1999), *The Toxic Avenger IV* (2000) e *Zombiegeddon* (2003). Dentre os diversos outros trabalhos no gênero terror, estão *Cutting Room!* (2005), *Vivendo e Morrendo* (2007), *Psycho Holocaust* (2009) e *Blood Shed: A Chave do Inferno* (2014). Em *Killjoy 3* e *Killjoy Goes to Hell*, Victoria De Mare (*Dinocroc*, *Emmanuelle in Wonderland*) interpreta Batty Boop, Al Burke (*13 Dead Men*) faz Punchie e Tai Chan Ngo (*Sete Psicopatas e um Shih Tzu*) é o ator por trás de *Freak show*.

Notas: 🎈 (*Killjoy*, **2000**)

🎈🎈½ (*Killjoy 2*, **2002**)

🎈🎈🎈 (*Killjoy 3*, **2010**)

🎈🎈🎈🎈½ (*Killjoy Goes to Hell*, **2012**)

Palhaço vampiro

Aparição: *Hellbreeder: O Desconhecido* (Cat'N'Cage Productions, 2004. Dir.: James Eaves, Johannes Roberts, 85 min.)

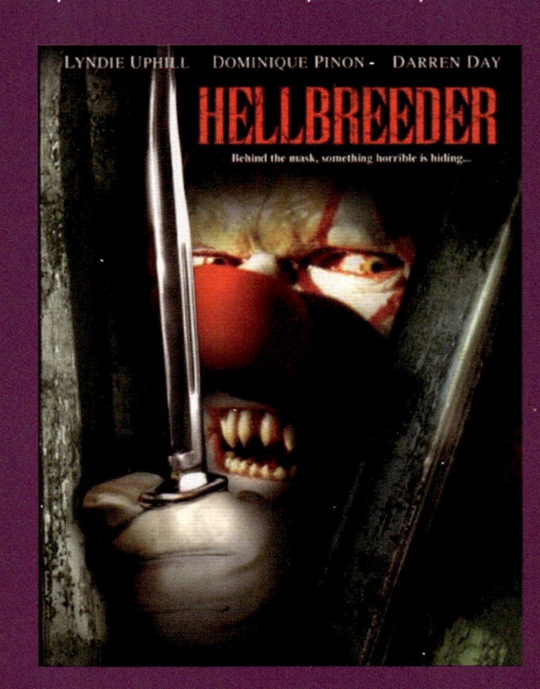

Truques na manga: Ele usa a inocência das crianças para se aproximar, a partir de sua aparência de palhaço e seus balões. Na verdade, trata-se de um monstro assassino, descrito pelos personagens como "um palhaço vampiro", com dentes pontiagudos, roupas vermelhas e movimentos rápidos. Seu erro talvez tenha sido assassinar o filho de Alice (Lyndie Uphill), que não irá descansar enquanto não o encontrar para perpetuar sua vingança.

O filme: Depois de perder seu filho durante um passeio no parque, Alice passa a ser atormentada por pesadelos envolvendo um palhaço monstruoso, além de seus parentes que insistem em acusá-la pela responsabilidade na morte do garoto. Quando ela encontra o possível assassino, ele se declara como caçador de "palhaços demônios" (!!), definindo a criatura como um híbrido de lobisomem e vampiro (!!).

A narrativa lenta e repleta de alucinações, pesadelos e metáforas afunda a produção com cenas repetidas e insuportáveis. Conte quantas vezes o palhaço aparece rugindo para a tela, ou quantas vezes Sam, o filho assassinado, diz "balão", ou ainda a quantidade de cenas em que a família da jovem aparece alertando sobre os mesmos perigos e atitudes. De acordo com os responsáveis pelo filme, ele sofreu inúmeros cortes pela produtora, dando ênfase nas cenas de nudez e sexo. Também incomoda a trilha incidental horrível que acompanha o filme inteiro, sem que o espectador consiga encontrar a paz, fazendo-o desejar que o palhaço apareça para pôr um fim ao sofrimento.

Por trás do nariz vermelho: O palhaço demônio lobisomem e vampiro é interpretado por Harold Gasnier, que possui um currículo de 25 pontas, incluindo *Sanitarium* (2013), *Darkhunters* (2004), *The Witches Hammer* (2006) e *Bordello Death Tales* (2009), dos mesmos responsáveis. Esteve também no sangrento *A Day of Violence* (2010), de Darren Ward. Seu último trabalho foi na ação *Battle Recon*, de Robert Shannon, de 2012.

Nota:

Palhaços mortos

Aparição: *Dead Clowns* (Cryptkeeper Films, 2004. Dir.: Steve Sessions, 95 min.)

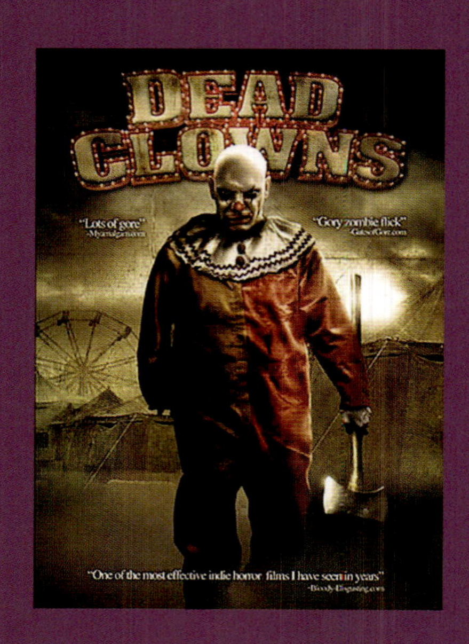

Truques na manga: Nos anos 1950, após um descarrilamento, os vagões de um circo itinerante, transportado em um trem, caíram no meio do mar. Todos foram encontrados, menos o vagão dos palhaços que foi jogado pela maré revolta para longe. Após quase meia década circulando como lendas urbanas, eles emergem do seu túmulo subaquático como zumbis para aterrorizar a população de uma pequena cidade californiana.

O filme: Esqueça a trama, ela inexiste. Este basicamente é um filme de pessoas sendo perseguidas dentro de casa por palhaços zumbis, que aparecem justamente no açoite de um furacão, sem ligação entre si: tem um segurança dentro de um cinema fechado, um cadeirante, um casal num hotel. Não é explicado por que eles ressuscitaram, nem como os "heróis" (um casal de psicopatas fugidos de uma instituição mental e que fazem uma moça refém) chegaram à conclusão de como parar os ataques.

Louros à direção por aparentemente fazer o filme de fato em um temporal – cenas de arquivo fazem questão de nos lembrar disto –, da atmosfera claustrofóbica e, especialmente, da caracterização dos palhaços que infelizmente não aparecem muito de corpo inteiro. Quando eles emergem pela primeira vez (uma meia dúzia, pelo menos), os fãs de bagaceiras das antigas certamente se lembrarão dos zumbis nazistas de *O Lago dos Zumbis* de Jean Rollin, pois são catárticos e lerdos. Com a carne totalmente decomposta, talvez uma homenagem inconsciente aos mortos sem olhos de Amando de Ossorio misturado com *Zombie* de Lucio Fulci, a única coisa que lembra um palhaço é a roupa (estranhamente sem sinal de apodrecimento). É um filme independente com bons momentos, mas esquecível por não ter um roteiro definido.

Por trás do nariz vermelho: O elenco é especialista em aparecer em filmes independentes e desconhecidos. Os palhaços são creditados como interpretados por Jenn Ruliffson (*Shriek of the Sasquatch!*), Lucien Eisenach (*Psycho Santa*) e Eric Spudic (*Satan VHS*). Os principais nomes no elenco – por sua participação em filmes mais ou menos relevantes – são as *scream queens* Brinke Stevens (*Slumber Party Massacre, Síndrome do Medo*) e Debbie Rochon (de vários filmes da Troma como *Tromeo and Juliet* e *Terror Firmer*).

Nota: 🎈🎈

Palhaço triste

Aparição: *Palhaço Triste* (Canibal Filmes, 2005. Dir.: Petter Baiestorf, 32 min.)

Truques na manga: O Palhaço Triste caminha por um ambiente sujo e decadente, acompanhado por um engravatado extravagante e um fantasma de lençol sujo.

O filme: *Palhaço Triste* é a síntese da filmografia de Petter Baiestorf, cineasta catarinense à frente da Canibal Filmes. O roteiro é lisérgico, e a imagem do curta é distorcida o tempo todo por um incômodo efeito de pós-produção, que faz com que os personagens pareçam estar executando uma dança grotesca. Analisá-lo mais profundamente é uma tarefa inglória, uma vez que o próprio Baiestorf já afirmou que este curta foi pensado como uma experiência sensorial, e que não deve ser analisado como um filme "comum".

Por trás do nariz vermelho: O gaúcho Cesar "Coffin" Souza é um nome atuante no cenário independente nacional, braço direito de Petter Baiestorf na Caniba Filmes, além de ser um grande pesquisador e conhecedor de produções obscuras de horror e *exploitation*. Participou de diversos filmes independentes como ator, diretor, roteirista e produtor, e pode ser visto mais recentemente em produções da Fábulas Negras, como *A Noite do Chupacabras* (2011), *Mar Negro* (2013) e o episódio *Pampa Feroz* da antologia *As Fábulas Negras*.

Nota:

Palhaço zumbi

Aparição: *Terra dos Mortos* (Artfire Films, 2005. Dir.: George Romero, 93 min.)

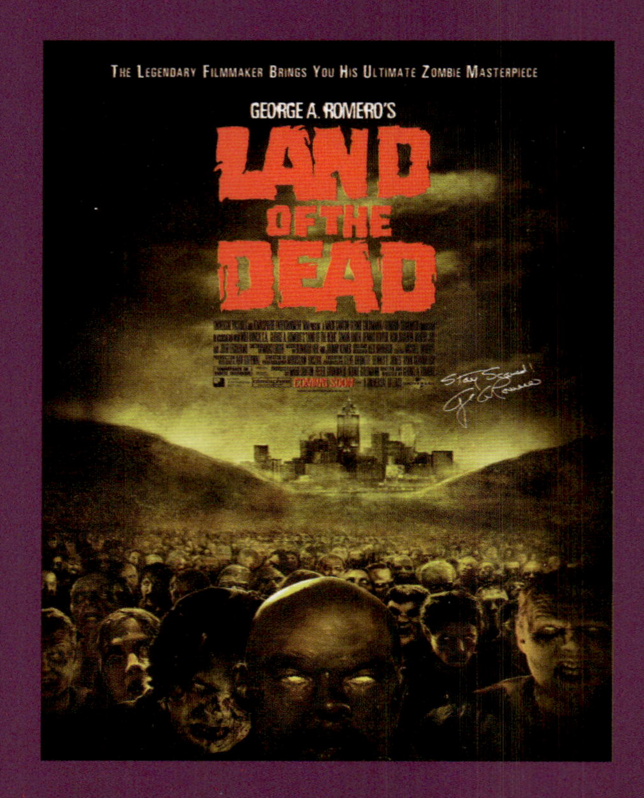

Truques na manga: O apocalipse zumbi parece trazer algumas figuras repetidas como mortos-vivos. O palhaço costuma ser um desses seres, que dificilmente estrelam uma trama, mas com certeza estão lá entre os comedores de carne. O palhaço zumbi de *Terra dos Mortos* está lá para cumprir sua missão de representante da categoria neste mundo devastado. Em uma terra na qual os zumbis começam a "pensar" de forma primitiva, é claro que um palhaço participaria de uma ação para invadir a última defesa da humanidade.

O filme: *Terra dos Mortos* foi recebido com festa por público e crítica por ser a quarta produção de Romero sobre mortos-vivos depois de um intervalo de vinte anos desde *Dia dos Mortos*, de 1985. A trama mostra, mais uma vez, o mundo dominado por zumbis, mas diferente dos filmes anteriores, os humanos aprenderam a viver com os zumbis. Ou quase. Um grupo de humanos abastados mora em um condomínio de luxo fingindo que o problema dos mortos-vivos não existe. Do lado de fora dos altos muros de proteção, os zumbis começam a se mobilizar para um ataque.

Todos os filmes anteriores trazem algum tipo de crítica social, e *Terra dos Mortos* não foge à regra, mostrando a divisão social existente entre vivos e mortos como sua principal crítica.

Por trás do nariz vermelho: Ermes Blarasin possui poucas e rápidas aparições como ator, mas tem um extenso currículo em outras áreas do cinema. Sua principal atividade é de dublê em obras como *X-Men: O Filme* (2000), *Cubo Zero* (2004) e *Operação Babá* (2005). Ele já trabalhou em cerca de cinquenta filmes.

Nota:

Horny the Clown

Aparição: *Drive-thru: Fastfood da Morte* (Lions Gate Entertainment, 2006. Dir.: Brendan Cowles, Shane Kihn, 83 min.)

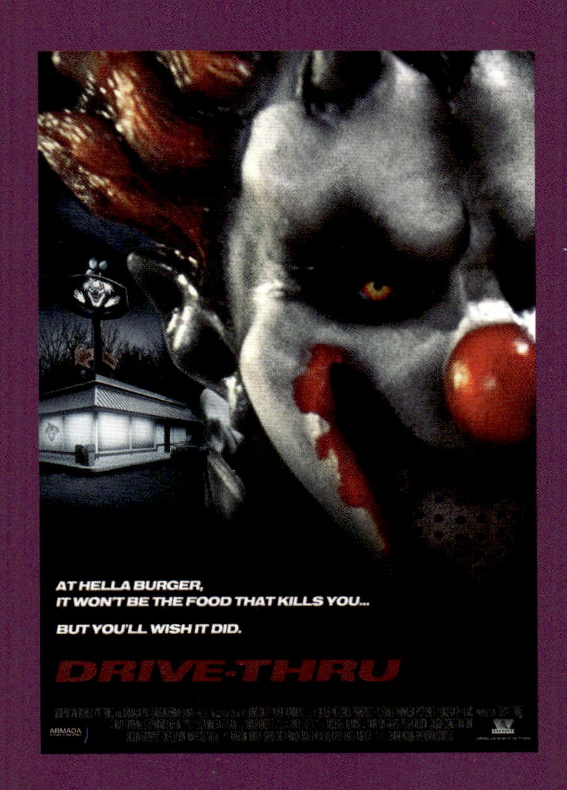

Truques na manga: Horny the Clown é a mascote da rede de *fast-food* Hella Burger, comandada pelo empresário Jack Benjamin (John Gilbert). Encarnado pelo espírito vingativo do filho de Jack, Archie Benjamin, ele se dedica a matar um grupo de adolescentes da cidade de Orange County.

O filme: A presença no elenco de Morgan Spurlock, realizador do documentário *Super Size Me: A Dieta do Palhaço*, pode levar a crer que *Drive-thru* é uma crítica ao consumo exagerado de *fast-food* nos Estados Unidos. Mas não se engane, este é apenas um filme de horror banal que não tem nenhuma pretensão além de ser um *slasher movie* curto e rasteiro, recheado de piadas e referências a filmes de horror como *O Exorcista*, *A Hora do Pesadelo* e *O Iluminado*. O humor é por vezes forçado, mas ainda consegue arrancar uma gargalhada aqui e ali, principalmente nas mortes criativas.

A Leighton Meester (da série *Gossip Girl*) encarna uma heroína forte e com atitude, coisa rara nesse subgênero, e o resto do elenco jovem é bastante simpático, mesmo quando encarnam estereótipos desgastados. No fim, vale mesmo para ver a versão demoníaca de Ronald McDonald com um machado na mão e um sorriso diabólico no rosto.

Por trás do nariz vermelho: Van De La Plante, que veste a roupa e a máscara de Horny the Clown, é um ator com poucas referências, tendo feito pequenas participações nos seriados *Boston Public* (2003) e *E-Ring* (2006). Já o responsável pela voz do palhaço é Gordon Clapp, ator veterano da TV americana, com participações em seriados como *Desaparecidos* (2005), *Damages* (2007-2012) e *Law & Order: Special Victims Unit* (2006). No cinema, Clapp teve participações pequenas em *A Conquista da Honra* (2006) e *Carrie 2: A Maldição de Carrie* (1999).

Nota: 🎈🎈🎈

Mr. Jingles

Aparições: *Mr. Jingles* (Crossbow 5 Entertainment, 2006. Dir.: Tommy Brunswick, 87 min.), *Jingles the Clown* (Atomic Devil Entertainment, 2009. Dir.: Tommy Brunswick, 83 min.)

Truques na manga: Mr. Jingles é um *serial killer* vestido como um palhaço de circo que, com uma conexão com o sobrenatural, consegue poderes sobre-humanos e ainda fazer várias piadinhas com suas vítimas, através de uma voz aguda bem irritante. Sua história atingiu o status de lenda local nos moldes de Freddy Krueger, mas todos os que tentaram confirmar sua veracidade acabaram desaparecendo, mortos pelas mãos do maníaco.

O filme: Continuação não oficial do filme *S.I.C.K. (Serial Insane Clown Killer)*, Mr. Jingles começa praticamente do zero para abordar a história do vilão título: no prólogo, o assassino persegue a jovem Angie após matar seus pais. Abatido a tiros por um policial na oportunidade, cinco anos depois ele volta para completar o serviço depois que Angie recebe alta da instituição mental onde estava internada.

Com uma execução muito ruim, a história "começa do zero" novamente na continuação *Jingles the Clown*, lançada em 2009, três anos depois, que é alvo desta análise. A origem é recontada logo nas primeiras cenas, Mr. Jingles tem um sucesso moderado no teatro, mas é um assassino de crianças nas horas vagas e, mais uma vez, vemos que Angie tem seus pais mortos, e a polícia consegue impedi-lo antes que ele faça o pior. Vinte anos depois, uma equipe de TV resolve rodar o piloto de uma série sobre lugares assombrados justamente na antiga casa, agora abandonada, onde o palhaço foi morto e responsável por uma forte lenda local de que Jingles ainda circula pela região ceifando vidas.

Para aumentar o drama e a veracidade da produção da série, eles conseguem a participação especial de Angie e, evidentemente, tudo vai para o inferno quando eles entram pela porta e passam a ser perseguidos por Jingles. O filme tem seus méritos e uma das melhores características – que não aparece com frequência –, foi o fato de que Jingles é um palhaço até na hora de matar: usualmente ele martela a cabeça das pessoas como se estivesse interpretando no circo, com caras, bocas e risadinhas; sua caracterização é bem bacana e lembra bastante a pintura facial de Gene Simmons da banda de rock Kiss. Mas este *slasher* que começa prometendo um filme movimentado (com a morte dos pais de Angie) passa por um longo período moroso em que nada de relevante acontece, sem desenvolver os personagens mal interpretados ou criar um suspense digno de nota.

Também acaba falhando em explorar minimamente os aspectos sobrenaturais do palhaço que acabam rendendo algumas cenas muito toscas feitas com computação gráfica de baixa qualidade. Se ficasse só no "arroz com feijão", explicando menos e correndo mais com uma iluminação melhor, de preferência (o filme é muito escuro), seria bem mais satisfatório.

Por trás do nariz vermelho: Tanto em *Mr. Jingles* quanto em *Jingles The Clown,* o palhaço vilão é personificado pelo ator John Anton, que atuou em diversas produções independentes de baixo orçamento como *They Must Eat* (2006) e *Evil Offspring* (2009).

Nota: (*Jingles the Clown*)

Palhaço zumbi sem nariz

Aparição: *Diário dos Mortos* (Artfire Films, 2007. Dir.: George Romero, 95 min.)

Truques na manga: Trabalhar de animador de festa infantil como palhaço pode ser uma tarefa simples, mas não quando você acabou de ser mordido por mortos-vivos e também se tornou um zumbi. Esse processo pode acontecer de forma rápida, e muita gente nem vai perceber a diferença até que o palhaço zumbi ataque alguém. Até porque, mesmo mordido, é possível esconder qualquer marca com a pesada maquiagem de palhaço. Até um nariz arrancado pode ser disfarçado. Essa ação vai deixar algumas das crianças bastante traumatizadas com a figura do palhaço.

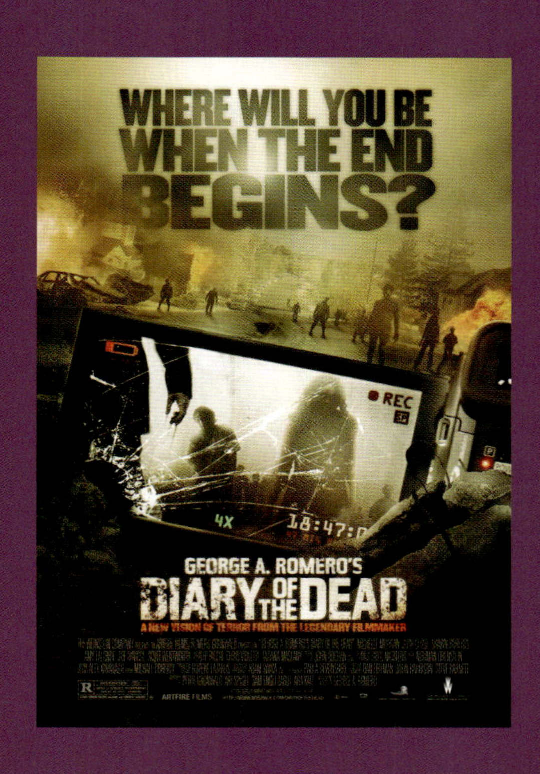

O filme: *Diário dos Mortos* é mais uma contribuição de George Romero ao universo dos zumbis. Infelizmente, pela primeira vez, ele parece ter errado a mão. O filme segue a linha *found footage* ao mostrar um grupo de jovens filmando um ataque de mortos-vivos. Diferente das produções anteriores, em que parecia existir uma continuidade entre as histórias, a trama aqui surge de forma atemporal e independente, embora esse não seja o problema. Os filmes de Romero sempre foram classificados como obras de terror com leituras críticas de questões sociais. No entanto, é importante destacar que, independente das metáforas sociais, as produções assinadas por ele sempre tiveram bons roteiros que geravam produções de qualidade. Em *Diário dos Mortos*, existe a crítica ao *found footage* e ao universo exibicionista do *Big Brother*, mas a trama simplesmente não empolga ao esbarrar com personagens caricatos e sem grandes reviravoltas.

Por trás do nariz vermelho: Kyle Glencross fez este único filme como ator, mas possui um extenso currículo como maquiador, tendo inclusive trabalhado nesta função em títulos como *A Noiva de Chucky* (1998), *Jason X* (2000), *Terror em Silent Hill* (2006), *Jogos Mortais 3* (2006), entre outros. Ele também foi maquiador do filme anterior de zumbis de Romero, *Terra dos Mortos* (2005), e deste *Diário dos Mortos*.

Nota:

Punchy

Aparição: *Final Draft* (235 Films, 2007. Dir.: Jonathan Dueck, 82 min.)

Truques na manga: Inspirado no clássico palhaço vagabundo, beberrão com uma trouxa de roupas, Punchy fazia sucesso no circo quando, ao cuspir fogo, teve metade de seu rosto desfigurado, tornando-se um psicótico e perigoso assassino. O problema é que Punchy não existe de fato, ele é uma invenção de um roteirista de cinema, isolado em seu apartamento e enlouquecendo pelos seus demônios internos.

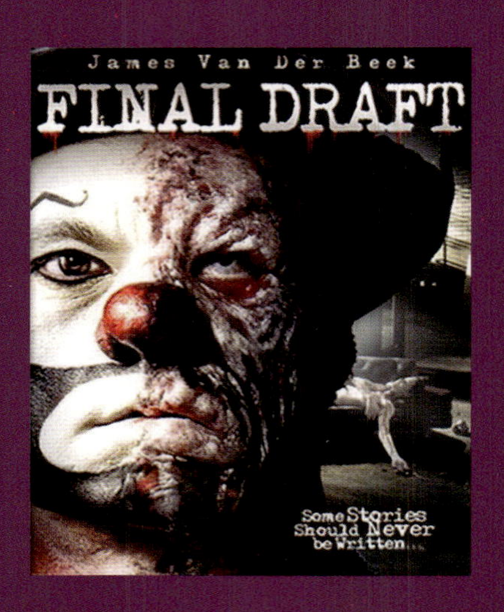

O filme: O roteirista Paul Twist (James Van Der Beek de *Dawson's Creek*) literalmente se tranca em seu apartamento/estúdio de criação para terminar um *script* inspirado em sua própria vida. Esse roteiro gira em torno do palhaço Punchy, que se torna um maníaco para matar um grupo de personagens. Aparentemente, seria um *slasher* convencional, mas os personagens em questão são baseados em pessoas reais que deixaram Paul para trás no decorrer de sua vida (sua ex-mulher, seu melhor amigo, inimigos de escola, entre outros). Paul aos poucos vai perdendo a noção da realidade, imerso em seu mundo ficcional que vai entrando cada vez mais profundamente em seu mundo real.

A ideia não é original, pois o conceito básico pode ser fatalmente comparado a *O Iluminado*. Evidentemente, não chega nem perto da qualidade do filme de Stanley Kubrick e, em *Final Draft*, quase todo o filme é sobre o personagem de Van Der Beek andando em seu apartamento vazio, surtando e tendo alucinações... E o palhaço? Ele é bem-feito, mas é um mero coadjuvante que aparece tão pouco e tem tão desconsiderável relevância que não justifica o destaque na capa do DVD do filme. Como a trama, desenvolvida em metalinguagem, só se desenrola à medida que Paul escreve, apenas quando Punchy tem suas cenas de assassinatos escritas que a coisa melhora um pouco, já que pelo menos algo está acontecendo. Sem suspense e com cenas desconexas, este trabalho dos iniciantes Jonathan Dueck na direção e Darryn Lucio (que também atua em *Final Draft*) no roteiro é simplista, preguiçoso e entediante.

Por trás do nariz vermelho: Punchy é interpretado pelo ator James Binkley, que trabalhou com George Romero em pontas nos filmes *Terra dos Mortos* (2005) e *Diário dos Mortos* (2007) e também participou de *Devorador de Almas* (2006) e mais recentemente no seriado *Fargo* (2014), baseado no filme homônimo dos irmãos Cohen.

Nota:

Palhaço zumbi do parque

Aparição: *Zumbilândia* (Columbia Pictures, 2009. Dir.: Ruben Fleischer, 88 min.)

Truques na manga: Calças azuis, camisa colorida e cabelo verde. Esse seria mais um palhaço inofensivo se não estivesse coberto de sangue e com cara de poucos amigos. E para completar, o palhaço zumbi é rápido e pode correr como um maratonista. Em um parque de diversões repleto de mortos-vivos, a aparição de um palhaço como um *living-dead* é quase presença obrigatória.

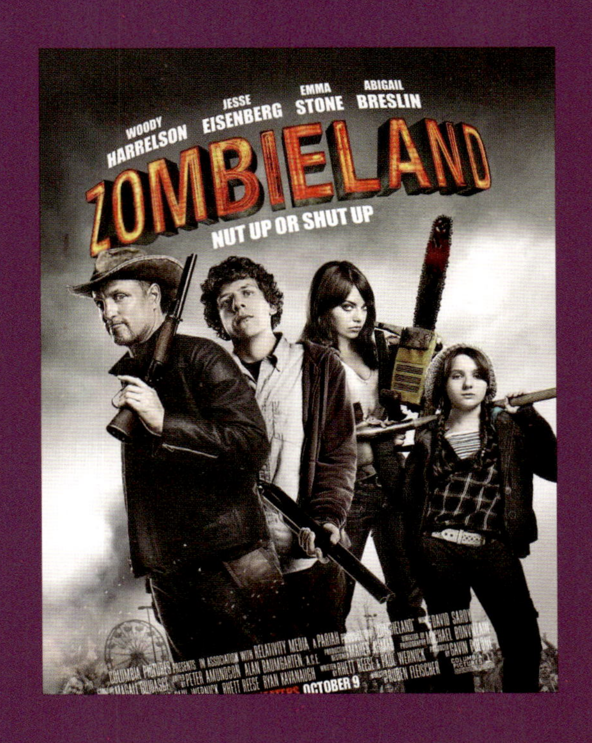

O filme: O diretor Ruben Fleischer e os roteiristas Rhett Reese e Paul Wernick acertaram em cheio ao misturar elementos de terror com comédia ao apresentar um grupo de pessoas em um parque de diversões tentando sobreviver ao apocalipse zumbi. Os personagens são divertidos, e o elenco está muito bem em seus papéis, com destaque para Woody Harrelson e Jesse Eisenberg. Participação mais do que especial e divertida de Bill Murray como ele próprio disfarçado de zumbi. O filme ainda brinca com regras que os personagens utilizam para sobreviver. *Zumbilândia* foi sucesso de bilheteria e crítica, faturando alguns importantes prêmios do gênero, como o Scream Awards de Melhor Filme de terror do ano.

Em 2013 a Amazon lançou uma série para televisão dando sequência ao que acontece com os personagens. A sequência, porém, teve mudança no elenco, o que não agradou ao público. Como resultado, a produção foi cancelada já na primeira temporada.

Por trás do nariz vermelho: Derek Graf costuma fazer pequenos papéis em filmes justamente como o palhaço zumbi em *Zumbilândia*. O grande destaque do currículo de Graf é seu trabalho como dublê e coordenador de dublês, colecionando cerca de setenta participações em produções que vão desde o remake de *Star Trek* (2009), *Piranha 3D* (2010), *Cowboys e Aliens* (2011), *Thor* (2011) até o filme dos *Muppets* lançado em 2011.

Nota:

Becca

Aparição: *Coulrophobia: Fear of Clowns* (Dir.: Michelle Caruso, 2010. 15 min.)

Truques na manga: Becca sofre de coulrofobia desde a infância, mas consegue levar uma vida normal até conhecer Dean (Chad Tolson), o homem de seus sonhos. Durante sua festa de noivado, ela descobre que a irmã de Dean ganha a vida como palhaça. Tentando superar seu medo, ela começa a frequentar um terapeuta e decide que, para derrotar a coulrofobia de uma vez por todas, precisa se tornar ela mesma uma das criaturas que tanto teme.

O filme: Com apenas quinze minutos, *Coulrophobia: Fear of Clowns* é bem-feito e tem como maior trunfo a interpretação da bela Heather Gilliland no papel principal. Mas apesar do tema e da aparição ocasional de um palhaço maligno de dentes afiados (interpretado por Samuel Traquina) nos sonhos de Becca, é difícil enquadrar este curta como filme de horror. O final é engraçado, mas poderia ser melhor elaborado e muito mais ousado.

Por trás do nariz vermelho: Heather Gilliland é uma bela e competente atriz americana que ainda está batalhando por bons papéis no cenário cinematográfico e televisivo norte-americano.

Nota:

Palhaço sorridente

Aparição: *O Segredo da Cabana* (Lionsgate, 2012. Dir.: Drew Goddard, 95 min.)

Truques na manga: O palhaço sorridente é apenas um dos vários e diferentes demônios que são aprisionados por uma secreta organização que tem como finalidade sacrificar jovens para apaziguar antigos e gigantescos demônios que dominaram o planeta no passado. A não realização dos sacrifícios provocaria a ira dos demônios, e estes poderiam destruir o planeta. Além do palhaço, a organização mantém mortos-vivos, bruxas, lobisomens, assassinos psicopatas,

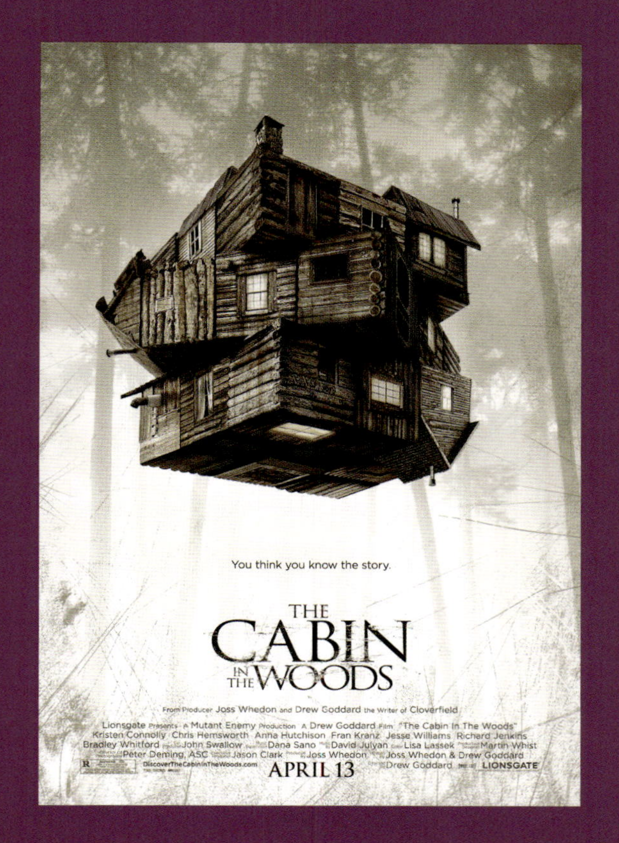

Dead. Paralelamente a essa ação, uma equipe de cientistas acompanha e manipula o que está acontecendo com os jovens, fazendo com que os mesmos cometam todos os tipos de erros clássicos de filmes de horror apenas para serem mortos. Esses cinco são os humanos escolhidos para serem sacrificados e acalmarem os antigos demônios. Mas claro que algo dá errado para que tanto os jovens quanto os cientistas precisem enfrentar todos os monstros já vistos em películas de horror.

O Segredo da Cabana é a estreia na direção do roteirista Drew Goddard, responsável pelos roteiros do *sci-fi Cloverfield: O Monstro*, de 2008. O elenco dá conta do recado com destaque para uma participação mais do que especial de Sigourney Weaver como diretora da organização.

unicórnios do mal, cobras gigantes, fantasmas japoneses, monstros, cenobitas, além de outros seres das trevas. Com cabelo vermelho e roupa listrada, o palhaço, que está sempre sorrindo, anda com uma faca e não morre ao ser baleado.

O filme: *O Segredo da Cabana* começa como mais um filme de horror repleto de clichês. Neste caso, acompanhamos um grupo de cinco amigos que decidem ir passar um fim de semana em uma cabana decrépita no meio de uma floresta. Aqui parece que estamos diante de uma refilmagem de *Evil*

Por trás do nariz vermelho: O norte-americano Terry Notary é muito mais conhecido como dublê e coordenador de dublês do que como ator. Ele atuou nessa função em filmes como *X-Men 2* (2003), *O Incrível Hulk* (2008), Avatar (2009), *Planeta dos Macacos: A Origem* (2011), *O Hobbit: Uma Jornada Inesperada* (2012), entre outros. É difícil reconhecê-lo, pois geralmente ele está bastante maquiado ou tem seus movimentos capturados por computador para dar vida a outros seres, como o macaco Rocket, de *Planeta dos Macacos: A Origem* e a sequência *Planeta dos Macacos: O Confronto*, de 2014.

Nota:

Stitches

Aparição: *Stiches: O Retorno do Palhaço Assassino* (MPI Media Group/ Tailored Films/Fantastic Films, 2012. Dir.: Connor McMahon, 86 min.)

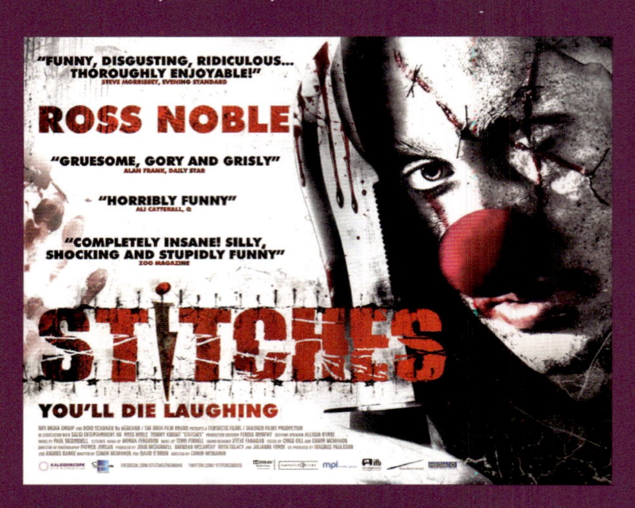

Truques na manga: Stitches é um palhaço de festa de quinta categoria, fumante, beberrão e cliente assíduo de prostitutas. Ele morre numa festa infantil, e seu espírito vaga por anos esperando pelo dia em que poderá se vingar das crianças que causaram sua morte. Demora oito anos, mas Stitches consegue a chance de dar o troco nos garotos já crescidos, e passa a matá-los das formas mais doentias e engraçadas possíveis.

O filme: Antes de ser um filme de terror, *Stitches* é uma comédia – e uma comédia muito boa. Os protagonistas/vítimas são estereotipados ao extremo, numa hilariante sátira aos clichês do subgênero *slasher*. O filme acerta também ao colocar adolescentes interpretando adolescentes, fugindo da máxima do gênero de escalar atores de mais de vinte anos para interpretar colegiais. As mortes são criativas ao extremo, criando diversos momentos de puro humor negro, com destaque para a impagável cena da festa infantil que abre o longa. Em suma, altamente recomendável!

Por trás do nariz vermelho: O britânico Ross Noble, que interpreta Stitches, é um comediante estabelecido, que começou sua carreira aos 15 anos de idade. Embora tenha pouca experiência como ator, já escreveu e apresentou diversos vídeos de *stand-up* que o deixaram conhecido como um dos grandes comediantes britânicos da sua geração. O palhaço Stitches é o seu primeiro papel no cinema.

Nota:

Hobo

Aparição: *The Devil's Carnival* (Empire Film & Entertainment, 2012. Dir.: Darren Lynn Bousman, 56 min.)

Truques na manga: O circo está armado, e as atrações já foram escolhidas por Lúcifer, entre elas o aparente tímido palhaço Hobo. Ele e uma trupe de entidades maléficas comandam o purgatório, um local onde os pecadores são as principais atrações, tendo que enfrentar seus próprios demônios antes de encontrar o tormento eterno ou a paz.

O filme: Um espetáculo! Esse média-metragem de Darren Lynn Bousman, responsável por alguns filmes da franquia

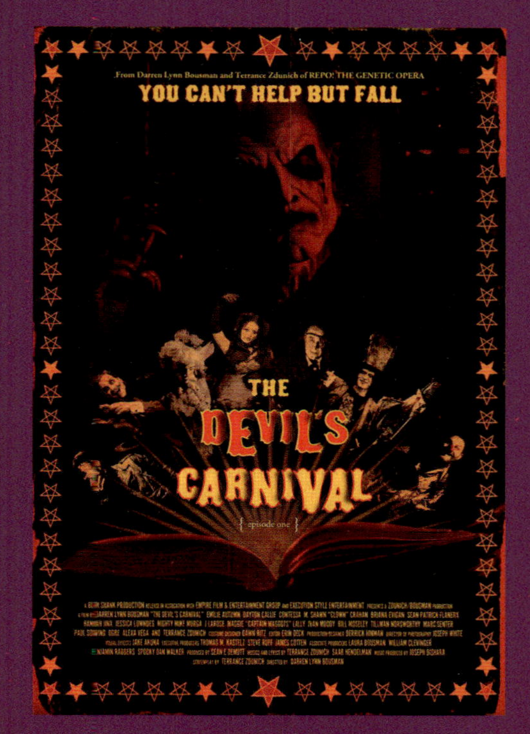

Jogos Mortais, além do eficiente musical *Repo! The Genetic Opera* (2008), é um entretenimento assustador e divertido. Três pessoas morrem em seus pecados e vão para um circo de pesadelos em sintonia com as fábulas de Esopo. Há o rapaz que procura desesperadamente seu filho, mesmo tendo responsabilidade pelo "sumiço" dele, uma ladra egocêntrica e uma jovem ingênua. O trio terá suas próprias narrativas musicais no ambiente circense que contém 666 regras que devem ser seguidas, enquanto encaram as consequências de suas ações e são punidos metaforicamente.

Não chega à perfeição de *Repo!*, mas as canções casam lindamente com o enredo, e as imagens, como se intensificassem a ironia do ambiente e a tortura à qual os personagens serão submetidos. O elenco de artistas faz bem o trabalho, com destaque para Lúcifer, interpretado por Terrance Zdunich (também de *Repo!*), com uma maquiagem bem incômoda. Seguindo o caminho de *Repo!*, *The Devil´s Carnival* também terá uma versão maior em 2015 com o subtítulo *Alleluia*, mantendo boa parte da equipe técnica e elenco.

Por trás do nariz vermelho: No elenco de palhaços, há o sutil Hobo, interpretado por Ivan L. Moody em seu segundo trabalho, e Beach Eastwood, que faz o Zonbie (com "ene" mesmo). Eastwood tem uma carreira mais rica, com participações em *Uma Noite de Crime: Anarquia* (2014) e *The Human Centipede III (Final Sequence)*, lançado em 2015.

Nota: 

Clowne

Aparição: *Scary or Die* – Segmento: "Clowned" (Canal Street Films, 2012. Dir.: Michael Emanuel, 94 min.)

Truques na manga: Não se sabe de onde ele veio, se é uma pessoa, uma entidade demoníaca ou um zumbi, nem o que ele pretende, porém o fato é que ele existe, pode invadir a sua casa, devorar seus filhos, e sua mordida é infecciosa.

O filme: *Scary or Die* é uma antologia com cinco histórias sem qualquer ligação entre si, e a melhor e mais longa destas é "Clowned". Nela, Emmett (Corbin Bleu) é um pai de família e também traficante de drogas. Na manhã seguinte ao aniversário de seu filho pequeno, ele encontra um estranho palhaço remexendo sua geladeira. Na briga que se segue, ele é mordido na perna pelo palhaço misterioso que foge. A ferida aos poucos aumenta, seus pés crescem, sua pele começa a embranquecer, e Emmett vai lentamente descobrindo que está se transformando num monstruoso palhaço canibal. Ciente de sua nova condição, ele vai correr atrás do responsável por sua transformação antes que ele, agora um devorador de crianças, chegue próximo de seu filho.

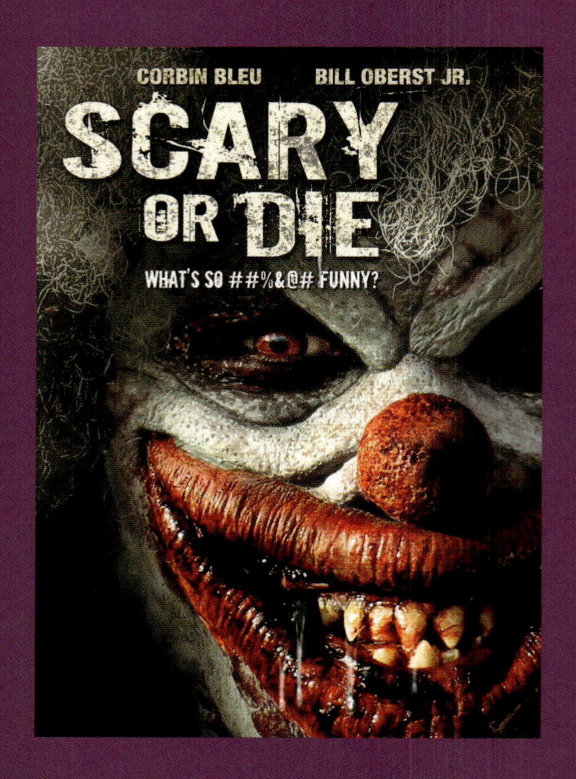

Um pouco cômico e bastante dramático, a saga de Emmett toma contornos bem cartunescos, e a curta duração do segmento (30 minutos) não deixam a peteca cair, mas também não criam a atmosfera de tensão necessária para dar medo. Porém, o potencial de Clowned chama a atenção, pois poderia ser, com poucos ajustes, um longa-metragem de respeito. A caracterização do Emmet transformado com uma pesada maquiagem vai deixar um sorriso no rosto dos fãs de *Killer Klowns from Outer Space*. Se você se interessar, aproveite que está com o dedo no *play* e assista ao segmento anterior, "Remembered", uma pequena fábula de um assassino contratado inspirado no conto "Coração Delator" de Edgar Allan Poe, que é tão interessante quanto este aqui.

Por trás do nariz vermelho: Corbin Bleu é o ator que faz o papel de Emmett (e de sua versão "palhacesca") e principal estrela do filme todo. Chamou a atenção de Hollywood depois de atuar no filme *High School Musical* (2006) e suas continuações, mas não conseguiu sustentar o sucesso. Fazendo aparições esporádicas em seriados de TV, ele também pode ser visto no filme *Nurse 3D* (2013).

Nota: 🎈🎈🎈

Gingerclown

Aparição: *Gingerclown* (Lionsgate, 2013. Dir.: Balázs Hatvani, 83 min.)

Truques na manga: Gingerclown é uma entidade monstruosa que lidera um conjunto de monstros sanguinários que vivem em um parque abandonado no início dos anos 1980. Com um gosto por carne humana, mas principalmente com um senso de humor ácido, ele prefere se divertir antes e matar depois.

O filme: Nessa produção húngara (e primeiro filme em 3D daquele país), Balázs

Hatvani, diretor estreante em longas, opta por uma história básica com uma pegada interessante flertando entre o horror, a fantasia e a comédia, com resultados variados. No roteiro, um bando de *bullies* esportistas comandados por Biff (Michael Cannell-Griffiths) desafia o nerd Sam (Ashley Lloyd) a provar sua coragem e trazer uma coisa assustadora do tal parque abandonado. Se conseguir, Sam poderá trocar uns amassos com a bela Jenny (Erin Hayes). O que ele não sabe é que ele não é assustador à toa: lá vivem diversas criaturas que atentarão contra a vida do rapaz, de Jenny (que vai atrás dele) e de Biff (que vai atrás dos dois).

Pelo orçamento, os cenários, a fotografia e o *design* das criaturas feitas integralmente de *animatronics* são sensacionais, sendo os principais pontos fortes. Uma grande pena é que o monstro que dá nome ao filme aparece muito pouco e só de relance até o final, algo que poderia elevar a avaliação. De ruim efetivamente estão as atuações em nível colegial que só tornam os diálogos melosos – algo digno de pena. É de se pensar que se a direção da produção fosse mais inspirada em Tim Burton no começo de carreira ou escancaradamente *trash*, seria um filme excelente.

Por trás do nariz vermelho: Este é um filme pequeno, mas que teve grandes nomes por trás das vozes dos monstros. Gingerclown é interpretado pelo versátil Tim Curry de *Rocky Horror Picture Show* e que já é conhecido dos coulrofóbicos por ter interpretado Pennywise na minissérie *It*. Completam o elenco de vozes os igualmente fantásticos Lance Henriksen (*Aliens: O Resgate*), Brad Dourif (*Brinquedo Assassino*) e Michael Winslow (o "cara que faz barulhos" em *Loucademia de Polícia*).

Nota:

Palhaço Branco

Também conhecido como Art

Aparição: *All Hallows' Eve* (Ruthless Pictures, 2013. Dir.: Damien Leone, 83 min.)

Truques na manga: O condutor dos pesadelos das quatro histórias da antologia *All Hallows' Eve* é um palhaço demoníaco, com o rosto pálido, sem cabelo e a boca negra. Ele injeta uma substância na vítima no metrô, que é arrastada para um inferno de criaturas bizarras; aparece num quadro durante um ataque alienígena; persegue uma motorista pelas estradas e a babá na história central, mutilando suas vítimas como o frentista que tem a cabeça degolada por uma serra.

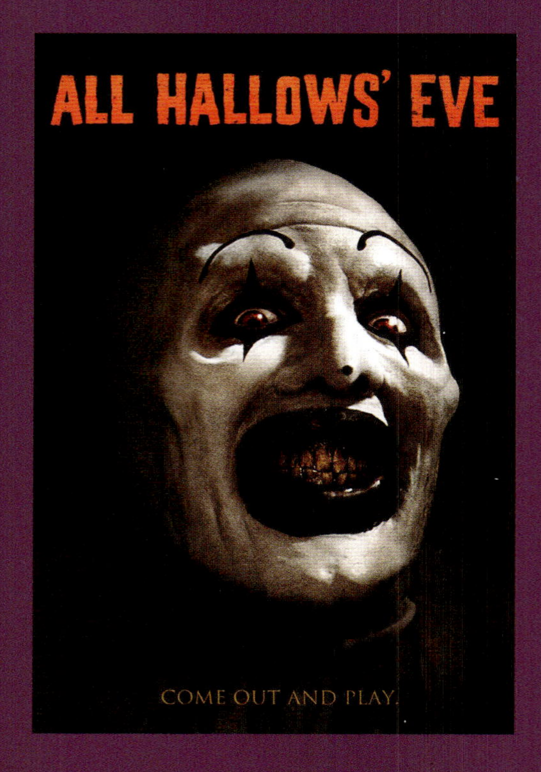

O filme: Apesar da pobreza na realização, até que *All Hallows' Eve* consegue cativar o público em suas histórias envolvendo mortes sangrentas pelas ações de monstros diversos. Durante a noite de Halloween, as crianças que saíram em busca de "doces ou travessuras" voltam com uma fita VHS desconhecida entre as balas. No conteúdo há três histórias macabras sobre o encontro de pessoas inocentes com monstruosidades: uma moça no metrô é drogada e arrastada para túneis escuros, com criaturas esquisitas – algumas maquiagens não são tão convincentes –; uma jovem é perseguida em sua morada por um alienígena, numa concepção interessante; uma garota sem gasolina confronta um palhaço cruel pelas estradas desertas; e, por fim, o encontro da babá das crianças com o pesadelo da fita.

Com sua especialidade em maquiagem, o diretor faz um trabalho visualmente curioso, mesmo que o roteiro seja vazio em conteúdo. Destaque para a ousadia das mutilações, incluindo crianças, e o aspecto aterrorizante do antagonista principal.

Por trás do nariz vermelho: É o primeiro longa de Mike Giannelli, que já havia trabalhado com o diretor no curta *The 9th Circle* (2008). Sem muitas referências, apenas outras participações em curtas, o ator conduz de maneira satisfatória e incômoda o papel de Art, o palhaço-monstro.

Nota: 🎈🎈◖

Kent McCoy

Aparição: *Clown* (Cross Creek Pictures, 2014. Dir.: Jon Watts, 99 min.)

Truques na manga: O aniversário de seu filho deveria ser um evento feliz na vida de Kent McCoy, um pacato corretor de imóveis e um pai devotado, porém, quando o palhaço contratado para a festa não apareceu para cumprir com sua obrigação, Kent encontrou uma velha e empoeirada fantasia de palhaço escondida dentro do armário de uma das casas vazias que estava para vender e, assim, salvou o dia. Tudo corre bem, mas, no dia seguinte, ele percebe que não conse-

gue mais tirar a fantasia e progressivamente vai criando um apetite insaciável por carne de crianças. O tempo passa, e ele acaba descobrindo que a roupa de palhaço que usa é na verdade fabricada com a pele de um infanticida demônio milenar.

O filme: *Clown* inicialmente foi criado como um trailer falso no estilo *Grindhouse* que colocava Eli Roth como diretor, mas o próprio Eli viu o vídeo e se interessou pela obra completa, financiando *Clown* como produtor. E embora a premissa pareça boa e possua uma interessante explicação sobre as origens demoníacas dos palhaços, a impressão é que faltou "recheio" para que o longa-metragem fluísse como um bom filme. No começo, graças às interpretações, até nos compadecemos com o estado de Kent numa transformação *à la A Mosca* (1986) de David Cronenberg, mas, à medida que a trama avança, Kent "some", as cenas se esticam, e o foco passa a ser muito mais em sua esposa (Laura Allen, *The 4400*) e em sua interação com Karlsson, o típico personagem meio doido que conhece toda a lenda e sabe como eliminar o perigo, personificado por Peter Stormare (*O Grande Lebowski*), um tanto quanto subaproveitado.

Como Laura não tem o mesmo carisma e toma decisões que desafiam o bom senso (ela chega a colocar uma criança pequena e o próprio filho em perigo para defender o marido possuído), o acompanhamento se torna mais difícil. Some a isso a opção do diretor em tomar uma estrutura convencional enquanto horror, sem qualquer ambição ou desejo de fazer algo diferente, e temos um filme esquecível e com violência moderada (o sangue espirra e pedaços de corpos aparecem, mas pouco é mostrado *on-screen*). Com tão pouco apelo, só é possível exaltar a qualidade do trabalho de caracterização do palhaço demoníaco, o que, infelizmente, é insuficiente.

Por trás do nariz vermelho: O ator Andy Powers, que interpreta Kent, é um ativo ator de seriados de televisão americanos, fazendo participações em diversas séries e minisséries como *Taken* (2002), *Oz* (2002), *Lei e Ordem: SVU* (2002) e *Plantão Médico* (2004). Como curiosidade, o produtor/diretor Eli Roth também participa numa ponta em *Clown* como Flowny, o palhaço do programa de televisão que é assistido pelo filho de Kent.

Nota:

A FLOR
QUE ESPIRRA
SANGUE

Não há nada engraçado em um palhaço sob o luar.

(Lon Chaney)

A despeito do interesse do público, todo palhaço sabe que uma piada bem contada é aquela que consegue divertir os ouvintes até o término da narrativa. Se o final não é surpreendente a ponto de levar a plateia a uma explosão de risadas, pelo menos o conteúdo tem que empolgar, atrair sorrisos e ser suficientemente divertido, com inúmeros elementos engraçados, tornando-se inesquecíveis a piada e o narrador. Com o terror cinematográfico, a estrutura é a mesma: as melhores produções, ou aquelas consideradas mais assustadoras, possuem um recheio de sustos e cenas de impacto, que conduzem o espectador a um passeio de trem fantasma, em que a cada curva tem-se a impressão de que um esqueleto ou um monstro gosmento irá saltar à frente, entre urros de dor e fúria. Esses recursos são sempre lembrados pelos fãs do gênero como se fossem cartões-postais do filme, momentos memoráveis e que servirão para futuras indicações em fóruns e serão narradas ao pé de uma fogueira numa noite de inverno estrelada.

Entre essas cenas inesquecíveis, há aquelas que compõem um cenário amedrontador e causam arrepios no público, sem que o vilão principal da trama esteja presente em forma física. Quem não se lembra da Tábua Ouija do clássico *O Exorcista*, quando a pequena Reagan diz para a mãe que conversa com um tal Capitão Howdy, numa introdução do que poderia ser o demônio Pazuzu em seu primeiro contato com a menina? Embora seja um momento rápido e sem profundidade, a inocência da adolescente antecipa o pesadelo que os pais teriam nos dias atuais com os pedófilos na internet. E, em *O Iluminado*, é possível sentir um leve gelar nas costas no episódio envolvendo as gêmeas vestidas como *Alice no País das Maravilhas* no corredor do Overlook Hotel, convidando uníssonas o garoto Danny a "brincar para sempre", alternando a imagem congelada da dupla, com os corpos desmembrados no local.

Pode-se mencionar outras clássicas cenas em obras-primas, como a fala do irmão no cemitério em *A Noite dos Mortos-Vivos* de

George Romero; o estupro do demônio de *O Bebê de Rosemary*; o passeio pela floresta da câmera subjetiva de *A Morte do Demônio*; Michael Myers se fazendo passar por um fantasma com o lençol em *Halloween*; a assombração do outro lado do rio de *Os Inocentes*; a cambalhota do boneco coruja de *Livrai-nos do Mal*, entre outras. Para aqueles que sofrem de coulrofobia, o cinema está sempre presenteando o público com palhaços em filmes de terror, sendo que, muitas vezes, eles nem sempre são o mote principal da produção e estão inseridos ali apenas para incomodar. Perturbam como o boneco de palhaço da família Freeling, de *Poltergeist: O Fenômeno*, impedindo que o sono venha mais depressa, podendo levá-lo para debaixo da sua cama...

Neste capítulo, o leitor encontrará análises de filmes em que os palhaços não são os principais antagonistas, mas deixaram sua marca como a flor que possuem na lapela e que espirra água nos desavisados. Ou, no caso, sangue!

Boneco palhaço

Aparição: *Poltergeist: O Fenômeno* (MGM, 1982. Dir.: Tobe Hooper, 114 min.)

Truques na manga: Uma das diversas aparições sobrenaturais que atormentam a casa dos Freeling, este sinistro boneco costumava ficar ao lado da cama do pequeno Robbie, e mesmo antes de ser possuído pela Besta, já causava desconfiança no garoto. Sua presença é trabalhada pouco a pouco até ganhar vida e se tornar a criatura mais marcante de um filme cheio delas.

O filme: Típica família norte-americana tem sua vida virada de cabeça para baixo depois que aparições sobrenaturais começam a mover objetos na sua casa. O que a princípio parece ser uma inocente curiosidade, se torna um pesadelo depois que as aparições se mostram hostis e sequestram a pequena Carol Anne (Heather O'Rourke) para seu mundo sobrenatural.

Filme-chave do terror oitentista, *Poltergeist: O Fenômeno* foi um marco dos efeitos especiais, fazendo uso de truques mirabolantes para retratar a ação de forças sobrenaturais em uma casa dos subúrbios. Mas, apesar dos efeitos incríveis, o grande mérito de *Poltergeist* é o fator humano, especialmente o núcleo da família Freeling. Craig T. Nelson e JoBeth Williams estão perfeitos como os pais aflitos, ancorados pelas performances de Beatrice Straight e Zelda Rubinstein, que interpretam respectivamente uma cientista e uma médium que socorrem os protagonistas.

Nota:

Palhaço stop motion

Aparição: *Bonecas macabras* (Empire Pictures, 1987. Dir.: Stuart Gordon, 77 min.)

Truques na manga: Impossível dormir sendo observado por um boneco de palhaço, por mais gracioso que ele possa aparentar. Cabelo laranja, jaqueta quadriculada e gravata verde não chamam tanto a atenção quanto seu imenso nariz, ocupando boa parte de sua face risonha. Depois desse momento de observação, o palhaço se unirá a outras bonecas assustadoras num ataque repentino ao personagem Ralph (Stephen Lee) em movimentos em *stop motion*, mas eficientes para dar medo.

O filme: O carro da família Bower fica atolado durante uma forte tempestade próximo a uma casa sinistra. David (Ian Patrick Williams, de *Re-Animator*, 1985), sua horrível esposa Rosemary (Carolyn Purdy-Gordon, mulher do diretor) e a pequena e imaginativa Judy (Carrie Lorraine) são bem recebidos pelos estranhos Gabriel (Guy Rolfe, de *Bonecos em Guerra*, 1993) e Hilary (Hilary Mason, de *Inverno de Sangue em Veneza*, 1973) no local – a composição do quadro "American Gothic", de Grant Wood –, também habitado por centenas de bonecos. Nem a mente fértil da garotinha poderia imaginar que por trás daqueles receptivos idosos há feitiçaria e o dom de dar vida a seres inanimados. Logo, eles receberão a visita de Ralph e duas punks e terão uma "noite eterna" para sobreviver ao ataque de uma legião de brinquedos assassinos pelos gigantescos ambientes da mansão.

Vindo do clássico *Do Além* (1986), Stuart Gordon faz um filme menor, mas continua mostrando eficiência em causar arrepios no espectador, surpreendendo com tempestades exageradas e muita claustrofobia. Sem vestígios de Lovecraft, ele trabalha mais o humor negro do que o horror, com o qual o público estava acostumado. Contudo, ainda faz uma produção divertida ao brincar com a inocência, a imaginação e o medo.

Por trás do nariz vermelho: Os efeitos criados com o movimento dos bonecos, incluindo o do palhaço, foram feitos pelo falecido David Allen, cujo currículo inclui, é claro, a série *Puppet Master* e outros clássicos como *Q – A Serpente Alada* (1982), *A Coisa* (1985) e O *Enigma da Pirâmide* (1985).

Nota: 🎈🎈🎈

Motoqueiro da gangue dos palhaços

Aparição: *Akira* (TMS Entertainment, 1988. Dir.: Katsuhiro Otomo, 124 min.)

Truques na manga: As ruas de Neo Tokyo são dominadas por gangues de motoqueiros, e um dos mais temidos destes grupos é o dos palhaços. Com suas supermotos, a diversão favorita dos palhaços é desafiar outras gangues. Além de capacetes, eles também utilizam bombas e pedaços de ferro para derrubarem suas vítimas. O líder da gangue pilota sua máquina de braços cruzados apenas admirando a paisagem e procurando algum adversário à altura.

O filme: A animação *Akira* é baseado na mangá japonês de mesmo nome e lançado em 1982. A versão para o cinema viria alguns anos depois e faria sucesso em todo o mundo. A história se passa em Neo Tokyo, já que a Tóquio original teria sido destruída durante a terceira guerra mundial. O filme acompanha uma gangue de motoqueiros liderada por Kaneda. Um integrante do grupo, Tetsuo, acaba sendo preso pelo exército, que, junto com cientistas, passa a fazer experiências no rapaz. Aparentemente, Tetsuo possui poderes sobre-humanos e mentais semelhantes aos de Akira, que anos antes teria destruído a cidade por ter perdido o controle da sua própria força.

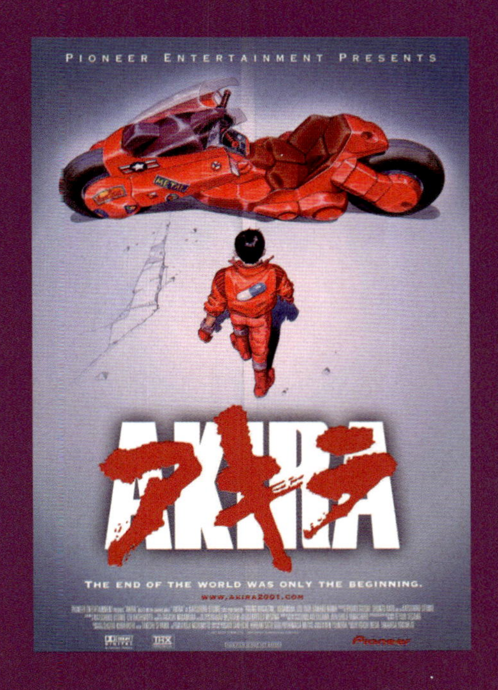

O filme, assim como o próprio mangá, é marcado pela violência tornando a produção inadequada para um público infantil. O visual da película é um dos principais pontos de destaque, principalmente para uma produção feita na década de 1980. São usadas 327 cores diferentes, sendo que cinquenta delas foram criadas especialmente para o filme.

Apesar do lado violento, a trama trata de questões filosóficas, políticas e científicas. A ameaça atômica e o poderio militar também estão presentes no filme, o que faz de *Akira* uma produção que merece ser conferida.

Por trás do nariz vermelho: Sem presença física, apenas vozes de diversos atores e atrizes.

Nota: 🎈🎈🎈🎈🎈

Palhaço do inferno

Aparição: *Hellraiser 2: Renascido do Inferno* (New World Pictures, 1988. Dir.: Tony Randel, 97 min.)

Truques na manga: Ao abrir as portas do inferno através da configuração do lamento, a pobre vítima vai para o seu próprio inferno, onde será torturada pela eternidade. Dentre as visões deste universo sombrio, existe a figura de um palhaço triste e velho. Ele fica sentado jogando com duas pequenas bolas. Parece inofensivo. Um olhar mais atento e é possível perceber que as duas bolas são na verdade os olhos do palhaço.

O filme: Com o sucesso de *Hellraiser*, que foi lançado em 1987 e teve direção de Clive Barker, uma parte 2 surgiu no ano seguinte. A boa notícia é que a sequência não apenas manteve os elementos que transformaram o original em um dos principais filmes de horror da década de 1980 como conseguiu expandir esses mesmos elementos em uma história mais densa e que alguns fãs consideram até melhor do que a original. Barker atua no segundo filme como produtor, embora seja possível perceber sua influência em toda a película.

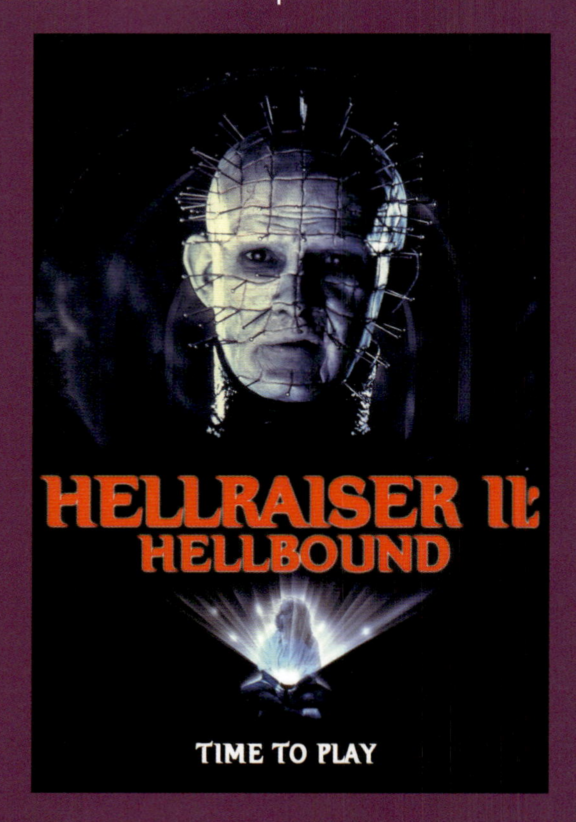

Hellraiser 2 começa algumas horas depois dos eventos vistos na parte 1. A mocinha Kirsty Cotton (Ashley Laurence) é levada para um hospital psiquiátrico apenas para descobrir que o médico Channard é um estudioso das caixas conhecidas como configurações do lamento que abrem as portas para o inferno e libertam os cenobitas. Logo essas portas estarão abertas, e Kirsty precisa fugir do próprio inferno.

Por trás do nariz vermelho: Como foi interpretado por um figurante não creditado, a origem do ator que faz esse palhaço no filme é tão desconhecida quanto são obscuros os domínios controlados por Pinhead no inferno.

Nota:

Louison

Aparição: *Delicatessen* (Constellation, 1991. Dir.: Jean-Pierre Jeunet e Marc Caro, 99 min.)

Truques na manga: Em uma França pós-apocalíptica, o ex-palhaço Louison (Dominique Pinon) consegue emprego de zelador em um prédio. No local, suas habilidades em fazer rir vão dar lugar aos inúmeros problemas que existem no prédio e precisam ser consertados, que vão desde vazamentos até lidar com o açougueiro e dono de uma *delicatessen* localizada no térreo do edifício. Esse comerciante aparentemente é responsável pelo desaparecimento de alguns inquilinos que acabaram virando novos produtos do local. A situação vai piorar ainda mais quando Louison começa a se interessar afetivamente justamente pela filha do açougueiro.

O filme: Antes de encantar o mundo com *O Fabuloso Destino de Amélie Poulain* (2001) e de colocar o clone da tenente Ripley para lutar contra aliens geneticamente modificados em *Alien: A Ressurreição* (1997), Jeunet apresentou ao mundo a comédia de humor negro *Delicatessen*, que não é um filme de terror, mas com certeza vai agradar aos fãs do gênero. A direção foi dividida com o amigo Marc Caro.

O filme se passa em um futuro pós-apocalíptico, em que a comida se tornou tão escassa que é utilizada como moeda. Os personagens moram em um decadente edifício localizado no meio do nada e que pode ser interpretado como um microcosmo dos problemas representados pelo filme. Para completar, o açougueiro e senhorio do prédio abastece a sua loja com a carne de quem não paga o aluguel em dia. E todos os moradores sabem disso.

Delicatessen fez sucesso não apenas pela sua trama criativa e pouco convencional, mas principalmente pela forma que a dupla de diretores seguiu para apresentar esta história, abusando do humor negro e com uma bela direção de fotografia. Um dos melhores filmes franceses da década de 1990.

Por trás do nariz vermelho: O francês Dominique Pinon fez sua estreia na sétima arte no ano de 1980 no curta *La Découverte*. Desde então, ele coleciona maés de 150 trabalhos como ator em longas e curtas, assim como em séries para televisão. Pinon é bastante conhecido na sétima arte justamente pelas colaborações com o diretor Jean-Pierre Jeunet. Depois de *Delicatessen*, participou de *Alien: A Ressurreição*, no qual interpretou Vriess. Em 2001, ele esteve em *O Fabuloso Destino de Amélie Poulain* no papel de Joseph.

Nota: 

Palhaço da quermesse em Springwood

Aparição: *Pesadelo Final: A Morte de Freddy* (New Line Cinema, 1991. Dir.: Rachel Tatalay, 89 min.)

Truques na manga: Nenhuma criança é vista na quermesse de Springwood. Mas isso provavelmente acontece não pelo lugar ser decadente com brinquedos velhos e poucas atrações. Ou pelos pratos com restos de comida que alimentam baratas enquanto homens e mulheres vagam pelo local. Os adultos da cidade, que vivem em estado de histeria, relatam que todas as crianças e jovens do lugar foram mortos por Freddy Krueger. Neste cenário, o palhaço da quermesse não tem público para entreter. Para passar o tempo, ele fica fumando e pensando na vida.

O filme: O assassino dos sonhos Freddy Krueger surgiu no filme *A Hora do Pesadelo* em 1984 e teve direção de Wes Craven. A produção de baixo orçamento faturou milhões de dólares ao contar a história de um grupo de jovens que tinha pesadelos com a figura de um homem queimado e com uma luva feita de navalhas. Se os jovens fossem assassinados no sonho, eles morreriam de verdade. Coube ao ator Robert Englund vestir o suéter listrado do vilão, papel que repetiu até *Freddy vs Jason*, lançado em 2003. O sucesso do personagem foi tão grande que logo vieram sequências e até uma série para TV ao estilo *Contos da Cripta*.

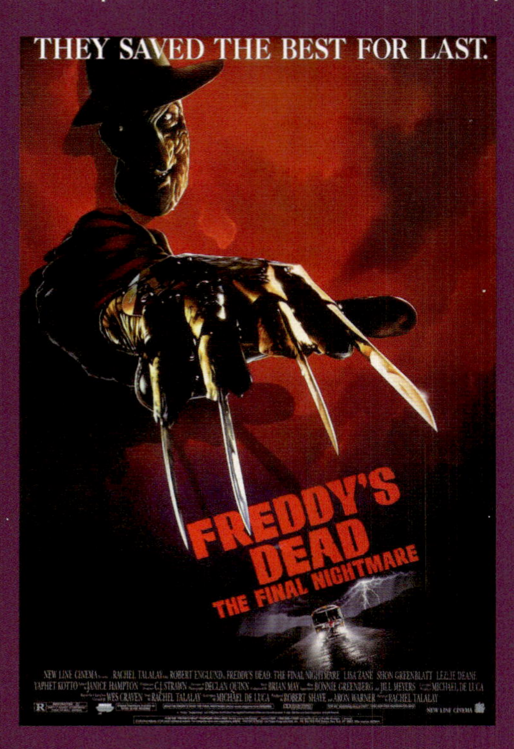

Depois de cinco filmes bastante populares, o grande marketing desse sexto episódio da franquia foi o de justamente matar Freddy. Na trama, cuja ação acontece dez anos depois da parte cinco, Freddy está enfraquecido e precisa se fortalecer. Para isso, vai em busca da sua filha por acreditar que ao conseguir matar a moça vai poder agir além das fronteiras de Springwood. Os quinze minutos finais do filme foram exibidos em 3D nos cinemas. O resultado foi mediano, e esta costuma ser considerada uma das sequências mais fracas da franquia. O próprio Wes Craven já declarou não gostar do filme. Em 1994 ele dirigiu *O Novo Pesadelo*, que é considerado por críticos e fãs como a melhor sequência da série.

Por trás do nariz vermelho: O personagem é interpretado por um figurante não creditado. É bem provável que o próprio Freddy Krueger tenha dado cabo dele.

Nota: 

Vulgar

Também conhecido como Flappy e Will Carson

Aparição: *Vulgar* (View Askew Productions, 2000. Dir.: Bryan Johnson, 87 min.)

Truques na manga: Will Carson (Brian O'Halloran) é um perdedor no sentido mais extremo da palavra. Sem ter o respeito de ninguém, nem mesmo de sua mãe idosa, ele tenta ganhar a vida como palhaço de festa. Como os negócios vão de mal a pior, ele decide fazer aparições em festas de despedida de solteiro utilizando o nome de Vulgar. A ideia se prova desastrosa logo de primeira, e Will é feito refém por um trio de psicopatas que o estupra brutalmente. Tentando seguir com sua vida miserável, ele acaba se tornando famoso ao resgatar uma criança de um criminoso, o que o leva a se tornar o herói da cidade e ganhar seu próprio programa de TV. Mas o passado não deixará por isso mesmo, e Will precisará se tornar Vulgar mais uma vez para enfrentar os seus fantasmas.

O filme: Ame-o ou odeie-o. Vulgar é um filme único, que brinca com as expectativas

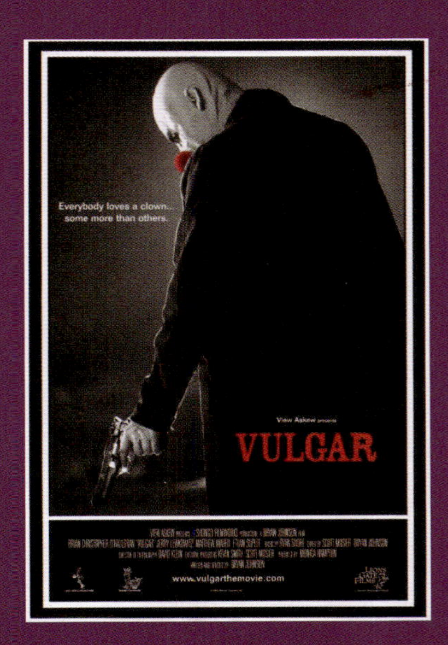

do espectador, entregando uma surpresa depois da outra. Começa como uma comédia de humor negro, mas tem uma virada brusca na perturbadora cena de estupro e se torna uma história surpreendente e até tocante de redenção. Brian O'Halloran está fantástico no papel principal, trazendo toda a melancolia e dor do personagem sem deixar de ser engraçado. Já Jerry Lewkowitz interpreta o líder dos estupradores de forma monstruosa e sádica, criando um dos vilões mais detestáveis do cinema de horror moderno.

Por trás do nariz vermelho: O nova-iorquino Brian O'Halloran é figura carimbada nos filmes de Kevin Smith, começando sua carreira de ator em *O Balconista* (1994), vindo depois a aparecer em *Perdidos no Shopping* (1995), *Procura-se Amy* (1997), *Dogma* (1999), *O Império (do Besteirol) Contra-Ataca* (2001) e *O Balconista 2* (2006). O papel de Will Carson/Vulgar foi escrito especialmente para ele pelo diretor e roteirista Bryan Johnson.

Nota: 🎈🎈🎈🎈½

Boneco de palhaço azarado

Aparição: *Todo Mundo em Pânico 2* (Dimension Films, 2001. Dir.: Keenen Ivory Wayans, 83 min.)

Truques na manga: A casa amaldiçoada não esconde seus perigos em cada cômodo. Um gato lutador, ervas gigantes e esqueletos farão de tudo para que você não consiga mais sair dali, tornando-se um eterno morador do ambiente maldito. Num dos quartos, Ray irá conhecer um boneco de palhaço vivo e com intenções assassinas, um objeto perfeito para a concretização de seus desejos sexuais.

O filme: A ideia de satirizar produções de horror, principalmente a franquia *Pânico*, de Wes Craven, parecia interessante quando o primeiro *Todo Mundo em Pânico* foi lançado em 2000, sob a responsabilidade dos irmãos Wayans. Além das homenagens ao gênero, o elenco exibia um bom *timing*, a partir de divertidas *gags* com referência aos efeitos de *Matrix*, o popular *bullet time*, e até *O Tigre e o Dragão*, sucesso do mesmo ano. O orçamento de quase 20 milhões de dólares se transformou facilmente em mais de 150 milhões, justificando as apostas da Dimension Films numa continuação imediata.

Todo Mundo em Pânico 2 estreou com muita empolgação no feriado de 4 de julho de 2001, prometendo brincar com as "casas assombradas" do gênero, remetendo a *A Casa Amaldiçoada* (1999) e *A Casa da Colina* (1999), mas sem deixar de lembrar de *Revelação* (2000), *Premonição* (2000), *O Homem Sem Sombra* (2000), *Hannibal* (2001), além de clássicos como *O Exorcista* (1973) e *Poltergeist: O Fenômeno* (1982). No enredo, se é que se pode dizer que existe um, o professor Oldman (Tim Curry, também conhecido como o Pennywise de *It*, 1990) desafia quatro estudantes, entre eles Cindy Campbell (Anna Faris) e Brenda Meeks (Regina Hall) do filme anterior, a passar uma noite numa casa assombrada para um projeto escolar. Será uma noite infernal e sem fim quando descobrirem as intenções maléficas de um fantasma local.

Misturando humor escatológico e pornográfico com dependência química, os irmãos Wayans recriam momentos do original como se fosse engraçado contar as mesmas piadas novamente, consumindo a paciência do espectador em cenas infantis e apelativas. Ainda assim, há momentos inspirados como toda a sequência inicial, satirizando *O Exorcista*, com a atuação marcante de James Woods e Veronica Cartwright, e bons efeitos especiais, capazes de garantir o entretenimento. Inferior ao primeiro, *Todo Mundo em Pânico 2* foi o fim dos Wayans na franquia, passando o bastão para David Zucker, que também não conseguiu bons resultados.

Por trás do nariz vermelho: Sem um rosto por trás do azarado boneco de palhaço, sabe-se que a voz ficou a cargo de Suli McCullough, que fez algumas pontas no cinema e em séries como *Angel*, além de ter atuado em *Metido em Encrenca* (2002). Seu talento na composição de quadros de humor garantiu o trabalho de escritor em vários programas de *stand-up* e *talk shows* como o de Jay Leno e o Lopez Tonight.

Nota:

A fantasia de palhaço flutuante

Aparição: *Hospital Maldito* (Graveyard Filmworks, 2004. Dir.: Anthony C. Ferrante, 94 min.)

Truques na manga: Assim que caminham pelos corredores escuros do Hospital Santa Mira, os jovens percebem o desaparecimento de um deles, o simpático Freddy (Josh Holt). Ele surge alguns minutos depois com roupas e máscara de palhaço, destacando os olhos grandes e detalhes em vermelho, a cor predileta dos mais assustadores. Após a brincadeira, vinte minutos depois, novamente a fantasia entraria em

evidência: num interessante movimento circular da câmera, no canto do corredor, ela seria vista vazia, flutuando discretamente. É claro que não se trata de outra brincadeira de Freddy, principalmente quando vermes começam a cair pelas pernas, e a aparência amigável é substituída por uma versão demoníaca, com a boca escancarada exibindo dentes pontiagudos.

O filme: Um dos maiores clichês do gênero, e que quase sempre funciona, é mostrar um grupo de adolescentes invadindo um local abandonado e misterioso com a desculpa de explorar alguma maldição ou lenda. O filme *Hospital Maldito*, do diretor e roteirista Anthony C. Ferrante, é mais um exemplar do estilo. Em busca de algumas risadas e bons sustos numa noite de Halloween, um grupo formado por dois casais entra sem ser convidado em um hospital abandonado, o aterrorizante Hospital Santa Mira, em Los Angeles, para a realização de uma festa particular. Não demorará muito e o local será o palco para todo tipo de manifestação sobrenatural já vista num filme de horror – mensagens no espelho embaçado, garotinha fantasma, vultos e sombras, bolinha misteriosa, visões do passado, corpos decompostos, possessão, sons estranhos, elevador sinistro...

Ferrante apenas repete o que foi sucesso em outras produções, tentando ao máximo desenvolver uma atmosfera assustadora, mas falhando exageradamente por conta de um roteiro já batido e um elenco fraquinho. À medida que os personagens conhecem o edifício, alguns morrem, e o público nem percebe, pois há um fantasma maligno que possui seus corpos para a realização de seu intento. Quando a máscara cai, com direito a rosto derretido e gosmas, basta um tiro para seu corpo explodir em nacos de carne e litros de sangue. Nesse ponto, conhecemos a "jogada" do diretor: qualquer um pode estar possuído, assim como há os injustiçados que, por conta de algumas gotas de sangue na camisa, são acusados e condenados. Não espere sustos, apenas uma diversão descompromissada e facilmente esquecível.

Por trás do nariz vermelho: Não existe um assassino por trás da fantasia de palhaço. Mas o ator que a veste no primeiro ato é Josh Holt, que não conseguiu muito destaque depois de sua atuação em *Hospital Maldito*. Fez apenas pontas, todas sem muita importância.

Nota:

Fletch

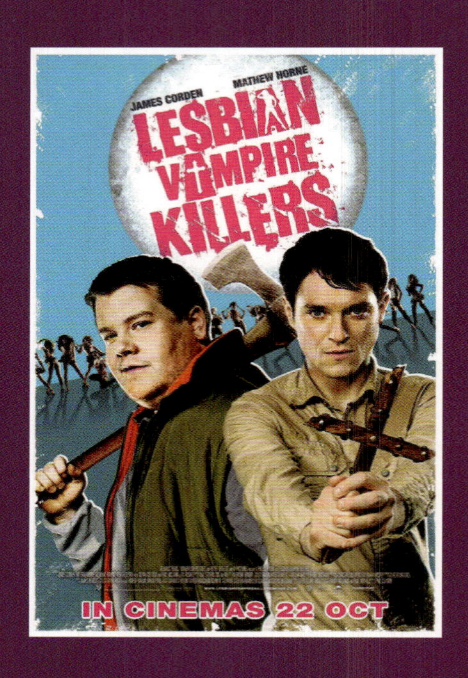

Aparição: *Matadores de Vampiras Lésbicas* (Alliance Films, 2009. Dir.: Phil Claydon, 86 min.)

Truques na manga: Fletch tinha um emprego muito simples, ser um divertido palhaço de festas infantis, se não fosse um pequeno detalhe: ele jamais gostou de crianças. Mesmo assim, usava suas roupas largas, um sapato azul gigante e uma peruca rosa para ganhar algum dinheiro honesto. Hoje, ele está na sala de sua chefe, a sexy senhora Rossi (Emma Clifford, de *Floresta do Mal: Caminho da Morte*) para tratar de um assunto incômodo, um soco que Fletch deu na cara de um menino de 7 anos por ele usar um sifão para molhar suas calças. A curta paciência de Fletch custou seu emprego, e ele resolve se aliar ao amigo Jimmy (Mathew Horne, de *Planeta 51*), recém-dispensado por sua namorada inescrupulosa, para acampar numa remota vila no interior do Reino Unido onde, mal sabiam eles, encontrariam um antro de vampiras lésbicas sedentas por sangue comandadas por Carmilla (Silvia Colloca, de *Van Helsing: O Caçador de Monstros*).

O filme: O título chamativo poderia atrair olhares melhores se fosse explorado devidamente (minimamente uma versão contemporânea e bem-humorada de metade dos filmes de Jess Franco), contudo o que foi feito é uma comédia rasteira com altos e baixos que, infelizmente, fica demais na sombra de *Todo Mundo Quase Morto* (2004) por conta da abordagem muito similar. O melhor está na movimentada ação que não deixa a monotonia tomar conta e nas muitas referências aos clichês dos filmes de vampiros (especialmente às produções da Hammer). Dessas pequenas homenagens, rendem algumas boas cenas que fazem rir pelo absurdo, especialmente envolvendo Fletch, só que a maior parte do filme é desgastada por piadas e situações sem graça e diálogos surrados mal escritos, quase de improviso. Coulrofóbicos evitem, vampirofóbicos fujam e "comédiaruimfóbicos" nem passem perto.

Por trás do nariz vermelho: O ator e comediante britânico James Corden, que interpreta Fletch, participou de dois episódios da série moderna de *Doctor Who* (2010-2011), do filme *As Viagens de Gulliver* (2010) com Jack Black e *Mesmo se Nada Der Certo* (2013) com Mark Ruffalo. Em 2014 entrou no elenco do musical da Disney *Caminhos da Floresta*, do diretor Rob Marshall

(*Chicago*) como o padeiro amaldiçoado pela Bruxa interpretada por Meryl Streep.

Nota:

Bufão, o Boneco Palhaço do Medo

Aparição: *O Buraco* (Bold Films, BenderSpink, 2009. Dir.: Joe Dante, 92 min.)

Truques na manga: Para quem tem medo de palhaços – a tal coulrofobia ou, no caso de Lucas Thompson, "bozofobia" –, qualquer coisa que lembre o tema torna-se evitável, seja o circo, fantasias, outros personagens circenses e até um boneco bufão, principalmente se ele se mexer, aparecer em lugares diversos com o irritante som do guizo e incitar o terror.

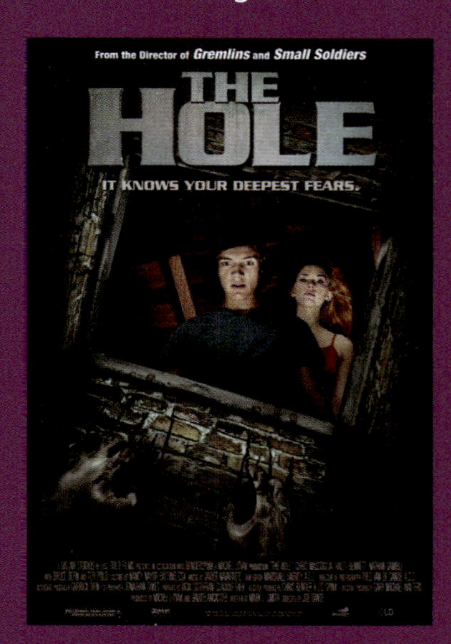

O filme: As expectativas em torno de um trabalho que envolva o nome de Joe Dante são sempre grandes. Ele já provou sua competência em transformar filmes família em experiências assustadoras – e vice-versa – com a franquia *Gremlins* (1984 e 1990), o divertido *Pequenos Guerreiros* (1998) e a aventura *Viagem Insólita* (1987); e também em desenvolver produções sangrentas como *Piranha* (1978) e o clássico da licantropia *Grito de Horror* (1981). Com esse currículo, fica fácil se acomodar na poltrona, acompanhado de uma pipoca e refrigerante, já esperando um bom entretenimento.

Com *O Buraco* (2009), Dante remete o espectador ao saudoso *The Gate*, de 1987, dirigido por Tibor Takács, sobre dois garotos que descobrem em um buraco no quintal uma entrada para o inferno. Em vez de refazer o roteiro de Michael Nankin, Dante e o roteirista Mark L. Smith (da franquia *Temos Vagas*, de 2007 e 2008) optaram por colocar dois irmãos, Dane (Chris Massoglia, de *Cirque du Freak: O Aprendiz de Vampiro*, 2009) e Lucas (Nathan Gamble, de *O Nevoeiro*, 2007), às voltas com um buraco, óbvio, bem trancafiado, no porão da nova residência. Unidos com a bela vizinha Julie (Haley Bennett, de *Kristy*, 2014), os jovens ficam intrigados pela descoberta, pela escuridão sem fim de seu interior e por visões assustadoras que passam a acompanhá-los. Uma garota fantasma, um gigante sombrio e um boneco de bobo da corte resumem as suas fobias principais, materializadas pela misteriosa entrada, obrigando-os a deixar de lado a inocência se quiserem sobreviver ao pesadelo.

Ainda contando no elenco com os experientes Bruce Dern e Teri Polo, *O Buraco* não vai além do que se propõe, decepcionando os que esperam um tom mais pessimista e macabro. Bons efeitos especiais, forçando a visualização em 3D, e alguns bons momentos – como a cena do boneco andando em direção ao menino – podem até entreter o público numa primeira conferida, mas não sobrevivem a uma nova tentativa, quando vem a sensação de que está se vendo apenas um filme família, sem a experiência assustadora.

Por trás do nariz vermelho: Não há uma pessoa vestida de palhaço, mas o boneco foi construído pelo experiente Michael Broom, que já havia feito o designer das criaturas de *O Nevoeiro* (2007), *Tropas Estelares 3* (2008) e depois faria o da nova versão de *O Enigma de Outro Mundo* (2011), entre muitos outros trabalhos.

Nota: 

Stitches

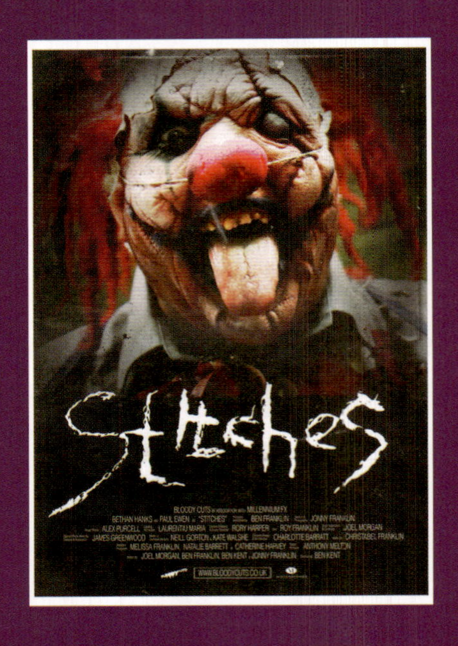

Aparição: *Bloody Cuts Ep.02: Stitches* (Popply Quick Pictures, 2011. Dir.: Ben Kent, 5 min.)

Truques na manga: Um perigoso paciente de uma instituição mental de segurança máxima está à solta. No meio da noite, enquanto uma jovem babá cuida de uma criança em uma casa cheia de brinquedos, ela irá se deparar com um estranho boneco de palhaço em tamanho natural.

O filme: Este curta faz parte da antologia *Bloody Cuts*, um coletivo de cineastas independentes que vem produzindo uma série de curtas de horror feitos para o YouTube, através do esquema de financiamento coletivo. Em Stitches, segundo episódio da série, os escritores Joel Morgan, Ben Franklin, Ben Kent e Jonny Franklin baseiam-se na clássica lenda urbana do "palhaço no canto", que também inspirou a abertura do filme *Cut* (2010), para criar este pequeno conto de horror. Os autores citam ainda a série *Contos da Cripta* como forte referência para o conceito de *Bloody Cuts*. O curta é muito bem conduzido, tando muito bem os seus poucos mais de cinco minutos. Recomenda-se ficar até os créditos terminarem se tiver coragem!

Por trás do nariz vermelho: Paul Ewen é um jovem ator inglês mais conhecido por seus trabalhos em curtas de horror como os do coletivo *Bloody Cuts*, além dos longas independentes de horror inglês, *The Vampires of Bloody Island* (2009), *Zombie Undead* (2010) e *Three's a Shroud* (2012). Paul também interpreta um dos zumbis no sexto game da série *Resident Evil*.

Nota:

Bloodmouth

Aparição: *Ninja Clown Monster* (Fewdio Entertainment, 2011. Dir.: Drew Dayalt, 3 min.)

Truques na manga: No meio da noite, o pequeno garoto lê seu gibi de horror enquanto é observado por seu palhaço de brinquedo. Aos poucos, o menino nota que o pequeno palhaço está chegando cada vez mais perto.

O filme: Drew Daywalt é um jovem diretor mais conhecido por *Fogo da Vingança* (2002) e que possui um canal no YouTube dedicado a curtas de horror criados por ele e sua equipe, o FEWDIO Horror (fewdiodotcom). Entre os seus vídeos, está esta pequena pérola da coulrofobia, o curta *Ninja Clown Monster*. Filmado de maneira simples, o curta homenageia as clássicas histórias de horror da EC Comics, seja na revistinha nas mãos do garotinho, seja na construção do medo a partir de uma coisa simples ou, principalmente, na reviravolta no final. Impossível não se lembrar dele sempre que se enfiar debaixo da coberta quando sentir medo.

Por trás do nariz vermelho: Paul Hungerford, que interpreta o palhaço Bloodmouth, é um jovem ator integrante da trupe de comediantes Guilty Pleasure mais conhecido por pontas em séries de TV como *Grey's Anatomy* e *Eu, a Patroa e as Crianças* e comerciais para a TV. No gênero do horror, Paul tem atuado bastante ao lado da equipe da Fewdio como na série *Câmera Obscura e Deep*, entre outros.

Nota:

Brinquedo do garoto fantasma

Aparição: *The Unbroken* (In the Dark Entertainment, 2012. Dir.: Jason Murphy, 100 min.)

Truques na manga: Ele assombra um condomínio, aparecendo nos espelhos e em lugares inusitados com seu boneco de palhaço careca. Com seu macacão e olhar inocente, ele aparenta uma versão viva do boneco de Chucky, mas será que ele foi um "bom garoto"?

O filme: Após um divórcio traumático, tendo sido trocada por uma garota mais nova, Sarah Campbell (Aurelia Riley, de *Homem de Ferro 3*, 2013) decide mudar de ares, adquirindo um apartamento num condomínio sossegado, onde pretende continuar com suas pinturas. Quando chega ao endereço, quase atropela um garoto, até descobrir que ele não está em lugar algum, tendo deixado apenas seu boneco de palhaço. Os moradores não querem comentar sobre a criança ou o brinquedo, muito menos o sinistro Bruce Middlebrooks (Daniel Baldwin, de *Vampiros* *de John Carpenter*, 1998), um solitário residente que tem o estranho hábito (!) de levar o lixo para a lixeira durante a madrugada. Unindo-se ao paquerador Tommy (Patrick Flanagan, de *Jake's Road*, 2014) e com a ajuda de um vidente (Warwick Davis, da franquia *O Duende*), ela tentará descobrir o que aconteceu ao garoto fantasma, antes que ele a machuque mais vezes com o estouro dos espelhos.

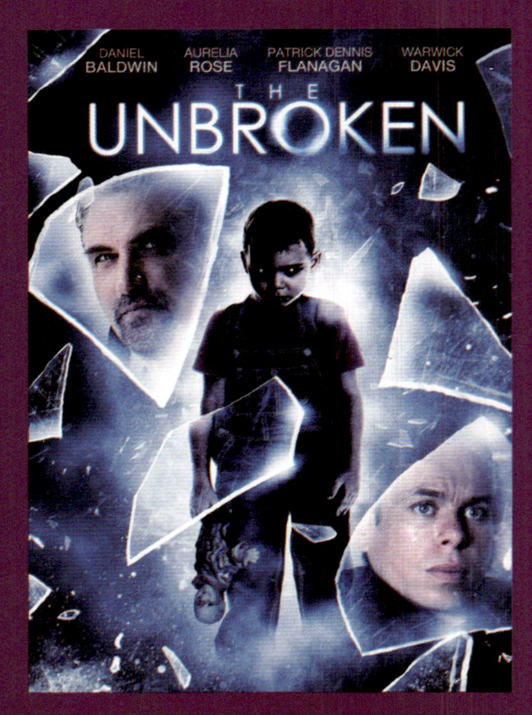

Feito para a TV, *The Unbroken* bebe de todas as fontes possíveis sobre assombrações, deixando apenas uma reviravolta final para fazer valer o que fora apresentado. É muito pouco. Mesmo com o bom elenco, o enredo "engraçadinho" graças ao personagem Tommy, e o excesso de aparições do fantasma do menino impedem que o público se importe com o que está acontecendo ou sinta um leve arrepio. Também incomodam as filmagens matutinas e exageradamente claras e alguns efeitos de maquiagem e efeitos especiais que extraem todas as possibilidades de tornar o filme assustador.

Por trás do nariz vermelho: Como seu manipulador não foi creditado, não foi possível encontrar informações sobre sua concepção, portanto, até onde sabemos, pode ser realmente um brinquedo assombrado.

Nota:

Leonard

Aparição: *Mockingbird* (Blumhouse Productions, Marc Platt Productions, 2014. Dir.: Bryan Bertino, 81 min.)

Truques na manga: Ele vive com a protetora mãe em uma residência de poucos cômodos. A vida monótona e sem graça está prestes a mudar com a chegada de uma misteriosa encomenda: uma câmera que filma o tempo todo e algumas estranhas instruções descritas em um bilhete com a promessa de dinheiro fácil. Leonard está participando de uma competição em que deve realizar tarefas bobas, como levar um chute nas partes íntimas e tirar fotos com crianças, mas precisa manter a câmera ativa e utilizar as vestimentas e maquiagem de um palhaço.

O filme: O estilo de câmera em primeira pessoa, como um falso documentário e as fitas deixadas para trás (*found footage*), estabeleceu-se como um subgênero econômico e curioso. Enquanto o custo-benefício se torna interessante para os estúdios, a sen-

sação de uma aproximação com a realidade parece realmente ter cativado o público. Contudo, a principal questão envolve a motivação para o uso contínuo da câmera, mesmo com a ameaça iminente. No caso de *Mockingbird*, as três famílias que participam involuntariamente do jogo devem filmar o tempo todo ou serão assassinadas, como o garoto da cena inicial, baleado no banheiro. Dividido em pequenos capítulos como "Família", "O Palhaço" e "Surpresa", o longa de Bryan Bertino (do claustrofóbico *Os Estranhos*, de 2008) até tem certo dinamismo nas três narrativas paralelas, além de alguns momentos tensos como as batidas na porta e os bonecos, mas os orifícios do roteiro, principalmente quando os verdadeiros vilões surgem na última cena, comprovam sua inverossimilhança, quando devia ocorrer exatamente o contrário pelo estilo de filmagem. O espectador atento já saberá nos primeiros frames que as três vítimas irão se confrontar no ato final, quando o circo, enfim, pegar fogo, embora a resolução soe artificial e dependa de muitas coincidências. Pode divertir os apreciadores da técnica, deixando-os com a sensação de que a câmera não precisava filmar o tempo ou poderia diminuir o seu tempo para um curta-metragem.

Por trás do nariz vermelho: Leonard, o palhaço ocasional do filme *Mockingbird*, é interpretado por Barak Hardley, um ator jovem, mas com uma carreira com mais dequarenta participações desde 2008. Entre os destaques estão o curta *Summer of the Zombies* (2011), o sci-fi *Caçadores de Recompensas* e o thriller *Evidências*, ambos de 2013. É um ator talentoso, com um perfil mais voltado para a comédia.

Nota: 🎈🎈

Palhaço de brinquedo com nariz de corda

Aparição: *Poltergeist: O Fenômeno* (MGM, 2015. Dir.: Gil Kenan, 93 min.)

Truques na manga: Este palhaço é no mínimo sinistro. Além de ter um aspecto assustador, com um nariz preso em uma corda, este brinquedo foi encontrado por acaso em um cômodo secreto no sótão de uma casa na qual a família Bowen tinha se mudado algumas horas antes. Quem achou esse estranho ser foi o garoto Griffin, que deixou bem claro para os pais não ter gostado

nada do novo brinquedo. Para piorar, o palhaço parece se mover sozinho na calada da noite. Os temores de Griffin se tornam realidade quando, em uma noite de tempestade, o palhaço literalmente parte para o ataque contra o garoto.

O filme: O remake de *Poltergeist* surge 33 anos depois e realmente serviu apenas para deixar claro o quanto o original é um fenômeno insuperável. A produção de 1982 trazia uma direção segura ancorada em personagens bem construídos envoltos em uma história clássica de assombração. No remake, temos um show de feitos especiais e sonoros, mas a direção não parece ir além do óbvio. E o pior fica por conta do fator humano dos personagens, que se limitam a correr e gritar sem a mesma carga dramática do primeiro filme. A sensação refletida é que tudo no original foi pensado para funcionar no ponto exato, enquanto o remake usa e abusa de excessos. O palhaço é um exemplo claro. No filme de 1982, tratava-se de apenas um brinquedo meio esquisito. A versão de 2015 traz um palhaço praticamente vindo do inferno.

Por trás do nariz vermelho: Trata-se apenas de um boneco realmente comandado por cordas, sem que alguém vista suas roupas e assuma seu papel assustador.

Nota: 🎈🎈

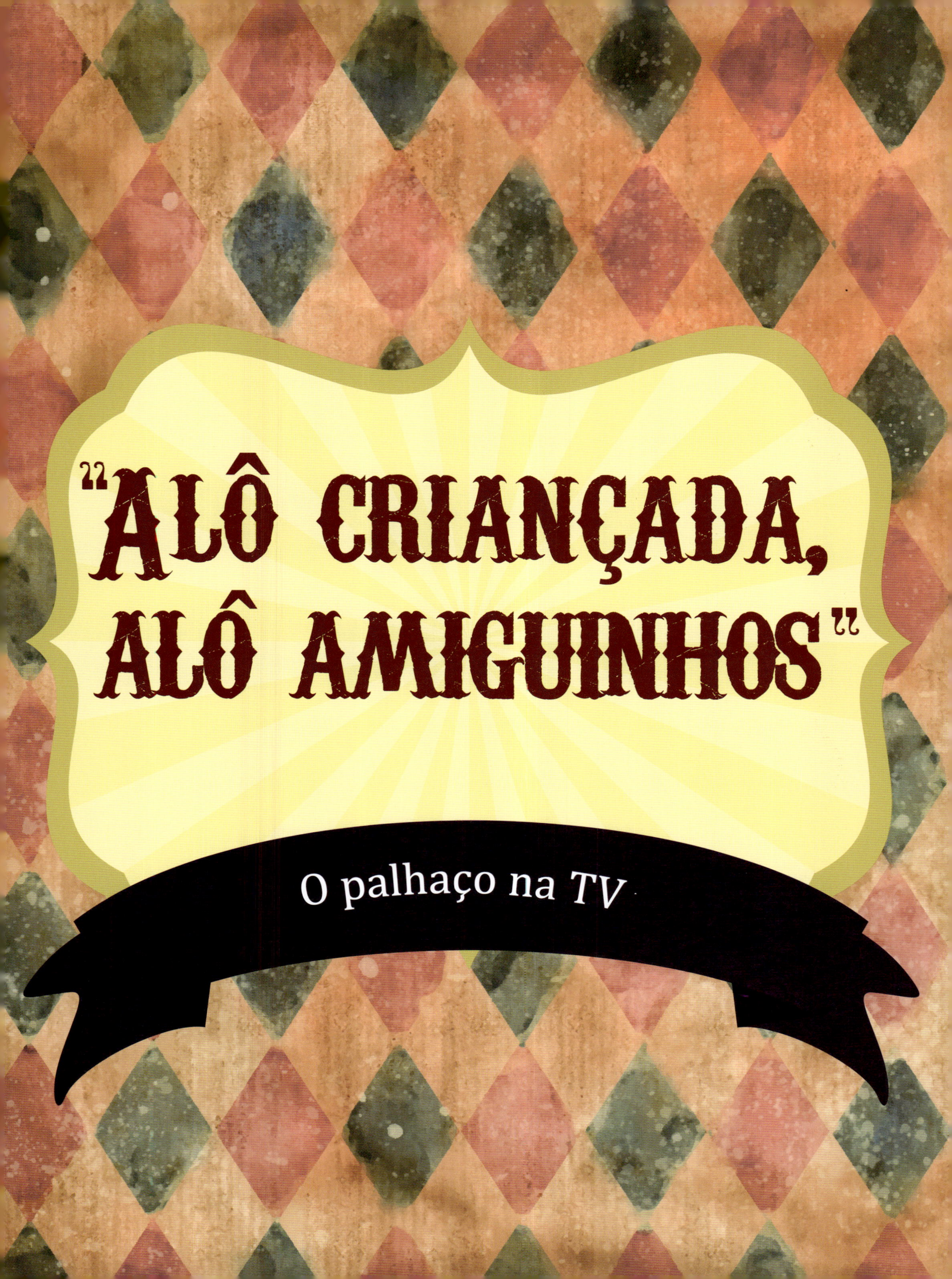
"ALÔ CRIANÇADA,
ALÔ AMIGUINHOS"
O palhaço na TV

Originários do teatro, os palhaços atingiram extrema popularidade na Inglaterra do século XIX. Durante o início do circo como conhecemos hoje, por volta de 1860, os palhaços foram incorporados aos números circenses e chegaram aos Estados Unidos, onde se tornaram populares em espetáculos itinerantes que cruzavam o país em trens, ganhando notoriedade e o gosto do público. Com a chegada da televisão aos lares americanos, os palhaços se tornaram figuras obrigatórias em programas infantis, onde divertiam crianças com suas piruetas e piadas.

Um dos palhaços mais conhecidos da TV foi criado em 1946 por Alan W. Livingston para uma série de discos de histórias infantis, o Bozo. Três anos depois, em 1949, Bozo faria sua estreia na TV, interpretado por Larry Harmon, que comprou os direitos do personagem e transformou-o em uma franquia de sucesso. Sua popularidade nos EUA atingiu tal patamar que Larry chegou a treinar mais de duzentos atores para interpretar o personagem em diversos canais de televisão pelo país.

Durante esse período, a famosa rede de *fast-food* McDonalds, que fazia suas propagandas durante os intervalos do programa do Bozo, resolveu criar seu próprio palhaço, que seria o horror de nutricionistas ao redor do mundo, o Ronald McDonald. O palhaço mascote da famosa rede foi interpretado pela primeira vez por um dos atores treinados por Larry, Willard Scott.

Em 1958, Bozo estreou seu próprio desenho animado *Bozo: The World's Most Famous Clown*, produzido pela Larry Harmon's Picture Corporation e com direção de arte de Louis Scheimer, um dos criadores de clássicos desenhos animados como *He-man* e *Bravestar*. O desenho teve 156 episódios entre 1958 e 1962. Em 1980 o "palhaço mais famoso do mundo" chegava ao Brasil graças à mente visionária do grande comunicador Silvio Santos. O programa foi exibido pela primeira vez na recém-criada TVS (TV Studios) em 15 de setembro, e Bozo era interpretado por Wandeko Pipoca, que deu vida ao palhaço

até 1982. Exibido no formato de um circo televisionado, o programa do Bozo aqui no Brasil ainda deu origem a outros palhaços famosos como Vovó Mafalda (Valentino Guzzo) e Papai Papudo (Gibe).

Provando o mito do "palhaço triste", Arlindo Barreto, que interpretou o palhaço entre 1983 e 1985, passou por problemas com drogas e álcool quando sua mãe morreu na época em que vivia o palhaço na TV. Em 1998, o jornal *Notícias Populares* trouxe uma entrevista do ator com a repórter Keila Jimenez, na qual confessava que o segredo para sua animação durante os programas naquela fase difícil era o uso constante de cocaína. Na entrevista, o ator também contou que o primeiro Bozo havia sido mandado embora por falar muito palavrão e que outros atores nem gostavam de crianças e faziam tudo por dinheiro. Barreto chegou a se envolver com magia negra para resolver o seu problema e hoje é pastor da Igreja Presbiteriana.

Apesar da popularidade entre o público infantil, sempre era possível ver crianças que caíam no choro quando o amigável palhaço pedia uma "bitoca no nariz". Também se tornou célebre a famosa ligação do garotinho que mandou o Bozo "tomate cru" ao vivo em rede nacional durante uma brincadeira. Provavelmente, essas crianças viriam a sofrer de coulrofobia anos depois.

Inspirado em Bozo, em 1989 o cartunista Matt Groening criou Krusty, um palhaço judeu que, assim como o nosso Bozo, também tem problemas com drogas e bebidas, além de um humor um tanto ácido demais para um palhaço. Krusty apareceu pela primeira vez na série de curtas para o programa de variedades *The Tracy Ullman Show*, que daria origem ao longevo seriado animado *Os Simpsons*. No desenho, Herschel Shmoikel Pinchas Yerucham Krustofski, ou simplesmente Krusty, é o herói de infância de Bart, já foi até candidato ao congresso e é, sem dúvidas, um dos personagens mais populares da série.

Krusty já participou de episódios dignos de filmes de terror quando seu ajudante de palco Sideshow Bob queria incriminar Krusty para assumir o controle de

seu programa. Bart acaba revelando a trama diabólica de Bob, que jura vingança ao garoto no melhor estilo *Cabo do Medo*, além, é claro, dos clássicos episódios de Halloween, onde os habitantes de Springfield apresentam diversos contos de horror no especial anual "A Casa da Árvore do Horror". Outro episódio dos *Simpsons* envolvendo o medo de palhaços que vale a pena ser mencionado é "A Primeira Palavra de Lisa", de 1992 (décimo episódio da quarta temporada), em que após Bart ter que entregar seu berço para a irmã que acabara de nascer, Homer constrói uma sinistra cama em forma de palhaço para o garoto. Um pouco mais tarde no episódio, Bart é visto sentado agarrado aos joelhos murmurando sem parar "não posso dormir, o palhaço vai me comer".

Definitivamente, Bozo foi "o palhaço mais famoso do mundo" como dizia o título do seu desenho animado original. Mas além dele, diversos outros palhaços animaram as manhãs e tardes da criançada em frente à TV. Nos EUA, Clarabell, Pinky Lee, além de Doink e o anão Dinky, dois lutadores de luta livre que faziam o tipo "palhaço-malvado", são os mais importantes. Por aqui, Atchim e Espirro e Patati Patatá seguiram os passos de Bozo com sucesso, mas não podemos nos esquecer de Arrelia, Carequinha e Torresmo, antecessores do palhaço amigo da garotada que marcaram toda uma geração nos anos 1950 e 1960.

Em 2014, a quarta temporada da série de TV *American Horror Story*, trouxe de volta às telinhas o tema dos palhaços assassinos. Passada em um circo de aberrações, o seriado já apresenta palhaços assustadores logo na abertura, uma das melhores da história do programa, e traz entre seus personagens principais o assustador palhaço Twisty, um desfigurado assassino digno de dar continuidade ao legado deixado pelo terrível Pennywise, do filme para a TV *It: Uma Obra-prima do Medo*, produzido para o canal ABC em 1990.

Fato é que os palhaços conseguiram atingir na televisão a mesma popularidade que obtiveram durante os séculos passados, seja no teatro ou no circo. O advento da TV gravou de vez a figura do palhaço no imaginário popular. Sejam eles a estrela principal do show, mero coadjuvante, garoto-propaganda ou figuras hipnóticas usadas para manter crianças barulhentas em silêncio, os palhaços ainda têm muito a divertir ou assustar os telespectadores.

Palhaço Fantasma (Harry, o hipnotizador)

Aparição: *Scooby-Doo, Cadê Você?* – "Confusão na Elevação" – Temp. 01. Ep.10 (Hanna-Barbera Productions, 1969. Dir.: Willian Hanna e Joseph Barbera, 45 min.)

Truques na manga: A turma encontra dois membros de uma trupe circense fugindo de seu circo que aparentemente é assombrado. Intrigados, Fred, Daphne, Velma, Salsicha e Scooby vão para o circo investigar o mistério envolvendo um palhaço fantasma que pode hipnotizar as pessoas com uma moeda de ouro, fazendo com que suas vítimas cometam qualquer ato que ele comandar. Aparentemente, o palhaço fantasma também pode voar. Sua marca registrada é a frase: "Olhe bem para esta linda moeda de ouro".

O episódio: Em 1969 a famosa dupla de criadores Willian Hanna e Joseph Barbera ousou ao criar esta série animada tendo o terror e o mistério como foco, indo na direção oposta do que estava sendo feito no mundo dos desenhos animados. O formato deu tão certo que *Scooby-Doo* deu origem a dezenas de cópias e praticamente nunca esteve fora do ar, sempre com uma versão atualizada das histórias dos "garotos intrometidos e seu cachorro maluco". Uma amostra da originalidade e inventividade da dupla pode ser vista neste episódio, que embora não seja um dos melhores e faltem ainda alguns elementos clássicos como as pistas e diversos suspeitos que estimulam o telespectador a resolver o mistério, traz como monstro da semana um palhaço.

Palhaços até então não haviam sido mostrados como criaturas malignas e monstros sanguinários como é comum se ver hoje no cinema, quadrinhos e TV. Com um enredo simplista demais perto do que nos acostumamos a ver na série, "Confusão na Elevação" se destaca pela ambientação no circo assombrado e pelo palhaço que possui uma caracterização visual bastante marcante, sendo para muitos, até hoje, a primeira vez que perceberam ter medo de palhaço.

Por trás do nariz vermelho: O Palhaço Fantasma é dublado no idioma original por John Stephenson. Dono de uma longa carreira na animação, o prolífico dublador já emprestou sua voz para mais de duas centenas de personagens! Entre eles, Dr. Benton Quest, de *Johnny Quest*, Bacana, da *Turma do Manda-Chuva*, o narrador de *Dragnet*, entre tantos outros. Tendo interpretado também o Sr. Slate em *Os Flintstones*, Stephenson faleceu em 2015. Seu último trabalho como dublador foi em 2010 como o xerife em *Scooby-Doo Abracadabra-Doo*.

Nota:

Chief Clown e os palhaços robôs

Aparições: *Doctor Who* – "The Greatest Show In The Galaxy" – Temp. 25. Ep. 11 a 14 (BBC, 1988. Dir.: Alan Wareing, 25 min.)

Truques na manga: O sétimo doutor (Sylvester McCoy) e sua companheira Ace (Sophie Aldred) recebem um convite para o misterioso Psychic Circus, no distante planeta Segonax. Apesar do medo de palhaços de Ace, o doutor a convence. Chegando lá, a dupla encontra outros convidados, enquanto o Chief Clown/"Palhaço Chefe" (Ian Reddington) e sua gangue de palhaços robôs viajam pelo planeta utilizando estranhas sondas em forma de pipa para localizar uma dupla de fugitivos do circo. Aos poucos, os convidados descobrirão que algo bizarro se esconde por trás da cortina do picadeiro.

O episódio: Neste episódio em quatro partes que fecha a 25ª temporada do seriado de sucesso *Dr. Who*, o telespectador acompanha o grupo de convidados do misterioso Psychic Circus, enquanto vai descobrindo a verdade por trás do circo e sua trupe. Isso torna a história mais interessante, mesmo para quem não acompanha ou conhece muito da mitologia dos doutores. "The Greatest Show In The Galaxy" ainda explora a coulrofobia de Ace, a companheira do doutor. Para o fã do terror, vale a pena citar que os deuses do Ragnarock que aparecem no final da história foram relacionados aos Grandes Antigos, dos mitos de Cthulhu de H.P. Lovecraft, no livro *All-Consuming Fire* de Andy Lane, da série de romances que expandem a mitologia de *Dr. Who*. Em outro livro da série, o *Conundrum* de Steve Lyons, estabeleceu-se que os Deuses do Ragnarock criaram a "Terra da Ficção" (*Fiction Land* no original), um universo em miniatura onde vivem todos os personagens de ficção.

Por trás do nariz vermelho: Embora não tenha encontrado registros de todos os atores que personificam os palhaços robôs em "The Greatest Show In The Galaxy", o Palhaço Chefe é interpretado pelo veterano ator britânico Ian Reddington. O ator possui uma prolífica carreira na TV, mas os fãs do cinema de gênero podem vê-lo na clássica cena de *Highlander: O Guerreiro Imortal* (1986), onde um bêbado McLeod (Christopher Lambert) enfrenta Mr. Basset, vivido por Reddington, em um duelo de espadas.

Nota:

Zeebo

Aparição: *Clube do Terror* – "O Conto da Gargalhada na Escuridão" – Temp. 1. Ep. 2 (YTV, 1990. Dir.: Ron Oliver, 22 min.)

Truques na manga: Após roubar a arrecadação do circo em que trabalhava, o palhaço Zeebo foge para o parque de diversões Playland enquanto é perseguido pela polícia, mas, ao entrar na casa do terror para se esconder, o charuto que o palhaço fumava causa um incêndio, matando-o. Anos depois, uma nova casa do terror foi construída, e um boneco do palhaço Zeebo foi colocado lá. Muitas crianças dizem ter ouvido coisas estranhas na "Gargalhada na Escuridão", nome do novo brinquedo construído no parque. Ao tentar provar para seus amigos que nada daquelas histórias era real, Josh resolve passar a noite na casa do terror e roubar o nariz do palhaço Zeebo, aparentemente despertando a fúria do espírito do palhaço vigarista que assombra o brinquedo há décadas.

O episódio: Produzida para a TV canadense, o *Clube do Terror* (*Are You Afraid of The Dark?* no original) iniciou no terror muita gente que foi criança no início dos anos 1990. Logo em seu segundo episódio, a série aborda o tema da coulrofobia e constrói uma história interessante com diversos momentos bastante assustadores, se considerarmos o seu público-alvo.

"O Conto da Gargalhada na Escuridão" ainda arrisca em uma mistura de *plot twist* com final em aberto, que com o tempo acabou se tornando mais raro na série. Aparentemente os produtores acharam o tom muito pesado, e as coisas mudaram. Isso fica claro se compararmos este episódio com o 12º da terceira temporada, em que temos novamente um palhaço como monstro da história. Definitivamente a série poderia ser muito melhor se os atores mirins não fossem tão ruins, mas *Clube do Terror* será sempre lembrado com saudades pelos fãs de terror que criou.

Por trás do nariz vermelho: Zeebo não aparece "em carne e osso" neste episódio, mas o final em aberto leva a crer que o ator Aron Tager interpreta o palhaço viciado em charutos. Tager é um ator nova-iorquino que se mudou para o Canadá. Após uma pausa de 25 anos nas artes, Tager voltou a atuar em pequenas pontas em filmes e séries. Além de *Clube do Terror*, o ator voltou a trabalhar com o horror na sequência *Trilogy of Terror II* (1996) e em outra série infantojuvenil do gênero, *Goosebumps* (1995), e mais recentemente em *Mestres do Terror*, no episódio "The Black Cat", que adapta o famoso conto de Poe, dirigido por Stuart Gordon.

Nota: 🎈🎈

Crazy Joe Davola

Aparição: *Seinfeld* – "The Opera" – Temp. 4. Ep. 9 (Shapiro/West Productions, 1992. Dir.: Tom Cherones, 32 min.)

Truques na manga: A turma toda está indo ver a estreia da ópera *Pagliacci*. Enquanto isso, Jerry descobre que o novo namorado de Elaine é Joe Davola, o maluco que o está perseguindo há algum tempo. Depois de levar um fora de Elaine, Davola se veste de Pagliacci e vai atrás de Jerry na ópera.

O episódio: Definitivamente um dos episódios mais estranhos de *Seinfeld*. Escrito por Larry Charles, diretor das comédias de gosto duvidoso *Borat*, *Bruno* e *O Ditador*, "The Opera" tem em suas melhores qualidades o desenvolvimento da ambientação e situação. As duas histórias acontecendo em paralelo, culminando com o hilário final "em aberto" e os pequenos detalhes que não são totalmente expostos, como o medo de palhaços de Kramer, tornam este um dos grandes episódios da quarta temporada de *Seinfeld*. Joe dando uma surra na gangue no parque vestido de Pagliacci é sem dúvida uma das cenas mais bizarras da história do seriado.

Por trás do nariz vermelho: Peter Crombie não atuou em grandes papéis durante sua carreira, tendo feito diversas pequenas pontas em séries de TV quando começou, mas atuou também em algumas grandes produções do cinema como *A Bolha Assassina* (1988), *Nascido em Quatro de Julho* (1989) e *Seven* (1995), também em pequenas participações. *Seinfeld* pode ser considerado o ponto alto de sua carreira, tendo participado de quatro episódios além de "The Opera", no qual rouba a cena como Crazy Joe Davola.

Nota: 🎈🎈🎈

Krusty, O Palhaço

Aparição: *Os Simpsons* – "A Casa da Árvore dos Horrores III" – Segmento: "O Palhaço Sem Pilha" – Temp. 4. Ep. 5 (20th Century Fox Television, 1992. Dir.: Carlos Baeza, 30 min.)

Truques na manga: Bart ganha de aniversário um boneco falante do Krusty que Homer comprou em uma loja de itens amaldiçoados no bairro chinês de Springfield. Homer descobre que o boneco está vivo quando Krusty tenta matá-lo, pelo menos enquanto ainda tiver corda, em uma paródia de *Brinquedo Assassino*.

O episódio: Após o sucesso do episódio de Dia das Bruxas na segunda temporada de *Os Simpsons*, Matt Groening decidiu realizar um especial de Halloween por ano. Inicialmente, os episódios traziam paródias de filmes de terror e suspense clássicos em três pequenos contos de horror por episódio especial.

Nesta terceira edição de "A Casa da Árvore dos Horrores", são parodiados, além de *Brinquedo Assassino*, *King Kong* e uma mistura de *A Noite dos Mortos-Vivos* com *Disque M para Matar*, clássico de Hitchcock. O celebrado diretor de *Psicose* também é homenageado na abertura do episódio, feita nos moldes da série para TV *Hitchcock Apresenta*, que trazia a silhueta do diretor que aos poucos ia aparecendo e apresentava aos telespectadores a história que veriam naquela noite.

O episódio ainda conta com outros *easter eggs,* como a pata do macaco que apareceu na segunda edição do especial e pode ser vista na loja onde Homer compra o boneco do Krusty. Não há muito mais o que falar sobre este episódio, já que *Os Simpsons* é sempre bom e garantia de risadas. Dessa vez com uma pitada de horror.

Por trás do nariz vermelho: Krusty, o palhaço, é dublado no original por Dan Castellaneta, que também empresta a voz a Homer e dezenas de outros personagens da série. Dan iniciou a carreira em um teatro de improviso chamado The Second City, em Chicago e logo em seguida começou sua carreira de sucesso como dublador em 1987, como parte do elenco de *The Tracy Ulman Show*, no qual dublou os primeiros esquetes que dariam origem a *Os Simpsons*. O IMDb credita a Castellaneta mais de duzentos trabalhos, e o ator segue na ativa até hoje como uma das melhores vozes de *Os Simpsons*.

Nota: 🎈🎈🎈🎈🎈

Sticky

Aparição: *Um Amor de Família* – "Rites of Passage" – Temp. 6. Ep. 16 (Columbia Pictures Television, 1992. Dir.: Gerry Cohen, 23 min.)

Truques na manga: Sticky, o palhaço, é o herói de infância de Bud. Tendo saído recentemente da cadeia após cumprir pena por seus crimes, Peggy pode finalmente contratar Sticky para o aniversário de 18 anos de Bud por apenas cinco dólares. Enquanto esperam Buddy e Al, que foram para uma boate de striptease, Sticky, um palhaço depressivo, fica sentado no sofá, se dedicando ao seu passatempo preferido: atravessar bichinhos de pelúcia com facas afiadas.

O episódio: *Um Amor de Família* (*Married With Children* no original) é uma daquelas séries politicamente incorretas, com um humor machista e *nonsense*, que não se faz mais hoje em dia por ser ofensivo. O *plot* principal da festa de 18 anos com palhaço e pônei pode soar idiota, mas serve como ponte para a melhor parte do episódio: a briga na boate de striptease. Uma pena que Sticky não pôde ser mais bem aproveitado, mas o pouco que aparece já consegue causar arrepios e risadas ao mesmo tempo.

Por trás do nariz vermelho: Roger Hewlett, que interpreta Sticky neste episódio de *Um Amor de Família*, é um ator especializado em séries de TV, apesar de alguns papéis mais significativos estarem em pequenas produções para cinema e vídeo. Dentro do gênero de horror, os filmes mais conhecidos em que Roger atuou foram *Prisioneiro das Trevas* e *They Crawl* de 2001 e *Duende Assassino* de 1995.

Nota: 🎈🎈

Koko

Aparição: *Contos da Cripta* – "A Marionete" – Temp. 4. Ep. 12 (HBO, 1992. Dir.: Kevin Yagher, 25 min.)

Truques na manga: Joseph Renfield (Donald O'Connor) é um titereiro aposentado que viveu o auge de sua carreira nos anos 1950, quando apresentava um programa de sucesso na TV com sua marionete Koko, o palhaço. Anos depois, Joseph, aposentado e com problemas cardíacos, suspeita estar sendo traído por sua jovem mulher.

O episódio: Baseada nas revistas em quadrinhos da EC Comics, que sempre traziam contos de horror ou crime em que a traição, ambição e ganância geralmente eram castigadas com uma reviravolta – ou não – ao final da história. Muitas vezes o leitor era pego de surpresa quando o vilão simplesmente se dava bem com alguma artimanha final. Este tipo de revista acabou sendo proibida nos EUA quando o senado, preocupado com o futuro das crianças, promoveu uma verdadeira caça às bruxas nos quadrinhos americanos. Com isso, diversas editoras se juntaram e instituíram um código de conduta que excluía praticamente tudo o que fez a EC Comics famosa. E podemos ver tudo isso neste pequeno clássico da série de TV *Contos da Cripta*: um velho e rico astro da TV de outros tempos, sua voluptuosa e jovem esposa, um possível amante, um plano para se livrar do marido e um objeto, neste caso uma marionete, usada como parte central da trama com um desfecho inesperado e sinistro.

A direção ficou por conta do técnico em efeitos especiais Kevin Yagher, que trabalhou em *Sexta-feira 13: O Capítulo Final* (1984) e *A Hora do Pesadelo* 3 e 4. Atualmente, Yagher atua no departamento de maquiagem da série *Bones*. Yagher dividiu o roteiro do episódio com Yale Udoff, roteirista pouco expressivo em Hollywood cujo único roteiro para o cinema é *Androide Assassina*, de 1991.

Por trás do nariz vermelho: Donald O'Connor nasceu no show biz. Vindo de uma família ligada ao Vaudeville em 1925, Donald começou a atuar ainda criança como em *Beau Geste* (1939), ao lado de um jovem Gary Cooper. Sua grande chance só veio quando começou a trabalhar em diversos musicais, o que o levou a estrelar o maior deles, o clássico *Cantando na Chuva* (1952), interpretando Cosmo Brown. Donald tem mais de oitenta papéis em sua longa carreira, e apenas este episódio de *Contos da Cripta* pode ser considerado do gênero horror.

Nota: 🎈🎈🎈🎈🎈

O Grande Zambini

Aparição: *Contos da Cripta* – "Alimento Para o Pensamento" – Temp. 5. Ep. 4 (HBO, 1993. Dir.: Rodman Flender, 25 min.)

Truques na manga: O Grande Zambini (Ernie Hudson) é um velho vidente que trabalha em um circo, realizando um show de leitura de mentes junto com sua bela assistente Connie (Joan Chen). Mas Zambini esconde um terrível segredo por trás de sua maquiagem de palhaço: no passado, matou sua antiga assistente, frustrado por não conseguir ler sua mente. Desde então, o assassino telepata vive escondido no circo, onde escraviza Connie com seus poderes mentais.

O episódio: "Alimento para o Pensamento" não é nem de longe um dos melhores episódios da série *Contos da Cripta*. Muito pelo contrário. Apesar da proposta interessante – uma mistura de *Scanners: Sua Mente Pode Destruir* com *Freaks* – o episódio, escrito por Larry Wilson (de *Os Fantasmas Se Divertem* e *A Família Adams*), fica muito aquém do que vimos ao longo das sete temporadas do seriado. O fraco diretor Rodman Flender (de *O Retorno do Duende* e *A Mão Assassina*) não consegue arrancar boas atuações do elenco, com destaque para a bela Joan Chen (da série *Twin Peaks*), que, com uma atuação automática e tediosa, não convence em momento algum da história. O ponto positivo vai para a reviravolta do episódio, característica da série, em que uma das atrações do circo, um gorila "devorador de homens" enciumado e vingativo, mostra de onde tirou sua alcunha. Além disso, sempre haverá a introdução do Guardião da Cripta (com voz do veterano dublador John Kassir), que nunca decepciona.

Como nota de rodapé, podemos citar a direção de fotografia de Rick Bota, diretor dos filmes da série *Hellraiser*, *Caçador do Inferno*, *O Retorno dos Mortos* e *O Mundo do Inferno*.

Por trás do nariz vermelho: Ernie Hudson começou sua carreira em filmes pequenos como *Leadbelly* e *The Human Tornado* (ambos de 1976) e seguiu fazendo pontas em seriados para a TV como *A Ilha da Fantasia* (1978) e *O Incrível Hulk* (1978), seguindo uma carreira sólida até conseguir o papel que definiria sua carreira em 1984 em *Os Caça-Fantasmas*, em que interpreta Winston Zeddmore. Seguiram-se outros pequenos filmes até a continuação de *Os Caça-Fantasmas* em 1989 e, posteriormente, *O Corvo* (1994) e *Congo* (1995). Hudson continua na ativa até hoje e, com mais de duzentos papéis em sua carreira, segue atuando em pequenas produções para a TV e cinema.

Nota: 🎈🎈

Palhaço Sanguinário

Aparição: *Clube do Terror* – "O Conto do Palhaço Sanguinário" – Temp. 3. Ep. 12 (YTV, 1994. Dir.: Ron Oliver, 22 min.)

Truques na manga: Sam, um moleque babaca, gasta o dinheiro que seu irmão havia separado para o presente de aniversário de sua mãe em um cartucho de videogame, e seu irmão diz que, por ser mau, ele deverá acertar as contas com o Palhaço Sanguinário. Então, Sam começa a ver um pequeno e misterioso palhaço de brinquedo em todos os cantos que, aos poucos, se torna uma espécie de Freddy Krueger de nariz vermelho e roupa colorida, entrando em seus sonhos e ensinando a Sam uma lição sobre ser um menino mau.

O episódio: Uma história padrão com uma lição de moral no final, como todas as outras de *O Clube do Terror*. Sam é o tipo de garoto mimado e insuportável que faz com que o telespectador torça para que ele encontre seu fim nas mãos do Palhaço Sanguinário.

Uma pena que, por se tratar de uma série para crianças e adolescentes, as coisas acabem não acontecendo exatamente como se espera. As atuações são ruins até para uma produção barata para a TV, mas este episódio da série de horror infantojuvenil *Clube do Terror* se tornou um pequeno clássico por trazer como tema, mais uma vez, a coulrofobia. O "Palhaço Sanguinário" do título é apenas um brinquedo, e é até simpático, mas a sua capacidade de aparecer onde menos se espera encheu de terror quem era criança lá nos anos 1990.

Por trás do nariz vermelho: Inicialmente representado por um brinquedo, o Palhaço Sanguinário se transforma em uma criatura que lembra muito Freddy Krueger ao aparecer nos pesadelos do pequeno Sam. Quando isso acontece, o palhaço é interpretado pelo ator Alan Legros, conhecido por pontas em filmes como *A Reconquista* (2000) e *O Eliminador* (2001). Seus principais trabalhos foram para a TV, sendo que além de três episódios de *O Clube do Terror*, também atuou em *Lassie* (1997), *Mestres do Terror* (2007) e em *A Royal Scandal* (2001), um filme para a TV que adapta um dos contos de Sherlock Holmes.

Nota: 🎈🎈

O Palhaço

Aparicção: *Millennium* – "Cartas Devolvidas" – Temp. 1. Ep. 3 (20th Century Fox Television, 1996. Dir.: Thomas J. Wright, 60 min.)

Truques na manga: Durante uma festa de aniversário, Jordan vê um sinistro palhaço espreitando em um canto. Mais tarde, durante a noite, a garotinha anda pela casa sozinha, e encontra o sinistro palhaço sentado no teto da sala, com o pescoço torcido. A garotinha então acorda e é confortada por seu pai, Frank Black, quando ela pergunta o porquê de existirem pesadelos.

O episódio: *Millennium* é uma série de TV criada por Chris Carter, criador do célebre seriado de ficção científica/horror *Arquivo X* e conta a história de Frank Black (Lance Henriksen, o androide Bishop de *Aliens: O Resgate*), um ex-agente do FBI que agora trabalha como consultor investigativo e que possui a habilidade de ver dentro da mente dos criminosos. Neste episódio, o terceiro da série, Frank é chamado para ajudar o detetive Jim Horn (James Morrison), um candidato a membro da organização Millennium nas investigações de um assassinato misterioso. Aos poucos Frank começa a perceber o quanto Jim se envolveu com o caso e o ensina como seguir a sua vida em meio ao horror que testemunham no dia a dia.

Millennium pode ser considerada a precursora de todas estas séries criminais

sobre "profilers" da atualidade. Com uma pitada sobrenatural, a obra mostrou que Chris Carter podia, sim, acertar duas vezes e criar mais uma série brilhante como era *Arquivo X*. Infelizmente, apenas três temporadas foram produzidas, apesar de toda a qualidade da produção e atenção ao roteiro que podemos conferir já neste terceiro episódio.

Por trás do nariz vermelho: Não há muita informação disponível sobre Andrew Laurence, o ator que encarna o assustador palhaço que assombra o pesadelo da filha de Frank Black. Sua carreira envolve diversas pontas em séries de TV, incluindo a série mãe de *Millennium, Arquivo X*, em que o ator viveu um nerd em "Prometeus Pós-Moderno", o quinto episódio da quinta temporada, em uma participação não creditada.

Nota:

Juggles

Aparição: *Um Maluco no Pedaço* – "Palhaçadas" – Temp. 6. Ep.13 (NBC Productions, 1996. Dir.: Shelley Jensen, 24 min.)

Truques na manga: Juggles (Dorien Wilson) é um palhaço desempregado que quer provar para o mundo o quão engraçado ele é. Para isso, ele faz Will (Will Smith), Carlton (Alfonso Ribeiro) e o juiz Banks (James Avery) de reféns em um posto de gasolina quando o trio se encaminhava para um importante julgamento. Usando uma bomba amarrada ao corpo, Juggles leva todos até o tribunal, onde pretende se aproveitar da grande cobertura do julgamento pela mídia para apresentar o seu maior show.

O episódio: O fenômeno da coulrofobia na cultura pop é tão grande que, quando menos se espera, deparamo-nos com um palhaço assassino, ou simplesmente criminoso como nesse caso, em um seriado, filme, novela ou gibi. Aqui, em sua última temporada, *Um Maluco no Pedaço* nos apresenta a sua versão de palhaço malvado. Embora Juggles esteja mais para um vilão do Batman dos anos 1950 do que para um Pennywise, o episódio explora de maneira interessante a presença do vilão. Uma pena que as piadas aqui já apresentem o desgaste de seis temporadas e um certo ar de despedida, deixando os destaques para Carlton e para o mordomo Geoffrey (Joseph Marcell), que sempre foram os mais engraçados da série e assim seguiram até o final.

Por trás do nariz vermelho: Dorien Wilson é um prolífico ator de *sitcoms* americanas. Com pequenos papéis aqui e ali em seriados como *Friends*, *Um Maluco no Pedaço*, *Irmã ao Quadrado* e *Seinfeld*, seu principal trabalho foi no seriado *The Parkers*, no qual interpretou o prof. Stanley Oglevee em 110 episódios. A série foi ao ar entre 1999 e 2004 e permanece inédita no Brasil.

Nota: 

Palhaço do Pesadelo

Aparição: *Buffy: A Caça Vampiros* – "Pesadelos" – Temp. 1. Ep. 10, (20th Century Fox Television, 1997. Dir.: Bruce Seth Green, 45 min.)

Truques na manga: Após ser surrado por um homem misterioso, Billy acaba em coma e começa a viver em um mundo de pesadelos. Aos poucos, ele aprende a projetar seu corpo astral para o mundo físico, abrindo uma brecha para que o mundo de pesadelos comece a invadir o mundo desperto. Um desses pesadelos é o de Xander que, após ser perseguido por um palhaço durante sua festa de aniversário de 6 anos, o que fez com que molhasse as calças em frente a todos os convidados, começou a ter pesadelos recorrentes em que é perseguido por um palhaço assassino empunhando uma faca por onde quer que vá.

O episódio: Em um episódio ao estilo "monstro da semana", sem muita conexão com o desenvolvimento da mitologia da série, "Pesadelos" diverte ao explorar os medos presentes no subconsciente de cada personagem, aproximando-os do público ao mostrar que mesmo enfrentando monstros semanalmente, são atormentados por medos comuns que todos nós temos, como medo de aranhas, falar em público, perder a hora da prova final, ser enterrado vivo, decepcionar a família, perceber que está nu ao chegar à escola e, o pior de todos, medo de palhaços!

Escrito pelo criador da série Joss Whedon, responsável, entre outras coisas, pelo block-buster super-heróico *Os Vingadores* (2012), e David Greenwalt, que iniciou sua carreira no clássico da Sessão da Tarde, *Admiradora Secreta* (1985), este episódio traz uma série de referências a obras da cultura pop envolvendo sonhos e pesadelos. É possível encontrar referências a *O Mágico de Oz*, *João e Maria*, *Cinderela* e até *It*, de Stephen King. Esta é a primeira vez que vemos um membro da "Gangue Scooby" transformado em vampiro.

Por trás do nariz vermelho: Apesar de ser um episódio bastante popular por, entre outras coisas, trazer um palhaço como um dos monstros, não há qualquer referência ao ator que interpreta a criatura, sendo bem provável que o trabalho tenha ficado a cargo de algum dos dublês da série.

Nota:

Arco-Íris, o Palhaço Colorido/ Sr. Mímico

Aparição: *As Meninas Superpoderosas* – "Mímica pra Variar" – Temp. 1. Ep. 11 (Cartoon Network Studios, 1999. Dir.: Craig McCracken e Gendy Tartakovsky, 30 min.)

Truques na manga: Arco-Íris, o Palhaço Colorido, é um alegre palhaço animador de festas infantis que sofre um acidente com um caminhão de alvejante, perdendo totalmente suas cores e ganhando o terrível superpoder de transformar tudo em preto e branco. Adotando o nome de Sr. Mímico, o vilão ameaça acabar com todas as cores de Townsville.

O episódio: Todos os primeiros episódios de *As Meninas Superpoderosas* eram divididos em dois segmentos. Como objeto de análise para este livro, tomaremos apenas o segundo segmento do 11º episódio da primeira temporada. Em "Mímica pra Variar" temos a chance de ver os criadores de um dos melhores desenhos da fase de ouro do Cartoon Network brincarem um pouco com o medo de palhaços.

Construído como uma clássica história de origem de supervilão, este episódio é um dos melhores e mais lembrados do desenho. Não só por um vilão emblemático – sempre o palhaço – que sai um pouco do núcleo clássico de inimigos das Meninas, mas também pelo número musical interpretado pelas heroínas para devolver as cores à cidade de Townsville. Impossível não ficar cantarolando a música logo que o episódio acaba!

Craig McCracken e Gendy Tartakovsky podem, sem dúvidas, figurar no *hall* dos grandes gênios da animação ao lado de William Hanna, Joseph Barbera, Fred Quimby e Chuck Jones.

Por trás do nariz vermelho: Tom Kenny é o dublador original do vilão Arco-Íris/Sr. Mímico, além do narrador de todos os episódios de *As Meninas Superpoderosas*. Com uma longa e prolífica carreira como dublador, seu primeiro trabalho foi como ator em uma ponta na comédia *Horror no Vestibular* (1989). Tom também interpretou um palhaço na comédia de humor negro *Um Palhaço Suspeito*, de 1991, de Bobcat Goldthwait.

Nota: 🎈🎈🎈🎈

Bobo da Corte

Aparição: *As Meninas Superpoderosas* – "Diabo Imaginário" – Temp. 02. Ep. 22 (Cartoon Network Studios, 2000. Dir.: Craig McCracken, Jon McIntyre e Randy Myers, 30 min.)

Truques na manga: Bobo da Corte é o maligno amigo imaginário de Mike Believe, um tímido garoto que não consegue se relacionar com ninguém. Bobo da Corte surge como a solução dos problemas de Mike, mas acaba se tornando bastante inconveniente quando suas maldades acabam sendo atribuídas ao bem-intencionado Mike.

O episódio: Comprovando a criatividade de Craig McCracken, o criador de *As Meninas Superpoderosas*, e sua equipe, "Diabo Imaginário" é mais um grande episódio que se apropria das regras de outras mídias e gêneros e apresenta um divertido desenho animado. Neste caso, McCracken se utiliza dos filmes de horror para criar um excelente episódio com ares de *Além da Imaginação* e, de quebra, ainda passa uma mensagem positiva para os jovens telespectadores sobre *bullying*.

Mike é apenas um garoto muito tímido, que não consegue se enturmar na nova escola, por isso todas as crianças o tomam como estranho e logo atribuem a ele a culpa de toda a confusão que o Bobo da Corte está causando. A solução para o problema aparece quando as Meninas decidem criar um superamigo imaginário para enfrentar o Bobo da Corte. O resultado é hilário.

Por trás do nariz vermelho: Tom Kenny, que já havia emprestado a voz para outro palhaço vilão na primeira temporada em "Mímica pra Variar", retorna como o dublador original de Bobo da Corte, ou Patches no original. Em seus 340 trabalhos, Tom deixou sua marca em personagens famosos como Bob Esponja, Dr. Octopus em *Ultimate Homem-Aranha*, Homem-Borracha em *Batman: Os Bravos e Destemidos* e, mais recentemente, como Rei Gelado em *Hora de Aventura*. No desenho *As Meninas Superpoderosas*, Kenny também dublou o prefeito, o Narrador e Snake, da Gangue Gangrena.

Nota: 🎈🎈🎈

Palhaço Mecânico

Aparição: *O Que Há de Novo, Scooby-Doo?* – "Uma Jogada Aterrorizante com um Palhaço Assustador" – Temp. 3. Ep. 7 (Warner Bros. Animation, 2005. Dir.: Chuck Sheetz, 30 min.)

Truques na manga: Durante o campeonato internacional de minigolfe, um dos obstáculos, um gigante palhaço mecânico, cria vida e começa a assombrar o campo, devorando participantes do campeonato.

O episódio: Apesar de estarem longe do clima e ambientação de terror que a série original do *Scooby-Doo* possuía, estes desenhos mais novos têm um senso de humor mais ágil e piadas bem boladas. Porém, para o fã dos garotos intrometidos e seu cachorro, esta ambientação mais sinistra faz muita falta. Neste episódio, podemos ver que os monstros realmente deixaram de ser levados a sério, tanto pelos telespectadores como pelos realizadores, que inventam planos e inimigos cada vez mais mirabolantes e escrachados – neste caso, um palhaço mecânico gigante que é uma espécie de obstáculo de minigolfe vivo! Há uma pequena referência ao *Pequeno Scooby-Doo* quando se explica a origem da coulrofobia da Velma, e a inversão de papéis entre Fred e Salsicha já que este último pretende vencer o campeonato de qualquer maneira e não vai deixar qualquer monstro o atrapalhar. São pontos interessantes, mas não vão muito além disso.

Por trás do nariz vermelho: O palhaço neste episódio é dublado por Tom Kenny, veterano dublador com mais de trezentos trabalhos em seu currículo. Seu papel mais importante é como dublador do Bob Esponja no idioma original. Por uma daquelas coincidências do destino, Tom começou sua carreira como o palhaço Binky no filme *Um Palhaço Suspeito*, de Bobcat Goldtwaith em 1991.

Nota: 🎈

O Incrível Papazian/Rakshasa

Aparição: *Supernatural* – "Todo Mundo Adora Palhaços" – Temp. 2. Ep. 2 (Warner Bros. Television, 2006. Dir.: Phillip Sgriccia, 55 min.)

Truques na manga: Rakshasa é um antigo espírito maligno hindu que a cada vinte anos assume a forma de uma pessoa, ave ou cão para se alimentar de carne humana. Um Rakshasa não pode entrar em uma casa sem ser convidado, e por isso Harry Papazian, um atirador de facas cego, se transforma em um palhaço para atrair a atenção de uma criança e enganá-la para que ela o convide a entrar. Além de ser um *transmorfo*, um Rakshasa também pode ficar invisível.

O episódio: Apesar da história principal, na qual os irmãos Winchester devem enfrentar o "monstro da semana" não acrescentar muito além do medo de palhaços de Sam à mitologia da série, o arco paralelo, mostrando o luto dos dois irmãos e como cada um lida com a morte do pai, consegue se destacar ao mostrar um episódio que possui doses bem equilibradas de drama, aventura, humor e horror.

O roteiro de John Shiban força a barra na escolha do palhaço como forma para que as crianças convidem o demônio a entrar em suas casas, e parece uma solução simplória para remeter à coulrofobia como monstro da semana. Alguns momentos improvisados, como a cena da cadeira, acabam divertindo e fazem o episódio valer a assistida.

Por trás do nariz vermelho: Alec Willows, veterano dublador de desenhos animados, interpreta assustadoramente Harry Papazian, o atirador de facas cego que esconde um terrível segredo. Willows começou a carreira de ator em 1980 em uma ponta na série de TV *Huckleberry Finn and His Friends*, mas é mais conhecido lá fora pelas vozes de Oolong em *Dragon Ball* e Tarantulas em *Transformers: Beast Wars*. Seus únicos trabalhos dentro do gênero de horror envolvem uma pequena ponta em *Hellraiser: Caçador do Inferno* e diversas séries de TV como *Millennium*, *A Quinta Dimensão*, *Alfred Hitchcock Presents*, *Além da Imaginação* e *Poltergeist: O Legado*.

Nota: 🎈🎈

Buster

Aparição: *Mestres do Terror* – "We All Scream for Ice Cream" – Temp. 2. Ep. 10 (Starz Media, 2007. Dir.: Tom Hollander, 55 min.)

Truques na manga: Buster é um deficiente mental que gosta de se vestir de palhaço e vender "o melhor sorvete do mundo" para as crianças do seu subúrbio. Uma gangue de pequenos delinquentes decide pregar uma peça no inocente Buster e acaba matando-o. Muitos anos depois, o palhaço reaparece para vender sorvete, dessa vez para os filhos de seus assassinos. E quer vingança...

O episódio: A ideia era genial: uma série de TV com episódios independentes, cada um dirigido por um mestre do cinema de horror. Infelizmente, *Mestres do Horror* dá uma no cravo e outra na ferradura, alternando episódios geniais com outros constrangedoramente ruins. Tom Holland, diretor de clássicos como *A Hora do Espanto* (1985) e *Brinquedo Assassino* (1988) foi chamado para essa segunda temporada e até faz um bom trabalho com o que tem em mãos. Lamentavelmente, o roteiro de David J. Schow (inspirado num conto de John Farris) rouba descaradamente elementos de *It*, sem o mesmo brilho.

Por trás do nariz vermelho: O nova-iorquino William Forsythe é bastante conhecido por seus papéis de gângsteres e *bad boys* em filmes como *Fúria Mortal* (1991), *Era uma Vez na América* (1984), *O Substituto* (1996) e *Rejeitados pelo Diabo* (2005). No papel do palhaço Buster, ele surpreende ao mostrar sua versatilidade, principalmente nas cenas em que o personagem ainda é "bonzinho".

Nota: 

Odd Bob

Aparições: *The Sarah Jane Adventures* – "The Day of The Clown" – Temp. 2 Ep. 3 e 4 (BBC, 2008. Dir.: Michael Kerrigan, 28 min.)

Truques na manga: Crianças estão desaparecendo por toda a cidade, e acredita-se que a presença de dois garotos amigos de Sarah Jane, a antiga companheira dos terceiro e quarto doutores (*Dr. Who*), nos arredores da escola onde estudam Luke e Clyde, pode estar relacionada aos desaparecimentos. Quando Sarah resolve investigar os misteriosos fatos, descobre que o estranho palhaço Odd Bob é na verdade o lendário flautista de Hamelin e está por trás dos sequestros, realizados com um bando de palhaços robôs com balões que hipnotizam as crianças para deixá-las sob seu comando.

O episódio: *The Sarah Jane Adventures* é um *spin-off* de *Dr. Who* focado em um público mais infantil. Dessa forma, a história soa bastante didática na introdução de novos personagens e nada convincente nos efeitos e cenários. Apesar de algumas cenas interessantes nos momentos de suspense, a série fica bem aquém de *Dr. Who* e toda a sua inventividade. Mais uma vez, uma companheira possui a fobia de palhaços, como Ace, a ajudante do sétimo doutor.

Por trás do nariz vermelho: Odd Bob é interpretado pelo ex-jogador de futebol Bradley Walsh. Dono de uma longa carreira na TV, Walsh tem atuado mais recentemente na versão inglesa do seriado de sucesso *Lei e Ordem*, no papel do veterano detetive Ronnie Brooks. O passado como jogador de futebol de Walsh foi revisitado por ele no cinema na comédia *Mike Bassett: O Treinador Inglês* (2001), sobre a busca por um substituto do treinador de um time às vésperas das finais do campeonato.

Nota:

Plucky Pennywhistle

Aparição: *Supernatural* – "O Zoológico Mágico de Plucky Pennywhistle" – Temp. 7. Ep. 14 (Warner Bros. Television, 2012. Dir.: Mike Rohl, 44 min.)

Truques na manga: Mascote de uma cadeia de pizzarias para crianças, o Zoológico Mágico de Pluky Pennywhistle, Plucky geralmente é um palhaço amigável. Mas quando Howard (Michael Blackan Beck), o gerente da franquia no Kansas, começa a usar feitiçaria para invocar os piores medos das crianças, Plucky se torna um palhaço maligno para enfrentar Sam e seu medo de palhaços.

O episódio: Outro episódio "filler", daqueles que não acrescentam nada à mitologia de uma série, "O Zoológico Mágico de Plucky Pennywhistle" está lá apenas para completar o número de capítulos por temporada. Porém, o senso de humor beirando o surrealismo e o *nonsense* fazem deste um grande episódio das temporadas mais recentes de *Supernatural*.

Andrew Dabb e Daniel Loflin fazem um excelente trabalho com um roteiro redondo que explora os medos das crianças e de Sam com altas doses de ação e humor. Não há como não apreciar um episódio em que um dos assassinatos é cometido por um unicórnio com cauda de arco-íris!

Por trás do nariz vermelho: Não há referências concretas sobre os atores que vivem as duas versões malignas de Plucky Pennywhistle. O IMDb e o TV.com apontam Will Verchere-Gopaulsingh e Eric William Gibson, ambos atores mirins com apenas algumas pontas em seriados como *Psych* e *Continuum*, como os possíveis atores por trás dos narizes vermelhos.

Nota: 🎈🎈🎈🎈

Bebê-Chorão

Aparições: *Scooby-Doo! Mistério S/A* – "A Noite que o Palhaço Chorou Partes 1 e 2" – Temp. 2. Ep. 1 e 3 (Warner Bros. Animation, 2012. Dir.: Curt Geeda, 23 min.)

Truques na manga: O palhaço Bebê-Chorão aterroriza a pequena cidade de Crystal Cove com seu carro envenenado e suas granadas em forma de mamadeira. Bebê-Chorão foi o primeiro vilão a conseguir escapar da Mistério S/A, aproveitando que o grupo havia sido dissolvido e passava por conflitos internos.

O episódio: Muitos consideram *Mistério S/A* o melhor desenho do *Scooby-Doo*. Melhor até que o original. Isso se dá pelo fato de as histórias nessa versão, que foi ao ar entre 2010 e 2013, serem muito mais elaboradas e até certo ponto, adultas. Neste episódio em duas partes, vemos a turma tendo que se reagrupar, após ter sido dissolvida na temporada anterior, para salvar Crystal Cove do palhaço Bebê-Chorão. Salsicha foi para a escola militar, Fred se tornou um andarilho em busca de seus verdadeiros pais, Scooby está em um abrigo para animais e Velma continua investigando mistérios e é responsável por juntar toda a turma novamente. Daphne, após terminar seu noivado com Fred, encara um novo relacionamento "com um homem de verdade", um ator de filmes adolescentes sobre vampiros. São adicionados backgrounds aos personagens principais, relacionamentos, família e detalhes que, ou eram mostrados muito por cima nas versões anteriores, ou nunca haviam sido explorados. Há até espaço para uma referência a *Watchmen* de Alan Moore. Apesar de os vilões das séries que se seguiram à original não serem tão assustadores e "realistas" como a série clássica, *Mistério S/A* agrada aos fãs mais exigentes por ir além e ser original ao entregar novidades a uma franquia que já dura quase cinquenta anos.

Por trás do nariz vermelho: O palhaço Bebê-Chorão é dublado no idioma original por ninguém menos que Mark "Luke Skywalker" Hamill. Famoso por seu papel na trilogia clássica de *Star Wars*, Hamill possui uma longa carreira como dublador, na qual seu papel mais importante foi como Coringa na animação do Batman dos anos 1990. Mais recentemente, Hamill emprestou a voz para o Zeca Urubu nos novos desenhos do Pica-Pau, e aqui tem a chance de revisitar o papel que o colocou definitivamente no *hall* dos maiores dubladores de desenhos animados de todos os tempos.

Nota: 🎈🎈🎈

Twisty e Dandy

Aparições: *American Horror Story: Freak show* (20th Century Fox Television, 2014. Dir.: Ryan Murphy, Alfonso Gomez-Rejon, Michael Uppendahl, Howard Deutch, Anthony Hemingway, Bradley Buecker, Michael Goi, Loni Peristere, 61 min.)

Truques na manga: Twisty (John Carroll Lynch) já foi um simpático palhaço que atuava em um circo de aberrações nos anos 1940. Enciumados com o sucesso que o palhaço vinha fazendo com o público, as aberrações do circo espalham pela cidade que ele abusava de crianças. Fugindo para a cidade onde nasceu, Twisty encontra sua mãe morta e começa a viver no trailer dela, tentando sem sucesso vender brinquedos feitos com sucata a uma loja local. Desiludido, Twisty tenta o suicídio, mas apenas consegue destruir seu maxilar, o que o leva a viver com uma máscara estampada com um sorriso constante.

Após ser recusado pelo Gabinete de Curiosidades de Elsa, Twisty, enfurecido, passa a matar e sequestrar crianças, na tentativa de entretê-las como no passado. Sendo encontrado vagando pela estrada, Twisty é "contratado" por Gloria (Frances Conroy), a viúva *socialite* mãe do riquinho mimado Dandy (Finn Wittrock), para entreter seu filho-problema, que acaba descobrindo seus crimes e encontrando nos assassinatos cometidos pelo palhaço Twisty uma maneira de preencher sua vida sem sentido. Depois de Twisty ser morto pela entidade sobrenatural Edward Mordrake (Wes Bentley), Dandy assume a máscara de seu mentor e, acreditando ser esta sua missão divina, inicia um verdadeiro massacre na pequena cidade de Júpiter na Florida.

A série: *American Horror Story* é uma série de TV desenvolvida pelos criadores de *Glee* e *Nip/Tuck*, Ryan Murphy e Brad Falchuk, que a cada temporada conta histórias diferentes, fechadas, não necessariamente pertencentes a um mesmo universo, ambientadas em um determinado momento histórico dos Estados Unidos. Em sua quarta temporada, o seriado conta a rotina do último circo de aberrações da América, comandado pela ambiciosa aspirante a atriz Elsa Mars (Jessica Lange). Ousada para os padrões televisivos atuais, a série traz pessoas com deficiências reais e coloca o circo em meio ao clima de caça aos comunistas ocorrida nos EUA durante o final dos anos 1950 e início dos anos 1960. Também podemos enxergar aqui a decadência do *show biz* durante a ascensão da TV. A *AHS* sofre dos mesmos males que a maioria dos enlatados para a TV, em que a história se arrasta apenas para preencher aquele número fixo de episódios, levando a uma enorme quantidade de situações que acontecem sem avançar o tema principal para lugar algum. São recursos narrativos desonestos que servem apenas para prender a atenção do telespectador e quebrar o ritmo do seriado. As melhores características de *American Horror Story* con-

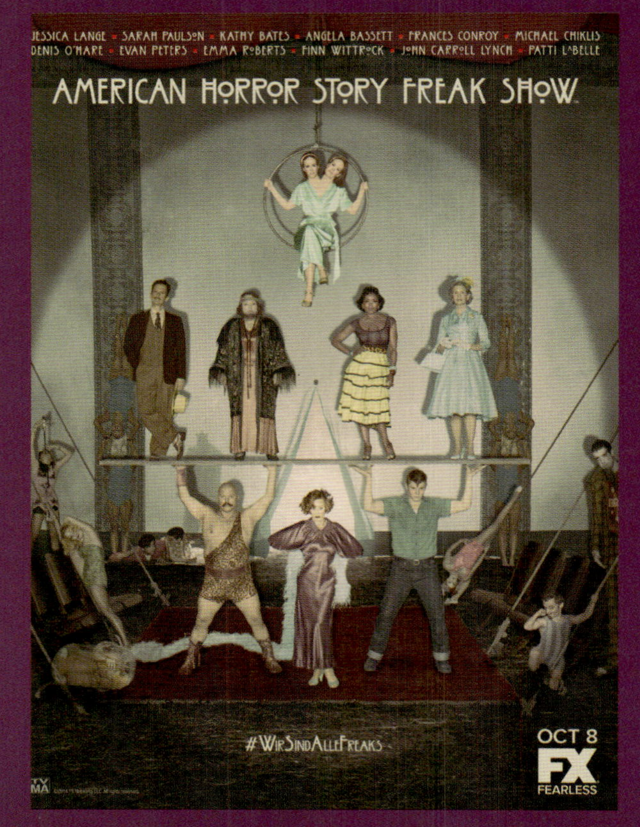

tinuam sendo seu elenco monstruoso, com o perdão do trocadilho, e as histórias de horror como metáfora da realidade americana. No original, o título também pode ser lido como "história do horror americano".

Por trás do nariz vermelho: John Carroll Lynch é um ator americano que começou a carreira no teatro e fez seu *debut* no cinema em uma ponta no filme *Dois Velhos Rabugentos* em 1993. Três anos depois, John foi bastante elogiado no seu papel de Norm Gunderson em *Fargo*. Em 2003, ele interpretaria o xerife Ryan em *Na Companhia do Medo*, papel que renderia a ele a indicação do próprio David Fincher para atuar em *Zodíaco*, quatro anos depois, em 2007. Curiosamente, John Carroll Lynch também trabalhou em *Carnivalle*, outra série sobre um circo de aberrações.

Dandy, o jovem assassino que assume o lugar de Twisty, é interpretado por Finn Wittrock, jovem ator acostumado a pontas em seriados de investigação e tribunal como *CSI* e *Lei e Ordem*. Seus papéis mais importantes na TV foram na série *All My Children* e *Masters of Sex*, além, é claro, de *AHS: Freak show*, que parece ter colocado Finn de uma vez por todas no cinema, onde recentemente atuou em dois grandes sucessos: *Invencível*, de 2014, de Angelina Jolie, e *Noé*, também de 2014, de Darren Aronofsky, além de *Submarine Kid*, filme atualmente em pós-produção, em que Finn, além de atuar, também divide o roteiro com o diretor Eric Bilitch.

Nota: 

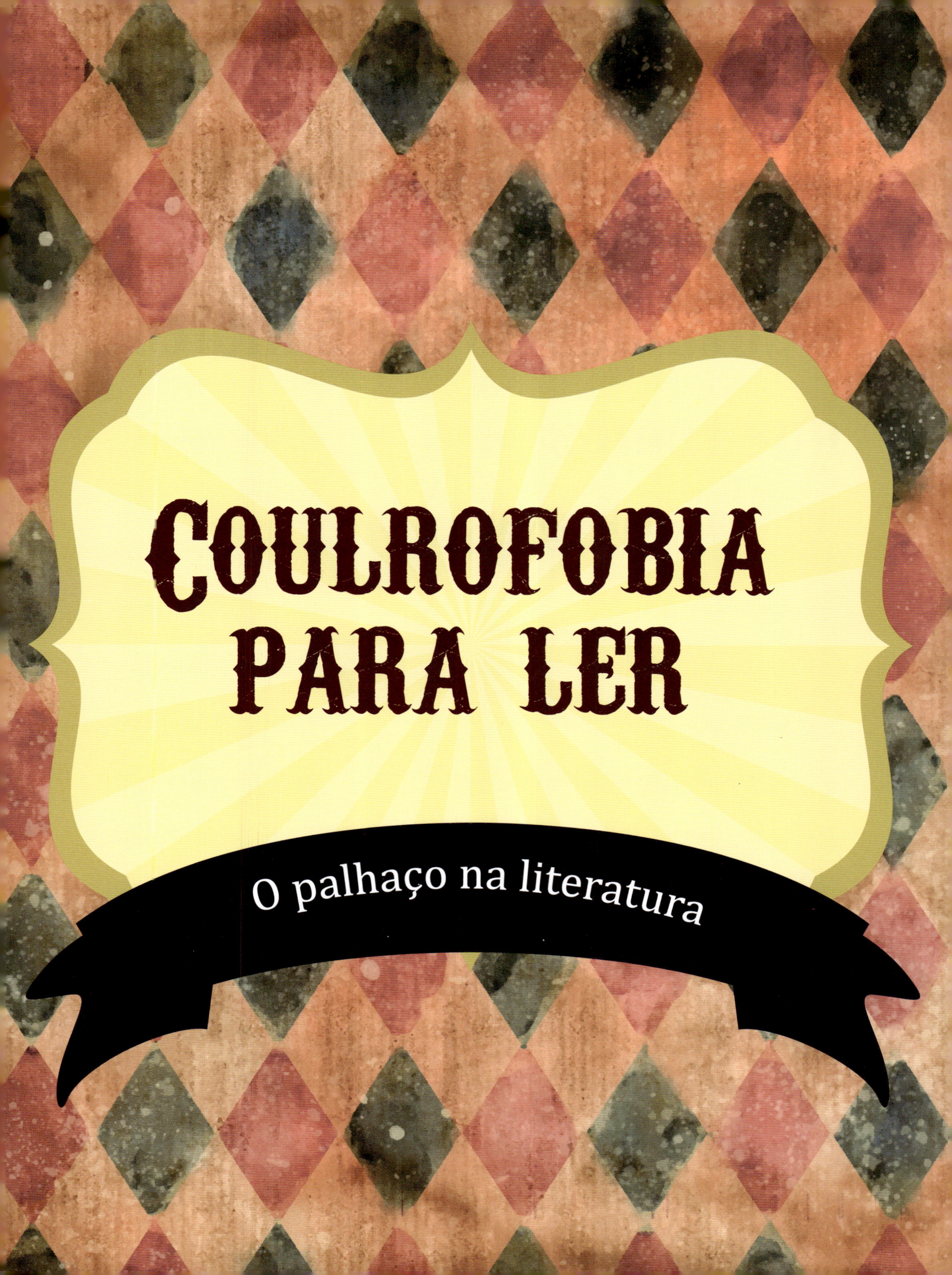
COULROFOBIA
PARA LER
O palhaço na literatura

Sofremos muito com
o pouco que nos falta
e gozamos pouco o muito
que temos.

(William Shakespeare)

Rir é uma necessidade básica humana, como dormir e se alimentar. Talvez por isso, desde que as primeiras histórias foram contadas, sempre existiram as piadas. E com as piadas, vieram os palhaços, que, embora tenham mudado muito ao longo de eras, sempre estiveram presente em nossa sociedade.

Os primeiros registros envolvendo bobos da corte datam do Egito Antigo, onde pigmeus faziam os faraós rirem por volta de 2500 a.C. As lendas contam que houve um certo bufão chamado YuSze, que foi o único capaz de apontar falhas no plano de pintar a Muralha da China pelo Imperador Qin Shi Huang; algumas tribos nativas americanas possuíam personagens parecidos com palhaços que interrompiam rituais sagrados com brincadeiras; o palhaço na Roma Antiga era chamado "stupidus"; além, é claro, dos amplamente conhecidos bobos da corte durante o período da Europa feudal, que atravessaram os séculos XVIII e XIX, dando origem ao palhaço como conhecemos hoje. Os palhaços se tornaram arquétipos clássicos e com o tempo foram incorporados à literatura conforme a humanidade aprendeu a registrar suas histórias, sejam elas fictícias ou não.

Em 1599, Willian Shakespeare escreveu uma de suas obras-primas, *Hamlet*, sobre como o príncipe planeja sua vingança contra seu tio Cláudio, que executou seu pai para assumir o trono da Dinamarca e casar-se com sua mãe, Gertrudes. O icônico monólogo de Hamlet, pouco antes do enterro de Ofélia, se dá com a caveira de Yorick, um bobo da corte que o príncipe conheceu quando era criança.

Durante o século XVI, desenvolveu-se na Itália um tipo de teatro de máscaras encenado nas ruas e que, aos poucos, espalhou-se pela Europa, a Commedia dell'arte, na qual o Arlequim desempenhava papel importante em suas peças. No século XVII, quando essas comédias chegaram à Inglaterra, o Arlequim passou a ser o personagem central das tramas, que ficaram conhecidas como arlequinadas.

Tais pantomimas eram encenadas por cinco tipos de palhaços, que desempenhavam papéis importantes na peça: o

Arlequim, o papel masculino principal, era um romântico, sempre tentando conquistar o amor da Colombina; esta, a doce donzela por quem o Arlequim sempre se apaixona; o Palhaço, uma espécie de narrador que interagia com a plateia com frases de efeito e piadas; o Pantaleão, o ganancioso e malvado pai da Colombina; e o Pierrô, ou Pedrolino, o fiel servo do Pantaleão.

Pagliacci

Inspirado pelas arlequinadas e em um incidente de sua infância, em que um assassinato passional envolvendo irmãos escandalizou a pequena cidade onde vivia, Ruggero Leoncavallo escreveu a ópera *Pagliacci*, que estreou em 21 de maio de 1892 no Teatro Dal Verme em Milão. A ópera conta a história de uma trupe de teatro mambembe que chega à cidade para encenar uma trágica história de traição envolvendo o Pagliacci e a Colombina. Durante a encenação, o ator que vive Pagliacci, Canio, descobre que Nedda, a Colombina, está realmente o traindo, e, exigindo saber o nome do amante de sua esposa, assassina-a com uma faca. Durante seus últimos suspiros, Nedda finalmente revela o nome de seu amante, que parte em seu socorro, apenas para também encontrar seu fim nas mãos do Pagliacci enfurecido.

Em 1894, o autor francês Catulle Mendès acusou Leoncavallo de plagiar sua peça de 1874, *La Femme de Tabarin*, que também envolvia uma peça dentro de outra peça e um palhaço assassino. Anos depois, Mendès acabou sendo acusado de plágio ao ser apontado que sua peça, *La Femme de Tabarin*, também apresentava semelhanças com *Um Drama Nuevo*, do dramaturgo espanhol Don Manuel Tamayo y Baus, de 1867. Mendès desistiu do processo.

Um dos grandes nomes da arlequinada inglesa, o ator Joseph Grimaldi é apontado como o precursor do palhaço moderno. Apesar da maestria com que Grimaldi interpretava seus palhaços no palco, sua vida real era bem diferente. Dado a momentos de profunda depressão, o ator era filho de um pai tirano, sua primeira esposa morreu durante o parto, e seu filho, também um palhaço, morreu de tanto beber aos 31 anos. Suas cambalhotas e acrobacias no palco o tornaram famoso, mas fizeram com que vivesse com dores terríveis. Grimaldi morreu pobre e alcoólatra em 1837.

O escritor inglês Charles Dickens ficou encarregado de contar suas memórias.

As aventuras do sr. Pickwick

O próprio Dickens já havia visitado o tema do palhaço trágico em seu romance serializado de 1836, *As aventuras do Sr. Pickwick* (*The Pickwick Papers*, no original), que conta as aventuras do grupo de estudo do Clube Pickwick, que viaja pela Inglaterra relatando descobertas científicas e estudando o comportamento humano. Em uma dessas viagens o grupo se depara com a história de um decadente ator de pantomimas, doente e enlouquecido, que vaga pelas vielas de Londres vestido de palhaço. Dickens é considerado o criador do palhaço assustador. Segundo Andrew McConell Scott, biógrafo de Joseph Grimaldi e autor de diversos artigos sobre coulrofobia, no artigo "The History and Psychology of Clowns Being Scary", escrito por Linda Rodriguez McRobbie e publicado no site Smithsonian.com, em 31 de julho de 2013, o que Dickens fez foi "tornar impossível olhar para um palhaço sem imaginar o que estava acontecendo debaixo da maquiagem".

Por falar em assustador, um dos grandes nomes de horror de todos os tempos, Edgar Allan Poe, publicou seu conto *"Hop-Frog or the Eight Chained Ourang-Outangs"* ("Hop-Frog, ou os oito orangotangos acorrentados", em português) em 17 de março 1849 no jornal *The Flag of Our Union*, em Boston, nos EUA.

"Hop-Frog"

Hop-Frog é o bobo da corte que vive sendo zombado pelo rei e seus sete conselheiros por ser anão e manco. Durante os planos para o baile de máscaras da corte, o rei pede ajuda ao bobo para que sua fantasia e de seus conselheiros sejam as melhores e mais surpreendentes da festa. O anão, cansado das humilhações da corte, conta sobre uma antiga brincadeira que costumavam fazer em sua terra, onde os homens se vestiam de orangotangos e, acorrentados uns aos outros, fingiam ter fugido, assustando os presentes e arrancando boas risadas de todos. Quando é chegada a hora do baile, o rei e seus conselheiros, acorrentados e trajando suas fantasias de orangotango feitas de piche e linho, entram no salão causando pânico generalizado em todos os convidados. Hop-Frog tranca o salão e prende os oito "orangotangos" na corrente do candelabro central, fingindo salvar a todos. Enquanto o rei e seus sete conselheiros se divertem com a brincadeira, Hop-Frog ateia fogo às fantasias e foge.

Apesar de ser um conto relativamente desconhecido de Poe, Hop-Frog já foi adaptado para o cinema duas vezes. A primeira, em 1910, pelo diretor francês Henri Desfontaines, e a segunda, em 1992, no curta-metragem *Fool's Fire* (Fogo de Tolo) de Julie Taymor, com Michael J. Anderson, de *Twin Peaks*, como Hop-Frog. Alguns elementos da história também foram utilizados em *A Orgia da Morte*, filme de Roger Corman, estrelado pelo grande ator Vincent Price. O conto também fez parte do álbum *The Raven* de 2003, do cantor Lou Reed, falecido em 2013, em que uma das faixas, chamada "The Hop-Frog", é interpretada por ninguém menos que o camaleão do rock David Bowie.

Em 1859, o poeta inglês Lord Alfred Tennyson escreveu *Os idílios do rei* (*Idylls of The King*, no original), um conjunto de doze poemas que contam a ascensão e queda de Rei Arthur. Esses poemas introduzem pela primeira vez a figura de Dagonet, o bobo da corte de Camelot, estimado por Arthur e que, certa vez, chegou a capturar o grande sir Lancelot em uma de suas brincadeiras. Dagonet muitas vezes não hesitava em empunhar escudo e espada e lutar ao lado dos Cavaleiros da Távola Redonda, além de usar suas artimanhas para enganar os inimigos do reino.

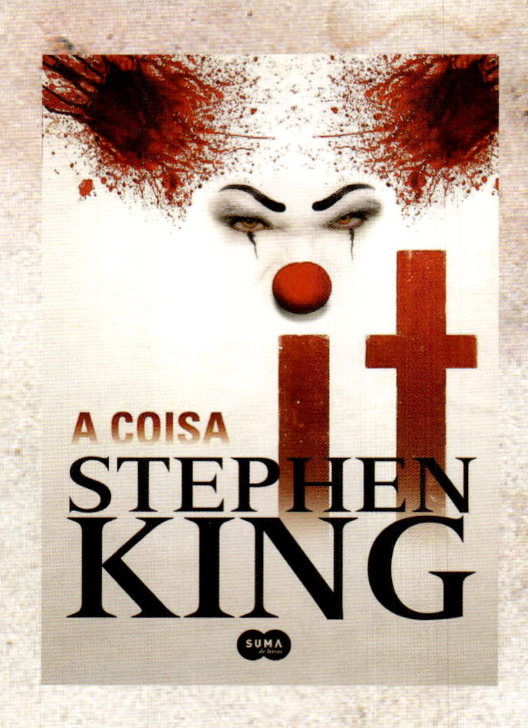

Publicado pela primeira vez em 15 de setembro de 1986, *It*, do escritor americano Stephen King, talvez seja a obra literária de horror mais famosa envolvendo um palhaço maligno, conforme pôde ser visto nos capítulos anteriores.

Com personagens muito bem construídos, cada um com suas características particulares, *It* lida com diversos elementos que se tornaram famosos na obra de King como lembranças, traumas de infância e o horror por trás da aparente harmonia das pequenas cidades do interior americano, tocando no tema delicado da perda da inocência de maneira brusca e repentina, quando o grupo de crianças descobre como fugir dos esgotos após o primeiro confronto com a Coisa.

It foi o livro mais vendido nos EUA em 1986, segundo o Publishers Weekly, e foi premiado com o British Fantasy Award de melhor romance em 1987, além das indicações ao Locus e ao World Fantasy Award no mesmo ano, e foi adaptado para a TV em 1990.

Os palhaços assassinos ficaram um pouco afastados da literatura até que o escritor australiano Will Elliott publicou em 2006 seu livro *The Pilo Family Circus* (O Circo da Família Pilo) que conta a história de um homem que após quase atropelar um palhaço, começa a ser perseguido por três exemplares sinistros. O livro foi um sucesso imediato, tendo sido premiado com o ABC Fiction Award, o Aurealis Fiction Award e o Australian Fiction Award em 2006 e com o Ditmar Award e o International Guild Award em 2007. Em 2012, *The Pilo Family Circus* foi adaptado para o teatro pelo Godlight Theater.

O popular autor britânico, especialista em H. P. Lovecraft e crítico de cinema, Ramsey Campbell, deu sua contribuição ao lançar em 2007 a ficção *The Grin of the Dark* (ainda inédito no Brasil) sobre Simon, um desgraçado crítico de cinema que investiga a história de um palhaço popular no cinema mudo chamado Tubby Thackeray para escrever sua biografia. Com todos os seus filmes perdidos, Simon conecta fatos e eventos, e à medida que seu livro avança, perturbadoras filmagens antigas são resgatadas, o suficiente para o autor perder seu sono e sua sanidade.

Em 2008, o policial e escritor inglês Craig Russell publicou o quarto romance da sua série de livros sobre o detetive Jan Fabel, *The Carnival Master* (O Mestre do Parque de Diversões), que conta com uma caçada ao Carnival Canibal (o Canibal do Parque), um assassino em série que acompanha um parque de diversão itinerante em busca de vítimas.

Já no Brasil, para os que são fãs de uma boa literatura, há uma interessante antologia lançada pela Editora Estronho chamada *Le Monde Bizarre: O circo dos horrores*, com a participação de diversos autores como Celly Borges, Duda Falcão, Kássia Neves, Marcelo Amado e até Iam Godoy, articulista do site Boca do Inferno. Um circo de bizarrices que não poupa o leitor de seu festival de assustadoras e hostis criaturas!

Apesar da crescente onda de filmes de horror envolvendo palhaços assassinos ter suplantado a produção literária do tema, a coulrofobia, ao longo dos últimos cinco séculos, provou-se um terreno fértil e fascinante para onde podemos voltar sempre que quisermos sentir medo. É só retirar aquele livro empoeirado da prateleira, sentar-se na sua poltrona favorita e estar pronto para continuar vendo aquele sorriso sinistro sempre que as luzes se apagarem.

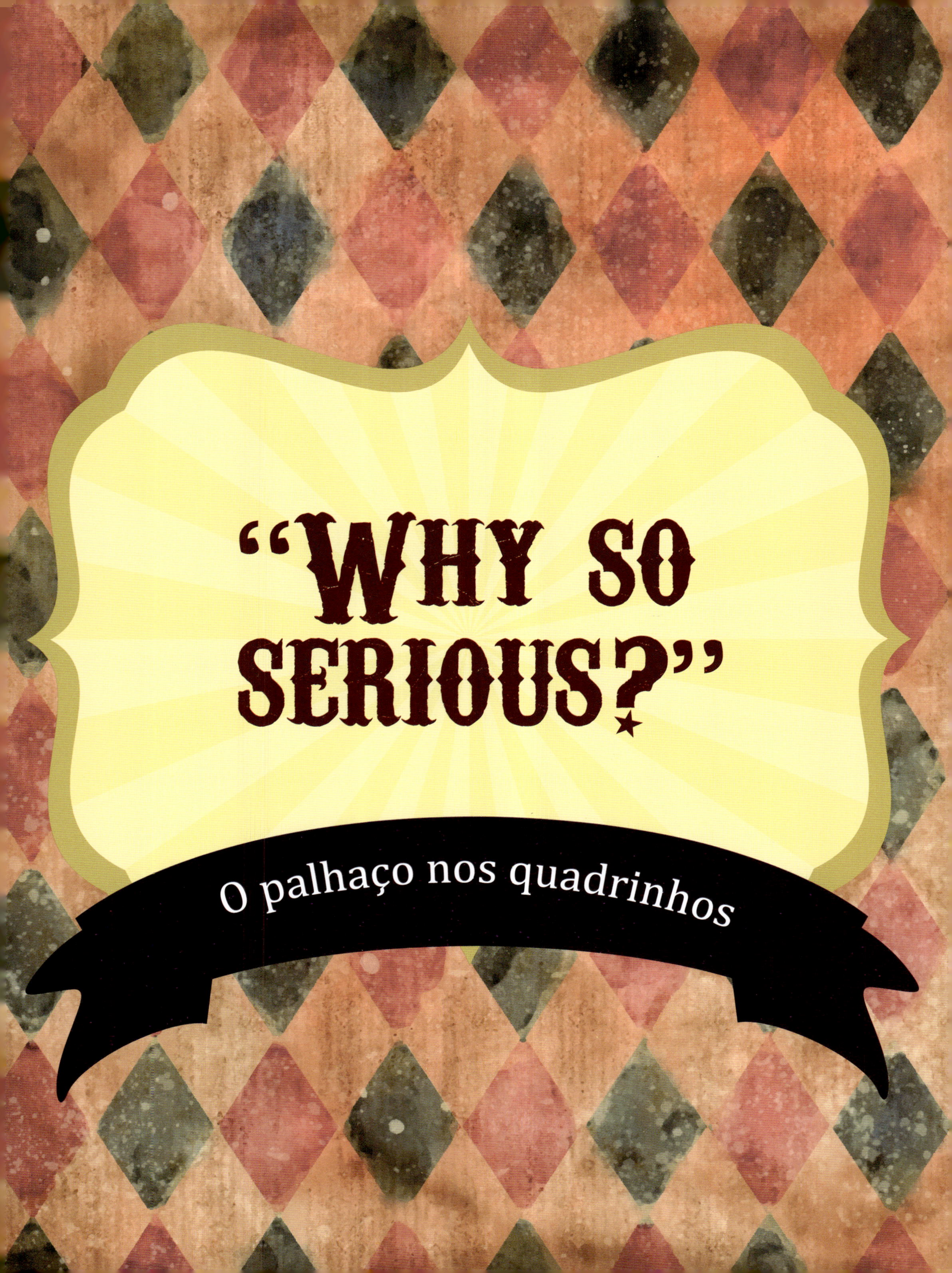
"WHY SO SERIOUS?"
O palhaço nos quadrinhos

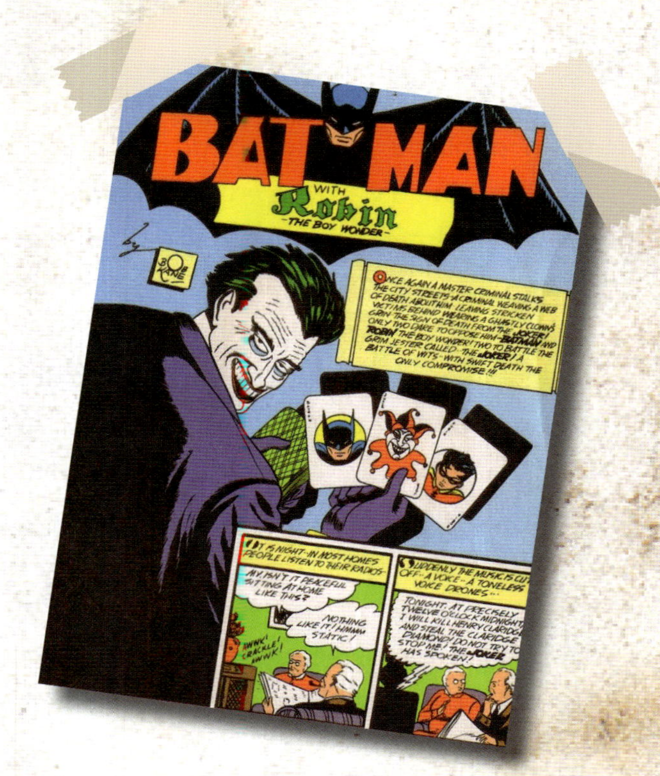

Antes que os super-heróis dominassem as grandes editoras americanas após o surgimento do Superman, os quadrinhos tinham um tom mais cômico, trazendo histórias de animais e crianças metidas nas mais diversas confusões. Foi nesse tipo de revista que os palhaços foram utilizados pela primeira vez como vilões em pequenas histórias passadas em circos, ocultando sua identidade por baixo da maquiagem para cometerem seus crimes. Posteriormente, quando as histórias de gângster se tornaram populares, os palhaços novamente viram uma oportunidade de cometer seus delitos encobertos pela maquiagem carregada.

Com o advento dos super-heróis e suas roupas coloridas e poderes extravagantes, muitos autores viram nos palhaços inimigos lógicos, e aos poucos diversos heróis acabariam por enfrentar vilões coloridos e maquiados. O maior deles, o Coringa, foi criado como coadjuvante na primeira edição da revista do Batman na primavera de 1940, e muitos o seguiram, tanto que todo herói que se preze já enfrentou um vilão fantasiado de palhaço pelo menos uma vez na vida.

Logo após a Segunda Guerra Mundial, o público leitor de quadrinhos havia mudado. O horror do Holocausto e das bombas de hidrogênio não havia deixado espaço para fantasias escapistas e os super-heróis estavam em baixa. As revistinhas de horror e crime haviam se tornado a preferência dos leitores, que haviam crescido e, com isso, a EC Comics – editora especializada neste tipo de leitura – se tornara líder no mercado com suas revistas *Vault of Horror*, *Crime Suspenstories* e *Contos da Cripta*, entre outras. Muitas das histórias destas revistas seriam adaptadas para o seriado *Contos da Cripta* décadas depois. Durante esse período, muitas revistas estampavam palhaços empunhando as mais diversas armas ou enfrentando policiais em suas capas.

A alegria da EC Comics durou pouco.

Em 1954, o psiquiatra Fredric Wertham publicou seu livro *Seduction of the Innocent*, no qual analisava os problemas da juventude americana e atribuía à sua causa, entre outras barbaridades, à leitura constante de revistas em quadrinhos. Imensas fogueiras eram feitas com gibis dos mais variados tipos. Autores, artistas e editores foram levados até o senado, onde eram interrogados como criminosos. Foi uma verdadeira caça às bruxas.

Visando a manutenção do mercado de quadrinhos, diversas editoras se uniram para criar o Comics Code Authority, uma espécie de conselho que atribuía às revistas um selo de qualidade após uma rigorosa avaliação da periculosidade das histórias para as mentes das criancinhas. Então a revista levava um selo de aprovação, e os pais poderiam ficar tranquilos. Mais do que uma preocupação com o bem-estar da família americana, o Comics Code Authority também serviu de lobby para editoras com as vendas em declínio se unirem para varrer de vez a EC do mercado. Dentre as inúmeras regras para se ter o selo de aprovação em capa, o Comics Code dizia que nenhuma revista deveria levar em seu título palavras como "crime", "horror", "terror" ou trazer conteúdo sobrenatural como zumbis, vampiros, lobisomens, múmias, entre outros.

Durante os anos em que as editoras publicaram com o selo do Comics Code na capa, os palhaços deram as caras como criminosos bufões em histórias de super-heróis. A personalidade do Coringa havia mudado drasticamente, e todo palhaço que aparecia enfrentando algum herói possuía características muito semelhantes. Deste período podemos citar o inimigo do Flash chamado Trapaceiro, ou o Homem-Brinquedo, que aparecia vez ou outra para enfrentar o Superman.

Durante os efervescentes anos 1960 e 1970, as revistas foram aos poucos deixando de ser publicadas sob a chancela do Comics Code Authority, uma vez que o público leitor, que não havia se renovado, havia crescido e agora procurava histórias mais relevantes. Aos poucos, os vilões se tornaram mais ameaçadores e perigosos e, com a grande cobertura da mídia do caso do *serial killer* John Wayne Gacy, os palhaços voltariam a ser matéria-prima para as histórias em quadrinhos.

Além do Coringa, que seria totalmente reformulado nos anos 1970, tendo sido mencionada pela primeira vez a sua insanidade, muitos outros criminosos fantasiados de palhaço viriam a surgir nos anos que se seguiram ao caso Gacy. Uma das primeiras histórias em quadrinhos de uma grande editora a tratar de um palhaço assassino é "Bring On... The Clown!", publicada em *Spiderwoman #22* de janeiro de 1980, que traz a Mulher-Aranha no encalço de um homem que teve frustrado o seu sonho de ser um palhaço, casado com uma tirana, andando pela noite vestido de palhaço para enforcar mulheres.

Com o sucesso alcançado pelo Coringa publicado pela DC nos anos 1970, muitas editoras embarcaram na onda dos palhaços criminosos. A Marvel, concorrente direta da editora do Superman, criou o Capitão Louco (Madcap), o Palhaço (The Clown), Obnoxio, uma gangue chamada Palhaços Assassinos (The Killer Clowns) e o Circo do Crime (Circus of Crime), comandado pelo Mestre do Picadeiro (Ring Master). Nenhum deles, claro, atingiu a notoriedade do Príncipe Palhaço do Crime, mas rendem boas histórias até hoje.

Em 1987, saído diretamente das páginas da revista de humor *National Lampoon*, que deu origem a comédias clássicas como *O Clube dos Cafajestes* e *Férias Frustradas*, o palhaço Frenchy ganhava sua revista própria, a *Evil Clown Comics*, escrita por Nick Bakay, dublador no idioma original do gato Salen do seriado *Sabrina*: *A Aprendiz de Feiticeira*, e ilustrada por Alan Kupperberg, de várias revistas da Marvel, como *Os Vingadores* e *Os Defensores*. Com o mesmo humor ácido das histórias originais da *National Lampoon*, Evil Clown Comics contava a história de Frenchy, um palhaço mal-humorado, violento e machista. Em 1983 Kupperberg havia criado um palhaço nos mesmos moldes, o Obnoxio, para uma revista de humor da Marvel chamada *Crazy*, mas não chegou nem perto do que fez em *Evil Clown Comics*. A revista, que foi descrita como nojenta, ofensiva, grosseira e ultrajante, se tornou um clássico *cult*.

Cinco anos depois, em 1992, um grupo de desenhistas saídos da Marvel Comics fundava sua própria editora, a Image Comics. Todd McFarlane, desenhista que havia alçado a fama ilustrando a revista do Homem-Aranha, era um dos fundadores. Dentre as suas principais criações na Image estava Spawn, carro-chefe da editora, uma espécie de super-herói infernal, que tinha como arqui-inimigo o demônio Violador, que, quando andava pela Terra, assumia a forma de um palhaço. O vilão pode ser considerado o palhaço malvado mais famoso dos quadrinhos depois do Coringa, tendo, inclusive, até uma minissérie escrita pelo gênio Alan Moore, escritor de *Watchmen* e *V de Vingança*.

Em 1995, o escritor Kurt Busiek, de *Marvels*, e os artistas Bret Anderson, de *Ka-Zar*, e Alex Ross, de *Reino do Amanhã*, conceberam a série *Astro City*, que mostra como pessoas comuns reagem a um mundo cheio de super-heróis e vilões. Um dos personagens mais importantes da série é Caixa de Surpresas (Jack-in-the-Box, no original), um sinistro vigilante vestido de palhaço que possui um arsenal de armas parecidas com brinquedos. Uma espécie de cruzamento entre o Batman e o Coringa. A revista recebeu diversos prêmios, incluindo inúmeros Eisner Awards, o Oscar dos quadrinhos, de Melhor Série, e Caixa de Surpresas se tornou um dos personagens favoritos dos leitores dentre o enorme hall de heróis da série.

Os palhaços como vilões sempre estiveram presentes nas mais variadas formas de arte e de se contar histórias ao longo dos anos. Não seria surpresa nenhuma que estivessem tão presentes também na "nona arte" enquanto ela se tornava uma das mídias mais populares do século passado.

Principais palhaços dos quadrinhos

Arlequina

(Harley Quinn, DC Comics)

Tendo aparecido pela primeira vez na série animada do Batman em 1992, a namorada do Coringa agradou aos telespectadores e logo foi transportada para os quadrinhos, onde ganharia ainda mais destaque e popularidade.

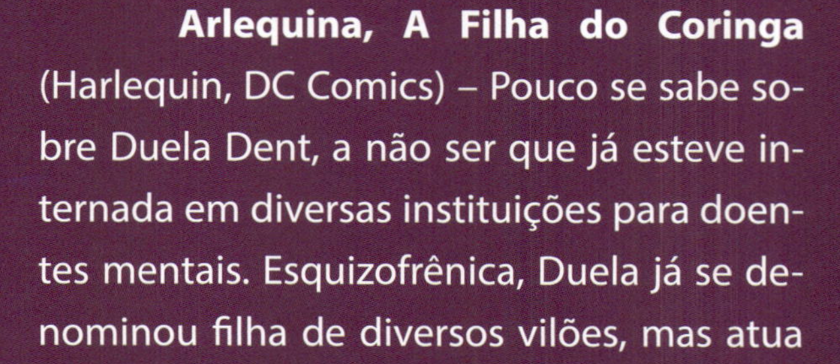

Arlequina, A Filha do Coringa (Harlequin, DC Comics) – Pouco se sabe sobre Duela Dent, a não ser que já esteve internada em diversas instituições para doentes mentais. Esquizofrênica, Duela já se denominou filha de diversos vilões, mas atua como membro da equipe dos Titãs.

Binky (Universal Press Syndicate) – Este palhaço irritante apareceu pela primeira vez no desenho animado *Garfield's Halloween Adventure*, mas se tornou tão popular que acabou aparecendo em *Garfield e Seus Amigos* e nas tirinhas do gato guloso que odeia segunda-feira.

Caixa de Surpresas (Wildstorm) – O principal vigilante de *Astro City* já foi um fabricante de brinquedos, que, após perder seu emprego por discriminação e ter seu pai sequestrado, resolve usar seus conhecimentos para lutar contra o crime.

Capitão Louco (Madcap, Marvel Comics) – Após o ônibus em que viajava com sua congregação ser atingido por um caminhão cheio de produtos químicos, o Capitão Louco, único sobrevivente do acidente, ganhou o poder de se regenerar e enlouquecer qualquer um com seu olhar.

Coringa (Joker, DC Comics) – Criado para ser o adversário do Batman na primeira edição de sua revista própria em 1940, o Príncipe Palhaço do Crime logo se tornaria o vilão mais famoso dos quadrinhos.

Frenchy (National Lampoon Comics) – O criador de Frenchy, Nick Bakai, disse ter tido a ideia para o personagem quando estava "amargurado e puto com o mundo como nunca". Politicamente incorreto, o personagem não era só malvado e amargo, mas também machista e suas histórias beiravam o sexualmente explícito.

Homem dos Brinquedos II (Toyman, DC Comics) – A segunda encarnação do Homem dos Brinquedos ficou mais famosa pelo desenho *Superamigos*, em que fez parte da Legião do Mal, vestido como uma marionete de um bobo da corte.

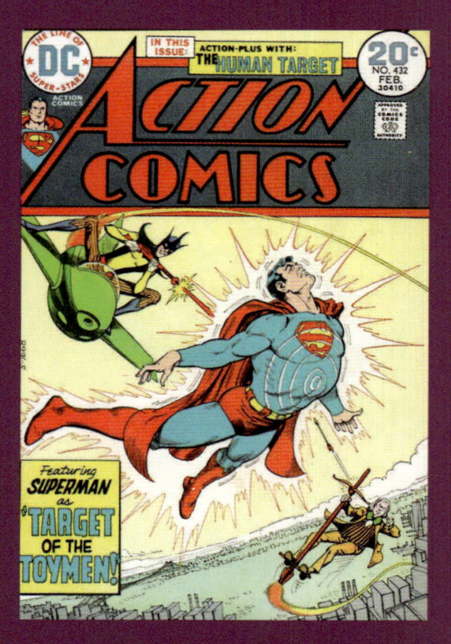

Jack Point (Rebellion Developments) – Jack Point já foi juiz em Mega-City Um, mas agora trabalha infiltrado secretamente como um detetive particular que usa nariz de palhaço e uma gravata-borboleta. Seu codinome, The Simping Detective, vem de "simp", que em Mega-City Um é um termo para "se vestir como idiota ou simplório".

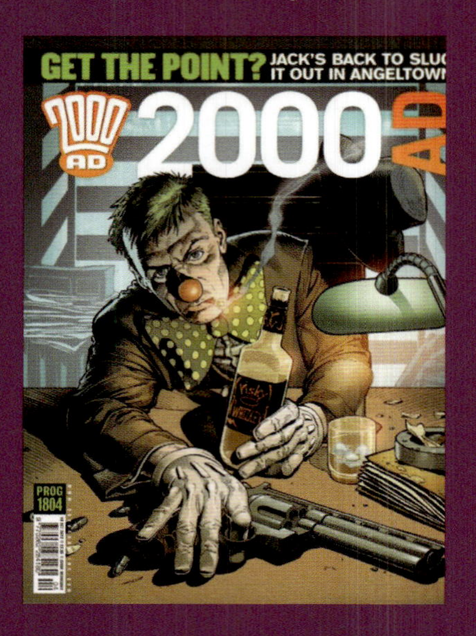

Jester (DC Comics) – Chuck Lane é um policial frustrado com seu trabalho que, após descobrir ser descendente de um famoso bobo da corte medieval, resolve atuar secretamente como vigilante vestido de bobo.

Obnoxio (Marvel Comics) – Obnoxio é o precursor do palhaço mal-humorado de péssima atitude como Krusty. Sua primeira aparição se deu enfrentando os X-Men em uma revista de humor da Marvel.

Palhaço (The Clown, Marvel Comics) – Membro do Circo do Crime, Elliot Franklin ocasionalmente dividia a liderança da equipe com o Mestre dos Picadeiros. Após ser capturado por uma organização e usado em experiências com radiação gama, se tornou o novo Grifo, membro da segunda Tropa Gama. Posteriormente, seu meio-irmão assumiria o codinome de Palhaço.

Pierrô e Colombina (Punch and Jewelee, DC Comics) – Um casal de palhaços criminosos muito antes de Coringa e Arlequina, esta dupla de vilões imorais apareceu pela primeira vez enfrentando o Capitão Átomo e depois como membros do Esquadrão Suicida de Amanda Waller.

Polichinelo (Jester, Marvel Comics) – Jonathan Powers é um ex-ator que utiliza suas habilidades de interpretação para cometer crimes teatrais. O vilão enfrentou recentemente o herói Demolidor.

Slapstick (Marvel Comics) – Steve Harmon ganhou poderes parecidos com os de um personagem de desenho animado ao atravessar um portal dimensional em um espelho em um parque de diversões. O personagem já fez parte dos Novos Guerreiros.

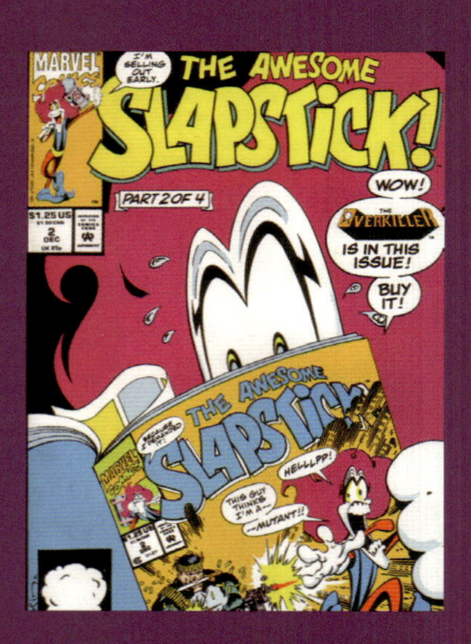

Trapaceiro (Trickster, DC Comics) – Um dos membros mais notórios da Galeria de Vilões do Flash, o Trapaceiro se utiliza de armas como ursinhos explosivos, chiclete de ácido, entre outros. Já foi vivido no seriado dos anos 1990 do Flash por Mark "Luke Skywalker" Hamill.

Violador (Violator, Image Comics) – Principal inimigo do Spawn, Violador é um demônio perigoso que assume a forma de um palhaço anão asqueroso e está entre os cem vilões mais reconhecidos de todos os tempos segundo o IGN.

CORINGA
O Príncipe Palhaço do Crime

Dono de um passado misterioso, ainda inexplorado pelos autores que deram vida ao personagem nas páginas dos quadrinhos, o Coringa desfruta de um papel de destaque na cultura pop como o vilão mais emblemático e reconhecido de todos. A antítese perfeita de seu arqui-inimigo, o Batman, ambos são frutos de tragédias, mas enquanto Bruce Wayne assumiu para si o dever de impedir que o crime que levou seus pais se repetisse com outras pessoas, o Coringa, cujo nome verdadeiro permanece desconhecido, viu a "verdade" por trás de tudo. Para ele, nada faz sentido e a vida é uma grande piada de mau gosto.

Dedicando sua vida ao crime, ele é motivado por nada além do prazer sádico em provar ao mundo o seu ponto de vista. Seus delitos sempre seguem a lógica do absurdo e vão do mais simples assalto a banco envolvendo truques e piadas até o assassinato em massa utilizando sua principal arma, o Gás do Riso, um veneno letal que, quando inalado, deixa a vítima esbranquiçada e com o rosto retorcido em um sorriso mortal como o de seu algoz. Com seu rosto pálido, seu cabelo verde e um sorriso eternamente cravado em sua face, o psicótico Coringa é a personificação do caos, o Príncipe Palhaço do Crime.

Criação: a Era de Ouro

Alguém disse certa vez que o herói é medido pelo valor de seus inimigos. Talvez por isso Bill Finger, Jerry Robinson e Bob Kane decidiram que, para a estreia do título próprio do Batman na primavera de 1940 (o Homem-Morcego havia aparecido pela primeira vez na edição de número 27 de *Detective Comics* em 1939), o herói deveria enfrentar um vilão à sua altura e tão marcante visualmente quanto o próprio Cavaleiro das Trevas.

Apesar da ideia original de um criminoso "bobo da corte" ter sido inicialmente rejeitada pelo roteirista Bill Finger, tempos depois, graças ao artista Bob Kane, que adorava a ideia de um palhaço como vilão, a proposta foi levada adiante. A partir de uma carta curinga de um baralho, trazida por Jerry Robinson, arte-finalista e colorista, e uma foto de Conrad Veidt no papel de Gwynplaine no filme *O Homem que Ri*, dirigido por Paul Leni em 1928, que Finger havia encontrado, o trio criou aquele que seria o primeiro e maior inimigo de Batman.

A princípio, o Coringa era um engenhoso ladrão de joias, sempre armado de um plano mirabolante para matar as pessoas presentes nos locais dos crimes. Já em sua primeira aparição, somos apresentados ao embrião daquela que seria sua maior arma: o Gás do Riso. Na história da primeira edição de Batman, o Coringa injeta um veneno em suas vítimas que faz com elas fiquem com aquele sorriso sinistro estampado em seus rostos. A história termina com um confronto em alta velocidade do herói com sua nêmese, que resulta na primeira prisão do Coringa.

Além do visual emblemático, que diferia de todos os demais vilões dos quadrinhos (pois enquanto Batman era o herói sombrio, o Coringa era o vilão colorido e espalhafatoso, ao contrário do que era feito em outros títulos de super-heróis da época), o trio criativo responsável pelo personagem acertou ao não mostrar de onde vem e nem quem é o Coringa. Ele já surge como uma ameaça, e o próprio Batman o identifica como alguém potencialmente perigoso, apesar do visual de palhaço. Ao longo dos anos seguintes, a aura de mistério em torno do Coringa permaneceria, deixando-o ainda mais interessante. Nas histórias passadas durante os anos chamados

O Homem que Ri (1928)

Era de Ouro, o personagem seguiu como um criminoso engenhoso e perigoso, um pouco diferente da versão psicótica que conhecemos hoje. Ao final da maioria destas histórias, seu corpo sempre era dado como desaparecido, mas a figura do Coringa deu tão certo que os autores preferiram mantê-lo por vivo para ser utilizado no futuro, ao contrário da maioria dos vilões que o Batman enfrentava nesta época.

Durante as edições seguintes, o Coringa era presença quase certa. Para se ter uma ideia da popularidade que o personagem atingiu, o vilão apareceu em mais de quarenta edições ao longo dos dez anos que se seguiram desde a sua estreia na primavera de 1940. O palhaço do crime, porém, mudaria drasticamente sua personalidade e acabaria um pouco esquecido nos anos seguintes.

Graças ao Comics Code Authority, que atestava para os pais preocupados que seus filhos não encontrariam nenhum tipo de violência exagerada nas páginas das revistinhas sob sua chancela, o aspecto policial e detetivesco das revistas de super-heróis foi sendo deixado de lado aos poucos.

Como curiosidade, vale a pena citar que quando as primeiras edições do Batman foram publicadas no Brasil em 1953, a então editora Ebal adaptou o nome do personagem alterando a palavra "curinga" para Coringa por achar que a pronúncia correta não soava bem.

O Palhaço do Crime: a Era de Prata

Com a publicação de *The Seduction of the Innocent* do psiquiatra Fredric Wertham, que atribuía a delinquência juvenil, entre outras coisas, à leitura constante de quadrinhos na qual os jovens eram bombardeados por maus exemplos, diversas editoras se uniram para criar o Comics Code Authority, uma espécie de entidade que atestava para os pais preocupados que seus filhos não encontrariam nenhum tipo de violência exagerada nas páginas das revistinhas sob sua chancela.

Durante os anos 1950, a ficção científica estava em voga e, enquanto monstros mutantes invadiam os cinemas, os heróis dos quadrinhos da DC eram reformulados para receberem contornos mais sci-fi. Tinha início a Era de Prata dos quadrinhos. Entre as revistas de super-herói, *Batman* foi a que mais se modificou e, enquanto o Cavaleiro das Trevas viajava para outras dimensões e enfrentava alienígenas, o Coringa teve papel pouco relevante nas revistas do Homem-Morcego deste período.

Dentre as histórias dessa fase, a mais importante envolvendo o Príncipe Palhaço do Crime foi escrita por Bill Finger para a edição de número 168 da *Detective Comics*, dando ao vilão sua primeira história de origem, mostrando seu passado como o criminoso Capuz Vermelho e atribuindo sua deformidade a uma queda em um tanque de produtos químicos. Embora não mostrasse mais do que isso, esta origem acabou sendo incorporada ao personagem até os dias de hoje, e foi reinterpretada em um clássico de Alan Moore, *A Piada Mortal*.

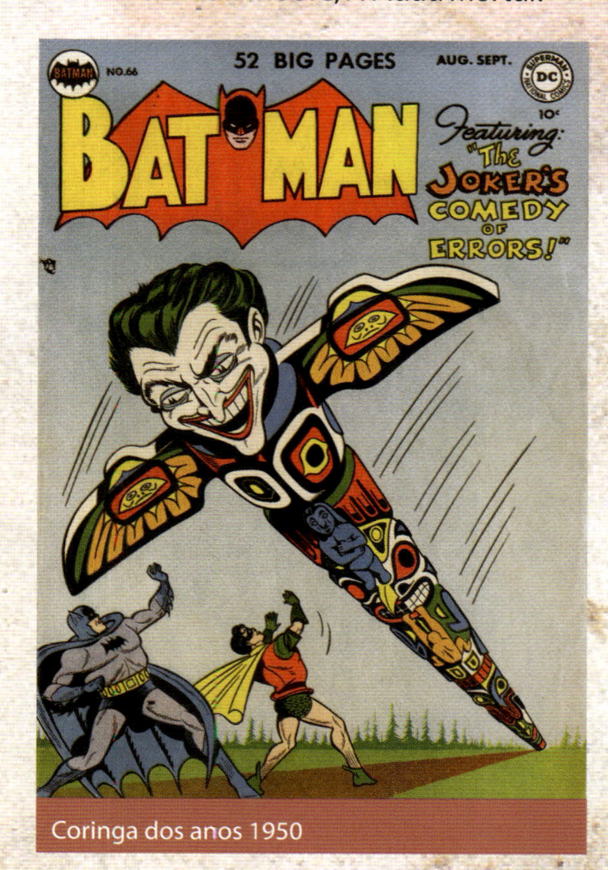

Coringa dos anos 1950

A Era de Prata acabou suavizando a ameaça do Coringa, tornando-o mais uma espécie de bufão maluco, muito parecido com a versão de Cesar Romero para o seriado do Batman dos anos 1960, com seu bigode pintado de branco, que ele insistia em não raspar para interpretar o vilão. Mas embora o personagem tenha aparecido muito pouco, foi durante esse período que se estabeleceram algumas das mais importantes características do vilão, como as flores que esguicham ácido e sua arma de brinquedo que "dispara" uma bandeirinha escrito "BANG!".

Fugindo do manicômio: a Era de Bronze

Quatro anos após sua última aparição nos quadrinhos, "A Vingança do Coringa" ("The Joker's Five Ways Revenge") escrita por Dennis O'Neil e ilustrada pelo mestre Neal Adams, foi publicada em *Batman #251* em 1973, e trouxe o Palhaço do Crime de volta a suas origens como um maníaco homicida, em uma tentativa de continuar as histórias de Batman de onde Finger e Kane haviam parado, e ignorando a fase sci-fi do Homem-Morcego. Em 1974, O'Neil estabeleceu pela primeira vez a insanidade do Coringa ao interná-lo no Asilo Arkham, o lendário hospício de Gotham para onde todos os criminosos insanos vão (e de onde fogem sempre). A versão de O'Neil e Adams para o personagem caiu nas graças do público, e o Coringa fez história ao se tornar o primeiro vilão a estrear uma revista própria.

The Joker estreou em maio de 1975 e mostrava o Coringa interagindo com outros vilões e competindo com marginais de toda a espécie. Escrita por Dennis O'Neil, a revista trabalhava melhor a personalidade do Coringa, na tentativa de torná-lo um personagem com qual o público pudesse se relacionar e, graças ao Comics Code Authority, ao final de cada edição o Coringa sempre acabava preso, mesmo sem que o Batman tivesse aparecido em nenhuma das nove edições que durou a revista. Apesar da popularidade do personagem na década de 1970 e da qualidade do trabalho de O'Neil, o título próprio do Palhaço do Crime acabou sendo cancelado em outubro de 1976.

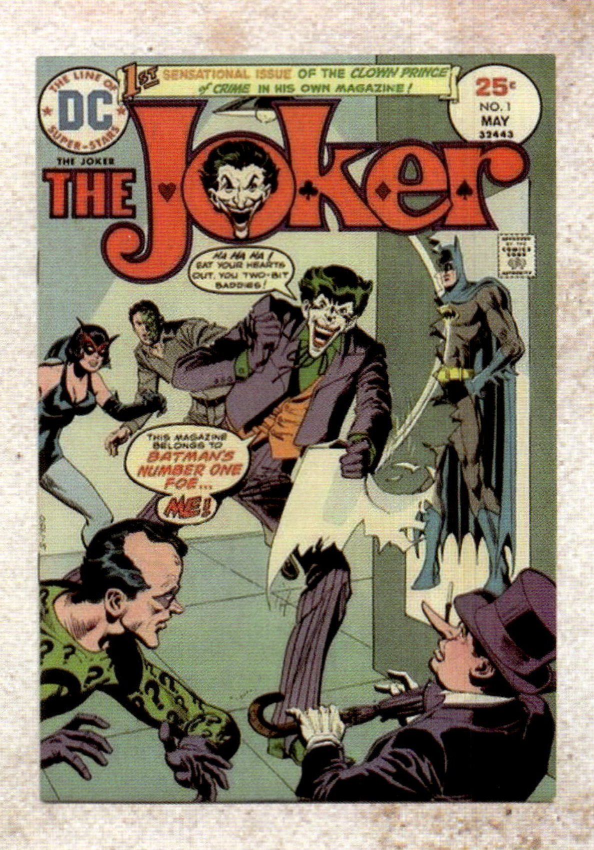

Ao longo dessa mesma década, o Coringa havia se tornado um dos personagens mais populares da DC graças ao talento de O'Neil como escritor, que soube dar continuidade ao trabalho de Bob Kane e Bill Finger e inserir novos elementos, dando profundidade ao personagem e definindo sua personalidade psicótica e insana. Foi o trabalho de O'Neil que tornou o Coringa um dos personagens de quadrinhos mais reconhecidos de todos os tempos.

A piada mortal: A Era Moderna

Devido ao acúmulo de erros de continuidade durante décadas, gerados por idas e vindas do mercado de quadrinhos, compras e aquisições de outras editoras, além de personagens e mudanças de equipes criativas, a DC chegou aos anos 1980 com o seu multiverso em quadrinhos em um verdadeiro caos. Com o plano de arrumar a casa e alinhar a continuidade de suas diversas Terras, a editora publicou a maxissaga "Crise nas Infinitas Terras".

Escrita por Marv Wolfman e ilustrada por George Pérez, dupla que havia tornado os Novos Titãs um sucesso estrondoso de vendas, a "Crise" trazia uma catástrofe multiversal que culminava com todos os universos paralelos da editora se alinhando em um só, dando novas origens a seus personagens, começando tudo do zero. Logo após a conclusão da série, a DC convidou diversos autores para dar novos inícios aos seus personagens clássicos, e com isso Frank Miller, astro vindo da Marvel (onde havia salvado do cancelamento a revista do herói classe Z Demolidor, tornando-a uma das mais vendidas na história da editora), ficou responsável por dar uma nova origem ao Batman.

O escritor então concebeu *O Cavaleiro das Trevas*, *graphic novel* clássica dos quadrinhos que mostrava o futuro do herói, já aposentado, voltando à ativa para salvar Gotham de uma nova onda de crimes. Na história, o Coringa desperta do estado catatônico em que passou durante anos no Asilo Arkham assim que descobre que Batman está de volta, e planeja seu retorno alegando ter sido curado. Com isso, o vilão consegue uma entrevista em uma rede de Tv onde mata todo mundo com seu famoso gás. Batman e Robin

A morte do Robin

seguem o vilão até um parque de diversões, onde Batman e sua nêmese terão seu confronto definitivo. O Coringa forja seu assassinato nas mãos do herói, que é perseguido pela polícia de Gotham. Nos quadrinhos, "O Cavaleiro das Trevas" é uma das obras mais emblemáticas de Batman e a primeira a estabelecer uma relação quase dependente entre o herói e o Coringa, que veríamos se desenvolver melhor nos anos seguintes.

Alguns anos depois, o celebrado autor de *Watchmen*, Alan Moore, concebeu aquela que viria a ser a melhor história do Coringa de todos os tempos, *A Piada Mortal*. Nela, o vilão pretende provar que qualquer pessoa está "a um dia ruim" de se tornar insano. Fugindo do Asilo Arkham mais uma vez, o Palhaço do Crime aleija a filha do Comissário Gordon, Barbara Gordon, a Batgirl, e sequestra o comissário, expondo-o a fotos de sua filha nua e agredida pelo vilão, na tentativa de torná-lo insano. Batman aparece e salva o comissário, que exige que o Coringa seja julgado por seus crimes em um tribunal, para provar a ele que está errado. Em um final brilhante, Batman e Coringa terminam a história rindo juntos de uma piada. Nesta história vemos a origem definitiva do Coringa como um comediante fracassado, que é levado a uma carreira de crimes até ser perseguido pelo Batman em uma fábrica de produtos químicos, onde cai em um tanque de resíduos, deformando-o e tornando-o definitivamente insano. Essa origem é utilizada parcialmente no grande sucesso do cinema, *Batman*, de Tim Burton, onde o Palhaço do Crime é encarnado primorosamente por Jack Nicholson e, mais sutilmente, no filme *Batman: O Cavaleiro das Trevas*, de Cristopher Nolan, em que o vilão foi interpretado como uma força do caos pelo falecido ator Heath Ledger.

Publicada entre 1988 e 1989, a saga "Morte em Família" mostrava o segundo Robin, Jason Todd, encontrando a morte nas mãos do Coringa quando, em uma das cenas mais violentas dos quadrinhos *mainstream* até o momento, o vilão espanca o herói mirim com um pé-de-cabra e o deixa para morrer em uma explosão junto de sua até então desconhecida mãe. A decisão da morte do segundo menino-prodígio foi tomada após uma votação por telefone engendrada pela DC, os leitores decidiram, por 5343 votos a favor versus 5271 votos contra, que Robin deveria morrer.

Batman – A Série Animada (1992)

Um ano depois, em 1989, a mente do Coringa seria explorada com mais profundidade pela primeira vez em Asilo Arkham: Uma Séria Casa em um Sério Mundo do escritor escocês Grant Morrison e do artista plástico Dave McKean. Nessa história, o Coringa é responsável por uma rebelião em Arkham, mantendo diversos reféns e exige que o Batman em pessoa entre no asilo para negociar com ele. Cheia de subtexto e referências à *Alice no País das Maravilhas*, Morrison ousa ao mostrar pela primeira vez o Coringa como uma criatura além da sanidade, percebendo e codificando informações da realidade que ninguém mais percebe, tornando-o imprevisível e perigoso. A abordagem de Morrison explicaria anos de uma cronologia confusa do vilão que sempre reaparecia de uma forma diferente. Segundo ele, cada uma dessas mudanças poderia ser explicada por uma nova visão do mundo do personagem. Essa obra inspirou o videogame de sucesso também chamado "Asilo Arkam", que já teve três continuações.

Foi na década de 1990 que o Coringa também foi adaptado para a TV em uma das suas versões mais conhecidas, no desenho animado *Batman The Animated Series*. Para o desenho, Paul Dini e Bruce Timm definiram o personagem como um misto entre o Coringa de Cesar Romero e o de Jack Nicholson. Para dar voz ao vilão, os produtores escolheram Mark Hamill, o Luke Skywalker dos filmes da série *Star Wars*. Foi durante essa série que surgiu a namorada do Coringa, a Arlequina, que posteriormente foi incorporada ao Universo em quadrinhos da DC devido ao grande sucesso que a personagem fez entre os fãs.

Durante a chamada "Era Moderna", as editoras procuraram dar um tom sombrio e mais "adulto" a suas publicações, focando num público que havia crescido lendo

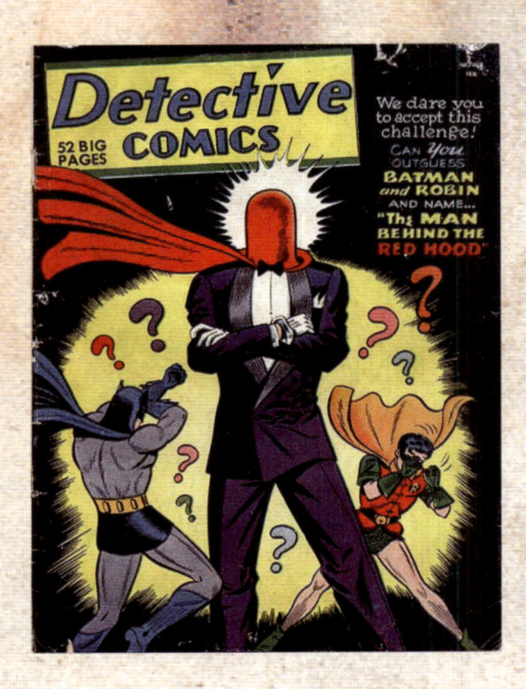

quadrinhos e agora procurava algo além da simples fantasia escapista. Dessa forma, cada escritor que colocava as mãos no Coringa tornava-o cada vez mais psicótico e perigoso. Foi nesse período que o Coringa teve suas histórias mais relevantes publicadas.

A nova face do horror: Os Novos 52

Em 2011, a DC anunciou que iria reiniciar a numeração de todas as suas revistas, redefinindo personagens não só visualmente, como em boa parte dos seus conceitos e cronologia, atualizando-os para uma nova geração de leitores. Este *reboot* envolveria 52 revistas, ficando conhecido como "Os Novos 52". Dentre os personagens publicados pela DC nesta época, a editora optou por não mudar muito aqueles cujas revistas vinham mantendo um bom índice de vendas com boas histórias. Um dos personagens que não sofreram grandes alterações foi o Batman, muito bem trabalhado pelo autor de *Asilo Arkham*, Grant Morrison.

O Coringa faz sua primeira aparição na primeira edição de *Detective Comics*, de novembro de 2011, já como um psicopata incontrolável. Sua sede de sangue nessa nova versão é muito maior do que a que nos acostumamos a ver ao longo desses anos, e suas ações, mais absurdas. Dessa vez o Príncipe Palhaço do Crime contrata outro vilão, o Mestre dos Bonecos, para que remova seu rosto. Pouco se fala do personagem até seu retorno, cerca de um ano depois em *Batman #13*, de dezembro de 2012, quando o Coringa invade a delegacia de Gotham para recuperar seu rosto, guardado até então como evidência, que ele irá usar como uma máscara durante seu mais novo plano: destruir os parceiros e aliados de Batman, a sua assim chamada "família".

Escrita por Scott Snyder e desenhada por Greg Capullo, "A Morte da Família" ocupou as páginas das revistas do Batman e de todos os outros "bat-títulos" durante meses. O autor revisita diversos momentos do passado do Coringa e os atualiza, inserindo novos elementos à dicotomia Batman x Coringa ao indicar a possibilidade de que o Coringa sempre soube quem seria o Batman, mas nunca se importou, pois isso estragaria toda a sua diversão. Para ele, o Batman é o Batman, é a sua cara-metade, sua nêmese. Snyder acrescenta uma brutalidade jamais vista no *modus operandi* do personagem, retratado como um assassino incontrolável, uma força caótica e maléfica. Questionável para alguns, muito válida para outros, esta abordagem casou perfeitamente com o que a DC pretendia fazer ao reiniciar toda a sua cronologia: tornar seus personagens mais sintonizados com o novo público.

Em 2016, o vilão foi levado novamente para o cinema no filme do Esquadrão Suicida. Desta vez, o Príncipe Palhaço do Crime foi interpretado por Jared Leto, ator que recebeu o Oscar de Melhor Ator Coadjuvante em *O Clube de Compras Dallas*. Leto criou uma nova versão do Coringa, muito mais próximo de um gângster psicótico do que daquele palhaço bufão que conhecemos, mostrando o relacionamento do vilão com a Arlequina, interpretada por Margot Robbie, de *O Lobo de Wallstreet*.

O Coringa, que começou sua carreira como um perigoso ladrão de joias, já foi um palhaço bufão com armas gigantes e armadilhas complicadas nos anos 1950, e um criminoso insano nos anos 1970, tornou-se uma força maléfica encarnada na forma de um louco psicótico incontrolável em um mundo pós-onze de setembro. Porém, quais surpresas sua mente imprevisível nos reserva para sua próxima aparição? Só saberemos no próximo episódio.

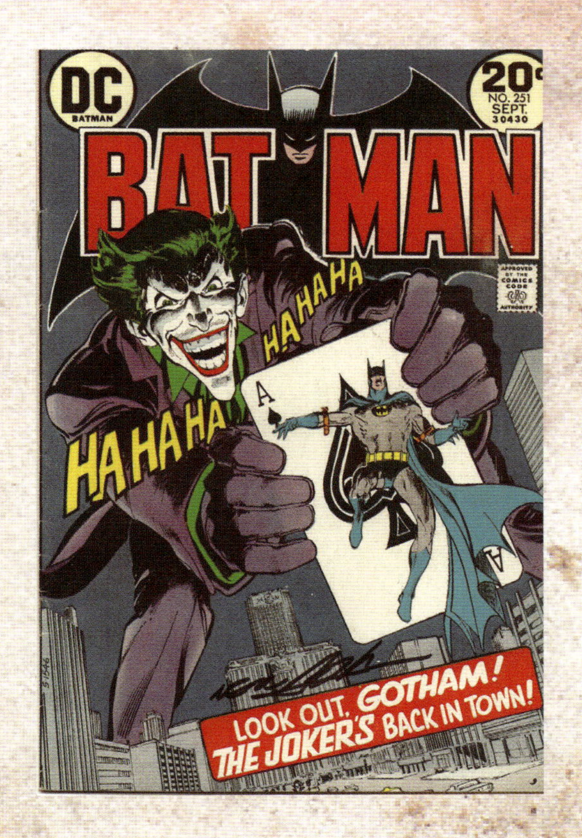

Filmografia selecionada

O Primeiro Coringa

Aparição: *Batman* – "Coringa, O Selvagem" – Temp. 1 Ep. 5 (20th Century Fox Television, 1966. Dir.: Don Weis, 30 min.)

Truques na manga: Após fugir novamente da prisão durante um jogo de beisebol, o Coringa (Cesar Romero) começa uma nova onda de crimes em Gotham City. Durante o saque à coleção de joias do museu da cidade, o Príncipe Palhaço do Crime é surpreendido por Batman (Adam West) e Robin (Burt Ward), mas acaba capturando a dupla dinâmica, que só consegue se libertar graças ao cinto de utilidades do Batman. O Coringa então resolve criar um para si mesmo, jurando jamais ser surpreendido novamente por Batman e suas traquitanas.

O episódio: Tendo sido escolhido inicialmente para ser o vilão do primeiro seriado do Batman para o cinema em 1944, o Coringa foi descartado para que o antagonista do Cavaleiro das Trevas no seriado cinematográfico do herói pudesse refletir os medos dos EUA na época da Segunda Grande Guerra. Passados mais de vinte anos, o maior inimigo do Batman teria novamente a sua chance de não ser mais apenas um personagem dos quadrinhos e ficar gravado para sempre no imaginário popular na interpretação memorável de Cesar Romero.

O Coringa fez a sua estreia na série televisiva do Batman em 26 de janeiro de

1966, no quinto episódio da primeira temporada do seriado, "Coringa, O Selvagem" ("The Joker is Wild" no original) em uma versão mais "inofensiva". Um palhaço bufão que mais queria se mostrar superior ao Batman com seus planos mirabolantes e armadilhas infalíveis do que o perigoso assassino que era durante suas primeiras aparições nos quadrinhos. Apesar de ser a primeira aparição do personagem na série, o vilão é mostrado como sendo velho conhecido da polícia e da dupla dinâmica. O episódio é cheio de absurdos e cenas hilárias, com aquela deliciosa estética *camp*.

Por trás do nariz vermelho: Cesar Julio Romero Jr. nasceu em Nova York em 15 de fevereiro de 1907. Romero estreou no cinema no filme noir *The Shadow Laughs* em 1933, em que interpreta um gângster. Posteriormente, Romero ficou famoso ao interpretar heróis latinos como Cisco Kid em uma série de filmes entre 1939 e 1941, Esteban de La Cruz na série de TV do Zorro em 1959, entre outros. Ele também fez uma pequena ponta na primeira versão do filme *Onze Homens e um Segredo* em 1960. Seis anos depois, Romero interpretaria pela primeira vez o papel pelo qual seria conhecido pelas próximas décadas: o Coringa!

Quem conhece a sua versão do arqui-inimigo do Batman para o seriado, lembrará de sua principal – e involuntária – característica: o bigode, que Romero se recusava a raspar para interpretar o vilão. Seu bigode era pintado de branco e era imperceptível dependendo do ângulo em que a câmera o filmava, mas sempre insistia em aparecer. O IMDb credita a Romero cerca de duzentos papéis, sendo poucos dentro do gênero do horror. Dentre eles, alguns episódios da série *Galeria do Terror*, de Rod Serling (mesmo criador de *Além da Imaginação*) e *Sete Dias de Agonia*, de 1982, de Willian Conrad. Romero nunca se casou e, apesar de sempre aparecer em eventos acompanhado de diversas atrizes, muitos historiadores de Hollywood o apontam como um "homossexual enrustido". Romero faleceu em 1º de janeiro de 1994, devido a complicações de uma pneumonia, deixando um sólido legado como ator.

Nota: 🎈🎈🎈

Coringa/Jack Napier

Aparição: *Batman* (Warner Bros, 1989. Dir.: Tim Burton, 126 min.)

Truques na manga: Responsável pela morte dos pais de Bruce Wayne no passado, Jack Napier, outrora um assaltante comum, se tornou o braço direito do chefão da máfia de Gotham City. Durante um confronto com Batman em uma indústria de produtos químicos, Napier cai em um tanque de resíduos, após o ricochetear de uma bala ferir os nervos de seu rosto. Napier então volta a Gotham como o Coringa, eliminando um a um os chefões da máfia para assumir seu lugar como líder do crime em Gotham City e espalhar o terror pela cidade, com uma série de produtos cosméticos envenenados que faz com que as vítimas riam até a morte.

O episódio: Apesar de assumir publicamente que nunca leu um gibi de super-heróis na vida, Tim Burton (*Edward Mãos de Tesoura*) foi escolhido pelos produtores da Warner para dar vida ao Cavaleiro das Trevas na telona, após o longo hiato que se seguiu ao seriado televisivo estrelado por Adam West. Seguindo seu estilo visual particular, Burton se apropriou de pequenos elementos de clássicos como *A Piada Mortal* para construir sua versão do universo de Batman.

Estrelado por Michael Keaton (*Robocop*) como Bruce Wayne/Batman, Kim Bassinger (*Los Angeles: Cidade Proibida*) como a repórter Vicky Vale, o maior (e talvez único) acerto no elenco ficou por conta de Jack Nicholson (*O Iluminado*) e seu emblemático Coringa. Apesar de um Coringa um tanto apático e menos surtado do que nos acostumamos a ver nos quadrinhos, Nicholson possuía o rosto ideal para encarnar o Príncipe Palhaço do Crime. Essa foi a primeira vez em que tentaram dar uma identidade secreta para o Coringa, que permanece desconhecida até hoje nos quadrinhos.

Para os fãs do personagem, o resultado é questionável, mas *Batman* foi um sucesso estrondoso e foi responsável por reacender a Batmania, no final da década de 1980 e início da década de 1990, que deu origem a três continuações e culminou na clássica série animada, criada nos moldes do sombrio filme de Burton.

Por trás do nariz vermelho: Nascido em 22 de abril de 1937, Jack Nicholson começou sua carreira como ator em pequenos filmes produzidos por Roger Corman (*Sombras do Terror*, *A Pequena Loja dos Horrores*). Durante o período em que trabalhou com o lendário diretor, Nicholson fez diversas pontas em seriados televisivos como *Bronco e Sea Hunt*. Sem muita certeza sobre aonde sua carreira iria parar, Nicholson começou a escrever e produzir filmes de pequeno orçamento, até que sua grande chance surgiu em um papel no clássico da contracultura *Sem Destino*, de Denis Hopper, para o qual Nicholson foi indicado ao Oscar de Melhor Ator Coadjuvante em 1970.

Seguiram-se mais três indicações como Melhor Ator, até que Nicholson recebeu o Oscar por sua incrível atuação em *Um Estranho no Ninho*. A partir daí, a carreira dele deslanchou. Estreando um sucesso atrás do outro, seu último trabalho foi no filme *Como Você Sabe*, de 2010, tendo por enquanto encerrado a carreira. No total ele atuou em mais de setenta filmes.

Para os fãs do horror, Nicholson ficou marcado como Jack Torrance na adaptação para o cinema da obra de Stephen King, *O Iluminado*, de 1980, dirigida por Stanley Kubrick (*2001: Uma Odisséia no Espaço*).

Nota: 🎈🎈🎈

Coringa de Hamill

Aparição: *Batman: A Série Animada* – "O Natal com o Coringa" – Temp. 1 Ep. 2 (Warner Bros. Animation, 1992. Dir.: Kent Butterworth, 22 min.)

Truques na manga: O Coringa foge do Asilo Arkham na noite de Natal e transmite um especial natalino através de uma rede de TV pirata, desafiando Batman e Robin a passarem por diversos obstáculos criados por ele (incluindo brinquedos gigantes e explosivos) a tempo de salvar seus reféns, o Comissário Gordon, o Detetive Bullock e a repórter Summer Gleeson.

O episódio: Criada sob forte influência do *Batman* de Tim Burton (*A Lenda do Cavaleiro sem Cabeça*), a série animada foi ao ar pela primeira vez em 5 de setembro de 1992. A influência de Burton fica clara logo na abertura, na qual foi utilizada uma versão do tema de Danny Elfman (ex-líder da banda oitentista Oingo Boingo) para o filme de 1989. A estética *noir*, *dark* e adulta da animação, com seu design retrô com traços Art Déco e o alto contraste nas sombras, fez dela um sucesso imediato entre o público adulto, levando-a a colecionar quatro Emmys, entre eles o de Melhor Programa Animado, ao longo de seus três anos e mais de oitenta episódios.

Este episódio traz a primeira aparição do Coringa (dublado originalmente por Mark "Luke Skywalker" Hamill) na série e, embora tenha estreado pela primeira vez como o 38º episódio, foi o segundo a ser produzido e colocado nessa ordem de produção quando a série saiu pela primeira vez em DVD. Apesar de manter ainda um tom voltado para o público infantil, as diversas referências e o cuidado artístico fazem de *Batman: A Série Animada* uma das melhores adaptações de super-heróis para qualquer mídia já feitas.

Por trás do nariz vermelho: Mark Richard Hamill, mais conhecido por seu papel como Luke Skywalker na trilogia original da saga *Star Wars*, empresta a voz ao Príncipe Palhaço do Crime em todos os episódios nos quais o personagem aparece em *Batman: A Série Animada*. Mark começou sua carreira como ator na TV aos 19 anos em um episódio de *The Bill Cosby Show* em 1970, e seguiu participando de seriados e desenhos animados até 1977, quando sua grande chance chegou como o mocinho Luke Skywalker, de *Star Wars*, dirigido por George Lucas, papel que marcaria para sempre a sua carreira. Depois disso, Hamill não atuou em nada muito significativo, além dos outros dois episódios da série, *O Império Contra-Ataca* e *O Retorno de Jedi*. Em 1991, Hamill conseguiu um papel de vilão no primeiro seriado do Flash, como o vilão Trapaceiro. Seu desempenho como Trapaceiro lhe garantiria o segundo grande papel de sua carreira como o dublador do Coringa na série animada do Batman.

O sucesso de Hamill como a voz do arqui-inimigo do Cavaleiro das Trevas foi tão grande que muitos o consideram a melhor versão do personagem até Heath Ledger aparecer. Hamill diz que gostaria de interpretar um Coringa mais malvado e psicótico, mas o tom infantil da série não o permitiu, até surgir a oportunidade de dublar o vilão na série de videogames Asilo Arkham, onde pôde se soltar mais e criar um Coringa realmente malvado. Hamill atuou em alguns filmes de horror ao longo de sua carreira, entre eles *A Cidade dos Amaldiçoados* (1995) e *Trilogia de Terror* (1993), de John Carpenter, *Sonâmbulos* (1992), de Mick Garris, baseado na obra de Stephen King, e *Paixão Satânica* (1991), de Deryn Warren.

Hamill construiu uma sólida e prolífica carreira como dublador ao longo destes anos, mas sempre haverá espaço para *Star Wars*, para aonde voltou em 2015 como um envelhecido Luke Skywalker em *O Despertar da Força*, de J.J. Abrams (*Super 8*).

Nota: 🎈🎈🎈

O Retorno do Coringa

Aparição: *Batman do Futuro: O Retorno do Coringa* (Warner Bros. Family Entertainment, 2000. Dir.: Curt Geda, 76 min.)

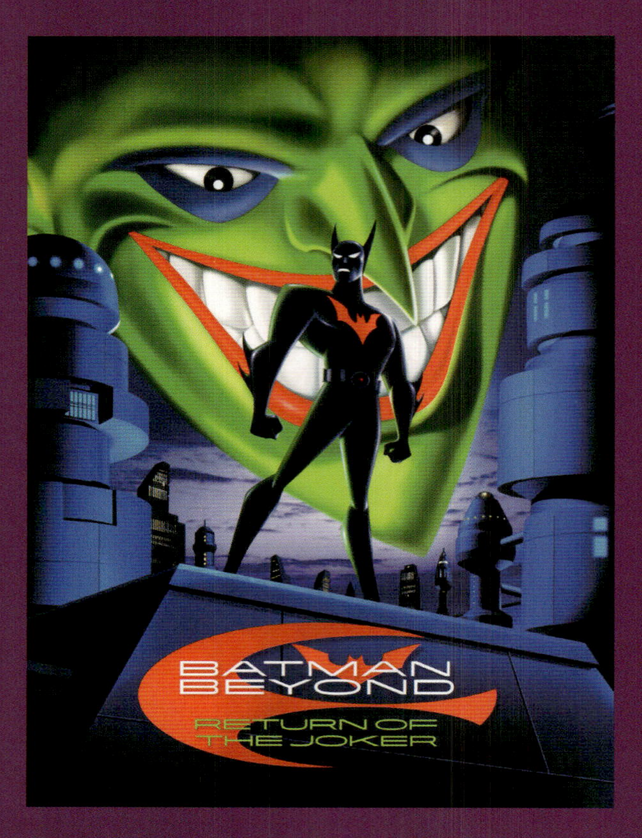

Truques na manga: Desaparecido há mais de 35 anos, o Coringa retorna misteriosamente a Neo-Gotham City. Após ser confrontado pelo novo Batman durante um roubo, o Coringa foge deixando Bruce Wayne preocupado, a ponto de pedir que Terry entregue o uniforme do Batman e não tente enfrentar o maníaco palhaço, que agora possui uma gangue de poderosos e jovens seguidores.

O filme: *O Retorno do Coringa* é o melhor filme do Batman até Cristopher

Nolan. E isso não é pouco, se considerarmos que estamos falando de uma animação feita para o mercado de *home video* por uma companhia de "entretenimento familiar". O fato é que essa animação impecável está recheada de momentos violentos, assassinato à queima-roupa e de tensão psicológica como poucas vezes visto no mercado de animações de super-heróis para um público infantojuvenil. O desenho foi reeditado, resultando em uma versão mais amena de 73 minutos e um "director's cut" com 3 minutos adicionais suprimidos no primeiro lançamento para *home video*. Graças a essa obra, a DC acabou criando um selo próprio de filmes animados mirando um público mais adulto, a DC Universe Animated, que posteriormente trouxe diversas animações mais violentas e sombrias, como *A Morte de Superman* e *Batman Contra o Capuz Vermelho*.

Falar mais sobre essa animação seria correr o risco de entregar as surpresas da trama e sua reviravolta final. Não perca mais um minuto e assista. Não irá se arrepender!

Por trás do nariz vermelho: Mark Hamill volta ao papel do Coringa nessa animação que se passa 35 anos depois da série animada do Batman. *O Retorno do Coringa* foi lançado em 2000, um ano após a conclusão da série original e entre a primeira e segunda temporadas de *Batman do Futuro*. Hamill voltaria a interpretar o vilão em *Batman: Vengeance*, game de 2001 e um ano depois faria a voz do personagem em um flashback no episódio piloto e abertura da série *Birds of Prey*.

Em 2002 Hamill voltou ao universo animado da DC na elogiada série animada da Liga da Justiça, e finalmente em 2009 no game Asilo Arkham, baseado na obra homônima de Grant Morrison e Dave MacKean, e em sua continuação, Arkham City em 2011. Recentemente foi anunciado que Hamill interpretará o vilão Trapaceiro novamente no novo seriado do Flash em um episódio da primeira temporada.

Nota:

Coringa Psicótico de Ledger

Aparição: *Batman: O Cavaleiro das Trevas* (Warner Bros, 2008. Dir.: Christopher Nolan, 152 min.)

Truques na manga: Desde sua primeira aparição na tela, o Coringa do universo de Batman criado por Christopher Nolan (*A Origem*) é retratado como uma força caótica da natureza. Segundo Heath Ledger, em matéria publicada no *New York Times*, em 4 de novembro de 2007 (*In Stetson or Wig, He's Hard to Pin Down*, de Sarah Lyall), seu Coringa seria "um palhaço psicótico, assassino em massa, esquizofrênico com zero empatia". Com um pé na clássica HQ *A Piada Mortal* de Alan Moore, o Coringa de *O Cavaleiro das Trevas* quer criar o caos na sociedade através de seus crimes e acaba se definindo como o oposto do Batman.

O filme: Logo após o sucesso de *Batman Begins*, David S. Goyer (*Cidade das*

Sombras) anunciou suas intenções para uma sequência utilizando referências de quadrinhos como *O Longo Dia das Bruxas* e *A Vingança do Coringa,* em que o Palhaço do Crime seria o responsável pela criação de outro vilão do Batman, o Duas-Caras. Tendo sido interpretado pela última vez nas telas

pelo gigante Jack Nicholson, que roubava todas as cenas do filme do Batman de Tim Burton, a escolha do ator para o vilão era aguardada com ansiedade pelos fãs da série cinematográfica e do personagem. Adrien Brody (*Predadores*), Steve Carell (*O Virgem de 40 Anos*) e Robin Williams (*Patch Adams*) expressaram publicamente interesse em interpretar o vilão, mas o papel ficou com o jovem ator de comédias românticas adolescentes Heath Ledger.

A legião de fãs e *trolls* de internet manifestaram em peso sua insatisfação, que se mostrou precipitada quando o filme estreou. A interpretação de Ledger para o Coringa foi totalmente diferente do que já havia sido feito com o personagem antes e, ainda assim, convincente de uma maneira que parecia que o Coringa sempre foi daquele jeito. Fazia sentido. Considerado por muitos o melhor filme do Batman até hoje, *O Cavaleiro das Trevas* deve muito mais ao Coringa de Heath Ledger do que à direção didática de Nolan.

Por trás do nariz vermelho: Por uma daquelas coincidências do destino que só a mente caótica do Coringa poderia criar, Heath Andrew Ledger estreou como ator em 1992 interpretando um palhaço órfão no obscuro filme *Clowing Around*, de George Wahley (*A Praia dos Sonhos*), aos 13 anos de idade. Depois de algumas pontas em seriados televisivos, Heath estourou como ídolo adolescente ao interpretar Patrick Verona, na comédia *10 Coisas Que Eu Odeio em Você*, de Gil Junger (diretor de diversos seriados como *Blossom* e *Dose Dupla*), em 1999.

O sucesso entre o público jovem fez com que a carreira de Heath decolasse, culminando com uma indicação ao Oscar por *O Segredo de Brokeback Mountain* em 2006. Em 2008, durante a finalização de *O Cavaleiro das Trevas*, Heath foi encontrado inconsciente em seu apartamento após uma overdose de medicamentos. Ele não sobreviveu. Deixou um filme incompleto, *O Mundo Imaginário do Doutor Parnassus*, de Terry Gillian (*Os 12 Macacos*), que foi concluído graças a Johnny Depp, Jude Law e Colin Farrell, amigos do falecido ator, que toparam interpretar Tony, o personagem de Heath no filme, entregando seus cachês para Matilda, filha dele.

Seu último filme completo, *O Cavaleiro das Trevas*, estreou meses depois e rendeu ao ator um Oscar póstumo como Melhor Ator Coadjuvante por sua atuação como o Coringa, fechando o ciclo, encerrando sua carreira também interpretando um palhaço.

Nota: 

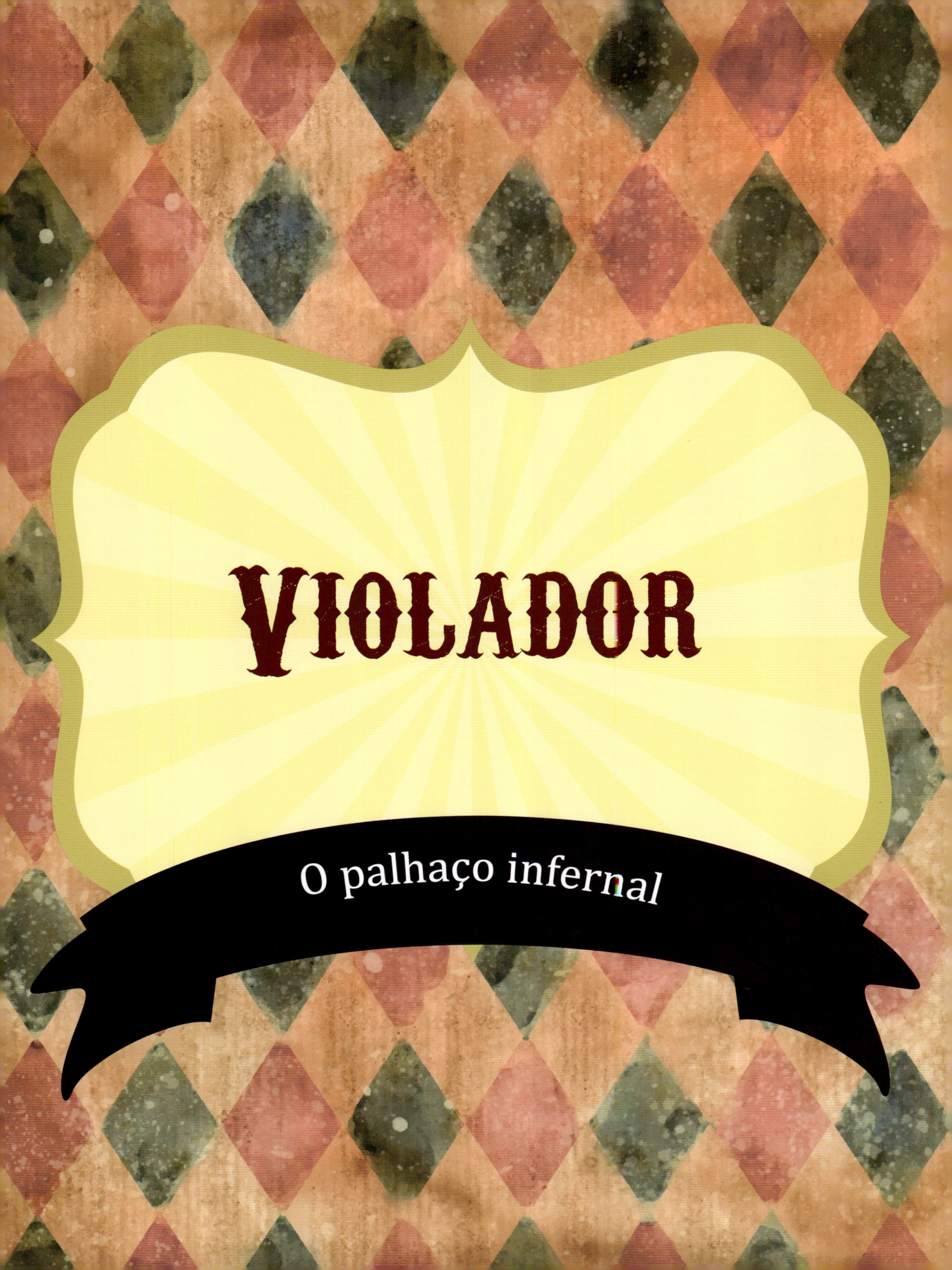
VIOLADOR
O palhaço infernal

Origem

Criado por Todd McFarlane nas páginas de *Spawn #02* de julho de 1992, Violador é um demônio cuja missão é guiar os Hellspawns, espécie de soldados em treinamento para a batalha do juízo final. Porém, o Violador os despreza, acreditando que os demônios é que deveriam ocupar um lugar de destaque no exército das trevas, e não os humanos.

Al Simmons era um agente a serviço do Exército americano que foi traído e enviado ao inferno por seus pecados como executor. Chegando lá, Simmons fez um pacto com o demônio Malebolgia para que pudesse ver novamente a sua esposa, Wanda e, em troca, seria um soldado do inferno com direito a traje simbiótico infernal. Simmons volta para a Terra e descobre que cinco anos se passaram, sua esposa está casada com seu antigo melhor amigo, Terry Fitzgerald, e tem uma filha, Cyan, algo que jamais pôde dar a Wanda enquanto era vivo devido à sua esterilidade. Al, desolado, passa a viver nos becos de Nova York e a usar seus poderes como forma de expiação de seus pecados. É aí que entra em cena o demônio Violador.

Para circular pela Terra sem ser descoberto, o demônio assume a forma de um homem de meia-idade, baixinho, barrigudo e careca, com uma sinistra maquiagem de palhaço, chamado apenas de Palhaço. O mais velho e poderoso dos cinco irmãos demoníacos conhecidos como Flebíacos, Violador é enviado a Terra para atormentar Spawn, o anti-herói protagonista da série, e corromper sua alma, a serviço de Malebolgia. Incapaz de matar um Spawn sem que seja por uma ordem superior, Violador então passa a tentar, de todas as maneiras, provar ao seu mestre a superioridade dos demônios perante os humanos que tanto despreza.

Alan Moore

No auge da popularidade da editora Image, criada por Todd McFarlane e outros desenhistas populares que queriam a chance de criar seu próprio material, além de apenas ilustrar os personagens de grandes editoras, Todd convidou grandes escritores que, descontentes com o esquema de trabalho das editoras dominantes, aplaudiram de pé a ousadia dos jovens fundadores da Image, para escrever alguns números de seu carro-chefe, o *Spawn*. Dessa forma, Alan Moore, criador de *Watchmen*, ficou responsável pela oitava edição da série em fevereiro de 1993, seguido de Neil Gaiman (*Sandman*), Dave Sim (*Cerebus*) e Frank Miller (*Cavaleiro das Trevas*), nas edições 9, 10 e 11, respectivamente.

Apesar de distante da qualidade que Moore costuma mostrar em seus textos, *Spawn #8* expande a mitologia dos Hellspawn e introduz pela primeira vez o conceito de que o Violador é parte de uma família de demônios. É aí que ficamos conhecendo seu primeiro irmão, o Vingador (Vindicator no original). O escritor inglês consegue pegar uma revista em quadrinhos com apelo principalmente visual, e acrescentar detalhes interessantes, como a história passada na pré-história e um novo demônio que amplia a estrutura do inferno criada por McFarlane. Moore voltaria a trabalhar com o universo infernal de Spawn na minissérie em três edições, *Violador*, um ano depois em maio de 1994.

Escrita por Alan Moore e ilustrada por Bart Sears (*Homem-Aranha*) e Greg Capullo (*Batman*), a minissérie mostra um Violador sem poderes, preso à sua forma humana de palhaço, sendo caçado pela máfia enquanto seus irmãos o observam do inferno. No instante em que o Palhaço está prestes a ser exterminado por um mercenário contratado pelos chefões da máfia, ficamos conhecendo o Vacilador, o Vaporizador e o Vandalizador, os outros irmãos Flebíacos, que aparecem para dar cabo eles mesmos do Violador sem que a família seja desonrada. O pacote só está completo quando Spawn em pessoa aparece e restaura os poderes do Violador para que ele possa enfrentar sua família e a máfia em um *"Deus ex machina"*, absurdo que funciona perfeitamente dentro da história maluca e sarcástica que Moore escreveu.

Em 1995, Moore volta a escrever o Violador na minissérie em quatro edições, *Violador vs. Badrock*, ilustrada por Brian Denham (*Homem de Ferro*). Dessa vez, o demônio é capturado pelo membro da superequipe Youngblood e levado a um centro de pesquisa, onde acreditam que ele é um alien. Ao saber da captura do demônio, um anjo chamado Celestine invade o instituto para aproveitar a chance de matá-lo e inicia um massacre dentro das instalações. Violador convence Badrock a libertá-lo para enfrentar Celestine e acaba usando sua forma humana para convencer o anjo que na verdade Badrock é o demônio. Está acompanhando?

Enquanto Celestine enfrenta o herói Badrock, Violador assume sua forma demoníaca e a ataca. Usando suas últimas forças, Celestine abre um portal para enviar o demônio de volta ao inferno, mas acaba enviando toda a instalação científica e os presentes para lá. Badrock encontra os irmãos Flebíacos, que novamente tentam matar o Violador. Assim que o corpo de Celestine desaparece, o instituto e todos dentro dele são transportados de volta pra Terra, deixando o demônio Violador no inferno.

Moore escreve uma história que mais se parece com um desenho animado recheado de *gore*, mas consegue criar bons diálogos e encaixar pequenas referências que apenas os seus leitores mais ferrenhos vão encontrar. Moore sabe mudar o tom para seu público e, apesar de algumas boas piadas e o tom de quem não está se levando a sério, *Violator vs. Badrock* se estende demais e, no final, as horríveis capas de Rob Liefeld (*Youngblood*) para a minissérie já deixam bem claro o que o leitor vai encontrar lá dentro.

Com o tempo, a decisão de Alan Moore de se afastar dos quadrinhos *mainstream* de super-heróis e o processo litigioso entre Todd McFarlane e Neil Gaiman, grande amigo de Moore, acabou com qualquer chance de vermos novamente o escritor trabalhando com o palhaço infernal, algo que ele nitidamente se divertia ao fazer. Bem mais que os leitores.

Spawn nas telas

Em 1997, *Spawn* ganhou seu primeiro filme chamado por aqui de *Spawn: O Soldado do Inferno*. Escrito por Alan McElroy (*Pânico na Floresta*) e dirigido por Mark Dippé (*Frankenfish: Criatura Assassina*), o filme reconta a história de origem do Spawn, com algumas pequenas adaptações obrigatórias neste tipo de filme, e traz John Leguizamo (*Terra dos Mortos*) irreconhecível como Violador. Tendo sido cotado inicialmente para ser dirigido por Tim Burton (*Sweeney Todd*), o filme acabou não sendo um grande sucesso, tendo faturado cerca de 90 milhões de dólares no mundo todo, um pouco mais que o dobro dos 40 milhões de seu orçamento inicial. Uma continuação tem sido desenvolvida há anos, mas até o momento nada aconteceu.

Violador futuro

No mesmo ano, o soldado infernal ganhou uma série animada para o canal HBO, *Todd McFarlane's Spawn*, contando novamente a história de Al Simmons e como ele veio a se tornar o herói Spawn. Foram apenas três temporadas, totalizando dezoito episódios, em que o Violador teve papel de destaque, tendo sido dublado no original pelo ator Michae Nicolosi (*Coisas para se Fazer em Denver quando Você Está Morto*). A série animada de Spawn é considerada pelos fãs uma das melhores coisas já feitas com o personagem e ganhou o Emmy de Melhor Programa Animado em 1999.

Em 2014, McFarlane disse em uma entrevista que está trabalhando no roteiro do *reboot* do Spawn nos cinemas e que usaria uma nova abordagem, mais para um thriller sobrenatural do que para um filme de super-heróis. Jamie Foxx, de *Django Livre*, disse que tem perseguido "agressivamente" o filme. Não importa qual rumo este *reboot* tomar, com certeza veremos o Violador de volta às telonas. Afinal, um filme de super-herói não seria o mesmo sem um bom vilão para roubar a cena.

Música infernal

Composta basicamente de bandas de metal como Slayer e Marilyn Manson em duetos com bandas eletrônicas como Prodigy e Cristal Method, a trilha sonora de *Spawn: O Soldado do Inferno* recebeu o Disco de Ouro, tendo vendido mais de 500 mil cópias só nos Estados Unidos. Uma das bandas convidadas a participar da trilha, mas

que acabou recusando, foi a americana de heavy metal Iced Earth.

Um ano antes do lançamento do filme, em 1996, esse grupo lançou o seu quarto disco, *The Dark Saga*. Um disco conceitual, todo baseado na obra *Spawn* de Todd McFarlane, que ilustrou a capa do álbum, muito mais simples do que os trabalhos anteriores da banda. O álbum recebeu críticas basicamente positivas, embora alguns tenham dito que o disco seria uma decepção em comparação com o trabalho anterior da banda, *Burnt Offerings*.

Dentre as dez faixas de *The Dark Saga*, a terceira delas, "Violate", composta pelo guitarrista John Schaffer, fala do demônio Violador e sua forma humana, o Palhaço. Confira abaixo a livre tradução da letra.

Violente

Entre agora, ó diabólico
Homenzinho depravado
Vil, miserável e nojento
Homenzinho pervertido
Nascido do inferno e na doença
Ódio inflama em suas veias
Palhaço demoníaco e metamórfico
Homenzinho que ficou maluco
Entre agora
Entre agora
E violente!
Vou lhe surrar com sua medula espinhal
Partirei seu crânio em dois
Vou me banquetear com seus intestinos
Não há nada que eu não possa fazer
Eu arrancarei seu coração de seu peito
Observe-o batendo enquanto você chora
Eu me divirto com sua agonia
Eu te violento e te faço morrer
Entre agora
Entre agora
E violente!

Vestido para o futuro

Com a mudança do estilo das histórias de Spawn, o Palhaço tem aparecido menos e, após ser dado como desparecido durante algum tempo, Violador retornou a Terra assumindo uma nova forma, mais magro, muito mais violento e com habilidades com facas. Um Violador reformulado para o novo milênio.

Depois de mais um confronto com Spawn, o Violador é mandado novamente para o inferno e acaba reassumindo a forma original do Palhaço em suas aparições posteriores. Não importa quantas vezes seja chutado de volta para o inferno, o Violador sempre volta para atormentar a vida de Spawn.

Em 2009, o site IGN listou o Violador como 97º vilão mais reconhecido dos quadrinhos. Com uma infinita lista de fracassos, talvez o maior êxito do demônio tenha sido conseguir um lugar ao lado de celebridades como Coringa e Pennywise.

Filmografia selecionada

Palhaço/Violador

Aparição: *Spawn: O Soldado do Inferno* (Shapiro/West Productions, 1997. Dir.: Mark A.Z. Dippé, 98 min.)

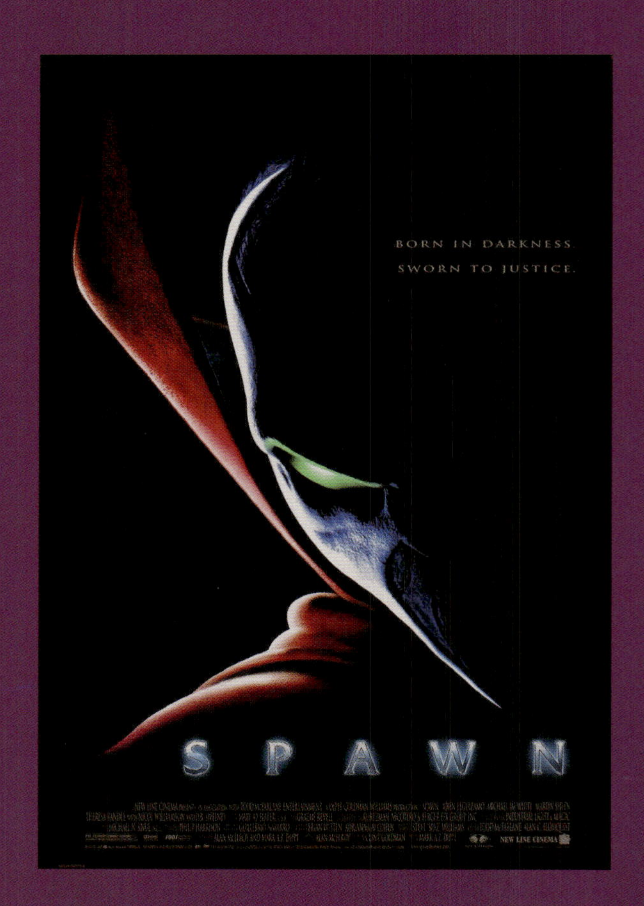

Truques na manga: Violador é um demônio que, a comando de seu mestre de Malebolgia, deve treinar e corromper Spawn, a mais nova alma a integrar o exército do inferno durante o Apocalipse. Contrariado por seu mestre, Violador acredita ser ele o mais indicado para comandar os exércitos do inferno e resolve tornar a vida do herói um verdadeiro pesadelo. Andando pela Terra, Violador assume a forma humana de um palhaço anão, gordo e careca de meia-idade.

O filme: No auge de sua popularidade, Spawn foi transportado para o cinema com roteiros de Alan B. McElroy (*Halloween 4: O Retorno de Michael Myers*, *Pânico na Floresta*) e direção de Mark A. Z. Dippé (*Frankenfish: Criatura Assassina*) em um filme tão ruim que suas principais realizações são trazer o primeiro super-herói afro-americano em um blockbuster, os efeitos especiais e a trilha sonora, que podem soar datados hoje em dia, mas que fizeram bastante sucesso na época. Independente das adaptações para transpor os quadrinhos para as telas, a história é ruim: Spawn andando para cima e para baixo, totalmente travado por conta da maquiagem, e carregando armas gigantes ao melhor estilo Image, tornam este definitivamente um dos dez piores filmes de super-heróis da história.

A caracterização do Violador é bastante interessante, e o ator John Leguizamo (*Terra dos Mortos*) rouba a cena toda vez que aparece como um Palhaço realmente repugnante e escroto, inclusive com tons de pedofilia! Se quiser ver ou rever um filme de super-herói decente, reveja *Superman* de Richard Donner ou o primeiro *Homem de Ferro*.

Por trás do nariz vermelho: Nascido na Colômbia em 22 de julho de 1964, John Leguizamo fez sua estreia como ator aos 20 anos em um episódio de *Miame Vice* em 1984. No ano seguinte, Leguizamo estreou nos cinemas em uma pequena ponta em *Mixed Blood*. Em 1995 desenvolveu a série *House of Buggin'*, na qual também atuou. Leguizamo ficou mais conhecido como a travesti Chi-Chi em *Para Wong Fu, Obrigada por Tudo! Julie Newmar*. Como dublador, ficou conhecido por emprestar a voz para a preguiça Sid na série de animações *A Era do Gelo*. Os fãs do horror irão se lembrar de Leguizamo em *Terra dos Mortos* (2005), *Mistério da Rua 7* (2010) e *Fim dos Tempos* (2008).

Nota: 🎈

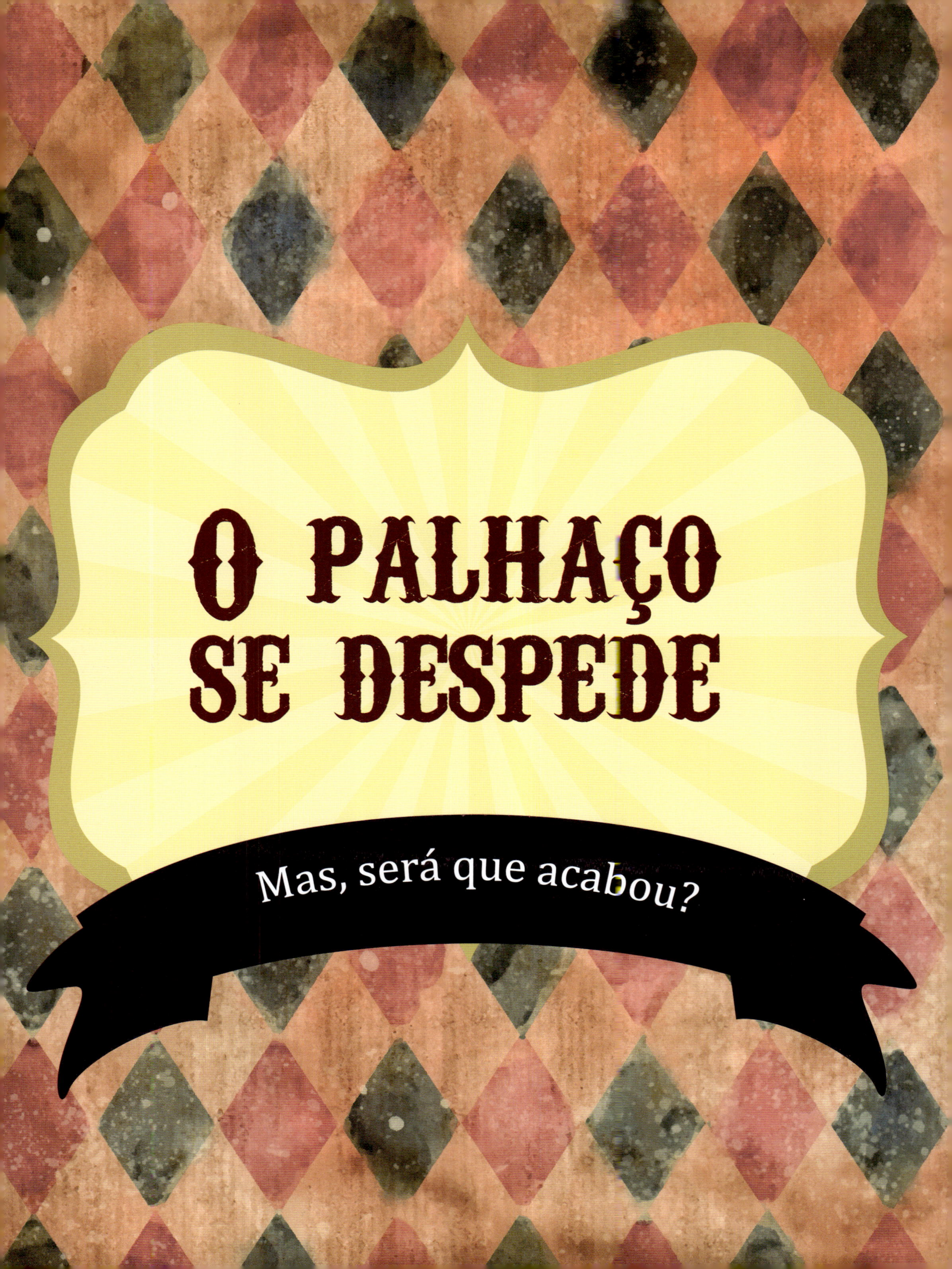
O PALHAÇO
SE DESPEDE
Mas, será que acabou?

O palhaço ri dali...
o povo chora daqui!
E o show não para...

(“Jardins da Babilônia”, Rita Lee)

O processo de criação de qualquer livro exige pesquisa. Para este, o nosso trabalho começou tímido através de uma lista original com cerca de cinquenta títulos que conhecíamos. Cada um dos autores escolheu aqueles filmes que já havia assistido ou que seriam mais fáceis de serem encontrados para que os trabalhos tivessem início. Foi no começo desse processo que o número logo foi aumentando. E não apenas a quantidade de filmes cresceu, já que também foi decidido expandir a análise para incluir séries de TV, literatura e quadrinhos. Onde existisse um palhaço assustador, a equipe do Boca do Inferno estaria presente.

Com relação à sétima arte, a ideia seria a de revisitar filmes já conhecidos e apresentar produções menos populares. Não por acaso, *It: Uma Obra-prima do Medo* e *Palhaços Assassinos* tiveram destaque merecido já que todos concordaram que foram películas divisoras de águas das produções fílmicas com palhaços. Mas a pesquisa naturalmente incluiu aqueles palhaços que aparecem por poucos minutos e até por alguns segundos em produções populares ou nas menos conhecidas. Parte desses palhaços coadjuvantes pode passar até despercebida, e muitos nem são creditados.

Nós todos amamos o Pennywise interpretado pelo mestre Tim Curry, mas, para este livro, a ordem foi a de dar espaço para todos os palhaços, mesmo os que não sabemos o nome ou quem os interpretou. Isso fez, por exemplo, com que o palhaço zumbi visto por poucos segundos no clássico *Dia dos Mortos* estivesse presente nesta lista.

A ideia não ficou apenas em simplesmente listar filmes de terror com palhaços. Decidimos investigar desde a origem desses seres, explicando também a tão comentada coulrofobia. Seja na literatura, nos quadrinhos ou na TV, esta lista não parava de crescer para o que chamamos de uma enciclopédia sobre o tema.

O processo de finalização deste livro talvez tenha sido a etapa mais difícil. Não por não sabermos como terminar, mas porque o assunto parecia não ter fim. A verdade é que sempre que tentávamos fechar a lista, algum dos autores descobria ou se lembrava de algum título que havia ficado de fora. Muitos desses conseguiram ser incluídos dentro da versão final desta publicação. No entanto, alguns títulos ficaram de fora simplesmente pelo fato do nosso *dead line* realmente ter chegado ao fim; outros porque simplesmente não tivemos como assistir muito provavelmente por não conseguirmos encontrar para vender/baixar/alugar.

A lista dos filmes que não foram contemplados aqui inclui *Tales from the Quadead Zone* (1987), *Night of the Clown* (1998), *Urban Massacre* (2002), *Sssshhh...* (2003), *Fraternity Massacre at Hell Island* (2007), *Clown* (2007), *Cannibal Killer Clowns On Dope* (2009), *Closed for the Season* (2010), *All Dark Places* (2012), *Splash Area* (2012) e *July* (2014). É importante frisar que mesmo incluindo esses títulos, seria impossível afirmar que todos os filmes de terror com palhaços estão reunidos aqui. E quanto a produções de outros países que dificilmente alcançam o mercado internacional? Algum palhaço assassino da Índia? Da China? De Israel? Da África do Sul?

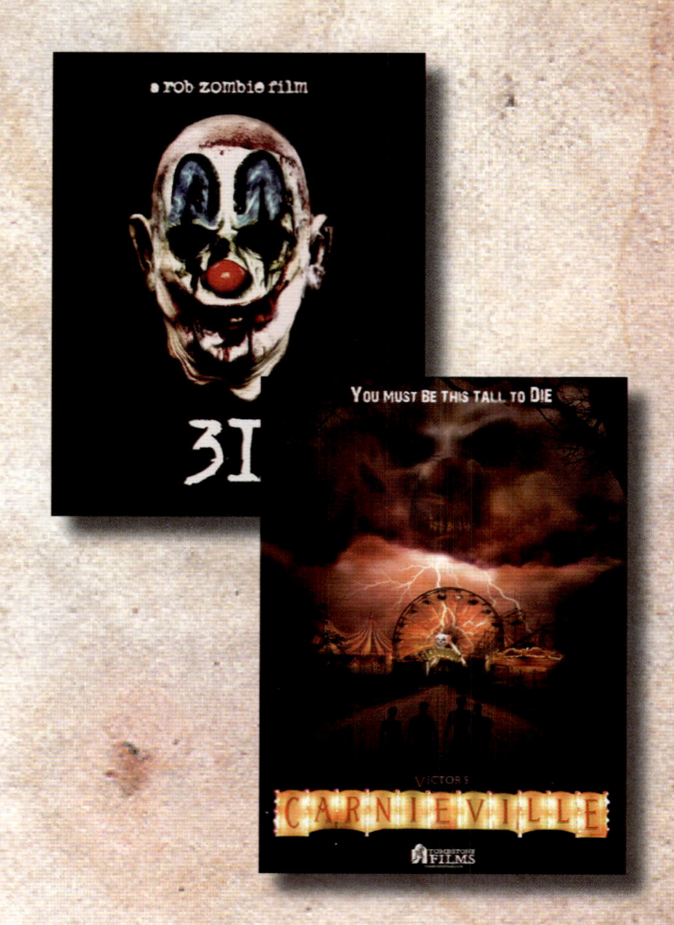

Condado macabro

Outros títulos, como *Condado Macabro*, estrearam poucos dias após termos enviado o livro para a editora. E como estamos ansiosos e temerosos por essas novas produções! Isso sem contar o remake de *It: Uma Obra-prima do Medo*, que terá o sueco Bill Skarsgård no papel de Pennywise.

A verdade é que no momento em que você está lendo estas palavras finais, algum filme de terror, ou seriado, ou livro com algum palhaço bizarro está sendo produzido ou escrito. E como qualquer obra do gênero, não se assuste se encontrar em breve uma "parte 2" deste livro. Para o gênero terror, independente de ser no cinema, TV, literatura ou quadrinhos, *the body count countinues...*

REFERÊNCIAS

BEATTY, Scott et al. *The DC Comics Encyclopedia*. EUA: DK USA, 2008.

DICKENS, Charles. *As aventuras do sr. Pickwick*. São Paulo: Editora Globo, 2004.

FENLON, Wesley. The History Behind Why We're So Scared of Clowns. *Tested*. Disponível em: <http://www.tested.com/art/457374-history-behind-scary-scary-clowns/>. Acesso em: 20 out. 2016.

GARDNER, David. Rocky Horror Show star Tim Curry, 67, recovering at his LA home after suffering a major stroke. Daily Mail Online. *TV & Showbiz*. Disponível em: <http://www.dailymail.co.uk/tvshowbiz/article-2330294/Tim-Curry-67-recovering-LA-home-suffering-major-stroke.html>. Acesso em: 20 out. 2016..

GOLDHILL, Olivia*:* Why are we so scared of clowns? *The Telegraph. Halloween*. Disponível em: <http://www.telegraph.co.uk/culture/halloween/11194653/Why-are-we-so-scared-of-clowns.html>. Acesso em: 20 out. 2016.

KESSLER, Ronald C. et al. Epidemiology of Anxiety Disorders. *In:* ANTONY, M. M.; STEIN, M. B. *Oxford Handbook of Anxiety and Related Disorders*. USA: Oxford University Press, 2009.

LYALL, Sarah. Stetson or Wig, He's Hard to Pin Down. *The New York Times*. Movies. Disponível em: <http://www.nytimes.com/2007/11/04/movies/moviesspecial/04lyal.html?_r=1&>. Acesso em: 20 out. 2016..

MCROBBIE, Linda Rodriguez. The History and Psychology of Clowns Being Scary. *Smithsonian. Arts & Culture*. Disponível em: <http://www.smithsonianmag.com/arts-culture/the-history-and-psychology-of-clowns-being-scary-20394516/>. Acesso em: 20 out. 2016.

POE, Edgar Allan. *Assassinatos na Rua Morgue.* Porto Alegre: L&PM Editores, 2002.

VIANA, Maria Carmen; ANDRADE, Laura Helena. Lifetime Prevalence, Age and Gender Distribution and Age-Of-Onset of Psychiatric Disorders in the Sao Paulo Metropolitan Area, Brazil: Results from the Sao Paulo Megacity Mental Health Survey. In: *Revista Brasileira de Psiquiatria*, vol. 34, número 3. Outubro de 2012.

Sobre John Wayne Gacy:

Programa *Crime Stories* (Ep. 8, Temp. 1)[1].

Assassinos em Série – John Wayne Gacy – O palhaço assassino – legendas em português. Disponível em: <http://www.youtube.com/watch?v=SnLZ3QKzojA>.

[1] Todos estes links foram acessados em 20 out. 2016.

<http://www.crimelibrary.com/serial_killers/notorious/gacy/gacy_1.html>.

John Wayne Gacy. *Biography*. Disponível em: <http://www.biography.com/people/john-wayne-gacy-10367544>.

John W. Gacy. *Cook County Clerk of the Circuit Court.* Records and Archives. Disponível em: <http://www.cookcountyclerkofcourt.org/?section=RecArchivePage&RecArchivePage=john_w_gacy>.

John Wayne Gacy. The FBI Federal Bureau of Investigation. *FBI Records: The Vaul*. Disponível em: <http://vault.fbi.gov/John%20Wayne%20Gacy/John%20Wayne%20Gacy%20Part%201%20of%201/view>.

Sobre Killer Klowns:

Extras do DVD do filme.

Killer Klowns Wiki. Disponível em: <http://killerklowns.wikia.com/>. Acesso em:20 out. 2016.

Site oficial dos irmãos Chiodo. Disponível em: <http://www.chiodobros.com/>. Acesso em: 20 out. 2016.

Sobre o palhaço nos quadrinhos

Comic Book Database:
<http://www.comicbookdb.com/>. Acesso em: 20 out. 2016.

Guia dos Quadrinhos:
<http://www.guiadosquadrinhos.com/>. Acesso em: 20 out. 2016.

DC Comics:
<http://www.dccomics.com>. Acesso em: 20 out. 2016.

Internet Movie Data Base
<http://www.imdb.com>. Acesso em: 20 out. 2016.

Marvel Comics:
<http://marvel.com/comics>. Acesso em: 20 out. 2016.

Image Comics:
<http://www.imagecomics.com>. Acesso em: 20 out. 2016.

Spawn:
<http://www.spawn.com>. Acesso em:20 out. 2016.

Best, *Daniel. Looking Back With Alan Kupperberg: Evil Clown Comics.* Disponível em: <http://oh-dannyboy.blogspot.com.br/2007/10/looking-back-with-alan-kupperberg-evil.html>. Acesso em: 20 out. 2016.

Alan Kupperberg:
<http://www.alankupperberg.com/index2.html>. Acesso em:20 out. 2016.

Snipview:
<http://www.snipview.com/q/Fictional_clowns>. Acesso em: 20 out. 2016.

Contato com os autores
mmilici@editoraevora.com.br

Este livro foi impresso pela gráfica EGB
em papel Couché fosco 90 g.